António Lobo Antunes
Mein Name ist Legion

António Lobo Antunes

Mein Name ist Legion

Roman

Aus dem Portugiesischen von
Maralde Meyer-Minnemann

Luchterhand

Die Originalausgabe erschien 2007
unter dem Titel *O Meu Nome É Legião*
bei Publicações Dom Quixote, Lissabon.

Mix
Produktgruppe aus vorbildlich bewirtschafteten
Wäldern und anderen kontrollierten Herkünften
www.fsc.org Zert.-Nr. SGS-COC-001940
© 1996 Forest Stewardship Council
FSC

Verlagsgruppe Random House FSC-DEU-0100
Das für dieses Buch verwendete FSC-zertifizierte Papier *EOS*
liefert Salzer Papier, St. Pölten, Austria.

1. Auflage

Satz: Greiner & Reichel, Köln
Druck und Einband: GGP Media GmbH, Pößneck
Printed in Germany
ISBN 978-3-630-87295-7

www.luchterhand-literaturverlag.de
Besuchen Sie unseren LiteraturBlog www.transatlantik.de

Für
Henrique Bicha Castelo,
meinen Freund,
der mir das Leben gerettet hat.

Und sie schifften fort in die Gegend der Gadarener, welche ist Galiläa gegenüber. Und als er austrat auf das Land, begegnete ihm ein Mann aus der Stadt, der hatte Teufel von langer Zeit her und tat keine Kleider an und blieb in keinem Hause, sondern in den Gräbern. Da er aber Jesum sah, schrie er und fiel vor ihm nieder und rief laut und sprach: Was habe ich mit dir zu schaffen, Jesu, du Sohn Gottes, des Allerhöchsten? Ich bitte dich, du wollest mich nicht quälen. Denn er gebot dem unsauberen Geist, dass er von dem Menschen ausführe. Denn er hatte ihn lange Zeit geplagt, und er ward mit Ketten gebunden und mit Fesseln gefangen, und zerriß die Bande und ward getrieben von dem Teufel in die Wüsten. Und Jesus fragte ihn und sprach: »Wie heißest du?« Er sprach: »Mein Name ist Legion.«

Lukas, 8: 26–30

Die Verdächtigen, 8 (acht) an der Zahl und im Alter zwischen 12 (zwölf) und 19 (neunzehn) Jahren, verließen um 22:00 (zweiundzwanzig Uhr und null Minuten) den im Nordosten der Hauptstadt liegenden und leider wegen seiner heruntergekommenen Bausubstanz und den damit verbundenen sozialen Problemen bekannten Stadtteil Bairro 1° de Maio in Richtung Amadora, wo sie angenommenermaßen gegen 22:30 (zweiundzwanzig Uhr und dreißig Minuten), was allerdings noch der Bestätigung durch die Verhöre, sei es der Verdächtigen, sei es möglicher, bislang noch nicht festgestellter Zeugen bedarf, mit einer Hauptschlüssel genannten Methode

(was ebenfalls späterer Bestätigung bedarf, wir aber als möglich voraussetzen, da wir den Modus Operandi der Gruppe kennen)

2 (zwei) Mittelklassewagen stahlen, die in der Nähe der Kirche nicht weit voneinander auf der Straßenseite geparkt waren, an der die Laternen nicht brannten

(Vandalismus oder natürlicher Zustand?)

was den Verdächtigen erlaubte, unbeobachtet vorzugehen, wonach sie sich stadtauswärts auf der Schnellstraße in Richtung Autoestrada do Norte begaben, wo, wie aus der beigefügten, übrigens nicht sehr deutlichen Fotokopie ersichtlich, die Kennzeichen festgehalten wurden, da die besagten Pkws nicht über die notwendige Magnetvorrichtung zu deren Befahrung verfügten, und ich möchte in diesem Zusammenhang die Dienstleitung auf die Dringlichkeit der Verbesserung der überalterten Ausrüstung hinweisen: auf Fotokopie Nummer 1 (eins) ist zwar etwas erkennbar, doch nur mit einer ordentlichen Lupe.

Aufgrund vorangegangener, diesmal bereits überprüfter Fakten können wir sagen, dass die Verdächtigen sich wie üblich auf die Fahrzeuge verteilten, will heißen, vorn der sogenannte Hauptmann, 16 (sechzehn) Jahre alt, Mischling, der sogenannte Kleine, 12 (zwölf) Jahre alt, Mischling, der sogenannte Blonde, 19 (neunzehn) Jahre alt, Weißer, und der sogenannte Galan, 14 (vierzehn) Jahre alt, Mischling, und die anderen vier, der sogenannte Guerillero, 17 (siebzehn) Jahre alt, Mischling, der sogenannte Hund, 15 (fünfzehn) Jahre alt, Mischling, der sogenannte Dicke, 18 (achtzehn) Jahre alt, Neger, und die sogenannte Hyäne, 13 (dreizehn) Jahre alt, Mischling, ein Junge, der seinen Spitznamen einer Missbildung im Gesicht (Hasenscharte) und seiner offensichtlichen Hässlichkeit verdankt, die wir, obwohl wir nicht zu subjektiven Wertungen neigen, dennoch bedenkenlos als abstoßend zu bezeichnen wagen

(wir schwanken zwischen abstoßend und widerlich)

und zu der noch eine deutliche Artikulationsschwierigkeit hinzukam, bei der häufig die Worte unmittelbar darauf durch unkoordinierte Bewegungen und Gequieke ersetzt wurden, wobei hervorgehoben werden muss, dass der sogenannte Blonde der einzige Kaukasier ist

(Fachbezeichnung für weiße Rasse)

und seine Spießgesellen bis auf einen, der Neger ist, alle Halbafrikaner sind und daher zu sinnloser Grausamkeit und Gewalt neigen, was den Unterzeichner veranlasst, sich die Freiheit zu nehmen, am Rande des vorliegenden Berichts die Richtigkeit der Immigrationspolitik des Landes besorgt in Frage zu stellen. Gegen 23:00 (dreiundzwanzig Uhr und null Minuten) erreichten die beiden Wagen die erste Tankstelle auf der Strecke Lissabon–Porto, circa 30 (dreißig) Kilometer hinter den Mautstellen, wobei sie mit laufendem Motor

(es stand sonst nur noch ein Kleinlaster an einer Zapfsäule)

vor der verglasten Verkaufsstätte stehen blieben, in der der

Preis für das erworbene Benzin bezahlt wird und wo man Geld für Zeitschriften Zeitungen Zigaretten

(hoffentlich nicht für Alkohol)

Kaugummi und Kleinkram verschleudern kann. In der besagten Verkaufsstelle befanden sich der an der Registrierkasse sitzende Angestellte, der sich mit dem Fahrer des Kleinlasters unterhielt, und ein anderer, älterer Angestellter, der den Boden bei der Tür zu einem Büro oder einer Abstellkammer fegte

(es wäre zu wünschen, dass diese nicht zum heimlichen Verkauf von Spirituosen bestimmt ist)

an der ein Schild mit der Aufschrift Zutritt verboten schlecht ans Holz geschraubt war. Die Verdächtigen zogen sich Wollmützen über, setzten Sonnenbrillen auf und traten, ohne sich zu beeilen, in den Laden

(der Aussage des Angestellten an der Kasse zufolge pfiff einer von ihnen, welcher, konnte er aber nicht sagen)

dabei trugen sie Gewehre mit abgesägtem Lauf und Armeepistolen, und ich erlaube mir an dieser Stelle eine meiner Meinung nach durchaus nicht belanglose Abschweifung, mit der ich darauf hinweisen möchte, falls Sie mir eine persönliche Anmerkung gestatten, dass die nachts am Wegesrand erleuchteten Tankstellen mir das Gefühl geben, weniger unglücklich zu sein, und nur wenn ich sonntags in den frühen Morgenstunden vom monatlichen Besuch bei meiner Tochter aus Ermesinde zurückkehre, kommt mir die Welt mit ihren wirren Bäumen und ihren Ortschaften, die gleich wieder verschwinden und deren Namen ich nicht kenne, viel zu groß vor, als dass ich sie verstehen könnte, und die nahen, unverkennbaren, ich hätte fast komplizenhaften Tankstellen geschrieben, mich aber noch rechtzeitig gebremst, versichern mir, dass es trotz allem einen Ort für mich gibt, so winzig er im Konzert des Universums auch sein mag, an dem mich vielleicht ja jemand, hoffentlich finde ich heraus, wo, mit der Tasse eines Lächelns auf einem freundlichen Tischtuch erwartet, und ich bin gerührt, Herrschaften, dankbar, ich bitte um Verzeihung, auf einem offiziellen Dokument, einem staatlichen Papier, unpassenderweise mein Herz ausgeschüttet und diesen absurden Wunsch nach jemandem an meiner Seite offenbart zu haben: den Schlüssel im Schloss drehen und in der Speisekammer, im Wohnzimmer, ich wage nicht das Schlafzimmer vorzuschlagen, eine Stimme zu hören, die meinen Namen ausspricht

– Bist du's?

anstelle der üblichen Stille und der Gleichgültigkeit der Gegenstände, so dass die nächtlichen Tankstellen, wie ich schrieb, dem Gefühl von Glück nahekommen, das ich schon so lange suche. Aber weiter im Text. Ich fahre also mit dem vorliegenden Bericht fort, von dem ich, was nicht zu entschuldigen ist

(ich bin mir des Fehlers bewusst und bereue ihn)

abgekommen bin, die Verdächtigen, die Gewehre mit abgesägten Läufen und Armeepistolen trugen, traten, ohne sich zu beeilen

(einer von ihnen, bleibt die Frage, welcher, pfiff)

in den Raum, wobei weder der Kassierer noch der Fahrer des Kleinlasters Notiz von ihnen nahmen, da sie sich über eine Nachricht in der Sportzeitung unterhielten, doch der Angestellte, der den Boden beim Büro oder der Abstellkammer fegte

(die, wie ich voller Freude anmerken darf, keine Spirituosen enthielt, obwohl ich, da es überall Betrüger gibt, die Möglichkeit nicht ausschließe, dass diese vor meinem Besuch versteckt wurden)

bemerkte den Überfall, erhob den Besen und warnte seinen Kollegen

– Pass auf César diese Negerjungs

hatte aber keine Gelegenheit zu weiteren Betrachtungen, da eine der Waffen mit abgesägtem Lauf hintereinander 5 (fünf) Kugeln abschoss, wobei man das Blut auf seiner Kleidung nicht sah, das Blut war an der Wand hinter ihm, nachdem er in Zuckungen zusammengesackt war, will heißen, die Hinterbacken auf den Boden senkte und die Verdächtigen ansah oder niemanden ansah, wie damals mein Stiefvater, wenn er, Synonyme mümmelnd, den Kopf blicklos vom Kreuzworträtsel hob und ihn wieder senkte, die kleinen Quadrate mit triumphierenden Großbuchstaben ausfüllte, die rechte Hand

(des Angestellten, nicht meines Stiefvaters)

streckte sich aus, der Mittelfinger, der länger brauchte als die anderen Finger, krümmte sich ein ganz klein wenig

(ich sehe es von hier aus)

und ich überlege, ob der Wind die Büsche draußen berührte oder sie in Frieden ließ: als Kind habe ich ewig lange gedacht, dass die Bäume leiden, die Eiben beispielsweise in stillem Schmerz, ich klopfte an die Stämme

– Was ist mit euch?

und keine Antwort, geheime Schmerzen wie üblich, die Zweige tun so, als wäre nichts, verstellen sich, und dennoch, wenn sie glauben, wir sehen sie nicht, fabrizieren sie in einem Riss in der Rinde eine Eidechse, was ihre Art ist, Tränen abzusondern, der Fahrer des Kleinlasters wollte gerade einen Schritt zurück machen und sich mit einem Stapel Zeitschriften schützen, machte aber keinen Schritt zurück, der Griff einer Pistole traf ihn an der Schulter, und die linke Hälfte der Knochen verschob sich, von einer Augenbraue zitternd gestützt, im Vergleich zur rechten, mein Stiefvater ertrug die Nierenkolik nicht mit Hilfe der Augenbraue, die Handfläche presste sie in die Taille

– Quäl mich jetzt nicht

und ich bin sicher, dass die Büsche bei der Tankstelle winzige namenlose Blüten ausstreuten, so viele Blätter vibrierten, wollten, dass wir ihnen halfen

– Ich ich

einer der Verdächtigen wandte sich zum Ladentisch und kippte die Kassenschublade in einen Sack, ein Auto kam herunter zu den Tanksäulen, denn neue Büsche tauchten aus der Dunkelheit auf, geometrische Helligkeit heftete sich an die Decke, wurde größer, und was würde ich nicht dafür geben, die Büsche zu beobachten, der Fahrer des Kleinlasters humpelte, sie nicht beachtend, einen Schritt auf die Scheinwerfer zu, wobei ihn die Augenbraue schob, und die Hälfte, die nicht zur Augenbraue gehörte, ein weiches, widerstehendes Gewicht, der Pistolenlauf eine kleine Rauchwolke, niemand hörte das Geräusch

(hätte ich das Geräusch gehört, wenn ich bei ihnen gewesen wäre?)

der Fahrer des Kleinlasters auf Knien, gegen den Willen der Augenbraue, die über den Ungehorsam empört war

– Was soll das?

und das ist eine Taubenbrust, die fällt, kein Mensch, ein Schuh, der sich weitet, der Schlüsselring, der aus der Tasche fällt, und dieser Ring, wie eigenartig, ein ungeheurer, langsamer Lärm, der Kassierer begreift den riesigen Schuh und die Schlüssel nicht, eine Nase, die zum Mund rutscht

(schluckt er sie oder schluckt er sie nicht?)

die

(er schluckt nicht)

Verdächtigen, 8 (acht) an der Zahl und im Alter von zwölf (12) bis neunzehn (19) Jahren, verließen die Tankstelle um 23:10 (dreiundzwanzig Uhr und zehn Minuten), fuhren weiter nach Santarém, und die Büsche ruhig, die Gewissheit, dass an einer Stelle in der Dunkelheit, vielleicht in meinem Kopf

(ich glaube, in meinem Kopf)

ein Fenster klappert, mein Stiefvater aus dem Kreuzworträtsel heraus zu meiner Mutter

– Das Fenster

(hin und wieder, wenn ich es am wenigsten erwarte, ein Unbehagen von Angeln, seine Stimme

– Das Fenster

ich schaue in die Runde, nicht der geringste Luftzug, und dennoch die Gewissheit, dass ein Fremder in meinen Nacken atmet, während ich mich frage

– Welches Fenster?)

die gestohlenen Fahrzeuge bogen nach 12 (zwölf) Kilometern nach rechts ab, und die pflichtvergessene Magnetvorrichtung

(– Welches Fenster?)

nahm die Kennzeichen nicht auf, Kiefern, Eichen

(Botanik ist nicht meine Stärke, und ich überlegte, ob ich Kastanienbäume riskieren sollte, ich tue es nicht, wie einen Kastanienbaum richtig beschreiben?)

Emigrantenhäuser, einige unfertig

(fast alle unfertig, nun reicht es mit den Ungenauigkeiten, Junge, mir gefällt es, mich mit dreiundsechzig Jahren Junge zu nennen, es verschafft mir die Illusion, dass der Tod, lassen wir das, weiter im Text)

ein Koch aus Keramik in Lebensgröße kündigte mit gezückter Speisekarte eine Churrascaria an oder, besser gesagt, auf dem Bürgersteig aufgestapelte Stühle und geschlossene Sonnenschirme, die trübe Seide einer Katze glitt kissenweich von einem Bretterzaun, ein Radio auf einem offenen Balkon, das die Verdächtigen nicht hörten, nach dem Brunnen eine Gasse, zwei Gassen, unser Haus könnte dort sein, war es aber nicht, meine Mutter zu meinem Stiefvater

– Wäre besser du würdest die Zeitung mal weglegen und das Fenster abdichten

alle sagen immer, ich sei meiner Mutter ähnlich, und ich verwahre mich dagegen, mit dem Foto verglichen

(ich erinnere mich nicht genau an die Gesichtszüge)

vielleicht die Ohren und die Umrisse des Kinns, der Ausdruck nicht die Bohne, meiner Mutter zufolge soll ich übrigens ganz wie mein Vater sein

– Einer reichte wohl nicht ich muss gleich zwei davon ertragen

wo doch mein Vater ein friedlicher Kerl war, nachdem er in Rente gegangen ist, hat er im Chor der Gemeinde gesungen und

Nachmittage um Nachmittage auf dem Sofa verbracht, dabei irgendwas gemurmelt, keine Ahnung, was

(meine Mutter hatte eine Ahnung

– Du nun wieder)

und zugeschaut, wie's regnet, eine Gasse, zwei Gassen, am Ende der zweiten ein Platz und am Platz ein Handyladen, mein Vater hat auch bei der Polizei gearbeitet, natürlich nicht als Ermittlungsbeamter, dazu fehlte ihm der Grips, in der Verwaltung, er schrieb Entwürfe ab, stempelte, zählte die Fliegen an der Jalousie, der Chef von hinten

– Na Gusmão guckst du Löcher in die Luft?

vier der Verdächtigen verließen um 23:48 (dreiundzwanzig Uhr und achtundvierzig Minuten) die Rücksitze der gestohlenen Fahrzeuge und warfen das Schaufenster ein, ohne sich um den Alarm zu kümmern, der losheulte, keine Glocke, eine Art Sirene, die das Sonnensystem mit beiden Händen durchrüttelte, wo ich wohne, verrücken mir die Krankenwagen mit ihrem Geschrei, als würden sie abgestochen, den Lüster, und die Klunker verschieben sich erschauernd, während die Nachbarn

– Hab ich mich erschrocken

die Verdächtigen füllten die beiden Kofferräume mit Kartons Kabeln Apparaten Ersatzteilen, und nach genau elf Minuten, um 23:59 (dreiundzwanzig Uhr und neunundfünfzig Minuten), fuhren sie wieder zurück in Richtung Lissabon, die zweite Gasse, die erste Gasse, der Brunnen mit dem Messingwasserhahn, der auch zugedreht noch weitertropfte, die Musik im Radio, die sie nicht hörten, während die Sirene ihre Ängste in eine Schattenwüste schickte, die Kiefern, die Eichen, die Schnellstraße fotografierte diesmal

(zum Glück gibt es in diesem Land, das immer mehr verfällt, noch Dinge, die funktionieren)

die Kennzeichen, wie aus dem entsprechenden beigefügten Dokument hervorgeht

(falls es nicht zu Boden gefallen ist)

denn wenn mein Vater noch leben würde und Schreiber wäre

(ich schäme mich nicht für meinen Vater, das soll keiner glauben)

würde es für den Eingangsvermerk über seinen Schreibtisch gehen

(Sie verloren keine Zeit damit, es zu lesen, nicht wahr?)

und am Ende beim Kollegen landen, der die Dokumente in einen Korb kippte, den keiner anrührte, wozu noch mehr Ärger, an Verbrechen herrschte kein Mangel

(– Seien Sie mir nicht böse wenn ich Ihnen widerspreche Mutter aber was soll ich von meinem Vater geerbt haben?)

sie zögerten bei der Rückkehr an der Tankstelle, gehen wir rein oder nicht, fingen an zu bremsen, schwenkten hart zu einem streunenden Hund, ohne ihn zu treffen, gaben das mit der Tankstelle und dem Tier auf, welches im Übrigen in einem Bündel Büsche verschwand, zogen ein Paar in einem Wagen vor, der Mann am Steuer schnieke angezogen, die Frau kämmte sich gerade, zum Spiegel in der Sonnenblende vorgebeugt, sie nahmen den Wagen des Paares mit den gestohlenen Fahrzeugen in die Zange

(ich schäme mich nicht für meinen Vater?)

wurden langsamer und berührten ihn leicht, die Frau hörte auf, sich zu kämmen, und wurde kleiner auf ihrem Sitz, der Schnieke versuchte auf die andere Fahrspur zu wechseln, aber ein Stoß gegen die Ecke der Stoßstange hinderte ihn daran, so dass der Wagen des Paares allmählich zum Stehen kam, 00:14 (null Uhr und vierzehn Minuten), gemäß Aussage der Frau, die aus Angst einen Fehler gemacht hat, denn meiner Meinung nach, und ich habe die Strecke abgefahren, mindestens 00:30 (null Uhr und dreißig Minuten), und rechts eine dieser Notrufsäulen, falls mal ein Kühler kaputtgeht, ich habe sie ausprobiert, und langes Schweigen

(also funktioniert gar nichts in diesem Land, das allmählich verfällt)

ich stand blöd da mit dem Apparat in der Luft, und mein Adjutant durch die heruntergelassene Scheibe

– Legen Sie auf

er hat zu allem eine Meinung, dieser Angeber, machen Sie das so, machen Sie das nicht so, größer als ich, zwei Drittel meines Alters und richtig viel Haar, entschlossen, mir meinen Platz wegzunehmen, und er wird mir meinen Platz wegnehmen, das ist nur eine Frage von Monaten, denn in diesem ungerechten Fegefeuer gewinnen diejenigen, die wissen, wie man dem Chef gefällt, und nicht diejenigen, die arbeiten

(ich habe das im Urin, ich wurde seit Jahren nicht befördert, immer dieselbe Stellung, dasselbe Gehalt und noch dankbar)

und wenn er mir meinen Platz wegnimmt, werde ich nicht wagen, Vermutungen anzustellen, durch die heruntergelassene Scheibe

– Legen Sie auf

ich warte gehorsam, ernst, Sie haben recht, Mutter, ganz der Vater, gebt mir einen Stempel, und ich bin glücklich, ich feuchte ihn auf dem Stempelkissen an, und in der rechten Seitenecke tintenglänzend das Wappen der Republik, der Wagen des Paares am Seitenstreifen gestrandet, rechts und links an ihn gelehnt die gestohlenen Fahrzeuge, diesmal keine Bäume und daher auch keine Aussicht auf Kastanien, die ich nicht zu beschreiben wagte, Kiefern und Eichen, das mag hingehen, Kastanien nicht, ich bin mir meiner Grenzen bewusst, keine Bäume, eine Schutzplanke zu einem Graben mit einem Bach, denn unten zwischen dem Röhricht hüpfte Schlamm, und im Frühjahr in Frösche verwandelte Steine, die Beine bekamen, sich aufblähten, es heißt, sie fressen Mücken, die Verdächtigen außerhalb der Fahrzeuge ohne Mütze oder Brille, ein Weißer, ein Neger und sechs Mischlinge

(ich glaube, ich habe das alles bereits erwähnt)

im Alter zwischen

(seltsamer Ausdruck, im Alter zwischen, aber wer versteht schon das Alter)

12 (zwölf) und 19 (neunzehn) Jahren, der Älteste, der Weiße, den sie den Blonden nennen, hat aber gar nichts zu sagen, der Schnieke verriegelte die Türen, die Frau hatte ihr Haar vergessen

– O Gott

es war nicht Frühjahr, also keine Frösche, Steine, die sich nicht um Mücken scherten, und kleine Gräser mit einstweilen noch nicht erfüllten Ambitionen, Schilf zu werden, die Verdächtigen benutzten bei den Türen Hauptschlüssel, ein Lastwagen mit einem Anhänger voller Kälber, die man am Schimmern des Fells, den Kinnladen, am Sabber erkannte, fuhr an ihnen vorbei, einer der Reifen war locker, tanzte an der Achse, und der Typ im Fahrerhaus hatte ein Hufeisen am Dach, das Glück brachte, ich habe nie an Amulette geglaubt, Hufeisen, Fäuste mit durch Zeige- und Mittelfinger gesteckten Daumen gegen den bösen Blick, vierblättrigen Klee aus Emaille, entweder wird man als Glückspilz geboren oder nicht, ich bin keiner, das ist nun mal so, und ich werde darüber keine Träne vergießen, obwohl es Augenblicke gibt, in denen eine Träne ganz gut täte, ich hindere sie daran, im Auge anzukommen, schiebe sie mit dem Daumen zurück, und was bleibt ihr anderes übrig, als wieder umzukehren und aufzugeben, tschüs, Träne, die Tür des Schnieken und die Tür der Frau weit offen, der Schnieke

– Was wünschen die Herren?

nicht durch die Lippen, durch den Adamsapfel, da er mit versiegelten Lippen das Lenkrad drückte, sie gingen in dem Augenblick weit auf, als die Kimme einer Armeepistole ihm die Wange aufriss, wie viele Zähne die Angst doch mit sich bringt, Leute, Eckzähne, vordere und hintere Backenzähne und eine ganze Reihe namenloser, von denen wir gar nicht wissen, dass es sie gibt, der Schnieke wollte das Taschentuch aus der Tasche ziehen, aber sie packten seinen Ellenbogen

– Wir sind keine Herren wir sind Neger

und der Schnieke mit namenlosen Zähnen bäuchlings auf dem Asphalt, während die Frau

(im Dorf meines Vaters Dutzende Kastanienbäume, allein im Garten des Abtes über zwanzig, man schlug die Igel mit einem Hammer auf, und darin die mehr oder weniger kaputten Früchte, von denen man die Schale abmachte und die an der Zunge festklebten)

mit dem Sitz verwachsen, immer wieder

– O Gott

(warum bloß wollte ich sie immer unbedingt essen?)

einer der Verdächtigen packte auch ihren Ellenbogen, und die Frau betete, kein ordentliches Gebet, Worte, die sich aneinanderhängten, vermischten, sie trug eine dünne Kette und Ringe und betete immer weiter, während sie sie ihr abnahmen und ihre Bluse zerrissen, was mich betrifft, so empören mich solche Gewalttaten, mein Adjutant beendete meine Empörung

– So ist nun mal das Leben

dabei den Blick auf die Kommissarin gerichtet, die ihm kleine nach Parfüm stinkende Billetts hinterließ, das Gebet ging ununterbrochen die ganze Zeit weiter, etwa 15 (fünfzehn) Minuten lang, in denen sie sie benutzten und sich dabei gegenseitig Fausthiebe versetzten und übereinander lustig machten, eine Sandale mit Absatz rutschte in den Graben, gesellte sich zum Gegurgel und den Seufzern des Wassers, im Frühjahr würde sie sich in einen Frosch verwandeln, der in der Dämmerung herumhumpelt, und kein einziges lebendes Wesen würde auf ihn achten, wen kümmert schon eine Sandale zwischen Pfützen, mein Stiefvater hat das Fenster nie abgedichtet, er spielte Domino im Café und pfiff vor sich hin, manchmal, wenn ich frei habe, suchen mich das Fenster und das Pfeifen unversehens heim, und ich erwische mich dabei, wie ich ihn nachahme, eher ein Pusten als ein Pfeifen, wenn ich die Wohnung aufräume, ein weiterer Lastwagen ohne Kälber und Sabber, fünf oder sechs Wagen, und kaum kommt ein Wagen, schöpft der Schnieke Hoffnung, aber nichts, nur die Winterwolken, die zum Tejo ziehen, winzig allerdings, nutzlos, und der Schnieke stumpf vor Enttäuschung, ich habe ihn im Gericht mit seinem wiederhergestellten Gesicht nicht gesehen, denn inzwischen bin ich in Rente gegangen, jetzt bin ich damit dran, Topfpflanzen, die Zuneigung brauchen, und Domino, im Blumenladen erklärte man mir, dass wie Tiere oder Kinder auch die Begonien mögen, dass man mit ihnen spricht, wenn meine Mutter das wüsste, sie würde mir befehlen, den Mund zu halten

– Bist du jetzt vollkommen verblödet?

und sich resigniert und verdrossen an das Urteil der Lehrerin in der Schule erinnern, das mich vierzig Jahre lang begleitet hat

– Er kennt die Hauptstädte nicht

eine meiner Meinung nach lässliche Sünde, man denke nur an beispielweise, was weiß ich, Kopenhagen, Oslo, Städte, in denen man mich an grauen Augusttagen vor einer Brücke oder einer Statue fotografiert hat, im Album mein Lächeln, aber so verwirrt, das eines Fremden, wer ist bloß dieser Kerl im altmodischen Mantel und lächerlichen Hütchen, die Frau an einem Kilometerstein mit zerfetzter Bluse und einer Wunde von einem Gewehrkolben an der Stirn, schauen Sie in den Spiegel, gnädige Frau, wischen Sie die Flecken mit dem Taschentuch weg, die Uhr des Schnieken am Handgelenk eines der Verdächtigen zeigte 00:53 (null Uhr und dreiundfünfzig Minuten), sie hatten sie mit einer Krawatte gewürgt, und die Zähne größer, wäre ich dort, würde ich, dem einige fehlen, mindestens sechzig zählen, die Zähne ein Schluchzen, und der Mann lag auf der Seite, man hatte ihm die Kreditkarten und den Gürtel abgenommen, auf der Oberfläche des Baches das Projekt eines Frosches in angedeutetem Sprung, aber wahrscheinlich kein Frosch, ein Stein mit Prätentionen oder die Sandale der Frau, ein Getreidespeicher in der Ferne, wo die Eulen in einer Falte der Stille Fledermäuse entdeckten und sie mit den Krallen unter Gekreische herauszerrten, der Sakristan schwor, dass sie das Öl aus den Lämpchen der Heiligen tranken, ich fragte meinen Stiefvater, und mein Stiefvater

– Das Fenster

da Scharniere, die es nicht gab, sich bewegten oder aber die Knie der Frau, die, nur Knochen, gegeneinanderstießen, wozu Panik führt, die Bohnensträucher meiner Mutter im Gemüsegarten klangen genauso im Wind, eine unübersetzbare Bohnensprache, und ich staunend

– Was das wohl heißt?

vor Angst, dass mein verstorbener Großvater

(schließlich war ich ein kleiner Junge)

den Friedhof verlassen und uns von draußen rufen würde, meine Mutter

– Was wollen Sie Väterchen?

aber wir haben ihn nicht gesehen, weil er wie so viele andere im Dorf zu einem Kreuz geworden war, von meinem Großvater geblieben ist mir die Erinnerung an seinen Regenschirm und daran, wie er den Dorfladen mit einer Weinflasche verlässt, meine Tante

– Schämen Sie sich nicht mit Ihrer Leber im Eimer?

und die Fingerknöchel meines Großvaters, wie sie, jeder für sich, nicht schaffen, den Korken zu treffen, ich half ihm heimlich

– Da bitte

in der Absicht, mit meiner Geschicklichkeit die Hauptstädte wettzumachen, Ceuta, Manila, Bordeaux, der Alte beschwerte sich nicht über Fenster, lächelte, einer der Verdächtigen brachte das Gebet der Frau mit einem Hieb der Gewehrläufe zum Schweigen, und ein paar namenlose Zähne, allerdings nur ein paar, zwei, drei, zu einem mühsam gegurgelten

– O Gott

imstande, mein Großvater in den letzten Wochen, ohne sein Lächeln zu verlieren

– Gibt es keinen Wein Kinderchen?

der Ladeninhaber brachte auf Anordnung des Doktors eine Flasche

– Das macht jetzt auch nichts mehr aus es geht zu Ende

die monatelang am Kopf des Bettes stand, nicht angebrochen, denn noch bevor die Flasche kam, gab das Lächeln meines Großvaters auf, und anstelle des Lächelns trat ein riesiger Gaumen, den ein Tuch unter der Kinnlade zusperrte, wodurch der Verstorbene zu einem Knäuel aus Falten ohne Nasenlöcher oder Augäpfel wurde, wenn ich an der Reihe bin, werde ich auch so sein, im Pyjama, ein vertrockneter alter Kerl, den ein Marmorviereck in der Grube einschließt, mein Nachname, ein paar Daten, der Titel Polizeihauptmeister, darauf bestehe ich, schließlich habe ich meine Gesundheit bei dieser sinnlosen Arbeit vergeudet ohne ein einziges Dankeschön für ebendiese, sei es der zerteilte Ingenieur in der Gefriertruhe, seien es die Banden von Negerkindern, man gab mir sinnlose Anweisungen, und ich ging los, apropos Banden von Negerkindern, die Verdächtigen haben das Paar etwa um 01:00 (ein Uhr und null Minuten) verlassen, ich verbessere, ich würde sagen, sie haben es um diese Zeit verlassen, da ich seitens der Frau, die ich im Krankenhaus besucht habe, keine erhellende Erklärung erhalten habe, sie hat mich eher an die Falten im Gesicht meines Großvaters mit dem Tuch erinnert und mir das Gefühl intimerer Zeiten aufgezwungen, meine Tante, meine Mutter, die Köchin des Abtes, die mir wispernd Kompott anbot

– Du Leckermaul

seufzend, der Jahrmarkt von São Cipriano und das Karussell mit den Antilopen und Elefanten aus Holz, die in bestimmten Nächten im Oktober, wenn der Regen uns rührselig macht, mit Spiralen von Zärtlichkeit in mein Gedächtnis eindringen, die Verdächtigen haben das Paar, würde ich sagen

(Spiralen von Zärtlichkeit, das Verhör aber bitter

– Was habe ich aus meinem Leben gemacht?

ohne das Almosen einer Antwort, die mich rechtfertigt und mir Mut macht, mochte sie auch noch so gelogen sein)

um 01:00 (ein Uhr und null Minuten) verlassen und fuhren in Richtung Lissabon weiter, sind dann um 01:12 (ein Uhr und zwölf Minuten) in Alenquer, wo der ersehnte Stern mühsam den bleiernen Himmel durchbrach, immer größer wurde und das Leuchten der Fabriken verstärkte, einmal ganz abgesehen davon, dass da noch ein anderes Restaurant mit einer Figur war, die eine Speisekarte herzeigte, diesmal mit Zylinder und Krawatte, den Anordnungen der Patrouille der Verkehrspolizei nicht nachgekommen, sondern haben im Gegenteil unvermittelt die Richtung gewechselt, was einen der Soldaten zwang, sich hinter eine Platane zu flüchten

(selbstverständlich nicht hinter einen Kastanienbaum, einmal habe ich mich selber mit dem Hammer getroffen, als ich einen Igel spaltete)

ich glaube, eine Platane

(handgeschriebene Zeugenaussage beigefügt, mit orthographischen Unrichtigkeiten, aber ausreichend klar und vom Kommando beglaubigt)

wobei die Patrouille sofort per Funk die Kollegen benachrichtigte, die

(– Du Leckermaul

und ein Unwohlsein, das kein Kitzeln, sondern eher ein Kribbeln war, welches vom Knie aufstieg, mich zwang, mich auf Zehenspitzen zu stellen, das aber gleich wieder abebbte, und ich müde)

am Eingang von Alverca postiert waren, die Frau im Krankenhaus sah meinen Block, wandte das Gesicht ab, verzeihen Sie mir, wenn ich übertreibe, aber ich werde den Verdacht nicht los, dass es etwas in mir gibt, im Aussehen, in der Art, mich auszudrücken, im Geruch, das die Leute abschreckt, mein Chef, um nicht weiter auszuholen, streckt mir nie die Hand hin

– Reden Sie von dort aus ich kann Sie verstehen

hinter Gesetzestexten verschanzt, mit verstohlen angewiderten Blicken, die Schreibkräfte bringen nicht einmal die von Untergebenen übliche Begrüßung auf, von Interesse ganz zu schweigen, und das Fenster geht wieder zu und auf, ächzt in den Angeln, die Patrouille in Alverca

(ich habe in Alverca eine Frau gekannt, die Sonette für Gedichtwettbewerbe schrieb)

baute auf der Straße eine Sperre aus Nagelmatten auf, musste sie aber wegen eines Krankenwagens wegnehmen, und die gestohlenen Fahrzeuge, die Schlaumeier, fuhren dicht hinter dem Krankenwagen durch, bevor man sie wieder ausgelegt hatte

(wir hörten auf, uns zu sehen, keine Gelegenheit mehr für das

– Du Leckermaul

und das Kribbeln von den Knien aufwärts, sie arbeitete in einem Labor, nahm Anrufe entgegen, und jedes Mal, wenn ich sie anrief

– Ich rufe gleich zurück

und vergaß es)

die Verdächtigen ließen die gestohlenen Fahrzeuge in Benfica bei den Gebäuden stehen, die sich an den Markt anschließen, wo meine Cousine Cecília während ihrer ersten Ehe gewohnt hat

(das stimmt nicht, einmal hat sie geantwortet

– Ich habe keine Zeit tut mir leid versuchen Sie es Mittwoch

und am Mittwoch fertigte mich eine unangenehme Stimme ab

– Sie hat frei kommt heute nicht)

der Markt mit verschlossenen Toren und einstweilen noch kein Lastwagen mit Obst oder Kleinvieh, eine Anlage mit schlecht gepflegten Beeten, auf einem hatte sich ein Bettler mit einem Pekinesen, der an seinem Bauch lag und dem eine Pfote fehlte, in Zeitungen eingewickelt, die Verdächtigen stellten die Fahrzeuge hintereinander in die Nähe eines Jeeps

(ich habe mehrfach den Hörer aufgenommen, wenn sich ein Kribbeln ankündigte oder die Melancholie des Regens mir in der Seele wehtat, und gab mitten in der Nummer auf, auch wenn Kribbeln oder Regen wiederkommen, ich rufe sie nicht mehr an)

in den sie die Kartons aus dem Handyladen umluden, sie lösten das Problem mit dem Türdrücker mittels eines kleinen Drahtes und einer Plastikkarte, vermengten die Kabel unter dem Lenkrad, der Motor schüttelte sich zwischen Pleuelstangen und begann zu schnarren, der Bettler grüßte sie vom Beet aus mit Ärmeljubel, was dazu führte, dass er den Strick am Hals des Pekinesen hochzog, der jaulend auffuhr, meine Cousine führte einen Tierladen, Wellensittiche, Kaninchen, Gummiknochen, Tiernahrung, ein Hamster, der unter leisem, nervösem Gequieke in seinem Rad strampelte, ich habe noch nie ein so ingrimmig aktives Wesen gesehen wie ihn, meine Cousine bestand darauf, dass ich ihn ihr abkaufte, aber sein beharrliches Aufgeregtsein schreckte mich ab, ich hatte keine Lust darauf, voller Sehnsucht nach dem Frieden des Sofas nach Hause zu kommen, die Augen zu schließen, mich selber zu vergessen und stattdessen in der Küche auf das Ungestüm des Hamsters und das Schluchzen des Rades zu stoßen, im Dunkeln aufzuwachen und Mitleid mit den Qualen dieses ähnlich wie ich Verdammten zu haben, jeder in seiner Ecke in sinnloser Erregung trabend, die Typen klappten die Jeepblechbüchse hinter sich zu, umfuhren die Anlage und brachen unter der Zustimmung des Bettlers in Richtung Amadora auf, das Bairro 1° de Maio im Norden und den Campingplatz im Osten, ich nehme an, um 02:00 (zwei Uhr und null Minuten), und wer garantiert mir, dass es nicht in jedem Wohnwagen oder Zelt ein schlafloses Tier gibt, entschlossen, dumm, ich habe die Telefonistin nie mit ihrem Namen angesprochen, den ich übrigens vergessen habe, wie fast alles im Leben außer dem Fenster, das nicht aufgibt, ich sagte Madame, ich kann mich im Zusammensein mit anderen elegant verhalten, weiß, was Respekt ist, der Jeep fuhr am Campingplatz vorbei, wo Schwarztannen, und auf der anderen Straßenseite Baracken von Emigranten aus der Ukraine, mein Großvater

(da war er)

mit Regenschirm, lächelnd, es gab ein Foto von ihm in der Uniform eines Rekruten, der einen anstaunte, das aber aus dem Album verschwand, ich nehme an, dass meine Mutter es während einer ihrer Wutspiralen zerrissen hat

– Dieser Trunkenbold

sie bezahlte seine Schulden im Laden, Dutzende von Papierfetzen, durchsichtig von Fettflecken, mit der Anzahl von Litern in Bleistift, und José da Conceição Esteves darunter, verschönert durch einen Stern oder einen Vogel

(meine Mutter

– Auch so ein Vogel der Alte)

die Baracken der Emigranten aus der Ukraine mit kleinen Gardinen und Vordächern, die den Hunger verdecken sollten, ihn aber noch unterstrichen, hinter dem Campingplatz eine Müllkippe, auf der Müll vor sich hin kokelte, so dass es mir fast so vorkam, als hätte sich der Tejo wenige Augenblicke zuvor von dort zurückgezogen, wenn ich nicht aufpasse und sonntags nicht saubermache, meine Wohnung auch so, ich möchte wetten, dass man die Vernachlässigung sogar bei geschlossener Tür auf dem Treppenabsatz spürt, ich übertreibe wirklich nicht, wenn ich an den Anfang zurückkehren und diese Prosa noch einmal von vorn beginnen könnte, wenn Sie bei mir wären und mir helfen würden, Mutter, die Verdächtigen fuhren noch vor dem Bairro 1° de Maio rechts durch einen Tunnel, keinen wirklichen Tunnel, zwischen den Mauern von Landgütern auf einem schmalen Weg, den der Oktober durcheinandergebracht hatte, hin und wieder Häuser, dazu Hühnerställe und melancholische Obstgärten mit Apfelsinen und Mispeln, auch kleine Fabriken, glaube ich, aber was zum Teufel stellten die inmitten von Disteln her, der Pfad schlug einen Haken um den Rand eines Wäldchens, in dem Mauerecken unter kleinen Dächern oder, besser gesagt, Resopalplatten auseinanderfielen, die Verdächtigen

(keine Eule starrte sie an)

leerten den Jeep an einer Mauerecke

(also gut, ich gestehe, dass ich mich für meinen Vater schäme)

man konnte einen Brunnen und den Flaschenzug des Eimers und einen Traktor ohne Lenkrad und Reifen sehen, der Sitz aus Leder, auf dem Amseln schliefen, sagen wir mal um 02:54 (zwei Uhr und vierundfünzig Minuten), und der Brunnen leer, auf seinem Grund meine Augen, sie bedeckten die Kartons mit Wachstuch, stiegen wieder in den Jeep

(diese Lichter in der Ferne Moinhos da Funcheira, Brandoa, ein anderer Ort, und wenn es ein anderer Ort ist, ein Ort, in dem mich vielleicht eine Frau in einem sympathischen Keller akzeptiert)

und der einzige Scheinwerfer des Jeeps holperte über die Unebenheiten, fast wie eine Öllampe mit ihrer blauen Zunge, die, ohne etwas zu beleuchten, auf und nieder ging, sie stießen gegen die Schmalseite eines Pfostens, stießen gegen eine Ecke, mein Adjutant

– Sie werden sehen die werden die Kiste schon noch kaputtmachen

einer der Zylinder oder ein Ventil hörte auf zu funktionieren, als sie auf die Straße zurückkamen, die Mechanik Schnarren, Spasmen

(wie Sie, Mutter, mit Ihren Schwierigkeiten im Speiserohr, ich habe Speiserohr geschrieben, ist aber Speiseröhre)

und der Jeep machte sich breit wie Vieh, das aufgibt, mein Stiefvater war dick, und der Beweis dafür ist, dass sein Ehering mir nicht mal auf dem Daumen passt, mein Großvater dünn, nimmt man einmal die Schwellung seines Bauches aus, ich weder dick noch dünn, wabbelig, diese Falten in der Taille, diese Ausbeulungen, die Verdächtigen schraubten den Tank auf, und mein Adjutant

– Hab ich doch gleich gesagt oder?

steckten Stofflappen in den Tank und zündeten sie an, ich hätte gern einen energischen Körper, imstande, entschieden über die welken Blätter des Tages zu gehen, keine Beine, die sich würdelos beugen, und einen hängenden Hals, ich verstehe, dass die Telefonistin mir ausweicht, ich verzeihe ihr, bin deswegen nicht böse, mein Adjutant, während er zum Tank rüberspäht

– Gebt mir fünf Minuten lang in diesem Land das Sagen und ich töte alle Neger

wäre sie an meiner Stelle, würde die Telefonistin keine Anrufe für den freien Tag verabreden

– Ich rufe Sie zurück

würde mit einem Täubchenkichern die Arbeit Arbeit sein lassen

– Einen Augenblick

und in meinem Fall ein Schulterzucken und Naserümpfen

– Der da

ich immer der da, ein Der-Da, ein nervender Typ, ein Blödmann, der Jeep abkühlende Kohlestücke in einem Aschehaufen, und mein Adjutant außer sich

– Da haben die Esel doch tatsächlich die Kiste kaputtgemacht

während die Verdächtigen, 8 (acht) an der Zahl im Alter zwischen 12 (zwölf) und 19 (neunzehn) Jahren zur gleichen Zeit im Bairro 1° de Maio im Nordosten der Hauptstadt, der für seinen Verfall und die damit zusammenhängenden Rassenprobleme bekannt ist, will heißen, ein aus nicht edlen Materialien, Teilen von Gerüsten, Aluminiumresten, Bambus gemachter Pudding aus Gebäuden, in denen Leute aus Angola wohnen, Mischlinge oder Schwarze, und daher von Natur aus zu Grausamkeit und Gewalt neigend, was den Unterzeichner erneut dazu veranlasst, am Rand des vorliegenden Berichts besorgt die Richtigkeit der laufenden Immigrationspolitik in Frage zu stellen, während ich dem Adjutanten zurief

– Lass uns von hier verschwinden

und wir zur Böschung vorrückten, an der sie den Jeep zerstört hatten, das gestern, tagsüber, um 11:00 (elf Uhr und null Minuten), und der Brunnen und die Amseln, wir fragten uns

– Was machen wir jetzt?

über Resten von Baugerüsten am Rand des Wäldchens ohne Kastanienbäume oder Igel, meine Mutter

– Hast du etwa Kastanien gegessen?

mit einer Heftigkeit, die mich noch heute erschreckt, Birken, glaube ich, Frettchen und Maulwürfe, die im Schatten zu Mittag aßen, uns mit winzigen Eckzähnen bedrohten, und wir voller Angst vor den Tieren, vor einem Gewehr mit abgesägtem Lauf oder einer Armeepistole, die auf uns zielt, mal auf mich, mal auf ihn, vor den Jungs, die nicht redeten und noch viel weniger mit uns reden würden, sie würden ohne Eile aus den gestohlenen Wagen aussteigen, und eine unserer Hände streckt sich im Ärmel, der Mittelfinger braucht etwas länger, sich zu krümmen, als die anderen, und das ist es dann, Schlüssel, die unter ungeheurem Lärm aus der Tasche fallen, langsam, die Nase, die zum Mund rutscht

(schluckt er sie oder schluckt er sie nicht?)

und verzeihen Sie, Madame, dass ich die Telefonnummer des Labors nicht wähle, Ihre Ungeduld nicht höre

– Ich habe keine Zeit tut mir leid versuchen Sie es am Mittwoch

in einem Abschiedsknacken, kein Abschiedsknacken, nur ein Knacken, Schultern, die mich verachten

– Der Blödmann

die Gewissheit, dass in einem Winkel der Dunkelheit, wo, weiß ich nicht, vielleicht in meinem Kopf

(in meinem Kopf)

ein Fenster schlägt, mein Stiefvater zu meiner Mutter

– Das Fenster

und wenn ich es am wenigsten erwarte, das Unbehagen von Angeln, ich schaue in die Runde, nicht der geringste Luftzug, und dennoch die Gewissheit, dass ein Unbekannter im Sessel mich fragt

– Das Fenster?

und die Unsinnigkeit von

– Welches Fenster?

denn es ist das einzig mögliche, das im Wohnzimmer meiner Mutter, das wir vor Jahren verkauft haben, begann sich zu öffnen

– Ich bin es

also werde ich mich mit einem aufgespannten Regenschirm und einem Fläschchen in der Hand lächeln sehen, ich wohne in einem zweiten Stock ohne Fahrstuhl, was mich zwingt, die Treppenabsätze mit immer schwerer werdenden Schuhen zu erobern, ich beginne, ohne dem größere Beachtung zu schenken, ein eiliges Quietschen zu hören, das immer gegenwärtiger wird, nicht ruht, monoton ist, ich bleibe auf dem Treppenabsatz stehen

– Was mag das sein?

denke an die Kolleginnen der Telefonistin, an meinen Adjutanten, an meinen Chef, an die Negerjungs, und schließlich ist es ein Hamster, den meine Cousine mir in die Küche gestellt hat und der in seinem Rad strampelt

– Damit er dir Gesellschaft leistet

dazu eine zerknitterte Papiertüte

– Einmal am Tag tust du ihm einen Löffel auf den Teller und weiter brauchst du dich nicht drum zu kümmern

und dieses nicht zu heilende Getriebensein, ich barfuß, mit offenem Hemdkragen, beruhige mich bei einem Süppchen und einem Stück Obst

(keine Kastanien)

beschließe erleichtert

– Ein Hamster das kann nicht sein ich bin bestimmt eingeschlafen

und erhebe mich, für alle Fälle, und die Küche leer, will

heißen, der Herd, der Trog zum Wäschewaschen auf dem verglasten Balkon, das Geschirr, das ich wegzuräumen vergessen habe, und kein Geräusch, nur jemand, der den Schlitten eines Gewehrs mit abgesägten Läufen zurückzieht, ich ruhig, ohne Angst

(Angst wovor, ich bin zu Haus)

aus Vorsicht den Schlüssel an der Eingangstür zweimal umgedreht, und höre den Amseln zu, die den Traktor verlassen haben, und 8 (acht) Verdächtige im Alter zwischen 12 (zwölf) und 19 (neunzehn) Jahren, die mich nicht beachten oder genervt mit der Schulter zucken

– Der Blödmann

während ich sie mit aufgespanntem Regenschirm, eine Flasche in der Hand, anlächle.

Gemäß Absatz 3 (drei) der erhaltenen Anweisung wurden mir wurden mir

(ich streiche das zweite, aus Versehen wiederholte wurden mir)

5 (fünf) Polizeiobermeister und 2 (zwei) Anwärter zugeteilt, um die Verdächtigen mit den Mitteln, die ich für richtig hielt, zu verhaften, wobei mir mündlich mitgeteilt wurde

mein Chef fast wie unter Freunden, beinahe hätte er mir die Hand gedrückt, er, der mir weder die Hand drückte noch mir erlaubte, in sein Büro zu treten

– Sagen Sie es von dort aus ich höre Sie gut

wie ich bereits im ersten Teil meines Berichts erwähnt habe, zweifellos aus demselben Grunde, aus dem die Telefonistin

– Ich habe keine Zeit rufen Sie Mittwoch an

so kurz angebunden, dass ich die Ungeduld spürte, mein Chef zum ersten Mal

– Kommen Sie kurz mal her

während er so tat, als würde er den Briefbeschwerer verrücken

– Wie Sie verstehen werden mein Freund kann man diese Dinge nicht schriftlich festhalten

oder, besser gesagt

– Wenn es schiefgeht zahlen Sie dafür

(als wüssten wir nicht beide, dass ich zahlen würde, wenn es schiefging)

wobei mir mündlich die Möglichkeit mitgeteilt wurde, nach Gutdünken

(– Sie sind ja kein Kind mehr

was, zu einem Dreiundsechzigjährigen gesagt, diesen schwer ankommt)

auch unter Einsatz von Gewalt und sogar, im schlimmsten Falle, von Feuerwaffen als zufriedenstellende Reaktion auf die Anweisungen des Kommandos, die mein Vater, den Gott bei sich ruhen lassen möge, ungelesen, die Jacke über die Stuhllehne gehängt, über die Hitze fluchend und ihnen keinerlei Aufmerksamkeit widmend, gewohnheitsmäßig abstempeln würde

(die Sorgfalt, die mein Vater seiner Kleidung angedeihen ließ, schöner Satz, war eines der wenigen Dinge, die meiner Mutter an ihm gefielen, aber lassen wir, wenn Sie nichts dagegen haben, meine Familie aus dem Spiel)

und unter Familie verstehe ich nicht nur meine Eltern und meinen Stiefvater, sondern auch meine Exfrau und meine Tochter, ich will darauf aber nicht weiter eingehen, sondern dazu nur anmerken, dass es sie in meiner Vergangenheit gegeben hat und meine Tochter noch etwas in der Gegenwart, einen Sonntag im Monat im Norden, wo ich sie, wer weiß warum, besuche, ich glaube, wegen der Hoffnung auf ein Gespräch, das wir nie geführt haben und weiterhin nicht führen, ich bringe ihr ein Päckchen Kuchen mit, sitze auf einer Bank und schaue sie an, und sie

– Sehen Sie mich zum ersten Mal?

während sie Teppiche ausschüttelt, kleine Tassen abstaubt, die Wohnung aufräumt, ich beobachte vom Balkon aus die Gebäude von Ermesinde, die so wenig interessant sind wie die des Orts, in dem ich wohne, verabschiede mich von ihr selbstverständlich ohne einen Kuss, nehme an, dass ich die Kuchen in einem Monat wieder vorfinde

(was für einen Sinn hätte es, sich zu küssen?)

esse in einem billigen Restaurant unter einer geschlossenen Praxis, versuche die Anzahl der Zahnstocher in einem Zahnstochergefäß aus durchsichtigem Plastik mit einem Loch im Deckel zu erraten

(fünfunddreißig elf einundzwanzig?)

bemerke Schritte in der besagten Praxis, kann mir nicht vorstellen, von wem, möglicherweise ein Kranker auf Spinnenfang

(einmal habe ich den Deckel abgenommen und sie vor mir aufgereiht, siebzehn, jeden einzeln wieder hineingesteckt, und es waren sechzehn, habe den Deckel wieder abgenommen, und es waren wieder siebzehn, erklär mir mal einer dieses Mysterium)

ich höre in mir Grottenhohlheit oder, besser gesagt, langsame, vereinzelte Tropfen, von denen ich annehme, dass sie zu Ereignissen einer Zeit gehören, die schon lange tot ist, in der ich von Gefühlen übermannt wurde, mein Chef verwundert

– Sie haben ja rote Augenlider

und der von einer Seite zur anderen wandernde Briefbeschwerer quälte mich, ich wehrte mich dagegen, indem ich Zahnstocher schätzte oder mir meine Tochter vorstellte, wie sie auf derselben Bank sitzt wie ich und die Gebäude beobachtet, auch die Finger vermischt und voneinander trennt, vielleicht probiert sie einen der Kuchen, vielleicht auch Tropfen, ich gäbe acht Zehntel meines Gehalts, um zu wissen, was sie von mir denkt, wenn sie überhaupt einen Gedanken an mich verschwendet, als sie klein war, lachte sie im Schlaf, krabbelte rückwärts, breitete die Hand vor dem Gesicht aus

– Ich bin nicht da

und heute

– Sehen Sie mich zum ersten Mal?

zog sie Decken glatt, als wollte sie sie zerreißen, 5 (fünf) Polizeiobermeister und 2 (zwei) Anwärter für einen ganzen Stadtteil, oder, anders gesagt, sie schickten uns, damit wir uns um die Gewehre mit abgesägten Läufen und die Armeepistolen kümmerten, aufs Schafott, mein Chef interessiert

– Sie haben ja rote Augenlider

ohne die Dutzende von Zahnstochern zu sehen, die ich auf

dem Tisch aufreihte, ich hatte nicht mit so vielen Dutzend, was heißt hier Dutzenden, Hunderten gerechnet, ich brauchte 15 (fünfzehn) Meter Tischtuch, um alle darauf unterzubringen, der Stadtplan vom Bairro 1° de Maio, den die Informationsabteilung mir gab, anarchische Striche, Übernachtungsplätze, Treffpunkte und bevorzugte Wege, dazu, deutlicher als der Rest, ein Daumenabdruck mit blauer Tinte

(ich dachte, mein Vater sei gestorben, als ich zur Schule ging, so ein Unsinn)

in der Mitte des Ganzen, wenn meine Tochter wieder die Hand vor dem Gesicht ausbreiten würde

– Ich bin nicht da

wären die Gebäude von Ermesinde erträglich, ich bräuchte sie nicht Ziegelstein für Ziegelstein mit meinem Blick zu zerstören

– Adieu Gebäude

mein Chef gab mir die Karte wieder zurück, nachdem er mit dem Drehbleistift hier und dort hingezeigt und so getan hatte, als hätte er alles im Griff, er verweilte beim Daumenabdruck

– Das wird die Kirche sein

und wandte sich von mir ab und einem Erlass zu, den er mit Unterstreichungen versah, schaute nicht

– Seit Jahren habe ich nicht mehr ein so klares Diagramm erhalten

auf die Karte und die Fotos der Verdächtigen, die alle gleich waren, ich glaube, nur ein einziges war 8(acht)-fach vervielfältigt worden, sich widersprechende Aussagen von Zeugen, Opfern, Leuten, die für uns arbeiteten, und dem einen oder anderen Richter mit barocker Kalligraphie

(nach der Scheidung verschönerte meine Exfrau die Briefe, in denen sie Geld forderte, mit solchen Arabesken, und ich brauchte sie gar nicht mehr zu lesen, ich brauchte sie nur anzuschauen, um zu wissen, wie viel)

also kehrte ich ins Büro zurück voller Sehnsucht nach den

Zahnstochern und den Olivenkernen am Tellerrand, deren gerade Anzahl die Zukunft verbesserte, hin und wieder war es eine gerade Anzahl, aber besser wurde sie trotzdem nicht, Ermesinde im Regen

(Ermesinde, da komm mal einer drauf)

und meine Tochter krabbelte, obwohl sie erwachsen war, rückwärts zum Schlafzimmer

– Lassen Sie mich los Vater

in der Hoffnung

(sollte die dumme Gans doch hoffen)

zwischen einem Bär ohne Beine und einem Gummilupo, dem ein Ohr fehlte, einzuschlafen, wenn ich versuchte das Tier zu nehmen

– Leihst du mir den Pluto?

steckte sie ihn in die Bluse

– Das ist meiner

und verschwand, dabei den Lack mit den Fingernägeln quälend, unter dem Sideboard, während ich die Striche im Bairro 1° de Maio studierte, sie durch Hütten, Hohlwege, Gassen, Zonen ersetzte

(siehe Vergrößerung des unteren linken Quadranten des Diagrammes mit entsprechendem maschinengeschriebenem Kommentar)

in denen Gold, Haushaltsgeräte und Drogen verkauft wurden und wo hin und wieder am Eingang von Amadora in Heidekrautbüschen eine Leiche auftauchte, um die sich niemand kümmerte, es sei denn, um ihr ein Kleidungsstück auszuziehen, bis sie nackt zurückblieb oder nur noch einen Stiefel trug, der nicht vom Fuß ging

(letzte Woche habe ich es beinahe zwei Tage lang nicht geschafft, mir wegen einer Schwellung die Schuhe auszuziehen, wegen eines Zahnrads, das, glaube ich, am Schienbein kaputtgegangen ist, vom Fußknöchel aufwärts habe ich das Drama in den Griff bekommen) wie sehr doch dieses Land mit der Demokratie heruntergekommen ist, Herrschaften, fehlender Respekt, Misswirtschaft, die Neger, sogar meine inneren Organe, die früher effizient, wie geölt, ruhig arbeiteten, und man komme mir bitte nicht mit dem Argument, es sei das Alter, denn es ist nicht das Alter, es ist das Rette-sich-wer-kann-Syndrom, das sich auch auf die Organe überträgt, sie funktionieren jedes für sich allein, denn ich spüre die Nebennieren und die Bauchspeicheldrüse, wie sie egoistisch, grausam sind, mir mit den Fingernägeln den Lack unter dem Sideboard des Magens quälen, ich sollte wie meine Tochter enden, Decken glattziehen und Teppiche ausschütteln, nachdem ich wochenlang in einem Büro gesessen und überlegt habe

– Atme ich oder nicht?

und zum Schluss gekommen bin, dass ich atme, denn vielleicht, wer weiß, waren ja die Voraussagen der Olivenkerne, obwohl sie behaupteten, dass dem nicht so sei, günstig. Aber vergessen wir die Abschweifungen über das Sein und das Wesen der Dinge und nehmen wir die Angelegenheit im Rubrum wieder auf, ich habe also um 14:00 (vierzehn Uhr und null Minuten) die 5 (fünf) Polizeiobermeister und die 2 (zwei) Anwärter zugeteilt bekommen, Jungs, die zu ihrem Glück noch nicht vom Elend des Lebens gebeugt waren

(das noch kommen wird, keine Angst, und dann erzählen sie es mir, und ich höre, will heißen, ich höre nicht euch, ich höre die Tropfen in einer geheimen Höhle)

verteilte die Kopien der Karte in der Gewissheit, dass der Daumen meines Vaters mich verfolgte und anklagte, er, der nie eine Menschenseele angeklagt hatte, der arme Kerl, er amüsierte sich mit dem Regen, möglicherweise war ich ein Nieselregen im Park, der seiner Aufmerksamkeit nicht wert war, das einzige Mal, an dem er mich bemerkt hat, war, als er mich, ich war damals 7 (sieben) oder 8 (acht) Jahre alt, mit mein Herr anredete und den Hut lüpfte, ich schaute auf den Hut am Garderobenständer, der nach seinem Tod außerstande war, mich zu begrüßen, ich hob ihn an

– Guten Tag

und hängte ihn aus Angst, der Filz könnte lebendig werden, schnell wieder hin, die Polizeiobermeister und die Anwärter

(habe ich nicht gerade erklärt, dass das Leben sie noch nicht gebeugt hat?)

kritzelten mit einem Eifer etwas an den Rand, der mich stolz gemacht hätte, würden einige meiner Nerven noch vibrieren, die längst damit aufgehört haben

(ehrlich gesagt, vibriert kein einziger Nerv mehr)

ein Tropfen, und das war's, fast unhörbar, welk, immer kümmerlicher, immer langsamer, mein Adjutant, der zu allem gleich eine Meinung hat

(er wird alt werden und sich zwei Tage lang, qualvoll humpelnd, die Schuhe nicht ausziehen können)

machte den Vorschlag empfahl regte an, dass wir uns jeder für sich nachts nicht im Bairro 1° de Maio, sondern in der Umgebung um die Verdächtigen kümmern sollten

(die Genauigkeit dieses Dummkopfs, Umgebung)

wenn wir ihren Stundenplan und ihre Gewohnheiten kennen, oder, mit anderen Worten, auf einem Ödland mit wilden Feigenbäumen, durch das der Zug fuhr, bevor er zu den Schornsteinen von Amadora gelangte, man wusste nicht genau, woher er kam und wohin er fuhr, 1 (ein) oder 2 (zwei) Waggons verließen unter hochfahrendem Gehuste die Bahnstation, wo ein Typ mit falschem Kragen wartete und Damen mit Kamee und Schleier aus den Fenstern winkten, im Keller meiner Patentante gab es Kragen und Schleier und Kameen, die nach Staub und säuerlich rochen, und eine Sekunde lang dachte ich, ich hätte einen der Verdächtigen gesehen, wie er inmitten von bleichen Gerüchen auf unsere Familie schoss, was in mir den Wunsch weckte, meine Tochter zu bitten, mir ihre Hand zu leihen, damit ich sie vor dem Gesicht ausbreite

– Ich bin nicht da

anstatt stundenlang zwischen wilden Feigenbäumen und Disteln darauf zu warten, dass ein Mischling oder ein Neger, Tauben aufscheuchend, über die Schienen kam, mein Chef, der mit Grotten keine Erfahrung hatte, stieß mir den Drehbleistift mit einer Freundlichkeit in das Brustbein, die mich überraschte

– Wenn die Operation beendet ist bringen Sie die Dokumente ins Archiv zurück und bitten Sie Doktor Sabino Ihre Augenlider zu behandeln

bis ich begriff, dass die Operation nur mit meinem Tod endete und die Tatsache, dass er mir Doktor Sabino empfahl, seine Art war, sich von mir zu verabschieden, das Kommando würde einen Beamten der mittleren Laufbahn

(Doktor Sabino höchstpersönlich, sage ich mal, der in seiner Karriere feststeckt, in diesem Punkt sind wir Zwillinge, das habe ich beim ersten Blick gespürt, als ich ihn wegen einer Angina aufgesucht habe)

zur Beerdigung schicken, 6 (sechs) Schüsse, 7 (sieben) Schüsse, die wilden Feigenbäume gestikulieren, die Tauben wild erregt, und ein letzter Tropfen, fast schon kein Tropfen mehr, eine kleine Grünalge löst sich von ihren trockenen Steinen, kaum hatte ich die Tür geschlossen, hatte der Chef mich vergessen, war damit beschäftigt, ein Stäubchen von der Krawatte zu reiben, und da lag ich bäuchlings im Ödland, hörte meinen Stiefvater, der eine Reihe im Kreuzworträtsel suchte, die mein Leben zusammenfassen würde, zu meiner Mutter sagen

– Das Fenster

und er fand ein Männlein vor den Gebäuden von Ermesinde mit der Tochter ohne den Gummipluto, die mit einem zornigen Tuch über Regale und kleine Tische mit bodenlangen Decken wischte, ich hatte den Eindruck

(sicher bin ich mir nicht)

dass sie

– Was wollen Sie eigentlich hier?

als wäre ich ein Eindringling, und tatsächlich war ich ein Eindringling

(ich habe jahrelang keinen Versuch unternommen, sie zu besuchen)

der verlegen mit den Kuchen, mit eng zusammengestellten Beinen und seiner Unfähigkeit zu reden dastand

(wenn ich reden würde, was sollte ich dann sagen?)

mit der Zeit lernte ich die Gebäude auswendig, will heißen, 3 (drei) ganze Gebäude, dazu 1/2 (ein halbes) auf der linken und 2/5 (zwei Fünftel) eines anderen auf der rechten Seite, ich kenne ihre Fenster, die Erker, die schmalen Balkons, den Herrn im Pyjama, dem eine Nichte oder eine Enkeltochter

(nichts stützt die Behauptung, dass es eine Nichte oder eine Enkeltochter war, da kommst du wieder mit deinen überflüssigen Behauptungen, vielleicht die Hausangestellte)

etwas um den Hals gebunden hat, das wie ein Kopfkissenbezug aussieht

(du bist besser geworden)

nicht um ihren, um seinen, und ihn ärgerlich über das ewig lange Gekaue füttert, ihm den Mund abwischt, als wollte sie ihn abreißen, und sie reißt ihn fast immer ab, indem sie den Kopfkissenbezug mit einem Ruck wegzieht und von der Brüstung zurücktritt und in den Nebel der Wohnung hineinruft

– Wo steckst du Zé Pedro?

während meine Tochter das Bett macht oder den Lack unter dem Sideboard quält, würde ich mich auf alle viere herunterlassen, würde ich sie an die Wand gelehnt vorfinden, wo sie heimlich fleht

– Gehen Sie weg Senhor

ich erinnere mich daran, dass ich vor ein paar Monaten, im Januar oder Februar

(wozu das Gerede, du weißt genau, dass es Januar war, im Monat deines Geburtstags und in dem deine Mutter, schweif nicht ab, lass deine Mutter, mach weiter) am zwölften Januar, war doch klar, dass ich das weiß, ich zeichne immer einen Kreis um meinen Geburtstag, den zweiundzwanzigsten, bin ich in einer Straße gelandet, in der Frauen, in der Frauen, und das reicht, und Mischlinge und Neger

(woran in diesem Land kein Mangel herrscht, sind Mischlinge und Neger)

und alte Frauen mit Spazierstock und mit Plastiktüten in schimmligen Erdgeschossen, nein, Grotten, in denen hier und da Tropfen, und die Alten, die Hand am Ohr

– Wie bitte?

falsche Friseure, falsche Bäder, falsche Masseusen, Flure mit Zimmern

(Tropfen in den Zimmern verteilt)

und eine Nichte oder Enkeltochter, vielleicht die Hausangestellte

– Wo steckst du Zé Pedro?

versuche nicht abzuschweifen, flüchte nicht, fang wieder von vorn an, Flure mit Zimmern, und ich und eine der Frauen auf der Treppe, auf der zwei alte Frauen ihre Tüten abstellten und mühsam atmeten

(wie viele Zahnstocher insgesamt in allen Zahnstocherbehältern der Restaurants von Ermesinde, eintausendeinhundert, zweitausend?)

will heißen, Witwenblusen wogten schnell wie Kiemen, ich mit einem Schlüssel, den ein Inder mit Pantoffeln mit dem Hinweis

– Zehn Minuten

aus der Tasche gezogen hatte, einen Schlüssel wie vom Tor eines Landgutes, wo uns in den Beeten der Atem unsichtbarer Hunde bedroht und man einen in Vergessenheit geratenen Teich und einen Neptun mit einem Bart aus Spinnenweben über dem Marmorbart erkennen kann, ich war kaum an den Alten vorbei, da hörte ich das Geräusch von falschen Gebissen, die auf den Boden fielen, und wo ich bei diesem Punkt angelangt bin, der vorgibt, objektiv zu sein, stellt sich die Frage: was wurde mit dem Schlüssel geöffnet?, und die Antwort ist: die vorletzte Tür der östlichen Seite, und die Nacht begann mit ihrem Insektenfieber, die Frau, die nicht ich ausgesucht hatte, ein Mischling oder ein Neger hatte sie ausgesucht

(einer der Verdächtigen?)

mit einem Klaps, der mich, hätte ich einen kühlen Kopf gehabt, abgestoßen hätte, auf einen Körperteil, an den ich lieber nicht denken möchte, aber doch denke

– Da ist ja der Blödmann

und ich akzeptierte sie aus Angst vor dem Mischling oder dem Neger, der besser angezogen war als ich, die Frau weder Mischling noch Negerin, weiß, und obwohl es unter den Cremes schwer zu erkennen war, fehlten nicht viele Jahre

(vielleicht neun oder zehn, und um auf die Zahnstocher zurückzukommen, so sind es weniger als tausend, dreihundert allenfalls, denn die Anzahl der Gaumen in Ermesinde ist begrenzt und nicht alle essen auswärts)

zum Spazierstock und zur Plastiktüte, die auf einer Stufe wieder Kraft schöpften, aber nach einer halben Treppe bemerkte man wieder die Kiemen, der Schlüssel zermalmte einen Haufen Knochen, die mich zerrissen, während sie zerbrachen, als wären es meine, und nachdem das Massaker beendet war, ein Kabuff, eine Matratze, eine dieser Kommoden, die man in Begleitung von Kühlschränken mit heraushängenden Eingeweiden und Stühlen, denen Beine fehlen, auf den Bürgersteigen findet, ein zittrige Sonnenfinsternisse produzierendes Lämpchen

(wenn ich intermittierend leben könnte, würde ich dann weniger leiden?)

und dann dieses nächtliche Insektenfieber, das uns beide entfärbte, dazu führte, dass wir uns in einem Tanz von Vogelscheuchen bewegten, der nicht viel anders war als dieser Tanz im Bairro 1° de Maio mit meinen Polizeiobermeistern und meinen Anwärtern, darauf wartend, dass einer der Verdächtigen den Pfad bei den Kakteen einschlug oder die Frau sich ohne

– Sie haben rote Augenlider

auszog, während ich mir vorstellte, wie sie unter wirrem Kiemenflattern größer und kleiner wurde, fast der Spazierstock, die Plastiktüte

(zwölfter Januar, ich zeichnete noch mehr Kreise im Kalender, hier ist es)

die Pantoffeln des Inders wurden vor dem Zimmer gegenüber langsamer, einer schlurfte, der andere leicht

– Sie haben noch 1 (eine) Minute mein Freund

so wie ich, wenn diese Hüfte verkündet

– Ich existiere

und etwas klemmt, eine Schraube oder eine Sprungfeder mich zwingen, wie die Zeiger der Uhr meines Stiefvaters zu humpeln, die, ohne einen Strich auszulassen, einmal die Runde machten, und wenn sie 11:10 (elf Uhr und zehn Minuten) erreichten, gab es eine Hernie in der Unruhe, und sie blieben stehen, man merkte, wie sich die Zeiger, die unbedingt weiterrücken wollten, abmühten, mein Stiefvater öffnete den Glasdeckel, führte sie mit den Fingern auf 11:11 (elf Uhr und elf Minuten), und die Uhr war von der Hernie befreit, gesund, daher standen die Zeiger seit dem Tod meines Stiefvaters reglos bei ewigen 11:10 (elf Uhr und zehn Minuten), sie werden zwar etwas wütend, wedeln protestierend, geben dann aber auf, und die Uhr ein Gegenstand in der Schublade mit den anderen Dingen

(ich ein Ding?)

der ausgedrückten Klebetube, einer Karnevalsnase ohne Gummiband, oder besser gesagt, nicht Dingen, Leichen, mir fiel wieder einer der Türknäufe aus der Zeit ein, in der wir die Türen ersetzt haben, ein Revolver ohne Hahn

(ich erinnere mich nicht daran, ihn besessen zu haben, und mein Vater, was Revolver betrifft, ich glaube nicht) und die kleine Dose, auf der man die Marke der Pillen für die Verdauung schlecht lesen konnte, in der Knöpfe schepperten, die vielen Verstorbenen, die um uns herum unterwegs sind, und wir unaufmerksam, wenn wir zufällig die Schublade aufziehen, die Gewissheit, dass sie sich untereinander vermehren

– Woher kommt nur der ganze Kram?

und wir machen die Schublade zu, bevor sie mit uns reden, ich beugte mich vor, dachte, dass einer der Verdächtigen, der Teufel soll sie holen, denn ein Knistern auf der Bahnstation, aber es war der Wind in den Kakteen, der eine einzige Pflanze hin- und herschwenkte, und die anderen ganz reglos, so wie der Tod auf Zehenspitzen blindlings oben auf den Schrank greift und wir da oben hocken und sehen, wie die Finger aufs Geratewohl suchen, wir uns ganz klein machen, nicht einmal einen Seufzer wagen

– Werde ich es sein wird es der da sein?

arme Kaninchen auf der Straße zwischen Resignation und Angst, dass ein Scheinwerfer aufleuchtet, der Tod ist meine Großmutter, die ein Huhn aus dem Hühnerstall holt, um ihm über einer Schüssel den Kopf abzuschneiden, wir sehen die Schürze, das Messer und können gerade noch die Hand vor dem Gesicht ausbreiten

– Ich bin nicht da

begreifen, dass wir weder eine Hand noch ein Gesicht haben, wir wollen eine Geste machen, die wir ebenfalls nicht mehr haben, und es ist zu Ende, Zweifel und Dunkelheit, erst nur noch Dunkelheit und dann nichts, es bleibt ein Lämpchen, das zittrige Sonnenfinsternisse produziert, die mich zum Glück vor mir selber verbergen und in denen die Frau, der zum Spazierstock und zur Trauerkleidung nicht mehr viel fehlt, erscheint und verschwindet, und wenn sie verschwindet, sehe ich sie vor den Gebäuden in Ermesinde

(3 (drei) ganze Gebäude, dazu 1/2 (ein halbes) auf der linken und 2/5 (zwei Fünftel) eines anderen auf der rechten Seite)

wie sie die Betttücher zerwühlt, die meine Tochter zurechtgezogen hat, und vielleicht ein Bär ohne Beine und ein Pluto aus Gummi, dem ein Ohr fehlte, die Tränen, die ich über die Tiere vergießen würde, wenn sie sie mir zeigten, meine Freunde, will heißen, ich würde keine einzige Träne vergießen, würde sie entgeistert anschauen

– Wo habt ihr bloß diesen Plunder aufgetan?

oder ich würde sie auf den Boden werfen, als ich von Höhlen und Grünalgen sprach

(eine einzige trockene Grünalge)

war das kein Scherz, so ist es, genau das kann ich sein, etwas Granit, ein paar Echos, meine Exfrau

– Er hat nie etwas für wen auch immer empfunden

und sie hat recht, das stimmt, was soll ich fühlen, weshalb und wozu, für wen, ein Kaktus anstelle der Verdächtigen, der nicht die Worte braucht, mit denen man mit den Pflanzen reden soll, er nährt sich von Schweigen und Abwesenheit, Zahnstocher, deren Anzahl ich nicht erraten kann, und eine ungerade Anzahl Olivenkerne, die Autobahn nach Lissabon menschenleer, weil alle gestorben sind, ein Gewehr mit abgesägten Läufen oder eine Armeepistole war gekommen und hatte sie mitgenommen, mein Chef besorgt

– Sie sollten sich einen Termin bei Doktor Sabino geben lassen

als das Lämpchen wieder da war, hatte die Frau wartend die Ellenbogen auf die Knie gestützt genau wie wir am Bairro 1° de Maio oder, besser gesagt, ein paar Straßenlaternen und ein paar Umrisse an der Erhebung eines Hanges, hin und wieder ein Schuss, noch einer, wen kümmmert das, ich dreiundsechzig Jahre alt, vierundsechzig im Januar, ziemlich würdiges Alter, und die Polizeiobermeister keine dreißig, meine kranken Knochen in den Büschen, auf der Erde ausbreiten, gebt mir einen Spazierstock und eine Plastiktüte und erlaubt mir, auf einem Treppenabsatz zu warten, da ihr mir ja schon nicht das

Wunder zugestehen wollt, rückwärts zu krabbeln, und ich zog mich auch aus

(sah mich, sah mich nicht)

es gab keine Stuhllehne für die Kleidung, wäre da wenigstens ein Heiligenbildchen, das meine Gebete annähme, obwohl ich trotz der Bemühungen der Katechismuslehrerin in der Kirche kein einziges Gebet gelernt hatte

(Dona Emiliana ganz hochgeschlossen und mit einem diskreten Medaillon)

Doktor Sabino legte das Stethoskop auf dem Tisch ab, während ich fasziniert von den Gummischläuchen des Apparats war, die sich lebendig wanden und sich von Ewigkeit zu Ewigkeit winden würden

– Schlimmer geht es mir mit dieser Bronchitis Sie leiden nur unter Erschöpfung

und die Gummischläuche krümmten sich unendlich langsam, was würde mit ihnen geschehen, wenn sie meinen Hals zu fassen bekämen, würden sie ihn mit einem Dutzend Knoten zudrücken, und Doktor Sabino würde es nicht einmal merken, während er auf seine Weste zeigte

– Mein Herz macht es kein Jahr mehr

und tatsächlich brauste Dunkelheit im Innern der Weste, warum band meine Großmutter ihm nicht die Füße mit einem Bindfaden zusammen und schnitt ihm den Kopf ab, am Abend kam der Bruder von Doktor Sabino

(ich habe solche Angst)

bei der Polizei vorbei und holte ihn ab, half ihm, sich vom Kittel zu befreien, und rückte ihm die Jackenaufschläge zurecht, fand mit 2 (zwei) präzisen Fingern ein Haar auf der Schulter, zeigte es ihm gegen das Fenster

– Ein Haar

stolz darauf, es entdeckt zu haben, ein Härchen, er führte ihn von einem Raum in den anderen, teilte uns durch die Ecke des Kinns mit

– So was von gaga Herrschaften

(es gibt Wesen, die drücken sich mit der Kinnlade aus)

und Doktor Sabino würdig

– Ich bin Arzt

er stieß gegen die Karteikästen, ohne die Leute zu begrüßen, fünfundsechzig Jahre oder möglicherweise in meinem Alter oder möglicherweise jünger, wer weiß, er betrachtete mich neidisch

– Sie sind ein junger Springinsfeld

und die Gummischläuche rollten sich unruhig auf, richteten sich auf, wäre da nicht der Respekt, den ich dem Arzt schuldete, würde ich das Telefonbuch nehmen und sie zermalmen, der Bruder stützte ihn, wenn sie die Treppe hinunterstiegen, in der Taille

– Pass auf Fernando

und Fernando zählte die Stufen wie ich die Zahnstocher, 11 (elf), 12 (zwölf), 13 (dreizehn), leider konnte ich sie nicht eingehend betrachten, auch nicht die Oliven mit dem Messer an den Tellerrand schieben, mein Chef ließ nicht locker

– Sie sollten diese Augenlider Doktor Sabino zeigen

als würde Doktor Sabino was davon verstehen, und wer konnte mir zudem garantieren, dass Doktor Sabino nicht doch ein ganz Gewievter war, vielleicht konnte er sogar, man sieht ja so einiges, mein Problem mit der Grotte und den Tropfen mit Elixieren aus der Apotheke zum Mittag- und zum Abendessen lösen

(das ist alles, was ich sagen kann, ich habe Angst)

und ich habe mich nicht in ihr Bett gelegt, damit meine Tochter nicht die Hand vor dem Gesicht ausbreitete

– Ich habe das Bett gerade gemacht und Sie bringen alles wieder durcheinander Senhor

ohne Bär oder Pluto, ein paar billige Möbel, von denen die Farbe abblätterte

(ob sie wohl Geld brauchte?)

und von den Sofabeinen abgenutzte Matten, sie würde ablehnen, wenn ich ihr ein paar Scheine geben würde, das möchte ich wetten

– Haben Sie es erst heute Nachmittag begriffen?

sie hatte nichts, was an mich erinnerte, ganz die Mutter, der Sauberkeitsfimmel, die Worte nicht der Reihe nach, alle auf einmal in einem Schwall abgeschossen

– Hast du es erst heute Nachmittag begriffen?

nein, das hatte meine Frau gesagt, und es ärgert mich, dass ich sie durcheinanderbringe, meine Tochter

– Haben Sie es erst heute Nachmittag begriffen?

die Vorstellung, dass die Worte wegen der zugenähten Lippen vor langer Zeit gesagt wurden, nicht in dem Augenblick, da sie sie aussprach, und seit der Zeit, in der sie sie gesagt hatte, wir tot, wir Gegenstände in der Schublade, die nicht aufgeht, klemmt, Karnevalsnasen, Klebetuben, Kulis, ich eine Mumie auf einer Bank, vor mir meine drei Gebäude, einer der Polizeiobermeister wie ich zusammengekauert, unsichtbar in den Büschen, genauso lächerlich wartend

– Probleme Senhor?

unpassendes Interesse, auf das ich nicht eingehe, der Polizeiobermeister oder die Frau im vorletzten Zimmer auf der Ostseite

(wie sie im Dunkeln erkennen?)

– Probleme Senhor?

oder, anders gesagt, so viele Menschen gleichzeitig, dass ich ihnen nicht antworten kann, die Hausangestellte des Herrn im Pyjama, unglücklich, angstvoll

– Wo steckst du Zé Pedro?

unterbrach meine Überlegungen, zum besseren Verständnis des vorliegenden Berichts möchte ich anführen, dass ich um 22:00 Uhr (zweiundzwanzig Uhr und null Minuten) und mit dem Auftauchen des Mondes in 50 (fünfzig) Metern Entfernung von uns ein Gebäude bemerkte, ein Lagerhaus oder eine Fabrik ohne Fenster (und mein Stiefvater

– Das Fenster)

Bretterzäune, hinter denen weder Arbeiter noch Maschinen, namenlose Kletterpflanzen und die Tiere, die der Mond mit sich bringt, Ginsterkatzen Käuzchen Mäuse Maulwürfe, was für ein Leben, wäre ich wenigstens ein Schreiber wie mein Vater, eine Decke für die Knie in Reichweite, um sie auszubreiten, falls meine Gelenke kalt werden, und meine Ruhe und mein Regen, keine Spur von den Verdächtigen, sie haben mir die falsche Karte gegeben, und wie oft haben sie mir schon eine falsche Karte gegeben, ich frage mich, ob du genauso wie sie, Väterchen

(mir ist das Väterchen einfach so rausgerutscht, dabei hatte ich die Verkleinerungsform überhaupt nicht auf der Seele, wie abartig)

von einem anderen Teil Lissabons näher am Tejo, jede Sekunde Wellen und ein Zurückweichen auf dem Sand, eine andere Art von Baracken, andere Leute

(Bulgaren, Russen, Leute, die auf dem Bau arbeiten, Zigeuner?)

dort oben Autos, und mit den Autos kommt jede Menge Split in einem Schwall kleiner schwarzer Steine, die sich gelöst haben, den Hang herunter, mir fiel die Hausangestellte des Herrn im Pyjama ein, die sich im Namen geirrt hatte und mich rief, ich habe nachgedacht, wie lange mich schon niemand mehr ruft, und ich konnte keine Antwort finden, die Krankenschwester von Doktor Sabino in der Sprechstunde

– Sie

zum kleinen Zimmer gewandt, in dem wir uns mit Zeitschriften ohne Titelblatt, aus denen die Seiten herausfielen, und Drucken mit ländlichen Motiven die Zeit vertrieben

(Schafe)

die uns beruhigen sollten

– Keine Angst fühlt euch wie zu Hause

und da uns das Haus nicht gehörte, machte es uns nur noch

mehr Angst, welch finsterer Gedanke, neben diesem komischen Apparat krank zu werden, der aus einem durchsichtigen Zylinder Wasser in Plastikbecher gießt, die man in einen Korb wirft, ich möchte nicht verlöschen

(ich habe Angst)

während ich zuschaue, wie Blasen an die Oberfläche steigen, während sich der Becher füllt, ich möchte meinen Bär ohne Beine, meinen Pluto

(ich bin nicht meine Tochter, hatte auch nie Puppen, das Gefühl vom Tod hat mich genarrt, ich hatte einen Krankenwagen ohne Räder, mit dem ich bäuchlings auf dem Boden liegend spielte, so wie ich jetzt bäuchlings auf dem Boden den Mondtieren ausgeliefert bin, Ginsterkatzen Käuzchen Mäusen Maulwürfen, die darauf warten, dass die Frau aus dem vorletzten Zimmer auf der Ostseite oder der Verdächtige über die Bahnstation geht und auf mich zukommt, ohne zu wissen, dass ich da bin, den Aquariumsblasen zuhören, wenn der Becher sich füllt, oder den Gebäuden von Ermesinde, wie sie an der Stille nagen, und es ist so einfach, sie zu töten, obwohl ich nicht gut zielen kann und meine Finger zittern, ich habe große Mühe, eine Tasse zu halten, ohne die Flüssigkeit zu verschütten, ich muss sie mit der Untertasse darunter zum Mund führen, und selbst so)

und jetzt habe ich über dies Gejammer den Faden verloren, wo war ich noch, ich hatte gesagt, weder Bär noch Pluto, ein Krankenwagen ohne Räder, mit dem ich den Fußboden kaputtmachte, während ich tack tack tack mit der Zunge schnalzte, meine Mutter

– Du gehst mir damit auf die Nerven

und mein Stiefvater bemerkte es nicht einmal, ich habe seine Stimme vergessen, wenn er überhaupt eine hatte, es gibt keinen mehr, der mir das sagen könnte, einige verfielen in Agonie, andere sind verstummt, andere sind gegangen, nicht weit weg oder sehr weit weg, nicht einmal sie wissen es, wie geht es euch, kommt her, in dem gesagten Gebäude in 50 (fünfzig) Metern Entfernung von uns, einem Lagerhaus oder einer Fabrik, ist egal

(und mein Chef, der sauer auf mich ist)

– Lagerhaus oder Fabrik was denn nun entscheiden Sie sich mal)

soweit ich sehen konnte

(ich zu meinem Chef, indem ich das Problem löste

– Eine Fabrik würde ich sagen

und mein Chef, während er mit dem Drehbleistift, nicht Drehbleistift, einem Papiermesser, das nichts schnitt, auf seine Handfläche schlug

– Würden Sie sagen?

und dabei die Augenbrauen auf unterschiedlicher Höhe)

soweit ich sehen konnte

(ich habe Angst)

namenloses Gestrüpp, in dem ein Kind

– Ich bin nicht da

die Hand vor dem Gesicht ausbreitet und verschwindet, nicht weit weg oder sehr weit weg, nicht einmal das Kind wusste es, ein anderes Kind

(oder dasselbe?)

krabbelte rückwärts und ein drittes Kind, möglicherweise immer noch dasselbe, das im Schlaf lächelte, während die Kakteen mich zerkratzten

(kein Satz über meine Exfrau, alles was auch immer Sie wollen, aber wenn mein Chef befiehlt

– Ihre Exfrau?

über diesen Fall rede ich nicht, tut mir leid)

die Beine, einmal ganz abgesehen von den Rippen, ich im Zimmer ohne eine Rückenlehne, über die ich das Hemd hätte hängen können, und die Pantoffeln des Inders an der Tür verlangten Geld von mir, der ich meiner Tochter nie Geld angeboten habe, ich habe sie jahrelang nicht besucht, hatte das Interesse an ihr verloren

– Die eine Minute ist rum

ich weiß nicht, wie ihr Leben vor Ermesinde war, vor den Päckchen mit den Kuchen und ihrem Zorn über mich, es gibt Augenblicke, da möchte ich mit ihr reden, rede aber nicht, in denen meine Tochter einen Schritt macht, sich aber eines anderen besinnt, ich wollte gerade schreiben, ihre Augenlider rot, aber da habe ich mich geirrt, blass, mit dem Rücken zu mir, wann immer sie die Decke glattstreichen kann, wäre ich eine Decke, würde sie auch mich glattstreichen, ich sah die Frau, als das Lämpchen wieder anging

– Irgendein Problem Senhor?

und zum Glück verschlang die Dunkelheit ihre Stimme, dich gibt es nicht, ich werde nicht in den Himmel kommen, ein paar schöne Stationen im Fegefeuer mit den Qualen, über die ich im Katechismus gelesen habe

(danke, Dona Emiliana)

das wäre geschafft, der Inder kam mit philosophischer Gelassenheit vorbei, ich bemerkte an der etwas langsameren Atmung, dass er kurz stehen blieb, und der stumme Flur entfernte sich von uns, die wenigen Geräusche, die hierhergelangten, waren die der falschen Gebisse, die sich auf der Treppe stapelten oder ein gewichtsloser Spazierstock, der der Länge nach am Eingang hinfiel, ein Polizeiobermeister kniff mich in den Ärmel

– Da kommen sie

wer weiß, vielleicht überstellen sie mich ja nach einer Zeit im Fegefeuer in den Himmel, aber ohne Ehre oder Ruhm, durch die Hintertür, vor der auf dem Hof der blecherne Mülleimer steht, mein Stiefvater in die Kreuzworträtsel vertieft, schämt sich für mich

– Das Fenster

zeigt auf Kiefern, Brombeeren oder etwas, das Kiefern und Brombeeren, oder wie immer Sie es nennen wollen, in dieser lichtlosen Stunde ähnlich sah, wenn es nach mir ginge, aber es geht nicht nach mir

(oder geht es doch nach mir?)

würde ich sie unentschlossene Formen nennen, soll ihnen doch der Supervisor in den Korrekturen mit Rot einen Namen geben, das ist nicht meine Sache, meine Sache ist, die erhaltene Anordnung bezüglich der Verdächtigen und der Möglichkeit eines Einsatzes von Schusswaffen zu erfüllen

(– Sie sind ja kein Kind mehr)

um Anordnungen von höherer Seite zu befriedigen, die mein Vater nie las und die er, hätte er sie gelesen, für gut befunden hätte

(mein Vater sah den Regen und sah nicht uns)

indem er die Prosa abstempelte, was mich betraf, so konnte aus den unentschlossenen Formen unvermittelt und nichtsahnend ein Mischling oder ein Neger im Alter zwischen zwölf (12) und neunzehn (19) Jahren mit Gewehr mit abgesägten Läufen oder Armeepistole, ohne Angst, ohne Eile, möglicherweise pfeifend heraustreten

(einer von ihnen pfiff, wie im vorangegangenen Bericht zu lesen ist)

und das Pfeifen plötzlich abgeschnitten, eine der Hände bis zum Ende des Ärmels, die Frau

– Irgendein Problem?

und kein Blut am Körper, Blut hinter ihm an der Wand, die Nase rutscht zum Mund

(schluckt er sie oder schluckt er sie nicht?)

nachdenklicher Gesichtsausdruck und Augen, die sich durch mich hindurch selber anstarren, auch wenn ich die Hand vor dem Gesicht ausbreiten würde

– Ich bin nicht da

würde ich mich vor ihnen nicht retten können, so wie ich mich ebenso nicht einen Sonntag im Monat vor meiner Tochter rette, wenngleich keiner von beiden sich dies wünscht, erklär mir einer den Grund dafür, dass ich sie besuche, und ihren Grund, mich nachmittags eine halbe Stunde lang zu empfangen, manchmal denke ich, da ist etwas zwischen uns, ein zartes Band, so etwas wie Sehnsucht oder ähnliche Gefühlsduseleien, aber das stimmt nicht, sie auch eine Grotte, in der Tropfen und Flechten vertrocknen, ein leerer, echoloser Raum, tote Steine, Stille, sie braucht sich nicht unter der Kommode zu verstecken und den Lack zu quälen, setzt sich auf dieselbe Bank wie ich vor die 3 (drei) Gebäude gleich hinter der Gardine, dazu 1/2 (ein halbes) auf der linken und 2/5 (zwei Fünftel) eines letzten auf der rechten Seite, und das reicht ihr, reicht uns, wir brauchen den Herrn im Pyjama nicht, dem eine Nichte oder eine Enkeltochter

(nichts stützt die Behauptung, dass es eine Nichte oder eine Enkeltochter ist, lassen wir es eine Hausangestellte sein, ich habe Angst und bin müde)

so etwas wie einen Kissenbezug um den Hals gebunden hat

(ich brauche den Kissenbezug nicht)

und ihn ärgerlich über das ewig lange Gekaue füttert, ihm den Mund abwischt, als wollte sie ihn abreißen, und sie reißt ihn fast immer ab, und das brauche ich auch nicht, der Verdächtige fast an mir dran

(er pfeift nicht)

oder die Frau, die einen meiner Rockaufschläge hält

– Es ist spät

das ist ja mal etwas ganz Neues, seit Dutzenden von Jahren ist es spät, gäbe es wenigstens ein Heiligenbildchen, ein Wunder, ein kleines göttliches Zeichen, Doktor Sabino tröstet mich

– Im Vergleich zu mir sind Sie ein junger Springinsfeld

und ich mache, bäuchlings auf dem Boden, den Fußboden mit dem Krankenwagen ohne Räder kaputt, wenn meine Exfrau

(dieses Thema rühre ich nicht an)

wenn das Lämpchen an der Decke aufhören würde an- und auszugehen und ständig aus wäre, so dass nicht einmal mein Bild, dann

(da bin ich mir sicher)

würde ich mich an seine Seite legen, die Knie an den Kakteen zerkratzen und im Hintergrund einen Zug erahnen, von dem man nicht weiß, woher er kommt und wohin er fährt, ein oder zwei Wagen, nicht mehr, die Lokomotive mit Kohle geheizt, verlässt er die Bahnstation, auf der ein Herr mit Schnurrbart und falschem Kragen wartet, Damen mit Kameen und Schleier winken an den Fenstern wie damals, als ich klein war, und mir ist eine Sekunde, in einem Spiegelschwindel lang so, als würde ein Kind die Hand vor dem Gesicht ausbreiten

– Ich bin nicht da

damit ich nicht sehen konnte, dass es im Schlaf lachte.

Ich bitte diejenigen, die es angeht, zu entschuldigen, dass ich Dutzende von Seiten damit verbracht habe, bis zum Ende zu kommen, aber wenn so viele Erinnerungen brodeln, entzieht sich einem der Kopf, ich höre, wie er alte Begebenheiten bewegt, Menschen und Dinge von ihrem Platz verrückt und Unglück wieder hervorholt, das ich vergessen glaubte, das aber letztlich bleibt, mein Stiefvater, meine Mutter, Doktor Sabino, während sich die Gummischläuche des Stethoskops ohne Unterlass auf der Tischplatte winden, und sie werden ohne Unterlass weitermachen, wenn ich nicht mehr da bin

– Was wollen Sie hier ich kann Ihnen nicht helfen ich bin alt

der Kopf bringt anstelle der Verdächtigen meine Tochter, und ich brauche sie nicht, was würden wir beide tun, was könnte sie mir sagen außer Vorwürfe und böse Worte, ich habe jahrelang auf Sie gewartet und Sie haben mich sitzenlassen Senhor, sie befreit die Bluse, indem sie mit dem Körper zur Seite ausweicht

– Sie geben wohl erst auf wenn ich richtig sauer bin oder?

zum ersten Mal sieht sie mich an, und wenn ich genau hinschaue, ist sie eine Fremde, ich kenne die Gebäude von Ermesinde, aber dich kenne ich nicht, sag mir, was haben wir gemeinsam, außer dem, woran sich keiner von uns beiden erinnert, ich bemühe mich und kann keine Erinnerung finden, mit der man etwas anfangen könnte, falls du mir ein Foto von dir als Kind zeigen würdest, hielte ich es ans Licht

– Entschuldige

würde die Brille nähern, mit dem Finger über das Fotopapier in Erwartung einer Freude fahren, die nicht käme, und welche Freude hätte wohl ein Interesse daran zu kommen, ich würde mich wundern

– Du?

und das Bild zurückgeben, ohne was auch immer zu fühlen, was soll ich denn fühlen, ich habe vor ein paar Absätzen geschrieben, dass ich ohne einen Tropfen bin, vertrocknet, meine Tochter mit einem Auge in der Augenhöhle, das wegschaut, nein, das stimmt so nicht, ist ungenau, beide Augen auf mich gerichtet und zum ersten Mal nicht mit dem Rücken zu mir, auch nicht im Profil, auch nicht mit einem Blick von der Seite, sondern von vorn, und kein Gefühl, während es mich milder gestimmt hätte, wäre es anstelle des Fotos der Krankenwagen, der den Fußboden kaputtmachte, gewesen, der Krankenwagen rot und weiß, der Fahrer aufs Fenster gemalt, mit einer Krankenpflegermütze, dachte ich, bis mich das Leben lehrte, dass Krankenpfleger keine Mütze tragen, es also nur ein Fahrer war, und meine Begeisterung für den Krankenwagen ging um ein paar Grad zurück, aber nicht genug, um mich daran zu hindern, begeistert zu sein, wenn ich ihn sah, und das beispielsweise ist eine Erinnerung, die in mir brodelt, dies und die Gruppe Pfadfinder mit dem Priester in Uniform wie wir, eine Trillerpfeife im Mund

(wenn ein Kamerad aus dem Tritt geriet, pfiff er)

er lehrte mich, einen Kompass zu benutzen

(heute noch erregt mich der magnetische Norden, dieser zittrige Starrsinn an der Spitze eines Zeigers, von dem ich nicht weiß, was er soll)

Feuer zu machen, die Plackerei des Allerhöchsten bei der Erschaffung der Welt zu bewundern

(– Er hat sich mordsmäßig angestrengt Jungs)

und Frösche auf einen Stock zu spießen, ich frage mich immer noch, was der Grund ist, dass ich meine Tochter besuche, wo ich doch nicht an sie denke, einen Sonntag habe ich es wegen des Dienstes versäumt

(ein Banker, der seine Frau zerstückelt und sie im Paket an die Schwiegereltern geschickt hatte)

und am Sonntag darauf hat sie die Decke noch kräftiger glattgezogen, anstatt die Kissen zu klopfen, stellte sie einen Teller Suppe und eine Birne auf den Tisch und überwachte mich heimlich, während ich aß, es fehlte nicht viel, und sie hätte ihre Hand auf meine Schulter gelegt, und ich bin froh, dass sie es nicht getan hat, ich tupfte meinen Mund, ohne mich bei ihr zu bedanken, mit der Serviette ab, bin zu den Gebäuden zurückgekehrt, und als ich von den Gebäuden abließ, war nicht nur der Tisch abgedeckt, sondern eine Person, nicht von 3 (drei) oder 4 (vier) Jahren, sondern von 40 (vierzig) und ein Satz, bereit herauszukommen, den ich zum Glück zurückhalten konnte, erspart mir um der lieben Seele willen Gefühlsduseleien, hätte ich ihn gesagt, hätten mich vereinzelte Tropfen gestört, ich brauche sie nicht, nach so vielen Jahren sind sie, glaube ich, schmutzig, der, wie ich hoffe, falsche Eindruck, dass meine Tochter einen von ihren Tropfen überspielt, und wie mir da ein Zahnstocherbehälter gefehlt hat, die Anzahl der Zahnstocher zu erraten, zu beschließen, es sind 12 (zwölf), ihn wegzulegen, die Tankstellen mit vom Neon vervollkommneten Büschen würden mir helfen zu begreifen, dass ich nicht allein bin, und soll sie doch sehen, wie sie klarkommt, rückwärtskrabbeln oder sich, die Nase am Fensterrahmen, auf dem verglasten Balkon verrammeln, drück dir die Nase platt, solange du willst, wenn ich es nur nicht sehen muss, als ich von Ermesinde nach Hause kam, lag die Wohnung im Dunkeln, versuchte mich davon zu überzeugen, dass jeder Schritt ein Tropfen war, und ich, der ich ihre Tricks alle kenne und nicht darauf eingehe, als ich die Lampe anschaltete, ein Teller Suppe und eine Birne, ist nicht wahr, schön wär's

(Rührseligkeit meinerseits, wieso schön wär's?)

als ich die Lampe anschaltete, nichts, dem Polizeihauptmeister geht es gut, er lässt sich empfehlen, er hat fast seine ganze Familie verloren

(unter uns gesagt, mir macht ihr Fehlen nichts aus)

er widersteht, die Knie in den Disteln und das Herz so lala, einmal von diesem Schmerz in der Seite abgesehen, wozu Doktor Sabino

– Sie sind dazu gemacht ein Jahrhundert zu halten vergessen Sie es

in Erwartung der Verdächtigen, um dem Kommando zu gefallen, will heißen, Gestalten auf der Bahnstation, ein Husten, ein Pfeifen

(einer von ihnen pfiff, Information Nummer 7 (sieben) nicht ausreichend, da nicht angegeben wird, welches Lied)

die die Waffen entsichern und auf uns richten würden, wie unglaublich die menschliche Rasse doch ist, einige pfeifen, andere lachen im Schlaf, und wieder andere, zu deren Unterart ich mich zähle, prüfen vorm Zubettgehen ihre Kiefer, und die Kiefer treu

– Keine Angst wir sind hier

so dass, würde meine Tochter mir anstelle der Birne einen Stein geben, ich ihn im Handumdrehen zernagen würde, wie es aussieht, werde ich unter der Erde den Würmern mit Bissen Paroli bieten, sollte meine Tochter mein Grab besuchen, aber ich wünsche mir, dass sie es nicht tut, allenfalls nach zwei oder drei Monaten Abwesenheit

– Was ist mit dem passiert?

wird sie mich kauen hören, und ich glaube nicht, dass sie sich Sorgen machen und die Polizei anrufen wird, der Tropfen verbarg den letzten, den sie noch hatte, und von da an bleibt ihr die Bank und die Gebäude, eine Birne, das wäre wirklich übertrieben, um ein Haar womöglich auch noch Koseworte, dummes Geschwätz, Gegurre, ein Nachbar, der das miterlebte, würde glauben, wobei er sich irrte, dass sie sich um mich sorgte, wenn meine Exfrau sich auf der Straße bei mir einhakte, tat ich so, als fühlte ich es nicht oder schaute blicklos auf wie mein Stiefvater von den Kreuzworträtseln, ich werde nicht nach Ermesinde zurückkehren, sondern die Sonntage hier verbringen und meine Gebäude betrachten, 4 (vier), das Ende von 1 (einem) und dahinter den kleinen Platz oder, besser gesagt, Beete mit kaputtem Rand und Spatzen, nicht von Liebhabern der Vögel gefüttert, sie fressen sich gegenseitig auf, und da kam mir, wer weiß woher, ein Tropfen, ich fragte mich, ob erst kürzlich oder ob er schon lange an einem Grat schaukelt, so wie ich mich frage, ob für den Fall

(theoretisch)

dass meine Tochter bei mir wäre, sie diesen sehen würde, als sie vom verglasten Balkon zurückkam, hat sie die Bank in der Hoffnung nicht weggeräumt

(ich glaube nicht in der Hoffnung, ich glaube, es ist ihr gleichgültig)

ich würde mich setzen, aber ich setze mich nicht, sie späht vom Balkon, hätte gern, dass meine Schuhe auf dem Treppenabsatz, aber Stille, sie beugt sich vor, glaubt in den Kakteen einen Pfiff zu hören, versteht nicht

– Was für Kakteen?

und irrt sich, so wie ich mich geirrt habe, ein Frettchen oder ein Mäusejunges, das ein Käuzchen zermalmt hat, meine Tochter, die sich vor Vögeln fürchtet, ganz erhobene Ellenbogen

– Nein

ihre Hand streift meine beinahe, streift meine, packt sie, eine Fremde, an der irgendetwas mir gehört, ihr gehört, so ein Unsinn, nein, eine Fremde

(wir haben kein einziges Chromosom gemein)

die ich nicht brauche und die mich nicht braucht, nachdem ich gegangen war, hat meine Frau mich bei der Polizei aufgesucht, ich habe einen Wachmann losgeschickt, um sie hinauszuwerfen, und sie ist nicht wiedergekommen, es kam eine Karte von meiner Tochter zu Weihnachten mit dieser Schulschrift mit den riesigen Vokalen, dazu die Zeichnung einer Tanne, Frohes

Fest, das und ihr ganzer Name, ich habe nicht geantwortet, obwohl ein Muskel oder eine Ader im Gesicht

(ein Muskel, keine Ader, denn das Blut ist alle)

ich habe allein für mich einen Dreikönigskuchen gekauft und habe angefangen, eine Scheibe herauszuschneiden, es mir dann aber, was die Scheibe betraf, anders überlegt und ihn ganz weggeworfen, zu meinem Geburtstag eine zweite Karte, darauf in Großbuchstaben, jeder in einer anderen Farbe, Herzlichen Glückwunsch, und keine Flechte, das schwöre ich, oder Saumseligkeit in der Grotte, ich ruhig, Sehnsucht nach dem Krankenwagen, und das war alles, viele Jahre lang der Briefkasten leer, ich schloss ihn ärgerlich

(– Gibt es etwa keine Buntstifte?)

tröstete mich mit den Zahnstochern im Namen des Krankenwagens, nicht meiner Tochter

(den Krankenwagen brauchte ich, mich auf dem Boden ausstrecken und den Fußboden kaputtmachen, warum sollten mir ein Großbuchstabe in jeder Farbe oder riesige Vokale fehlen, erzählt doch keinen Unsinn)

am Ende habe ich, einen Weihnachtsbaum in der Hand, bei ihr geklingelt, dachte dabei nicht an sie, was kümmerte sie mich, und eine stumme Pause, die lange Zeit, die man durch die Linse späht, und währenddessen eine Kinderschönschrift, das Gekritzel zaghaft, jeder Strich schief, so ungeschickte Finger, Herrschaften, und das Ganze hin und wieder von der Schreibfeder vervollständigt, Dutzende Tropfen auf der Linse

– Wer ist das denn?

und ich winkte mit erhobener Hand, und dann tat mir das mit der Hand leid

– Wie blöd

das Türschloss unerschrocken, erkannte mich nicht, das Türschloss ein paar Klicks, erkannte mich, und meine Tochter

(erkannte sie mich?)

mit einem Auge, das woanders hinschaute, aber das ist nicht

richtig, beide Augen gerade, und Gefühle, nicht im Traum, was heißt hier Gefühle, ich beschloss gerade

– Ich gehe

aber ich ging nicht, wegen eines Tropfens in mir, andeutungsweise

(nicht korrekt, ich knochentrocken)

weil ein Tropfen in mir, andeutungsweise, woher kam dieser Tropfen, der Wachmann zu meiner Exfrau

– Er ist nicht da

und die Finger meiner Exfrau am Verschluss ihrer Tasche, und ein Klicken, als sie aufging, und ein Klicken, als sie zuging, ein Klicken, als sie aufging, ein Klicken, als sie zuging, ich sah, wie sie hinunter auf die Straße trat, und man hörte ihre Sohlen nicht, man hörte das Klicken, jeder Absatz ein Klicken, das bis zur Straßenecke auf- und zuging, man erzählte mir, sie sei an den Eierstöcken gestorben, und das Klicken unterbrochen, was für eine Erleichterung

(verlier dich nicht in Beerdigungen und achte nicht auf Tropfen, vergiss es)

und dank der Zahnstocher, fünfhundert einzeln zusammengezählte Zahnstocher, vierhundertsiebenundneunzig, vierhundertachtundneunzig, vierhundertneunundneunzig, geht es mir großartig, die Tür ging auf und eine Unbekannte, deren beide Augen geradeaus schauten, Buntstifte auf dem Schreibtisch, Dutzende von Glückwunschkarten, und anstatt sie mir zu schenken

– Wollen Sie auf der Fußmatte stehen bleiben?

streicht sie, mir den Rücken zugekehrt, die Decke glatt und klopft auf das Kissen, sie hasst mich und hasst mich nicht, sie hasst mich nicht, die Arme, einen Augenblick lang ist das Klicken wieder da und verklingt, sie ist ihr ganzes Leben lang rückwärtsgekrabbelt, möchte ich wetten, glaub ja nicht, dass ich mich für dich interessiere, das tue ich nicht, ich bin wegen meiner Arbeit in den Norden gekommen, war sicher, dass ein

Kollege in diesem Haus, aber ich habe mich geirrt, verstehst du, ich setze mich nur eine Minute lang auf die Bank

(fünfhundert Zahnstocher, es geht mir ausgezeichnet)

und mache mich dann wieder auf den Weg, adieu, von hier nach Lissabon jede Menge Tankstellen, die mich aufmuntern, beleuchtete Blumen, keine Kakteen, keine Bahnstation, kein Verdächtiger, Doktor Sabino, während die Gummischläuche ohne Unterlass

– Sie leben hundert Jahre Sie Schlingel

ich dreiundsechzig, und es geht mir ausgezeichnet, die Bauchspeicheldrüse ein Traum, sie macht keine Sperenzien, arbeitet, du wirst mich nicht als Verstorbenen sehen, meinen Vater sah ich als Verstorbenen, meine Mutter als Verstorbene, als mein Vater seinen letzten Atemzug tat, ich mit dem Krankenwagen auf dem Fußboden tack tack, meine Mutter nicht

– Du gehst mir auf die Nerven

stumm, würde mein Chef sie am Eingang vom Büro erwischen, würde er mit dem Drehbleistift auf die Handfläche klopfen

– Sie haben rote Augenlider Senhora

ihr Doktor Sabino empfehlen und sie gleichzeitig mit einer Geste wegscheuchen

– Ich höre Sie von hier aus sehr gut

der Handtaschenverschluss keinen Laut, ein schwarzer Lieferwagen mit dunklen Scheiben und goldenen Verzierungen, und meine Mutter und die anderen Leute hinter dem Lieferwagen, zwei Stunden später allesamt mit einem Zitronenteechen im Wohnzimmer, Blumenkränze in allen Ecken und keine Unterhaltung, Geflüster

– Was sagen sie wohl?

mitleidige Finger auf meinem Kopf

– Er begreift das nicht der Unglückswurm

und der Krankenwagen immer schneller, machte alles kaputt, machte mich kaputt, aber nicht außen, der Krankenwagen griff Regenschirme, Schuhe an, ich bin ein Unglückswurm und begreife das nicht, ich finde mich nicht unglücklich, mache tack tack mit der Zunge, ich ging in den Garten, und der Apfelbaum hatte sich nicht verändert

(warum unglücklich?)

ich warf ein Stück Ziegelstein auf eine Eidechse an der Wand, und die Eidechse floh, erzählt mir nichts von Grotten oder Tropfen, denn ich weiß nicht, was das ist, eine Schnecke im Kohl finden, sie dem Besuch zeigen

und da kamen die Finger, nicht Finger von Menschen, weiße, eisige Anhängsel

– Er versteht das nicht der Unglückswurm

genau wie meine Tochter, das arme Ding, nicht begreift, hier zusammen mit mir zwischen den Kakteen, sie glaubt, ein Vogel, und hat Angst vor Vögeln, ein Pfeifen, Leute, und es ist alles in Ordnung, keine Angst, es sind Mischlinge, die da kommen, und Leute, die weggehen, meine Mutter begrüßen, mit dem Kinn auf mich weisen und mein Haar zerzausen, während der Krankenwagen uns verfolgt, tack tack

– Der Arme wird es noch früh genug begreifen

meine Mutter stritt am Tag darauf

(unten parkte der schwarze Lieferwagen)

mit einem Mann in Trauerkleidern, der ihr ein paar Rechnungen zeigte, die Augenlider weniger rot und der Drehbleistift meines Chefs reglos, meine Mutter mit einem bescheidenen Hauchen

– Ist Marmor so teuer?

zog Geld aus dem Plastikbeutel in einer Dose aus der Speisekammer, die Reiskörner verlor, gebt mir schnell die Gebäude von Ermesinde, 3 (drei) vollständige Gebäude, dazu 1/2 (ein halbes) auf der linken und 2/5 (zwei Fünftel) eines letzten auf der rechten Seite, helft mir, nicht an meine Mutter zu denken, die zu dem Herrn in Trauerkleidung

– Wie viele Raten sagten Sie?

kein Hauchen, eine Stimme, die stärker wurde, einstweilen noch nicht mein Stiefvater

– Das Fenster

nur wir beide, die Chrysanthemen entblätterten sich auf die Häkeldeckchen, die Blumenkränze in einem Eimer, und die Gerüche des Hauses kamen eifrig, treu zurück, manchmal bemerke ich sie dort, wo ich wohne, und stelle mir vor, meine Mutter sei bei mir, denke

– Sie wird wegen des Krankenwagens schimpfen

denke

– Sie wird fragen ist Marmor so teuer

aber ich irre mich, ich habe sie verloren, ich habe eine Kommode, die ihr gehört hat und nicht nach mir, sondern nach ihr riecht, wieder die Gerüche des Hauses, und so ist es, Tochter, das ist es, ein Marktverkäufer nahm die Männerkleider mit und gab uns Scheine, Münzen

(wenige Scheine, wenige Münzen, letztlich nur Münzen, 7 (sieben), 8 (acht)?)

– Abgenutzter Stoff Senhora

niemand sah den Regen, ich aber bemerkte das Klagen

– Sie beachten den Regen nicht

und er tat mir leid, ich versuchte ihn zu bemerken, wurde aber von der Eidechse abgelenkt, und meine Mutter vom hinteren Teil des Hauses her

– Willst du dir eine Lungenentzündung holen?

mir war so, als ob die Schnauze des Tieres, ich durchstöberte das Moos mit einem Nagel

(keine Flechten, keine Tropfen)

mein Stiefvater eines Nachmittags ebenfalls auf einer Bank, der Dummkopf, und meine Mutter einen Befehl hinunter zum Fußboden, wo mich der Krankenwagen erwartete

(über meine Exfrau kein Wort, tut mir leid)

das Schaukeln der Ohrringe, die sie sonst nie aus der Schachtel nahm, in der Perlen der Kette, deren Faden zerrissen war

– Sag dem Herrn Sergeanten guten Tag Junge

während mein Stiefvater, so wie ich mit dir, die Gebäude betrachtete, meine Mutter servierte Wein

(wir tranken üblicherweise keinen Wein)

und ein Gericht aus dem Kochbuch, für das sie den ganzen Tag lang löffelweise Gewürze abgemessen hat, sie, die kein Interesse an Maßen hatte, ich dachte, deine Hand wäre größer, Tochter, und letztlich so schmale Knochen, eine Mädchenfaust, die bei den Großbuchstaben stockte, man spürte das ganze Gewicht auf der Spitze lasten, die Lehrerin

– Vorsichtig

und kein Tropfen in dir, nur die Schwierigkeit, Frohes Fest zu schreiben, warum ein Tropfen in mir

(nicht richtig, ich vertrocknet)

ein Tropfen nicht in mir, ich vertrocknet, weder Dreikönigskuchen noch Weihnachten, aber wenn so viele Erinnerungen brodeln, entzieht sich einem der Kopf, ich höre, wie er alte Begebenheiten bewegt, Menschen und Dinge von ihrem Platz verrückt und Unglück wieder hervorholt, das ich vergessen glaubte, das aber letztlich bleibt, die vom Regal genommene Dose

– Wie viele Raten sagen Sie?

und der Krankenwagen tröstet mich tack tack darüber hinweg, dass der Lieferwagen mir nahm, was ich hatte, obwohl der Unglückliche nicht begriff

– Er begreift das nicht der Unglückswurm

und der Unglückswurm, der nicht begriff, jagte Eidechsen im Loch der Mauer, in diesem Augenblick vier Uhr morgens, die Kakteen, als würden sie anschwellen, und du lachst im Schlaf, nein, du mit mir auf dem Bahnsteig der Station, und ich wähnte dich mit der Nase am verglasten Balkon, im Dorf meines Großvaters, in dem es aufs Geratewohl aus Felsblöcken gemachte Keltengräber gab, so dunkle Brombeeren, dass man den Schatten anfassen konnte, meiner Großmutter zufolge ein Gehenkter, der, die durstige Zunge zeigend, um Wasser bat

– Bringt einen Eimer vom Brunnen

mein Großvater lud das Jagdgewehr, schoss zu den Bäumen

– Da ist er

und das Blätterrauschen des Gehenkten, der nach Pfützen suchte, meine Tante angstvoll

– Lassen Sie ihn in Ruhe Senhor

sie stellte eine Flasche auf eine Fliese, und am Morgen war die Flasche leer, mitten in der Nacht trottete das aus dem Stall gekommene Maultier des Gehenkten unter der Weinpergola entlang, die Hufe eines alten Tieres, das keine Ruhe finden kann, die Ohrringe meiner Mutter kehrten in die Schachtel zurück, als mein Stiefvater bei uns einzog

(und der Bleistift ließ nicht locker

– Herzlichen Glückwunsch herzlichen Glückwunsch

langsam und eifrig)

ich voller Angst, der Regen könnte die Eidechse auflösen, und meine Mutter

– Den Großen bin ich los aber den Kleinen habe ich noch hier

ich habe meinen Vater kaum gekannt, bin sein Sohn, nicht der von dem anderen, geblieben ist eine Vogelscheuchenjacke, die mit einem Cent in der Tasche am Bügel schaukelt

– Wollen Sie den Cent haben um ihn zum Kleingeld zu tun Senhora?

und für ein paar Augenblicke Finger auf meinem Kopf, ein Taschentuch, das, von einer mageren Klaue gepackt, auftauchte und wieder verschwand, Olivenkerne in gerader Anzahl, wir sind gerettet, ich trocknete meinen Mund an deiner Serviette ab, siehst du, alles, was du mir gegeben hast, ist nützlich, das Tablett die Suppe die Birne, an dich denken, während ich meinen Namen schreibe, und die Lehrerin

– Wie heißt dein Vater?

(Wie hieß mein Vater?)

einen Konsonanten auf den Schulkarten korrigieren, dastehen und sie im Briefkasten sehen, dabei vergessen, die Treppe hinaufzusteigen, und wenn ich genau hinschaue, entdecke ich mich dort, ein junger Mann, nicht alt wie heute, will heißen, eine Kirsche, die vom Pudding rutscht, direkt auf den Tod zu, ich bitte diejenigen, die es angeht, zu entschuldigen, dass ich Dutzende von Seiten damit verbracht habe, bis zum Ende meines Berichts zu kommen, keine Angst, es fehlt nicht mehr viel, in ein paar Minuten ist der Verdächtige dran, den sie Hyäne nennen, 13 (dreizehn) Jahre alt, derjenige, der nicht sprechen kann, er reißt die Augen auf, grunzt, schläft irgendwo in Containern, Parkanlagen, das Maultier des Gehenkten ging am Taubenschlag vorbei, und wir haben es nie wiedergesehen, die Wasserflasche nicht angerührt, und meine Tante

– Sein Durst ist weg er braucht uns nicht mehr

so dass das Jagdgewehr meines Großvaters im Schlafzimmer ruht, so wie ich nach dem letzten Satz ruhen werde, ich setze das Datum darunter, unterzeichne und beuge mich, das Kinn auf dem Arm, im Gedanken an die Tankstellen auf dem Weg zurück von Ermesinde vor, ich habe sie gezählt, es sind 8 (acht), beleuchtet, komplizenhaft, würde es nach mir gehen, würde ich mein ganzes Leben lang bei ihnen bleiben, bis die Frohes-Fest-Karten mich nicht mehr beschäftigen, aber beeilen wir uns, zum Schluss zu kommen, 4 (vier) Blatt Papier, die einzigen, die ich habe, vom Kommando nummeriert, ich werde nicht in den Norden zurückkehren, ein paar Monate noch, und dann kommen die Rente, der Spaziergang zum Markt, um die Arterien in Schwung zu bringen, bei einem der Schuhe die Schnürsenkel gelöst, dieser langsamer, und der Krankenwagen vergessen

– Was für ein Krankenwagen?

meine Tochter selbstverständlich ebenfalls vergessen, wenn man mich, den Mund nah am Ohr, fragt, Doktor Sabino beispielsweise

– Ihre Tochter?

runzle ich, ohne die Worte zu verstehen, nachdenklich die Stirn, was soll das heißen

– Ihre Tochter?

und gebe auf, die Augenlider nicht nur nicht rot, nicht vorhanden, ein Backenzahn hinten löst sich aus dem Fleisch, 4 (vier) Blatt Papier mit 25 (fünfundzwanzig) Linien, einseitig zu beschreiben und mit 2 (zwei) Sätzen bereits voll, lassen wir einmal meine Probleme beiseite, darunter natürlich die Grotten und Tropfen

(oder Flechten)

und bringen wir die Sache zu Ende, in Begleitung von 5 (fünf) Polizeiobermeistern und 2 (zwei) Anwärtern, an die ich weniger glaubte, bemerkte ich, und es war gerade noch rechtzeitig

(4 (vier) Blatt Papier, vergiss das nicht)

um 4 (vier)

(diese Arten von Zusammentreffen erschrecken einen)

um 04:49 (vier Uhr und neunundvierzig Minuten), sozusagen im Morgengrauen, bemerkte ich, dass unzweifelhaft jemand vom Bairro 1° de Maio her näher kam

(ein Hang, der langsam atmete)

schlecht zu erkennen aufgrund der sich jedes im eigenen Rhythmus hebenden und senkenden Dächer, Schornsteine, die auch nur Leute und Gassen und Schutt in der Dunkelheit waren, die durch das Fehlen des Mondes nur noch tiefer wurde, dessen Helligkeit mir, unter uns gesagt, nie geholfen hat, ganz im Gegenteil, die Umrisse noch verwirrender machte, was dazu führte, dass ich, nicht nur weil er sich weiterbewegte, ein Haus für das andere hielt

– War es das oder jenes in dem ich mich gerade befinde?

und die auch wegen der ständig und unvorhersehbar von den Launen des Windes dazwischengeschobenen Wolken verbirgt, was sie zu zeigen vorgibt, ich bin sicher, ein Kind

(in diesem Fall meine Tochter)

das im Schlaf lacht, wenn ich mich an dich erinnere, was ich aber nicht tue, erinnere ich mich an kleine weiße Kleidungsstücke

nein, gelbe oder rosa, rosa

weiße, ich erinnere mich an kleine weiße Kleidungsstücke

(Kleidungsstücke, die der Marktverkäufer mitnahm

– Abgewetztes Zeug meine Gnädigste da lohnt es sich nicht einmal die Brieftasche aufzumachen)

die meine Exfrau

(darüber spreche ich nicht und ansonsten der Wachmann

– Ihr Mann ist nicht da)

ihr anzog oder dir anzog, wie Sie wollen, mir ist es egal, wie oft werden Sie mich noch zwingen zu wiederholen, dass ich vor Ewigkeiten vertrocknet bin, ich zerbröselnder Stein, ich Wand, es gibt Augenblicke, da frage ich mich sogar, ob ich einen Namen gehabt habe, ein Leben, wer weiß wo und wann, ich erinnere mich an die weißen kleinen Kleidungsstücke, die meine Frau ihr sonntags anzog

(nur noch drei Seiten und bitte schweife nicht ab)

der Bairro 1° de Maio 150 (einhundertfünfzig) oder 200 (zweihundert) Meter von uns entfernt, es könnte auch etwas mehr sein, 300 (dreihundert) Meter, denn anfangs vereinzelte Baracken, die Werkstatt eines Böttchers

(ich glaube, Böttcher, morgen oder später schaue ich noch einmal nach)

und der stillgelegte Schlachthof, mir gefällt stillgelegt, ohne Rest von Blut von Schweinen und Schafen und so trocken wie ich, verdunkelt das Unkraut, eine Müllkippe, auf der Fetzen von Zeitungspapier usw., es lohnt nicht, hier auszuholen, hin und wieder Neger

(ich wollte schon Schwarze schreiben, aber was sollen die Umstände, Neger)

hin und wieder Frauen, niemals kleine gelbe oder rosa Kleidungsstücke niemals kleine weiße Kleidungsstücke, die sonntags angezogen wurden, keine Nase am verglasten Balkon, niemals du

(mir machte es nichts aus, vertrocknet zu sein, falls ich zufällig eine Flechte oder einen kleinen Fleck erwähne, glauben Sie es nicht, Flechten, Gerede)

der Bairro 1° de Maio, von dem aus wir um 04:49 (vier Uhr und neunundvierzig Minuten) im sozusa, um 04:49 (vier Uhr und neunundvierzig Minuten) im Morgengrauen, glaubten jemanden um die Werkstatt herumschleichen und dann auf einem Pfad heraustreten zu sehen, sofern die Wolken und der Mond die Behauptung erlauben, es handele sich um einen Pfad, und sie erlauben wenig, da der Mond sich weiterbewegt

(oder ist er der Mittelpunkt von allem?)

und der Wind, seinen Launen folgend, die Wolken verschiebt, demzufolge, was ich von ihm gelernt habe

(ich lerne vom Wind)

würde er meine Tochter dazu bringen können vorwärtszukrabbeln und meinen Vater dazu, vom Friedhof zurückzukehren, wobei er die Nase abtastet

– Wo war ich bloß?

meine Mutter verlegen zu meinem Stiefvater

– Sagen wir es ihm oder nicht?

und sie sagten es selbstverständlich nicht, der Bairro 1° de Maio, dieses soziale Stigma, das die verschiedenen Bereiche der Staatsmacht, man möge mir meine Impertinenz verzeihen, zu lösen nicht in der Lage sind

(mein Vater zeigt auf meinen Stiefvater)

– Wer ist das da?)

indem sie es frontal, Auge in Auge in Angriff nehmen, was für ein idiotischer Ausdruck, könnte von mir sein, der Bairro 1° de Maio, aus dem, wie mir schien

(Schuld des Windes?)

seitlich rechts

(Schuld der Wolken?)

jemand um die Werkstatt des Böttchers herum- und einen Hohlweg entlangschlich und 12 (zwölf) oder 13 (dreizehn) Meter von der Stelle entfernt herauskam, an der wir ihn zwischen den wilden Feigenbäumen und den Kakteen erwarteten

(Kakteen oder Agaven? nachprüfen, wenn ich das mit der Werkstatt nachprüfe, wegen des Mondes, der keine Ruhe gibt, was für eine Marotte, gelb oder rosa wie die kleinen Kleidungsstücke meiner Tochter, übrigens weder gelb noch rosa, weiß, was ist mit diesen Kleidungsstücken passiert, der Marktverkäufer

– Abgewetzte Sachen Gnädigste hier bitte

und wäre da nicht die Abwesenheit von Tropfen, würde ich gerührt sein, aber sie waren etwas wert

– Nehmen Sie diese Scheine Mutter haben Sie kein Mitleid mit dem Vater der noch einmal sterben wird)

beim Hohlweg in 12 (zwölf) oder 13 (dreizehn) Metern Entfernung von der Stelle, an der wir ihn erwarteten

(warum schreiben, warum ein Bericht anstelle des Krankenwagens, der Zahnstocher, der Grotte, auch wenn sie aus Erde ist, die Arme?)

der Verdächtige, den sie Hyäne nannten, ein Mischling im Alter von 13 (dreizehn) Jahren, aber kleiner und dünner, wie der Autopsiebericht herausstrich

(und ich bestätigt sah, ohne die Notwendigkeit, dies herauszustreichen)

als altersgemäß, indem er ihm das Adjektiv unterernährt zuordnete und das Adverb sichtbar, sichtbar unterernährt, die Nummer 2 (zwei) der der Einzeluntersuchung vorausgehenden Betrachtungen der inneren Organe, deren Form, Farbe, Gewicht, Textur und Einzelheiten, die die Fachleute für unerlässlich halten, während ich diese Einzelheiten für lässlich halte

(er ist gestorben, ist tot, verschwenden wir kein Geld, wo das Geld des Staates knapp ist, man werfe ihn auf die Müllkippe, und das war's dann) ein Mischling, den ich als rachitisch zu bezeichnen wage, ein Junge, und ich würde sogar hinzufügen und die Hypothese aufzustellen wagen, dass er im Schlaf lacht, mit einem Gewehr mit abgesägten Läufen in der Hand, das größer ist als er selber, ich korrigiere, das er sich mit einem alten Hosenträger um den Hals gehängt hat, und einer Schachtel

(Beweisstück Nummer 11 (elf))

mit zusätzlicher Munition mit abgefeilter Spitze in der Jackentasche, wir fragen uns, und man muss sich fragen, wie es möglich ist, dass ein kleiner Junge aus einer niederen Rasse, Gelbe Rothäute Inder

(werde nicht zornig, mach weiter)

ein Mischling, den Akten des Instituts für Wiedereingliederung zufolge, wo er ein paar Monate lang auf Beschluss des Jugendgerichts

(eigenartige Bezeichnung)

interniert worden war und aus dem er geflohen war, wobei das Verb keine Übertreibung ist, schließlich handelt es sich um einen kleinen Jungen, und man fragt sich abermals

(Dutzende von Malen fragst du dich, nun komm schon)

aus dem er im März in Begleitung des 17 (siebzehn) Jahre alten sogenannten Guerillero geflohen war, der als einer der Köpfe der Verdächtigen bezeichnet wird, den Akten des Instituts zufolge, aus denen wir uns erlauben ein Dutzend technische Angaben zu zitieren, obwohl die Akten nichts angeben, sondern behaupten, da wir Polizisten nichts angeben, behaupten

(wir fragen uns wegen des Vorschlags, ihn zu töten)

der Einzige, von dem ich weiß, ohne was auch immer zu behaupten, war mein Vater, den ich in Anzug und Krawatte überraschte

– Wo war ich bloß?

und meine Mutter zu meinem Stiefvater

– Wie erklärt man ihm dass er beerdigt war kannst du mir das mal sagen?

gemäß den Akten des Instituts ein unterernährter, rachitischer Mischling, nicht größer als ein Individuum der weißen Rasse

(mein Vater zu mir

– Was schreibst du da bloß?)

im Alter von 7 (sieben) oder 8 (acht) Jahren bei vorgesehener Mindestgröße, den durchgeführten Tests zufolge außerstande, Laute korrekt auszusprechen

(– Ich schreibe gerade einen dieser Berichte die Sie immer gestempelt haben)

von mittlerer Intelligenz

(IQ von 112 (einhundertzwölf))

eine Unfähigkeit, die von einer angeborenen Missbildung des Gaumens herrührt

(Fehlen von zwei Dritteln der oberen Mundhöhle wahrscheinlich aufgrund einer Infektionskrankheit der Mutter während der Schwangerschaft, ich schreibe gerade einen von diesen Berichten, die Sie immer abgestempelt haben, Vater, und ich ertrage nicht, was ich schreibe)

die früher oder später, so etwa im Alter von 20 (zwanzig), 25 (fünfundzwanzig) Jahren zu

(wie zum Teufel stempelten Sie ab, was ich zu schreiben nicht ertrage?)

irreversiblen Atembeschwerden führen wird und die Kommunikation

(stempeln Sie es nicht ab, rubrizieren Sie es nicht)

mit den Kameraden und den Lehrenden verhinderte

(ein paar Henker, möchte ich wetten)

die durch Grimassen, Blicke und unkoordinierte Bewegungen der Gliedmaßen ersetzt wurde, dazu kam noch seine Hässlichkeit

(meine Tochter hässlich, ich hässlich?)

die unübersehbar war

(ich fand ihn nicht hässlich, als ich die Leiche begutachtete, trotz des teilweise zerstörten Kopfes, und ich bin dabei, bin dabei, verweilte lieber bei der Zartheit der Fingerglieder, die trotz der mangelnden Hygiene an die erinnerten, die den Fußboden mit einem Krankenwagen kaputtmachten, der keine Räder hatte, aber welchen Fußboden, welcher Krankenwagen, heilige Muttergottes, ich glaube, ich habe sie verloren)

was ihn abstoßend

(– Du machst mich völlig nervös mit deinem Spielzeug)

für jene machte, die mit ihm zu tun hatten

(was sie mich zu schreiben zwingen, Väterchen)

auch wenn der sogenannte Guerillero ihn zu verstehen schien

(ich hatte keine Freunde und weiß nicht, ob ich überhaupt welche haben wollte, das ist eine Frage, die ich mir nicht stelle, mach weiter, bevor ein Tropfen, ich setzte mich vor die Schüssel in der Küche und tatsächlich ein Tropfen, ich starrte ganz allein die Kohlköpfe an)

die sogenannte Hyäne

(der Wind drehte sich unvermittelt nach Norden und legte den Mond frei, und plötzlich waren die Kakteen, die Polizisten, die wilden Feigenbäume deutlich sichtbar, größere Kakteen, als ich gewohnt war, dicke)

und die Böttcherwerkstatt mit dem Ruß des Schweißgeräts und die Werkbank, wo sich Katzen streckten, eine gelbe oder rosa, nein, weiße, ich zählte 3 (drei), zählte 4 (vier), wobei die vierte von den anderen verdeckt war, und gab auf, sie zu zählen, ich habe genug von euch Katzen und Zahnstochern, nervt mich nicht, und hier unten liegt Venda Nova oder Benfica, was ist schon der Unterschied zwischen Venda Nova und Benfica, beide heruntergelassene Rollläden, Stille, das Kommando soll das entscheiden, da in meinem Fall zur Angst noch Müdigkeit hinzukam, so viel Aufstand für einen Jungen, der zudem noch krank war, Herrschaften, 04:51 (vier Uhr und einundfünfzig Minuten) und ich alt, erschöpft, auf dem Nachhauseweg von Ermesinde musste ich auf dem Standstreifen anhalten, die Ellenbogen und Knie reiben, dachte, ich komme nicht bis Lissabon, kann es nicht, schaffe es nicht, dachte, dass 3 (drei) ganze Gebäude, dazu 1/2 (ein halbes) auf der linken und 2/5 eines letzten auf der rechten Seite die Reise nicht wert waren, und kam zum Schluss, dass nichts die Reise wert war, ganz bestimmt nicht meine Tochter, was ist überhaupt eine Tochter, und in meinem Fall und Übertreibungen einmal beiseitegelassen

(warum bin ich bloß so zornig?)

ein Tropfen, der sich nicht ganz bildete, ganz bestimmt nicht fiel, eine Erinnerung ohne Bedeutung, von der nur kleine gelbe oder rosa oder weiße Kleidungsstücke sich gehalten haben

(ich habe aufgehört, mir darüber Gedanken zu machen)

meine Mutter hat sich schließlich entschieden

– Du bist vor einem Jahr von uns gegangen so ist nun mal das Leben

der Verdächtige

(ich werde zum Ende kommen, man möge mich entschuldigen)

sah uns, da seine Hand

(ich habe keine Lust mehr, festzustellen, ob ich etwas über die Finger gesagt habe und mit welchen Worten)

am Gewehr, die beiden Hände am Gewehr, und weder Mütze noch Sonnenbrille, ein schutzloses Wesen, ich hätte fast geschrieben ein Tagelöhner, berichtige das aber, ein Angehöriger einer minderen Rasse, der einen Satz in Richtung Bairro 1° de Maio machte, wo man ihn vielleicht beschützte und er sich in Begleitung des sogenannten Hauptmanns und des sogenannten Kleinen und des sogenannten Blonden und des sogenannten Galans und des sogenannten Hundes und des sogenannten Dicken und des sogenannten Guerrillero sicher fühlte, verdammt noch mal, so viele Namen

(es fehlen 1 (eine) Seite und 1/2 (eine halbe), etwas mehr

als 1/2 (ein halber) Zentimeter, 1 (eine) und 3/4 (eine dreiviertel) Seite, enttäusche das Kommando nicht, das an dich geglaubt hat, gib nicht auf, 04:59 (vier Uhr und neunundfünfzig Minuten), gleich kannst du dich hinlegen und ausruhen)

er machte einen Satz, und mein Vater suchte sich mit der Illusion selber in den Taschen, einen anderen Vater zu finden, der ihm erklärte

– Vor einem Jahr?

während mein Stiefvater, ohne den Kugelschreiber und das Kreuzworträtsel wegzulegen, das Fenster beobachtete, in dem die Tipubäume im Park versuchten, dies zu bestätigen

– Das stimmt

ich befahl den Polizisten

– Schießt nicht

will heißen, ich beschloss, den Polizisten zu befehlen

– Schießt nicht

war mir sicher, den Polizisten befohlen zu haben

– Schießt nicht

befahl aber nicht

– Schießt nicht

ich wartete schweigend, eine der Katzen auf der Werkbank wurde in einer Mondschuppe größer, man sah den Müdigkeitsknoten, wie er vom Nacken bis zum Schwanz durch sie hindurchging, einer der Anwärter stand da, beachtete die Anweisungen nicht

(wozu ihn töten?)

hob die Pistole an, ja, wieso ihn töten, einen Tagelöhner im Alter von 7 (sieben) oder 8 (acht), nicht 13 (dreizehn) Jahren, dem der obere Teil der Mundhöhle fast vollständig fehlte und der nicht sprechen konnte, wer außer mir verstand ihn, mein Vater auf dem Treppenabsatz

– War ich wirklich verstorben?

meine Tochter schrieb meinen Namen mit schiefen Großbuchstaben zu Ende, und die Lehrerin beobachtete sie dabei

– Das war doch nicht so schwer oder?

denn sie gehörte zu den Schüchternen

(ich kenne Dutzende davon)

die tadelte, wenn sie lobte, sie hat mich einmal in der Wache aufgesucht, war wegen der Zellen, der Uniformen, wegen eines Mannes in Handschellen beunruhigt, bekam gerade noch

– Ihre Tochter

heraus, ihre Ohren bewegten sich, während sie sprach, und ich staunte über die Ohren

– Sagen Sie bitte Ihrer Tochter

bis ich das Interesse an einem uninteressanten Embryo verlor, der rückwärtskrabbelte und mit dem mich kein Fädchen verband

(kein Fädchen verbindet mich mit was auch immer, ich bin vertrocknet)

und ich zu ihr sagte

– Gehen Sie

mit einer Stimme, die ich lange nicht als meine eigene erkannte und die ich vor 10 (zehn) Jahren zu Zeiten meiner Exfrau hatte, ich habe keinen Raum, und hätte ich ihn, würde ich für kein Geld der Welt

(wie man so sagt)

zu dieser Geschichte zurückkehren, die Ohren der Lehrerin bewegten sich weiter, aber zum Glück kein Laut, eine dickliche Frau, die mich enttäuscht oder überrascht ansah

(es gibt Ressentiments, die ich schlecht verstehe)

– Sie

die Zellen, die Uniformen, der Mann

(irgendein Dieb)

in Handschellen, und dennoch

– Sie

und die Enttäuschung, die Überraschung, bei ihr war eine Träne zu erkennen, wie lächerlich, als sie sich an die schiefen Großbuchstaben erinnerte, sie hatte sicher keine Kinder, sie hatte sicher keinen Mann, sie hatte sicher einen kleinen Hund oder so

(wie würde sie ihn nennen?)

und schwierige Erinnerungen, die mir egal waren, ich weigere mich, für die Vergangenheit der anderen einzustehen, das hätte gerade noch gefehlt, befreien Sie sich von Ihrer, so wie ich mich von meiner befreit habe, und nerven Sie mich nicht mit Grotten und Tropfen, ein zweiter Anwärter stand da, die 5 (fünf) Polizeiobermeister standen da, ich stand da

(ich bin mir nicht sicher, ob ich stand)

ich stand da, und der Verdächtige mit einer angeborenen, durch eine Infektionskrankheit der Mutter in den ersten 3 (drei) Monaten der Schwangerschaft

(in Klammern und als Frage: Röteln?)

entstandenen Missbildung am Gaumen

(ich habe so einen Bericht geschrieben wie die, die Sie immer abstempelten, Vater, und ich hasse, was ich geschrieben habe)

versuchte einen Schritt hin zu den

(kein Erwachsener, ein Junge)

wilden Feigenbäumen

(eine Missbildung, die früher oder später im Alter von etwa 20 (zwanzig), 25 (fünfundzwanzig) Jahren unvermeidlich zu irreversiblen Atembeschwerden und einem notwendigerweise frühen Lebensende führen wird)

und gab den Schritt auf, versuchte das Gewehr mit den abgesägten Läufen anzuheben, das er mit einem Stück altem Hosenträger um den Hals gehängt hatte

(ich alt)

konnte es nicht anheben

(wir hörten, wie die Tür ins Schloss fiel, als mein Vater ging)

weil er sich 1 (ein) Mal, 2 (zwei) Mal um sich selber drehte, sich aufrichtete, zusammensackte, sich aufrichtete, und als ich mich zu dem Mischling hinunterbeugte, ein winziger Körper in gelber oder rosa

(weder gelber noch rosa, weißer)

Kleidung, in weißer Kleidung mit Perlmuttknöpfen und Bändern und Schleifen, diesen Dingen, mit denen wir unsere Kinder gern hübsch machen, und der im Schlaf lachte.

Als er mir sagte, ich solle mit ihm zusammenziehen, sagte ich

Hier ist ein Zimmer auch wenn es nur dieses Zimmer ist

und er sagte

Wo ich wohne herrscht an Zimmern kein Mangel

und ich sagte

Ich bin fünfzig Jahre alt und du achtzehn ich bin ganz sicher älter als deine Mutter

und er sagte, ohne mich anzusehen

Ich weiß nicht ich hatte keine Mutter

und ich sagte

Bei dem Leben das ich bis heute geführt habe dauert es nicht lange und ich bin ein Stück Lumpen und dir wird sich der Magen allein schon umdrehen wenn du mich anschaust

und er sagte

Aber Sie sind weiß und ich bin schwarz Senhora

und da dachte ich, dass mich noch nie jemand Senhora genannt und so höflich behandelt hat, er zahlte das Doppelte, ohne mich zu berühren, er bat um Erlaubnis, sich am anderen Ende der Matratze hinsetzen zu dürfen, dick, groß, angezogen, abwechselnd die Arme verschränkend, und er entschuldigte sich stumm oder nicht genau stumm, denn hin und wieder hörte ich ihn, als ob er beten würde

Senhora

er rieb das Gesicht mit einer Hand voller Ringe, als wollte er seine Farbe abwischen und das Kraushaar verlieren und den kompakten Geruch, den kein Parfüm wegbekommt und der in unserer Kleidung haften bleibt, selbst wenn man sie wäscht, er hatte mich ewig von weitem beobachtet, jedes Mal, wenn ich einen Freier annahm, sackten seine Gesichtszüge ein Stückchen ab, und er hörte auf, die Arme abwechselnd zu verschränken, war ich aus der Herberge zurück, hoben sich die Gesichtszüge, und er verschränkte wieder abwechselnd die Arme, ich begriff, dass er sich hübsch machte, um mich zu besuchen, gewienerte Schuhe, eine komische Blume am Jackett und ein Goldkettchen mit einem Medaillon über der Krawatte, meine Kolleginnen

Hast du den Neger gesehen?

erzählten es den Jungs, die sie beschützten, die Jungs, die sie beschützten, hatten vor, ihn vom Platz zu vertreiben, weil er den Ruf des Viertels schädigte, gaben es aber auf, als er eines Abends in Begleitung von zwei Mischlingsjungen erschien, die halb so groß waren wie er und keiner Fliege etwas zuleide tun konnten, einer der beiden, der sich so gab, als wollte er die ganze Welt herausfordern, hatte die Hände in den Taschen und zwischen den Zähnen eine Zigarette wie ein Kind, das einen Mann nachahmt, und wir fanden das lustig, und der andere schlurfte geistesabwesend in Sandalen herum, leckte an einem Lolli und hatte so was wie einen dicken Stock unter dem T-Shirt, einer der Jungen, die meine Kolleginnen beschützten, machte den Mund auf, machte den Mund zu, flüsterte was weiß ich, aber dann grüßten sie respektvoll, hätten die Jacke zugeknöpft, würden sie eine haben, sie, die nicht einmal vor Priestern Respekt hatten, der mit der Zigarette hatte auch einen dicken Stock unter dem T-Shirt, zeigte auf den mit den Sandalen

Gib der Dame den Lolli

und dann gingen sie ohne Eile, nachdem sie einen Spielzeugladen inspiziert hatten, in dem ein elektrischer Clown Gelächter erbrach, eine meiner Kolleginnen

(ich hatte wie der Dicke auch keine Mutter, oder besser gesagt, ich hatte eine, aber was hat mir das gebracht, frage ich mich)

zu dem, der sie beschützte, verständnislos

Küsst du jetzt kleinen Bubis den Hintern?

und der, der sie beschützte, verpasste ihr derartig einen gegen die Schulter, dass man ihr in der Krankenpflegestation einen Verband machen musste

Mach mich nicht an

also beobachtete mich der Neger, ohne dass sie ihn störten, dick, groß, angespannt, mit einer aus dem Jackett wachsenden Blume und das Medaillon genau auf die Mitte der Krawatte ausgerichtet, sah er mich an, wenn ich ihn nicht ansah, unbeholfen vor Angst

Senhora

mit seinem demütigen Gebet, im Namen der Jungen, die die Mischlinge respektierten, sie, die nicht einmal Priester respektierten, bat mich derjenige, der die mit der verbundenen Schulter beschützte, höflich, fast hätte er seine Jacke zugeknöpft, kaum zu glauben

Nun geh schon mit ihm

er sprach mit dem Besitzer

(ich hatte tatsächlich keine Mutter, sie erschien nicht mal zu meiner Kommunion)

der Herberge, und der Besitzer der Herberge mit einem Seitenblick auf die Kasse, während er, obwohl er Neger hasste, zum Neger gurrte

Bitte sehr bitte sehr

nicht per du, per Sie, und nicht per du zu mir, Ehrenwort, früher

Du bist so alt dass es schon wehtut

und ganz plötzlich

Der Schlüssel Madame

nicht spottend, ernsthaft, außerdem nicht ein Zimmer im Erdgeschoss, das vom Veterinär am Dienstag mit Waschstand und Spiegel

Der Schlüssel Madame

und als wir ankamen, ein paar Spritzer Kölnisch Wasser auf

den Kopfkissenbezug, und die Ehefrau, die sonst keinen Finger rührte und, die Brille auf die Häkelarbeit gerichtet, am Eingang über den kleinen Stuhl quoll, uns

Dumme Kühe

angrummelte, wechselte die Bettlaken, stellte eine Vase mit einer Stofforchidee auf das Bord mit der Heiligen

Alles zu Ihrer Zufriedenheit Madame?

(ich habe meiner Mutter nie verziehen, und als sie gestorben war und ausgesegnet wurde, bin ich nicht auf den Friedhof gegangen, um dabei zu sein)

und gab ihrer Hand an der Schürze den letzten Schliff, bevor sie den Neger begrüßte, vom kleinen Balkon aus sah man den bronzenen Vizekönig den Markt regieren, und er verschränkte auf der gegenüberliegenden Seite der Überdecke abwechselnd die Arme

Senhora

von Nahem betrachtet, passte das Jackett nicht zur Hose, und die Blume, die am Aufschlag besiegt den Hals neigte, war reif für den Mülleimer

(was hätte es sie gekostet, eine halbe Stunde zur Kommunion eines Mädchens zu kommen, sag mir das mal einer)

und dennoch ein Bündel Scheine, das er, ohne nachzuzählen, unter die Heilige klemmte, ich habe einen guten Blick, und es war dreimal der Preis, ich überlegte noch, sage ich ihm, dass er sich geirrt hat, sage ich es nicht, ich habe es aus Mitleid gesagt, und da legte er noch Scheine dazu, anstatt welche wegzunehmen

(die Ringe blitzten scharf)

Pardon

rieb das Gesicht, um die Farbe abzuwaschen

(die Tauben auf dem Vizekönig malten ihm Kackesterne auf den Bart)

ich gestehe, dass mir die Neger irgendwie unheimlicher sind als die Krüppel oder die Blinden, denn die hatte ich schon mal bei mir, wie sie mit der Wetterfahne des Kinns die Geräusche abtasten, sie hören wahrscheinlich den Toten zu, wie die sich unter der Erde unterhalten, strecken absichtlich die Hand in die verkehrte Richtung aus

Wo bist du meine Hübsche?

und ich war mir sicher, dass sie aufgrund eines Unterschieds in der Luft wussten, wo ich war, sie erkannten mich mit zarten Berührungen, lächelten

(was heißt hier Lächeln, ein Drohen)

nicht mich an, sich selber, ich hätte schwören mögen, dass ein Teil von ihnen lebte und der Rest mineralisch war, die Haut beispielsweise klebrig, und das Herz stand still, die Neger

(warum erfindet keiner ein Mittel, um den Tauben den Garaus zu machen?)

bei denen ist es anders, platte Finger

(wenn sie mich streifen, falle ich in Ohnmacht)

und Zähne, die falsche Zähne wie meine nachahmen, wenn ich sie rausnehme, krümmen sich die Schultern, und der Gang schrumpft zu kleinen, mühsamen Schritten, ich von der Stirn abwärts Falten, die sich, die Kindheit auslöschend, wiederholen, meine Mutter, Weiden, der Mann in den Weiden

Ich habe dich auf dem Arm rumgetragen Kleine

und ich für die Kommunion gekleidet, will heißen, wie auf dem Foto mit Handschuhen, Rosenkranz und neuen Schühchen, ich zum Neger, der die ganze Luft ausfüllte, während er die Heilige und die Vase betrachtete

Noch einen Monat und ich bin ein Stück Lumpen

und er auf der gegenüberliegenden Ecke der Überdecke in diesem kompakten Duft, den kein Parfüm wegbekommt, auf dem Bauch, mit angezogenen Beinen wie ein Frosch, man spürte seine achtzehn Jahre, das Hundeungestüm, Gesten, die ihm noch nicht gehörten, ihm später gehören würden, anstelle der Zärtlichkeit des Blinden, tastend

Wo bist du meine Hübsche?

vergnügte er sich damit, die Überdecke zu falten, ohne zu merken, dass er sie faltete, und ich lag auf dem Bett, weil er dafür bezahlt hatte, obwohl er mir unheimlich war

(Nun geh schon mit ihm)

unzufrieden mit meiner Brust, meinen Schenkeln, mit mir, das Unbehagen in der Wirbelsäule, das ich behandeln würde, hätte ich die Muße, und der Neger fasste mich nicht an, ich bin weiß, seine Nasenlöcher weiteten sich panisch, bereit mich zu verschlingen, und ich

Nein

er wohnte in einem Viertel zwischen Lissabon und Amadora, wo genau weiß ich nicht

(schwor er)

arbeitete als Hilfsarbeiter

(schwor er)

Wochen vor ihrem Todeskampf kam meine Mutter wegen eines Almosens, will heißen, sie ging auf dem Platz herum und fragte von Baum zu Baum diejenigen, die meine Kolleginnen vor der Ungerechtigkeit der Welt beschützten, mir schien ihr Humpeln mit einem Rezept für Pillen auf den Namen einer anderen Person übertrieben, die Schwindlerin

Kannst du mir nicht ein paar Münzen für die Behandlung leihen?

und da dachte ich nicht daran, wie ich in der Kirche auf sie gewartet habe, mich von der Zeremonie abgelenkt mit schiefer Kerze zum Windschutz umdrehte und das Stearin mir auf die Haut tropfte, der Priester wirbelte beleidigt vom Tabernakel herunter

(ich bin fünfzig, aber ich bin weiß)

Man kehrt dem Jesuskind nicht den Rücken zu Dummkopf

sondern ich dachte

Das da also ist meine Mutter?

eine Schwindlerin, die mich so mit dem Tod betrügen will, wie sie mich im Leben betrogen hat

Du bleibst bei deiner Tante und ich komme und besuche dich keine Angst

und sie hat vierzig Jahre gebraucht, bis sie zu mir kam, nicht aus Liebe

(wozu brauchte ich Liebe?)

oder aus Sehnsucht oder

Was wohl aus ihr geworden ist?

sondern um mitzunehmen, was ich nicht hatte, oder aber diese Kette, diese Ohrringe, meine Mutter zog an ihnen

(Der Teufel soll Sie holen Mutter)

Mit der Kette und den Ohrringen könnte ich das Rezept bezahlen

(der Mann in den Weiden

Ich habe dich auf dem Arm getragen als du klein warst

im Kommunionskleid mit gefalteten Händen und meine Mutter

Gehorche)

und ich entzog mich ihr

Gehen Sie mir aus den Augen Senhora

und wäre ich nicht so alt und hätte ich nicht so wenige Freier, gäbe es gewiss jemanden, der sich um mich kümmerte wie um meine Kolleginnen und dem ich dankbar wäre und von dem ich mit offener Handtasche alle Launen und Wutanfälle akzeptieren würde, ich sah, wie meine Mutter auf die Krücke gestützt wegging, das Knie womöglich kraftlos oder das Herz oder die Wirbelsäule, ich beschloss, sie zu rufen

Wofür ist Ihr Rezept?

und in dem Augenblick meine neuen Schühchen, ihre Autorität

Gehorche

das, was an mir herunter auf die Erde lief, und daher habe ich sie nicht gerufen, denn der Mann und meine Mutter raubten mir das, von dem ich nicht wusste, dass ich es hatte, und von dem ich erst sehr viel später begriff, dass ich es gehabt hatte, als der Neger zu mir sagte, ich solle mit ihm zusammenziehen, habe ich geantwortet

Hier gibt es ein Zimmer und wenn es nur dieses Zimmer ist

denn seit ich fünfzehn bin, lebe ich allein, meine Tante hat meine Wäsche in einen Karton gesteckt, sobald ihr Mann anfing mich anzugucken, er stand an der Tür des Kabuffs, in dem ich das Geschirr spülte

Du bist groß geworden

am anderen Ufer des Tejo, und die vom Salpeter hart gewordenen Kiefern erreichten fast das Wasser, einmal steckte in den Spalten der Rinde ein Krebs, der mir nicht wieder aus dem Kopf ging, ich habe ihn aus einer von der Ebbe gebildeten Lagune mitgebracht, und das Tier ging beharrlich, mechanisch auf den kleinen Beinen, sehnte sich nach der Rinde, überquerte Müll und Algen, als sie zum Geschirr zurückkam, übergab meine Tante, die mit ihrem Mann stritt, weil er rote Wangen hatte, mir den Karton mit zwei oder drei Pullis

Um zehn Uhr fährt ein Bus

mir war so, als hätte ich den Mann an der Gartenpforte gesehen, die mit einem Haken, der in einen Nagel griff, geschlossen wurde, mir war so, als hätte ich das gelbe Hündchen auf mich zukommen sehen, meine Tante war nicht die Schwester meiner Mutter, die meines Vaters, wie oft hat sie mich, sich am Ellenbogen kratzend, angesehen, was ihre Art nachzudenken war, wenn sie mit dem Kratzen fertig war

Deine Mutter

und sie unterbrach sich, als wäre ich meine Mutter, auf dem Karton ein in Zeitungspapier gewickeltes Bild der heiligen Filomena, die sie als das bisschen Erinnerung an meinen Vater ganz unten hineinlegte, das ich wahrscheinlich wie durch ein Wunder in einer namenlosen Körperzelle behalten habe, meine Tante niemals

Dein Vater

wenn sie sich kratzte, nur meine Mutter, kaum hatte sich

der Bus in Bewegung gesetzt, der Mann und das Hündchen winzig, dann die Häuser winzig und dann null, es blieb der Krebs, der den Tejo hasste und unerschütterlich, langsam die Kiefern suchte, eines Tages werden die Tiere des Meeres sich eines nach dem anderen erheben, zu uns kommen und uns fressen, wie viele Nächte habe ich von ihnen geträumt, und wenn ich aufwachte, war von mir nur noch eine Anemone geblieben, die im Licht des Rollladens schaukelte, ich, ohne es zu wollen

Mutter

bemerkte, dass ich

Mutter

und schwieg zornig, lass mich in Ruhe, nerv mich nicht, und dieser Neger, jünger als die Kinder, die ich zum Glück nie gehabt habe, saß auf der gegenüberliegenden Ecke der Überdecke, dick, groß, angezogen, abwechselnd die Arme verschränkend, und entschuldigte sich stumm oder nicht genau stumm, denn hin und wieder hörte ich ihn, als würde er beten

Senhora

bettelte mich in seiner Vogelscheuchenuniform an, zu ihm zu ziehen, mich, die ich in weniger als einem Monat ein Stück Lumpen sein werde, ich bin schon ein Lumpen, denn die Haut auf der Hand trügt niemanden, morgens nicht nur fehlende Kräfte in den Muskeln und in den Knochen, sondern tiefer, dort, wo wir wirklich sind, vor uns selber verborgen, ein Kern aus Schatten und hier und dort ein Organ, die Eingeweide, der Uterus, die Bauchspeicheldrüse, ein Neger von achtzehn Jahren, die Jackentaschen rund von Scheinen

(wo hat er das Geld gestohlen?)

und ein Dutzend Zimmer

(An Zimmern herrscht kein Mangel)

in einem Armeleuteviertel, von dem ich nicht weiß, wo es liegt und dessen Namen ich nicht verstanden habe, zwischen Amadora und Lissabon, der Neger unvermittelt herrisch, erwachsen, ohne sich seine Farbe abzuwischen, rückte er einen

Stock wie den, den die kleinen Mischlingsjungs hatten, im Hemd zurecht, und ich deckte mich mit dem Betttuch zu und zog die Beine an, meine Mutter mit einer Art Lachen

Gehorche

(ich habe gesagt, Sie sollen mich in Frieden lassen)

die Weiden um mich herum, und anstatt des Kommunionskleides und des Mannes

Ich habe dich auf dem Arm getragen als du klein warst

der Neger, der mich schließlich berührt hat, nicht das Fleisch, tiefer, wo wir wirklich sind, vor uns selber verborgen, ein Kern aus Dunkelheit, im Kern der Mann meiner Tante und das gelbe Hündchen, die sich beide in Luft auflösten, während der Bus immer schneller fuhr, und geheimer als das, was von mir auf der Erde, von dem ich nicht wusste, dass ich es hatte, und noch geheimer ein Ekel, der mich daran hinderte zu weinen

(jemand ließ nicht locker, ich weiß nicht wer

Kannst du mir nicht ein paar Münzen für die Behandlung leihen?)

die Augen außerstande, dort hineinzuschauen

(und was würden sie sehen, wenn sie dort hineinschauten?)

auf ihn gerichtet, wartend, ich frage mich, ob meine Tante, wenn sie bei uns wäre, mir das Bild der heiligen Filomena als Erinnerung an meinen Vater geben würde, und meine Tante besorgt

Ich kenne den Busfahrplan von hier nicht

wahrscheinlich ist sie noch immer auf der anderen Seite des Tejo und schiebt die einstmals grün angemalte, heute, wie ich annehme, verblasste Gartenpforte zu, die man mit einem Haken über einem Nagel schloss, sie bedeckte die Platten von Tischen und Kommoden mit Deckchen, es ging ihr wegen der Harnsäure immer schlechter, und der Neger, ohne auf sie zu achten, nicht im Sitzen, stehend, verdeckte den Vizekönig, er zum ersten Mal nicht

Senhora

zum ersten Mal

Du

befahl mir mit dem

Du

aufzustehen, und seine Gesichtszüge hoben oder senkten sich nicht stufenweise, waren kräftig ans Gesicht geheftet

Du

und dieser kompakte Geruch, den Parfüms nicht wegbekommen, schlimmer als ein Krüppel oder ein Blinder

(Gott sei Dank bin ich weiß)

nahm der Heiligen, ohne dabei Angst vor der Hölle zu haben, das Geld wieder weg und steckte es in die Hose, die Frau des Besitzers der Herberge stand im Eingang von ihrem Stuhl auf, grummelte nicht gegen uns, streckte die Hand zu ihm aus

Der Herr

Lichter, will heißen, die kleine Lampe mit dem Schirm, unter der es schwierig war, die Namen in ein Buch zu schreiben, eine meiner Kolleginnen kam mit einem Freier herein, der sich auf der Fußmatte wunderte

Akzeptiert ihr hier Neger?

und auf ein Zeichen der Frau des Besitzers oder des Typs, der sein Hirn beim Boxen beschädigt hatte und Probleme löste, sofort den Mund hielt, der Kunde breitete die Hand auf der Brust aus

Ich wusste das nicht Verzeihung

Lichter auf dem Platz, im Restaurant, in den Schaufenstern, die Figuren im Spielzeugladen machen mir nachts Angst, wenn wir es am wenigsten erwarten, tun sie einen Schritt nach vorn und winden sich schreiend, wie die Weiden sich wanden und mit mir zusammen schrien, meine Mutter tat einen Schritt nach vorn

Gehorche

auf der Straße schrie sie nicht

Gehorche

sie bat

Kannst du mir nicht ein paar Münzen für die Behandlung leihen?

so müde, so dünn, sie scheuchte mich mit dem Fächer für den Herd weg, mich, die ich sie nie suchte

Wäre ich nicht so blöd gewesen wärest du nicht geboren worden

ich erinnere mich nicht daran, geboren worden zu sein, ich erinnere mich an Kälber, an den Brunnen, ich hatte kein Kind im Körper, und nachdem mein Blut sich auf der Erde verteilt hatte, blieb es eingeschlossen, vielleicht im Falle meiner Mutter auch ein Mann in den Weiden

Ich habe dich auf dem Arm getragen als du klein warst

er hat nicht weiter darauf bestanden, hat mich nicht wieder belästigt, sie humpelte mit dem Rezept über den Platz, zeigte es einer meiner Kolleginnen, die weiterrauchte, einem Ehepaar, das kein Interesse daran hatte, sie anzuhören, und ruderte dann zur Kirche, in der grimmige Märtyrer aus Gips und Holz auf Latein litten, bereit zu einem Wort, das uns befreien würde, hatten es beinahe schon auf den reinen Lippen, sprachen es aber, um mich zu bestrafen, nicht aus, sie wollten es für sich behalten, die Egoisten, mir den Himmel verbieten, meine Tante nahm mich mit zur Messe, und die Märtyrer hießen das gut

Sehr gut Georgete

aber wenn ich sie genauer ansah, wurden sie ungeduldig mit mir

Wir wollen von dir nichts wissen du hast keine Eltern

die Gewänder verloren allmählich ihre Majestät, ihnen fehlten Zehen, ich erinnere mich daran, wie eine Maus um den Altar trabte und wie der Sakristan einen zerbrochenen Apostel auf den Müll warf, die Spitze dessen, was er unter dem Hemd trug, schaute zwischen zwei Knöpfen hervor, und ich bemerkte die zwei Gewehrläufe

Wir müssen einen Wagen besorgen Senhora

so anders als der, der sein Gesicht rieb, um die Farbe abzubekommen, der das Kraushaar glattstrich, was er nicht dafür geben würde, weiß zu sein wie ich, die ich nie etwas gegeben hatte, ganze Nachmittage im Korsett, im Strumpfhalter eingezwängt, und kein einziger Kunde

Süße

ich hätte mich gern umgezogen, geschlafen, hin und wieder ein Pulsieren zwischen den Rippen, ich glaubte

Ich werde sterben

versuchte mir vorzustellen, wie es ist zu sterben und wie das Leben aus einem heraustritt, ich hatte eine Kollegin, die hier gestorben ist, zack, die geöffneten Augen waren weiter lebendig, bis jemand ihre Lider mit zwei Fingern herunterschob, und erst dann das Schmollen der Leichen

Welche Autorität habt ihr die ihr mich zwingt zu gehen?

ich bin nicht sicher, ob die Leute im Sarg nicht atmen, wenn wir nah herangehen, hören wir Gedanken, die wachsen und sich auflösen, und ich glaube, dass alte Visionen, Weiden, eine Verbitterung, die kommandiert

Gehorche

und wir beteten die Litaneien des Katechismus, ich habe sie nicht auf dem Friedhof besucht, denn hätte sie mich nach ihrem Bruder gefragt, hätte ich nicht gewusst, was ich sagen sollte, der Neger versuchte sich mit einem Draht und einer Plastikkarte an den Türen der Autos, der kompakte Geruch noch stärker durch den Schweiß und die Eile

(Werde ich deinen Geruch ertragen?)

und die Arme, die er jetzt immer schneller neu verschränkte, die unvermittelte Bewegung einer Katze, die nicht geht, sondern gleitet, man streckt die Hand aus, und sie gehen weg, um auf den Mauern herumzustreunen, nach wem würde mich meine Mutter fragen, wenn ich bei ihr wäre, oder würde sie nicht nach Leuten fragen, sondern vorschlagen

Für die Behandlungen Tochter

noch stärker humpeln, die Krankheit damit vergrößern, ein Lieferwagen kam langsam um die Kurve an einer Ecke, an der Tabletts mit Gemüse und Geruch nach Melonen, der Neger hob das Hemd, und der Stock wurde zu einem Gewehr, und ich verstand nicht, wie

(wie wird ein Stock zu einem schwarzen Gewehr, ich möchte lernen, Wunder zu tun, bring es mir bei)

er zeigte es dem Fahrer, hielt ihn dabei an der Weste gepackt

(hatte ich nicht gesagt, eine Katze?)

warnte

Schnell

ein Weißer

(seit ich ihn kennengelernt habe, wiederholt etwas in meinem Kopf immer wieder, bei jedem Schritt

Ich bin weiß

ich habe keine Matratze, auf die ich mich legen kann, aber ich bin besser, denn ich bin weiß)

ein Weißer, dick und groß wie er, mit billiger, gelöschter Zigarre über dem Ohr und einem beinahe waagerechten Zahn, ich weiß nicht, ob oben oder unten, die Verwandten sollen es sagen, der die Kinnlade daran hinderte, sich zu schließen, sie schloss sich nicht, als der Neger ihn mit dem Teil des Gewehrs, an dem die Läufe nicht dran waren, auf die Hüfte, auf die Brust, an die Schläfe schlug, denn ein Knochen knackte, sie schloss sich nicht, als er sich, an das Armaturenbrett geklammert, nach vorn neigte, sie schloss sich nicht, als er versuchte, den Neger festzuhalten, der auf seine Handgelenke schlug, und die Handgelenke reglos, sie schloss sich nicht, als irgendetwas im Mund, ich glaube, die zu rote Zunge, der zu rote Gaumen, die Pleuelstangen von jemandem, der schnarcht, im Rachen, und der Weiße ließ das Armaturenbrett los, lag ausgestreckt auf dem Boden, ein Arm lang, ein Arm kurz, die Hände unabhängig von den Armen und jeder Finger unabhängig von den anderen

(sie müssen Dutzende von Armen und Händen verbraucht haben, um ihn so zu hinzukriegen)

der Neger nahm ihm die Zigarre vom Ohr, machte die Tür auf, während er sie sich anzündete

Steigen Sie ein Senhora

kam und ging im Rauch, rieb das Gesicht in der Hoffnung, sich die Farbe abzuwischen, und da die Zigarre, wobei die Gesichtszüge sich weder gradweise hoben noch senkten, sondern kräftig an das Gesicht geheftet

Du

die Augenbrauen, der Mund, und ich weniger weiß, na so was, zog die Schultern zusammen, wagte nicht, etwas zu sagen, er machte mir Angst, erschreckte mich, würden meine Kolleginnen mir begegnen, würden sie sich von mir fernhalten

Bist du Negerin geworden?

meine Tante scheuchte mich mit dem Finger zur Gartenpforte

Wenn er wüsste wer du bist

und ich bin nicht mit dem Bus nach Lissabon, zu Fuß, meine Mutter hat mich wahrscheinlich, weil ich Negerin war, abgegeben, sie hat es entdeckt, nachdem ich geboren war, hat mich von einer Seite zur anderen gedreht

Ich habe eine Negerin bekommen

und daher versteht man die Weiden, den Mann, ihr Lachen

Gehorche

oder, besser gesagt

Wen stört das schon, sie ist eine Negerin

und dieser Geruch nach Wurzeln, der beginnt, meiner zu werden, Kinder, die sich über mich lustig machen, mit Löffeln auf Blechdosen schlagen, wie es mit der Mischlingsfrau auf dem Platz passiert war, sie bauten sich vor ihr auf, zogen Fratzen und zerrissen ihre Bluse

Mulattin Mulattin

und die Mischlingsfrau

(manchmal gab ich ihr ein Almosen, und sie steckte es unter Röcken und Röcken in eine kleine Stofftasche)

floh, so schnell sie konnte, wie man im Regen rennt, nach vorn gebeugt, ohne Hals, sie protestierte nicht, bedrohte sie nicht, hat wohl gedacht

Ich stelle mich an dieser oder jener Tür unter

wo die Kinder sie fanden und Steine nach ihr warfen

Mulattin

und sie, so schien mir

Tut mir leid

oder

Verzeihung

und die Resignation, die Scham, ich hätte den Kindern gern gesagt

Stehlt ihr das Täschchen nicht

und heute merke ich, dass ich das nicht wegen der Mulattin sagte, meinetwegen, heute merke ich, dass sie über mich spotteten

Mulattin

der Lieferwagen fuhr die Gasse hinauf, und der Weiße mit ungleichen Armen und schiefen Händen unter den Brettern, eines der Kinder mit einem Schürhaken anstelle des Löffels und der Blechdose, die Mischlingsfrau angesichts des Schürhakens

Verzeihung

und wenn die Nachbarn das Blut entdecken, fliehende Schritte wie kullernde Kugeln einer zerrissenen Kette, im Lieferwagen hing ein Rosenkranz vom Spiegel, und auf einem Regal standen Konserven und eine Flasche Tresterschnaps, alles kam und ging mit dem Rauch der Zigarre, der mal lebendig anwesend war, dann wieder weg, ein weiterer Platz, der Boulevard, an dessen Ende hinter den Kränen der Fluss

(und aus dem Inneren der Zigarre heraus

Wo ich wohne herrscht an Zimmern kein Mangel

ich weiß nicht, ob zu sich selber oder zu mir, er schuf damit die Gewissheit, dass dem nicht so war, ich konnte den Rosenkranz deutlich sehen, an dem jedes Ave-Maria ein Plastikperlchen, die Vaterunser extra, größer und nicht durchsichtig, aus Blech, es waren die Vaterunser, die erklärten

Wo ich wohne herrscht an Zimmern kein Mangel

denn der Neger schwieg, dick, groß, einen Schürhaken am Bauch, kam und ging er im Rhythmus des Rauches)

der Boulevard, an dessen Ende hinter den Kränen der Fluss und jenseits des Flusses die Gartenpforte, die mit einem Haken, der in einen Nagel griff, geschlossen wurde, der Mann meiner Tante und das gelbe Hündchen, wenn sie mich wenigstens in dem Kabuff das Geschirr waschen lassen und mir erlauben würden, morgens in den Gemüsegarten zu gehen, wenn die Blätter der Nacht frisch entwachsen sind, und ich neun oder zehn Jahre alt, nein, fünfzig, ich denke

Mir kann nichts Schlimmes passieren ich bin jung

denn nur sehr alte Leute werden zu Fotos und verschwinden aus dem Gedächtnis

(Die da, glaube ich, ist meine Großmutter, der da ist, glaube ich, mein Onkel in England)

nicht ich bin hier, man spricht mich an, und ich antworte, ich werde eine Schleife im Haar und einen Ehemann bekommen, apropos Ehemann, der meiner Tante zwickt mich in den Hals

Schreibst du deinen Namen mit dem Rohrstock?

die Stimme eine schläfrige Welle, und meine Tante ärgerlich am Fenster

(bevor der Lieferwagen fast neben den Kränen den Fluss erreichte, bog er nach Norden ab, dabei verrutschten die Konserven, und der Neger

– Hast du keinen Hunger Senhora?)

meine Tante ärgerlich vom Fenster aus

Arménio

gleichzeitig löste der Ehemann an meinem Hals sich in

Luft auf, und mich gab es nicht mehr, kein Foto von mir auf der Kommode, und wer wird mir daher garantieren, dass es mich irgendwann gegeben hat, der Neger achtzehn Jahre alt und ich fünfzig, älter als seine Mutter

(wann habe ich es aufgegeben, meinen Namen mit einem Rohrstock in die Erde zu ritzen?)

und es wird keinen Monat dauern, und ich bin ein Stück Lumpen, würde der Mann meiner Tante mich treffen, er spräche nicht mit mir, und mein Leben ohne Szenen, wir hatten den Häuserblock einer Arbeitersiedlung hinter uns gelassen, in dem niemand wohnte, nur Fotos auf Kommoden, einer der Scheinwerfer begann zu zittern, ging aus, und ein Teil von Lissabon, die Hälfte, in der ich mich befand, erlosch mit ihm, am Fenster meiner Tante die Gardine, in die ich beim Bügeln ein Loch gebrannt habe, das von beiden Seiten gestopft wurde, genau so werde ich sie von Ewigkeit zu Ewigkeit in Erinnerung haben, denn ich werde die ganze Ewigkeit lang alt sein, ein Bündelchen aus Knochen

(Kannst du mir nicht ein paar Münzen für die Behandlung leihen?)

das durch die Gegend humpelt, zulassen, dass man mich misshandelt, der Rest der Reise windschiefe Hütten, ringsherum Hunde, der Neger fuhr den Lieferwagen mit Schwung gegen einen der wilden Feigenbäume

Den lassen wir hier stehen

den ein Eulenpaar auf der Suche nach Eidechsen gerade mit dem Schnabel bearbeitete, beide flogen steil auf, trugen zappelndes Grün mit sich weg

(Tötet mich nicht)

und die Jungen erwarteten sie ganz bestimmt auf einem Mauerrest, dort, wo meine Verwandten wohnen, gab es weder Eulen noch Käuzchen, Möwen, die Eier in den Sand legten, näherte ich mich den Eiern, kamen sie schreiend herbei, dreckig von Stroh und Algen, es heißt immer, Möwen seien reinlich, aber das stimmt nicht, sie mögen Teer, Dreck, der Neger schraubte Deckel vom Tank ab und stopfte Lumpen hinein

Komm nicht näher Senhora

Flammen, die weder gelb noch rot waren, grün, und er

Das machen wir immer mit den Autos

ein paar Explosionen, Gestank, Gummi, das sich weder gelb noch rot, grau in Falten legte, er packte mich am Handgelenk, um mich zwischen Steinen und Mohnblumen durch den Bairro zu geleiten, eine Baracke, fünf Baracken, Dutzende von Baracken

(Wo ich wohne herrscht an Zimmern kein Mangel)

Reste von Villen, kleine Straßen, der kompakte Geruch der Neger

(und ich sagte mir beharrlich

Ich bin eine alte Weiße

bis ich mir nicht mehr sicher war, ob ich wirklich weiß bin)

den kein Parfüm wegbekommt und der in den Kleidern haften bleibt, selbst wenn man sie wäscht, so dass der Geruch auch zu meinem Geruch wurde

(und ich sagte mir beharrlich

Ich bin eine alte Negerin

bis ich sicher war, tatsächlich eine Negerin zu sein)

wir balancierten zwischen Ziegelsteinstaub und Skeletten von Baugerüsten, er verschränkte wieder abwechselnd die Arme und entschuldigte sich schweigend oder nicht genau schweigend, hin und wieder ein Gebet

Senhora

er rieb das Gesicht mit Händen voller Ringe, als könnte er die Farbe abwischen, so zögerlich, so schüchtern, man hatte das Gefühl, dass viele Leute

(die Märtyrer aus der Kirche, die der Sakristan auf den Schutt hinter dem Gebäude warf?)

aber ich sah keine einzige zerbrochene Statue

(der Mann meiner Tante löschte meinen Namen mit der Schuhsohle aus, und ich hörte auf, ich zu sein) nur die Eulen, die mich anstarrten, so wie mich die kleinen Fenster und die Nacht anstarrten, ich fragte

Dein Zimmer?

da er mir versichert hatte, dass dort, wo er wohnte, an Zimmern kein Mangel herrschte, womöglich eine Heilige und eine Orchidee in einer Vase, so wie in der Herberge am Platz und

Der Herr

und

Madame

und seine Gesichtszüge nicht ans Gesicht geheftet, sie rutschten aus Angst vor mir eine Stufe herunter

Dort

will sagen eine Baracke, deren Eingang von Sandsäcken geschützt wurde, aus denen Unkraut wuchs

(wenn ich die Eier berührte, würden mich die Möwen mit Schnabelhieben traktieren)

und der Junge mit dem Lolli hockte da und wartete auf uns, eine Pistole auf den Knien, ohne uns anzusehen, war mit einem Spielzeugflugzeug beschäftigt, das man aufzog und das summte, Dutzende Handys, Musikapparate, Juwelieretuis und der Negergeruch, mein Negergeruch, ich rieb mein Gesicht in der Hoffnung, die Farbe abzuwischen, und meine Mutter

Gehorche

der Mann meiner Tante und das Hündchen verfolgten mich von der Gartenpforte aus, aber die Gardine verlassen

(ich habe eine Falte so drapiert, dass die kaputte Stelle nicht zu sehen war, und die Falte verabschiedete sich, hin- und herwedelnd, von mir)

er

Habe ich nicht gesagt dass an Zimmern kein Mangel herrscht Senhora?

lächelte mich von der gegenüberliegenden Ecke der Überdecke an, und ich lächelte ihn, ohne zu wollen, bei den Weiden an, nicht alt

(Ich habe dich auf dem Arm getragen als du klein warst)

im Kommunionskleid und mit den neuen Schuhen, mir war gleichgültig, ob er mir nahm, von dem ich nicht wusste, dass ich es hatte, und es auf die Erde rann, während das Flugzeug des Jungen immer weitersummte.

Ich habe nie gern in diesem Bairro gewohnt, in dem ich immer sagte

Ich gehe

beschloss

Ich gehe

die Sachen in den Karton packte, den mir meine Tante in der Küche gegeben hatte

Um zehn Uhr fährt ein Bus

während die gestopfte Gardine nicht aufhörte zu winken und das gelbe Hündchen

(wir kamen gut miteinander aus, wir beide)

sich an meinen Fußknöcheln scheuerte, nicht begriff, was los war, das Arme, mir fehlt ein Wesen, das mich vor Begeisterung überrennt, auch wenn es nur ein namenloser Köter ist, und ich verstehe nicht, warum man ihm keinen Namen gibt, ich habe wer weiß wie viele mit dem Bleistift für die Abrechnungen geschrieben

(wenn die Buchstaben auch nicht schwarz wurden, die Zunge wurde es vom Lecken an der Kohlespitze)

ich schaute das Hündchen an und schaute die Namen an, verglich sie, und da keiner der mehr als zwanzig ihm ähnlich sah, habe ich es aufgegeben, meine Tante nannte es

Dieses Tier

der Mann meiner Tante schwieg und ich ein Wort, das zu sagen ich mich schäme und deshalb nicht sage, würde ich es sagen, dann dem, den es angeht, ist doch klar, das geheime Wort, das ich für einen Mann aufbewahrt habe, bis ich alt bin, und so wie es aussieht, wird es bei mir bleiben, nachdem ich alt bin, ein böser Zauber wie das Kommunionskleid und die Weiden, in Ermangelung eines Besseren habe ich es immer dem Hündchen gesagt, nun ja, allerdings in mir drin, heimlich, nicht einmal das Tier kannte es, ebenso wenig wie der Mann, hätte ich ihn gehabt, es erfahren würde, und würde es mir herausrutschen, hätte er mir das mit Befremden heimgezahlt

Was will die denn heute?

oder anstelle von

Was will die denn heute?

hätte er so getan, als würde er es nicht verstehen

Wie bitte?

während das Hündchen überhaupt nichts vorgab, es scheuerte sich an meinen Fußknöcheln, bellte die Schlangen an, nahm alles hin, meinen Berechnungen zufolge ist es vor Ewigkeiten gestorben, vielleicht an Wasser in der Lunge wie das Hündchen vor ihm, dem der Veterinär

Soll das da eingeschläfert werden?

mit einer Tablette geholfen hatte, wir warteten, die Hand vor dem Mund, und nach ein paar Sekunden

(eine Minute?)

die Schnauze anders, obwohl genau wie vorher, ich kann das nicht erklären, aber anders, der Hund ein anderer Hund und unser Hund wo

Unser Hund Herr Doktor?

also war es mir, da er ein anderer war, gleichgültig, ob man ihn im Ofen verbrannte, mir war egal, was es mit dem Gas und diesem Gestank nach Verkohltem auf sich hatte, meine Tante, die sich, damit der Arzt dachte

Sie leidet die Arme

mit dem Taschentuch betupfte, der war es nicht egal, aber sie litt nicht die Bohne, sie hat unsretwegen nie gelitten, jemand, der sagt

Der Bus geht um zehn

was für eine Seele hat dieser Mensch, zum Teufel, meine

Tante betupfte sich mit dem Taschentuch, und ihr Mann ließ die Fingergelenke knacken, der Mann in den Weiden, der das geheime Wort nicht verdiente, hinterließ in mir nicht die geringste Spur, und wer weiß, ob er nicht seinerseits ein geheimes Wort, ich werde Namen schreiben und sie mit den Namen vergleichen, voller Furcht, sie könnten passen, oder, besser gesagt, nein, das stimmt nicht, ohne Angst, dass sie passen könnten, ich kenne den passenden Namen ganz genau, schreibe ihn aber nicht, keine Angst, würde ich ihn schreiben, selbst wenn ich ihn dabei mit der Schulter verdeckte, wer würde mich nachher akzeptieren, das Hündchen vor diesem Hündchen im Körbchen ausgestreckt, ihm war das Fressen gleichgültig, es versuchte zu atmen, ich rief es, und es wedelte ein paar Zentimeter mit dem Schwanz, man merkte, dass es zu uns kommen wollte, eine Pfote streckte sich aus, gab auf, und das war's, ich hoffe, ich sehe seinen vor Entsetzen verwirrten Blick nie wieder

(irgendwann meine Blicke vor Entsetzen verwirrt, und lasst nicht zu, dass ich verschwinde, helft mir, ich mache alles, was ihr wollt, ich besorge euch Geld, arbeite auf dem Platz, nehme Blinde an, deren Finger mich, obwohl ich nackt bin, weiter ausziehen

Meine Hübsche

verhindert, dass ich brenne)

der Ofen hörte nicht auf zu arbeiten, als wir die Klinik verließen, hörte man das Pfeifen der Flammen und Fettblasen, wenn ein Mischling in diesem Stadtteil stirbt, dann wird der Mensch auf die Müllkippe geworfen oder bleibt wochenlang an einem Hang liegen, bis die Insekten der Erde ihn mit sich genommen haben, ich habe lange Zeit gesagt

Ich gehe

beschlossen

Ich gehe

und habe versucht, den Neger zu überzeugen, mit mir zusammen zu gehen, er auf der gegenüberliegenden Ecke der Überdecke voller Angst vor mir, voller Angst vor den Jungen

Wir können nicht Senhora

während der mit dem Lolli mit dem Flugzeug spielte, sich von uns nicht stören ließ, und der Neger maß die Pistole auf seinen Knien

Die Senhora meint es nicht ernst Kleiner

während das Blechflugzeug, und jetzt, wo ich allein bin, wartet kein Neger und kein kleiner Junge darauf, dass die Nacht kommt, ich nehme den Karton, stelle den Karton wieder hin und weiß nicht, warum ich nicht von hier weggehe, ich nehme die Mulatten in den Baracken wahr, höre die Langsamkeit des Regens auf den kaputten Dächern, und das Blut in meinem Körper zögert träge wie verschüttetes Wasser, das sich auf den Brettern seinen Weg sucht und verhindert, dass das geheime Wort, das einzige, das mir geblieben ist, mit ihm verdunstet, ich lasse nicht zu, dass man es hört, denn würde man es hören, wäre ich noch einsamer, ich habe diesen Stadtteil nie gemocht, in dem die Polizei bei den wilden Feigenbäumen wartet, ich frage mich, ob mir der Neger fehlt, der abwechselnd die Arme verschränkt

Senhora

das gelbe Hündchen, das fehlt mir, glaube ich

(das braune, das vom Ofen, es schüttelte einmal den Schwanz, um zu sagen

Ich bin hier

und man spürte die Freundschaft, das Bemühen, es schaute den Veterinär an und war nicht böse auf ihn, es schaute uns an, und dann ja, das, was mir Schrecken einjagt, das, was ich nicht akzeptiere, das Entsetzen)

die Gartenpforte, die man mit einem Haken schloss, der in einen Nagel griff, und das ist alles, ein Hündchen und eine Gartenpforte reichen, und um diese Zeit meine Kolleginnen am Platz

Die Alte?

nein, um diese Zeit meine Kolleginnen am Platz

Was für eine Alte?

genauso wie ich die Rotblonde vergessen habe, die sich in Zimmer elf aufgehängt hat, sie hat fröhlich die Rechnung bezahlt und erklärt

Der Kunde möchte nicht mit mir zusammen gesehen werden er kommt später allein

mit einer Frisur vom Friseur und einem neuen Rock, der Besitzer der Herberge gab ihr den Schlüssel und hörte das glückliche Pfeifen auf der Treppe, es heißt, ob es stimmt, weiß ich nicht, dass er an den Nachmittagen, an denen seine Frau bei der Knochensprechstunde war, die Rotblonde in sein Büro rief, die Rotblonde pfiff immer weiter, das hörte man im Erdgeschoss zusammen mit den Schritten, bis ein Schlag oder ein Fallen und das Pfeifen mitten in einem Ton abgebrochen, als würde unvermittelt die Musik mit einem Messer abgeschnitten, die Ehefrau des Besitzers, alle Gesichtszüge in der Mitte des Gesichts versammelt, legte die Häkelarbeit weg und erhob sich vom Stuhl

Schnell

mit elastischen, großartigen Knochen, die keine Sprechstunde brauchten, die Augenbrauen, das Kinn und die Nase rotierten in einem Strudel und verschwanden im Mund

Schnell

und erreichte, als gäbe es keine Stufen, vor uns das Zimmer

(einmal habe ich den Neger begleitet)

und das bei einer Frau, die älter war als wir, eine Kranke mit riesigen Fußgelenken, die der Mund verschlucken würde, der Mund, nicht sie, drängend

Schnell

und wir kreiselten in ihrem Gesicht und verschwanden eine nach der anderen, meine Kolleginnen, die Freier, der Besitzer der Herberge, ich, nur die Rotblonde, die am Kleiderhaken am Schrank hing, verschwand nicht, wenn ich von der Rotblonden spreche, meine ich nicht den ganzen Menschen, sondern nur die hängenden Beine, ich hätte gern den Hund auf meinem Schoß gehabt, um ihn vor dem Entsetzen zu schützen, aber ich war außerstande, seine Lunge meine Lunge, der Schwanz, der erschlaffte, gehörte mir, eine meiner Kolleginnen

(einmal habe ich den Neger begleitet)

bekreuzigte sich, der Besitzer der Herberge glitt an sich selber herunter

(er war tatsächlich krank)

hielt sich an der Leere fest, die ihn nicht hielt, und setzte sich auf das Bett, wäre meine Tante bei uns, würde sie auf den Haken zeigen

Ist die da deine Freundin?

wobei sie an meine Mutter dachte und mich nicht leiden konnte, mir war so, als ob die Rotblonde immer noch pfiff, dieselben Schritte an der Decke, ein ehrliches Jubilieren, und ich ohne Antwort

Was ist eine Frau?

vielleicht das geheime Wort, das ich eines Tages sagen werde

Was heißt es eine Frau zu sein?

als würde man, indem man die eine Gartenpforte schloss, das ganze Leben wegschließen, dazu das Kommunionskleid und die Strafen des Allerhöchsten, und beispielsweise zu einem Blatt werden, das im Wasser immer weniger wird, bis nur noch die Blattrippen übrig sind, ich werde aus diesem Bairro nicht weggehen, weil ich nicht weiß, ob ich existiere, seit ich allein bin und kein Neger

Senhora

einmal habe ich ihn mit den Mischlingsjungen zu einer Villa in Sintra begleitet, und zwar nicht nachts, tagsüber im Winter, wenn es um drei Uhr dunkel ist, monströse scharlachrote und lila Blumen über Mauern gegossen, und wir keine Mischlinge, auch keine Neger

(ich Negerin in meinem Negergeruch, denn das, was ich an Weißem in mir hatte, habe ich verloren) ebenfalls scharlachrot und lila, scharlachrotes und lila Geflüster, scharlachroter und lila Streit, scharlachrote und lila Gesten, Straßen, die sich in Landgütern verloren, hölzerne Eingangsdächer, Zäune, die Villa fast ganz oben auf dem Berg

(würde mir die Rotblonde, wenn sie auf meinem Schoß säße, so vertrauen wie das Hündchen?)

wo der Wald dichter ist und das Meer zu weit weg, als dass man es hören könnte, man spürte die tiefhängenden Wolken und die Feuchtigkeit des Windes, ich bin sicher, dass die Rotblonde, als wir sie auf den Fußboden legten, nicht tot war, denn sie sprach mit uns, oder aber wer weiß was im Magen, das die Frau des Besitzers der Herberge am Ärmel abwischte, wäre ich meine Tante, hätte ich mich nicht weggeschickt, und ich würde noch immer das Abendessen in dem Kabuff zubereiten, einer der Jungen, die keine Mischlinge, sondern scharlachrot und lila waren

Die Villa da

zu vier Fünfteln am Hang, ein Teil im Inneren des Nebels, und der Dachboden und die Terrasse frei, Zwergpalmen, die das Schwimmbad anzeigten, oder, besser gesagt, eine kiesbestreute Allee, auf der ein Rasenmäher, die Zähne nach oben, auf dem Rücken lag

Komm nicht näher ich beiße dich

(ich habe versucht ihn zu überzeugen, mit mir zu kommen, der Karton war bereits gepackt, und der Neger verschränkte abwechselnd die Arme vor Angst, sie könnten uns hören, und enthob mich meiner Stimme mit einer Geste

Wir können nicht Senhora)

in der Nähe der Villa ein Dreirad, auf das sich einer der Mischlingsjungen setzte

Das ist meins

und da eines der Räder klemmte und es ihm unmöglich machte, darauf zu fahren, schleuderten sie es gegen eine Ulme und wegen des Nebels kein Echo, keine andere Farbe, nur das

Scharlachrot und das Lila, und das Scharlachrot und das Lila verblassten ihrerseits

(was ist der Grund, ich verstehe es einfach nicht, weshalb ich nicht von hier weggehe?)

bis nur noch Felsen, Umrisse und Ruinen von Bewegungen, was ich möglicherweise eines Tages aus meinem Sarg sehen werde, der Neger warf einen Backstein in eines der Fenster, und die Scheiben zersplitterten lautlos

(ein Storchennest kam in dicken Schlammplacken vom Schornstein herunter)

so wie es in Träumen passiert, wenn eine Welle aufhört und der Körper in tausend stumme Scherben zerschellt, die scharlachroten und lila Jungen kletterten durch die kaputten Scheiben in die Villa, und Sofas, Teppiche, jemand, der weder scharlachrot noch lila war, weiß

(wie lange schon bin ich nicht mehr weiß?)

größer als sie, so groß wie der Neger, rannte, eine Pistole, zwei Pistolen, noch jemand rannte, eine Geschirrvitrine stürzte um, ohne dass jemand sie berührt hätte, einer der Mischlingsjungen

(inzwischen nicht mehr scharlachrot oder lila, wieder Mischlinge)

rannte ebenfalls

(sogar mir machen sie Angst, mir, die ich glaubte, die Angst verloren zu haben, so wie ich alles verloren habe außer dem geheimen Wort, das ich nicht einmal dem Mann bei den Weiden sagen würde, sie lächeln nicht, reden nicht, gehen vorbei, ohne mich zu sehen, und dennoch spielt einer trotz der Gewehre mit Kaffeekannen und Stöcken, hebt ein hilfloses Lächeln zu mir, das er sofort überspielt, gelbe Hündchen, bereit, aus Zärtlichkeit zu zaudern, und ich wusste, wenn ich sie auf meinen Schoß setzte, dann würden sie zuerst zustimmen und sich danach vom Schoß befreien, bevor ein Schluchzen oder eine kindliche Bitte, und sie würden mich töten) ich hätte den Bairro verlassen sollen trotz des Negers, der die Farbe von den Wangen wischte

Wir können nicht Senhora

auch wenn sie mich auf dem Platz nicht mehr akzeptierten

So alt

und ich mich auf dem Kirchvorplatz hätte hinhocken und zu den Märtyrern hätte beten müssen, die der Sakristan auf den Müll warf

Du bist zu nichts mehr nütze bärtiger Mann

neben mir das Töpfchen für die Almosen, oder sie würden mich in der Herberge akzeptieren, damit ich, ein Tuch um den Kopf, die Zimmer aufräume und meine Kolleginnen mit

Gnädiges Fräulein

anspreche

und sie zu den Freiern

Sie war immer so ein Lumpen die Arme

höchstwahrscheinlich meine Mutter zu meiner Tante

Bewahr diesen Lumpen für mich auf

ich anstatt im Zehnuhrbus auch im Müll, bis man die gipserne Haut nicht mehr sieht, und einer der Mischlingsjungen rannte durch die Villa, beleidigt, weil er auf meinen Schoß wollte, von Liebe erfüllt

Verlassen Sie mich nicht

alle Mischlingsjungen rannten durch die Villa, und Klappmesser und Fahrtenmesser, ich dachte, keine echten Klappmesser und Fahrtenmesser, aus Gummi oder Pappe, die nicht schneiden konnten, eine Frau unter dem Vordach und sie, die nicht über ihre Taille reichten, sprangen um sie herum

(während ich das Essen aufwärmte, sprang das gelbe Hündchen um mich herum)

taten so, als würden sie sie mit Kinderwerkzeugen zerfetzen, verfolgten sie, bissen sie, außer den Klappmessern und Fahrtenmessern ein Hammer, und der Polizist zu mir oder halb zu mir, halb zum Block

Warten Sie mal warten Sie mal ein Hammer?

wegen des Hammers, nicht wegen der Klappmesser und der Fahrtenmesser, die Frau

Bitte

anders als bei der Frau des Besitzers der Herberge die Gesichtszüge nicht alle um den Mund herum, sie flohen nach außen, und der Mund nicht Lippen, nicht Zunge, Loch mit Gaumen

Bitte

mir gelang es nicht, zu erkennen, ob es eine Erwachsene war, die mit Kindern spielte, so tat, als würde sie sterben, dabei mit Grimassen und Zuckungen übertrieb

Ich bin gestorben

(der Polizist hielt mit dem Block inne

Spielten sie oder machten sie Ernst wo waren wir noch stehengeblieben meine Beste?

sechzig, fünfundsechzig Jahre, ich kann Alter schlecht schätzen, wenn ich nicht selber spüre, wie es mir die Galle zerfleddert, heilige Muttergottes vom Berg Karmel, die Galle, der Polizist blablabla, beharrlich, womöglich habe ich ihn einmal am Nachmittag auf dem Platz gesehen, wie er uns eine nach der anderen abschätzte und Preise und Uhrzeit diskutierte, und im Zimmer, ich bin sicher, Forderungen, Manien

Nimm diesen Gürtel Mami)

oder ob sie wirklich starb, und ich fragte mich das noch, obwohl das Schulterblatt freilag und der Stiefel aufgehört hatte zu gehen und auf den Fliesen aufgab, die Frau, eine zweite Frau, ein Mann, den die Gewehrschüsse in einem Wasserfall aus Teilen hinstreckten, hier der kleine Finger, dort der Bauch, aus wie vielen Stücken wir zusammengesetzt sind, Herrschaften, und die Armbanduhr löschte in einem Augenblick, was uns noch von der Nacht trennte, wäre die Küchenuhr meiner Tante ähnlich, würden die Jahreszeiten galoppieren und sich von uns verabschieden

Haben keine Zeit tut uns leid

und ich zehnjährig mit Enkelkindern

(der Polizist auf allen vieren auf dem Schreibtisch auf Fotos, Skizzen

Nimm diesen Gürtel Mami)

eine Villa in Sintra im Januar, scharlachrote und lila Blumen über Mauern gegossen, und wir weder Mischlinge noch Neger

(ich Negerin in meinem Negergeruch, denn das, was ich an Weißem in mir hatte, habe ich verloren)

scharlachrot und lila, die zweite Frau scharlachrot und lila, hielt den Griff eines Schraubenziehers, der in ihrem Rücken steckte, und fiel gegen den Kleiderschrank, und Kleider, die zu teuer für meinen Karton waren, auf dem Boden verstreut, einer der scharlachroten und lila Jungen bekam sie mit einer scharlachroten und lila Schere zu fassen, und ein scharlachroter und lila Fleck rundetete sich auf der Bluse, der Polizist zwischen mir und dem Block

Nimm diesen Gürtel Mami

und der Zeiger der Armbanduhr in fiebriger Eile

Sagen Sie das noch einmal

bevor der Direktor oder Chef sie zurückstellten und mir befahlen

Sagen Sie das noch einmal

so dass der Polizist

Sagen Sie das noch einmal

anstatt

Nimm diesen Gürtel Mami

auf Fotos und Skizzen, nimm diesen Gürtel, diesen Schraubenzieher, diese Schere, dieses Gewehr, Mami, die Uhr immer im Kreis, im Kreis, während er

Mami

und als er fertig ist, die Hände am Gesicht, der Abscheu

Ich stech dich mit dem Schraubenzieher ab geb es dir zurück

das Geld zweimal abgezählt, ein letzter Schein gleitet ihm aus den Fingern

Damit du mich vergisst

und als ich die Tür schloss, zog er gerade die Strümpfe an und schaute mich über die Stirn an, als wäre die Stirn eine Brille, während die scharlachroten und lila Jungs Silbergegenstände, Stiche, eine kleine bronzene Schatulle, der Neger im Hundezwinger, man hörte nicht einmal die Schüsse, man sah, wie Kruppen gegen die Gitterstäbe geworfen wurden, denn der Nebeldeckel machte alles lautlos, so wie das Gebirge lautlos, ich lautlos, der Polizist, die Hände am Gesicht

Warum das mit dem Gürtel ich verstehe nicht wieso

und wenn man ihm eine Tablette geben würde, wäre ich außerstande, ihn währenddessen auf den Schoß zu nehmen, man bemerkte, wie die Feuchtigkeit scharlachrot und lila auf die Blütenblätter tropfte, hätte ich eine Wunde, die Feuchtigkeit würde nicht fallen, sich mit den Blättern vermischen, der Neger nicht nur die Pistole, ein Stück Halsband

Senhora

dick, groß, angezogen, ohne mich anzublicken, der Polizist mit reglosem Block, und in einem Kabuff in der Nähe, das schwer auszumachen war, da die Stimme sich bewegte, schimpfte ein Typ

(nicht meine Tante

Dein Bus geht um zehn Uhr)

Fotos vom Neger, den Mischlingen und von den Frauen in der Villa, von einer Tankstelle, darauf mit Tinte gemalte Kreuze

(nicht scharlachrot, nicht lila)

ein Plan des Stadtteils ebenfalls mit Kreuzen und mein Foto unter dem Foto des Negers oder, besser gesagt, eine Alte, die ich nicht gleich erkannt habe, mit blondgefärbtem Haar und noch weiß, schien mir, aber jünger als ich, und dennoch ohne einen Kerl, der sie beschützte, und hin und wieder

Puppe

rauchend, den Bauch nach oben in der Herberge am Platz, ich berührte ihn und er

Komm her

ohne meinen Arm wegschieben zu müssen, der sich von ganz allein wegzog, bis er keinen Raum mehr einnahm, ich mehr Parfüm, mehr Spitzen, die Ohrringe, die der vom Leihhaus mir geliehen hat, weil ich ihn ins Lager begleitet hatte, wo es sogar Wellensittiche und Särge gab, die mir die Lust nahmen, der vom Leihhaus

Besser kannst du das nicht?

und ich hätte am liebsten protestiert

Das ist nicht meine Schuld die Särge sind schuld

denn ich war es, die sich auf das Satinfutter legte, und auf dem kleinen Kissen für den Nacken sah ich meine Haarsträhnen, die Wellensittiche schätzten mich von der Vogeltränke aus Porzellan her ab

Besser kannst du das nicht?

gingen wacklig, als hätten sie Überbeine, unzufrieden mit mir, außer den Wellensittichen und den Särgen ausgestopfte Tiere, ein Fuchs, ein Eichhörnchen mit einer Haselnuss in den Pfoten, die es einem anbot, Schreibmaschinen aus der Zeit Karthagos warteten ungeduldig auf das Fingerchen, das zu jenem Brief imstande wäre, den ich mir seit Jahren wünsche

(würde ich meinen Namen auf einem Umschlag lesen, würde ich vor Freude strahlen)

man merkte an einer Anstrengung des Schnabels, dass die Wellensittiche nachdachten, sie verkündeten mal von dieser Sitzstange, dann wieder von der aus Rohr

Besser kannst du das nicht?

Ohrringe, die keinen roten Heller wert waren, und dennoch so schön, da ich mit den Ohrringen größer, hübscher, der Mann in den Weiden stolz auf mich

Ich habe dich auf dem Arm getragen als du klein warst

der allerdings berührte mich, und ich floh, obwohl ich lieber geblieben wäre, es war gar nicht nötig, dass meine Mutter

Gehorche

ich gehorche, Senhor, das geheime Wort kam fast heraus, kam dann aber doch nicht, ich versuchte es nicht daran zu hindern, das Wort selber wollte nicht, demnächst, wenn ich am wenigsten damit rechne, springt es mir von der Zunge, und ich gebe es Ihnen, hinter den Weiden das leise Geräusch des Wassers, ich hätte fast gesagt, das Meer, aber nicht das Meer, die Lagune, und dennoch hörte ich selbst beim leisen Geräusch des Meeres

(der Lagune)

die Stille, die gestopfte Gardine Stille, das Hündchen Stille, ich auf dem Bett still, entdeckte, wie ich wuchs, mein Körper hatte sich verändert, und der Mann meiner Tante drückte meinen Hals, der vom Leihhaus zufrieden, obwohl ich im Sarg, in den sie mich bald schon einschließen werden, und die gestopfte Gardine schaukelte unablässig hin und her

Du bist fertig

während ich die Haselnuss des Eichhörnchens anstarrte, dem am Schwanz staubig die Haare ausfielen, dicht unter der Haut konnte man Drähte sehen, keine Knochen, und der Polizist nicht

Nimm den Gürtel Mami

schätzte meine Schenkel, meine Taille ab

Seit Sie bei den Negern leben sind Sie vom Fleisch gefallen meine Beste

die Ohrringe waren letztlich verrostet, und ein Stück Lötzinn hielt die Verzierungen, eine Seite in die Rolle der Schreibmaschine spannen und mir selber schreiben, die Frau

Bitte

scharlachrot und lila unter dem Vordach, nicht mehr im Stehen, liegend, und die Hunde tiefe Ruhe, die Villa mit dem Scharlachrot und dem Lila der Blumen an den Wänden, dem Fußboden, im Tischtuch, das jemand festgezurrt und dann losgemacht hatte, der Junge mit dem Lolli vergnügte sich mit einer Puppe, die er im Nebenraum der Küche gefunden hatte, zog sie an und aus, sorgte sich wegen eines der Glieder aus Paste, glaube ich

(nein, aus einem Material, das ich nicht kenne)

das sich aus der Befestigung löste, brachte sie zum zweiten von den gestohlenen Autos

(zwei gestohlene Autos)

ohne uns zu beachten, und da bemerkte er mich und rollte sich zusammen, putzte die Pistole, ich habe seine Stimme nie gehört, nur wie das Blechflugzeug summte, wenn er glaubte, ich schliefe, hockte er sich auf die Überdecke, berührte fast meine Füße, er ein geheimes Wort, wahrscheinlich nur wir beide, das zu sagen er sich schämte

Mutter

(ich, die ich keine Kinder habe, keine Kinder hatte, nie Kinder haben wollte)

wenn Sie einverstanden sind, dass er geht, gehorche ich, mache ich, was Sie mir befehlen, das verspreche ich, ich führe Sie durch den Bairro, sage, wo die Mischlinge wohnen, übergebe sie Ihnen, ich ertrage nicht, im Hinausgehen beim Veterinär zu hören

ich ertrage nicht, im Hinausgehen bei der Polizei das Pfeifen der Flammen und Fettblasen zu hören, ich tat so, als schliefe ich, und der, der der Kleine genannt wurde, kümmerte sich, er versteckte Geld für mich in meiner Handtasche, Silbergegenstände, und mit dem Geld ein Kärtchen

Mutter

der besagte Brief eines Fremden, den ich mir schon so lange wünsche, und ich strahlte vor Freude, er legte Granatbolzen, Bonbons, Patronen für mich auf die Bettdecke, lieh mir das Flugzeug

Du kannst es zehn Minuten haben Senhora

und seine Hände, halb so groß wie meine, rannten und trugen dabei einen Hammer

(der Polizist halb zu mir, halb zum Block

Warten Sie mal warten Sie mal einen Hammer?)

wegen des Hammers, nicht wegen der Klappmesser und der Fahrtenmesser, die Frau unter dem Vordach

Bitte

und der Kleine, der ihr nicht über die Taille reichte, tat so, als würde er sie mit Kinderwerkzeugen zerfetzen, die niemandem etwas taten

(wenn ich das Essen aufwärmte, tat mir das Hündchen nichts, das ist doch klar, es würde mir niemals etwas tun, seine Pfoten, seine Zähnchen)

verfolgte sie, biss sie, und die Frau, die mir nicht leidtut, er war mein Sohn, Senhor, wie konnte sie mir leidtun, wenn es notwendig sein sollte, um Entschuldigung zu bitten, tue ich es, aber leid tut sie mir nicht, die Frau

Bitte

und im Gegensatz zur Frau des Besitzers der Herberge die Gesichtszüge nicht alle um den Mund herum, Augenbrauen, Kinn, Nase, ein Muttermal, fällt mir jetzt gerade auf, mir war das Muttermal nicht aufgefallen

(finden Sie es nicht richtig, dass es mir nicht gelingt, Mitleid mit ihr zu haben?)

entwichen dem Gesicht, und der Mund nur Gaumen

Bitte

mir gelang es nicht, zu erkennen, ob es eine Erwachsene war, die mit Kindern spielte, so tat, als würde sie sterben

Ich bin gestorben

einem dabei aber zuzwinkerte, der Polizist streckte mir zwischen Fotos und Skizzen den Block hin

Nimm diesen Gürtel Mami

nein, der Polizist wollte gerade sagen, dass er Witwer ist

Wo waren wir noch stehengeblieben meine Beste?

und ich war mir immer noch nicht sicher trotz des Stiefels, der aufhörte zu gehen und auf den Fliesen aufgab, nicht im Bairro, wo ihr in den wilden Feigenbäumen vor den Dachsen erschreckt, die euretwegen erschrecken, in einer Villa in Sintra im Januar, immer dunkel in den monströsen Blättern, deren Namen man mir ebenso wenig beigebracht hat wie den der Leute, die sie gepflanzt und ihnen einen möglicherweise geheimen Namen gegeben haben, nicht

Mutter

einen dieser ausländischen aus den Büchern, scharlachrote und lila Blumen, über die Mauern gegossen, die aus dem Nebel heraus zu uns verblassten, und wir weder Mischlinge noch Neger

(wenn ich schwarz bin, gibt es Augenblicke, in denen ich mir nicht vorstellen kann, jemals eine andere Farbe gehabt zu haben)

scharlachrot und lila, scharlachrotes und lila Geflüster, scharlachroter und lila Streit, scharlachrote und lila Gesten, seine beispielsweise

Diesen Gürtel Mami

Straßen, die sich in Landgütern verloren, und in den Landgütern Gänse, deren Schreie man hörte, und Tore, die immer größer wurden

Willst du nicht reinkommen?

uns verschlangen, wie uns die Särge verschlingen, die Villa fast ganz oben auf dem Berg, und die Frau des Besitzers der Herberge ohne die Brille für die Häkelarbeit, sie beruhigen

Es ist nicht die Rotblonde ich bin es Dona Ester

nichts hat sich am Haken aufgehängt, wir sind alle hier, die Mischlinge, ich, das gelbe Hündchen, meine Tante, dieser Herr von der Polizei, es ist überhaupt nichts passiert, beruhigen Sie sich, ein unwichtiger Mann bei den Weiden, meine Mutter

Gehorche

und ich lasse ein Blechflugzeug auf- und niedersteigen, um ein Kind zu amüsieren, das auf dem Podest hockt

(kein Bett, ein Podest mit einer Decke darauf)

der Junge beugt sich fast in meinen Schoß hinunter, schnuppert mich ab, irgendetwas bildete sich in seinem Mund, das auszusprechen ihn ängstigte, und er nahm mir das Flugzeug weg und entfernte sich eilig, wer weiß, ob ein Bus um zehn Uhr und ein Hündchen auf der Straße, das an einer Gartenpforte immer kleiner wurde, bevor sie mir erlaubten, es zu berühren, ich mag diesen Bairro nicht, habe dem Neger die ganze Zeit gesagt

Ich gehe weg

und versuchte, ihn zu überzeugen, mit mir wegzugehen, und heute, wo ich allein bin, hier darauf warte, dass es Nacht wird, nehme ich den Karton, stelle den Karton ab und weiß nicht, warum

Wir können nicht Senhora

warum ich nicht von hier weggehe, ich höre die Langsamkeit des Regens auf den kaputten Dächern, und das Blut zaudert in meinem Körper

(mein Körper ist nicht mehr)

träge wie verschüttetes Wasser, das sich zwischen den Ritzen der Bretter seinen Weg sucht, und ich nehme an, dass ich meinen Geist dem Schöpfer anempfohlen habe, da keine meiner Kolleginnen

Die Alte?

der Platz verändert, neue Gebäude, Geschäfte, die Herberge eine Bankfiliale oder ein Kurzwarenladen oder ein Notar, es gibt keine suchenden Blinden

Wo bist du meine Hübsche?

kein gemächliches Suchen, ich bin vor Ewigkeiten in dem Augenblick gestorben, in dem der Polizist, als ein Wachmann mich zum Sitz geführt hat

Worüber will sie mit uns reden?

nicht glaubte, die Stirn runzelte, meinen Namen

(nicht den geheimen Namen, meinen Namen)

aufschrieb, die Seite auf den Kopf drehte und mir den Namen zeigte

Stimmt das so?

und der Neger, der mein Sohn sein könnte und vielleicht mein Sohn war, ich bin schwarz, wäre ich weiß, hätte meine Tante nicht

Dein Bus geht um zehn

der Neger, der nicht den Mut hatte, mich zu tadeln

Senhora

sah die Agenten an, die sich in den wilden Feigenbäumen, in den Kakteen vor den Dachsen fürchteten, der Neger, bevor er hinstürzte

Senhora

während er hinstürzte

Senhora

und mich macht es nicht traurig

(sollte es mich traurig machen?)

wenn ich es Ihnen erzähle.

Und jetzt, wo Sie mich nicht mehr brauchen und einem Wachmann sagen, er solle mich zum Eingang bringen, können Sie Ihren Bericht schreiben, dabei vergessen, sich auf den Schreibtisch zu hocken

Nimm diesen Gürtel Mami

oder, besser gesagt, ohne Worte zu bitten, während Sie weiter dasitzen, und obwohl Sie dasitzen, hocken Sie in Wirklichkeit auf allen vieren und sind den Tränen nahe, die beiden Augen ein einziges Auge

Ich bin sehr böse bestrafe mich

mit einem einzigen Augenlid, nicht dem oberen, dem unteren, in dessen Tränensack sich die Reue verbarg, besser gesagt, sie verbarg sich keineswegs, man bemerkte ein kleines bisschen Wasser, zerquetschen Sie es mit der Handfläche, wie Kinder es machen, und wischen Sie es am Hemd ab, wo die Flecken einstiger Reue trocknen, die Angst zu schlafen wegen der Tiere, die Ihnen die Schamteile rauben, und Ihre Mutter plötzlich nackt neben Ihnen, ein riesiger Körper, der Sie zerkaut und verschlingt, Sie, während Sie verschwinden

Mutter

aber letzten Endes ist sie nur über die Schüssel gebeugt und ruffelt die Wäsche, Ihre Mutter und Ihr Vater riesig, nackt, die grummeln

(kein Grummeln, aber es mag hingehen)

reißen einander Stücke mit dieser Wut heraus wie Straßenhunde bei Entenkadavern, und Sie beobachten sie von der Tür aus, Ihr Vater bemerkt Sie, die Zähne noch gebleckt, und zieht die Zähne zurück, der Mund Ihrer Mutter auch ohne Zähne, weich, so unverständlich ohne Kleider, sie löste den Gürtel Ihres Vaters mit derselben Lust aus den Schlaufen, wie sie Teile herausgerissen hatte, und nicht einmal der Erzengel Gabriel über dem Kopfende half Ihnen, es bringt nichts, zu beten, ich habe wohl gesündigt, habe gesündigt, unvermittelt wahnsinnig wichtige Einzelheiten, ein Riss in der Solitärvase, das Zierdeckchen am Rand ausgefasert, und das Deckchen in den tyrannischen Stimmen, die sich an uns wenden

Du kommst in die Hölle du hast gesündigt

immer, wenn wir sündigen, eine Seele im Fegefeuer verdammt, vielleicht die Ihres Großvaters oder Ihres Patenonkels, die, bevor sie starben, in Weste mit Uhrkette Backgammon unter dem Zitronenbaum gespielt haben, Ihnen Baumerdbeerenschnaps anboten, obwohl Ihre Tante

Wollt ihr ihn umbringen?

(ich glaube, ich denke mir das alles aus, es war bestimmt nicht so)

und Ihr Großvater schüttelte den Baumerdbeerschnaps mit dieser Sturheit von alten Leuten, denen von der Kindheit bis hin zu den Backenzähnen fast alles fehlt

Ein Schlückchen tut doch keinem was trink Junge

(ich glaube, ich denke mir das alles von vorn bis hinten aus)

nachdem Sie getrunken haben, schwebte ein Arm vom Rest getrennt, nicht Sie als Ganzes, der Arm, mit Schwindel und Müdigkeit, der Wunsch, die Augen zu schließen, sich hinzulegen, und die Kohlköpfe tanzten dermaßen, dass Sie versuchten mit ihnen zu tanzen, damit sie damit aufhörten, Ihr Patenonkel roch wegen seiner Nerven nach Baldrian, er schäumte in der Kirche, wenn die Hostie dran war, der Diakon segnete ihn auf Latein

Vade retro, Daemon

und Ihr Patenonkel kippte von Visionen überwältigt auf die Bank

Ich war im Limbus bei den ungetauften Kindern

nein, Ihr Patenonkel unterbrach, ohne an die Kinder zu denken, das Backgammonspiel

Guck mal deinen Enkel wie der tanzt

und Ihre Mutter mit dem Gürtel, sie, der Teile fehlten, die Ihr Vater herausgerissen hatte, ein Ellenbogen, die Eingeweide

(ich denke mir das noch immer aus)

wahnsinnig dick

(der Krankenpfleger

Achten Sie auf Ihr Cholesterin Dona Beta)

mit gelatinewackelnden Hinterbacken, gelatinewackelnden Schenkeln, die ungeheuren Brüste asynchron gelatinewackelnd

(das genau verbarg sie in der Bluse und verdrehte damit den Männern den Kopf, sie nahmen den Fuß vom Fahrradpedal, stützten sich auf dem Boden ab und schauten ihr verblüfft nach)

Ihre Mutter packte den Gürtel an dem Ende ohne Schnalle

Ich werde es dir gleich zeigen du Miststück

und die Seelen im Fegefeuer dankbar in der Hoffnung, dass Jesus sie verschonen würde

Danke Dona Beta

aus diesem Grunde wählten Sie auf dem Platz immer die Dickste, die Größte aus

Nimm diesen Gürtel Mami

und jetzt, wo Sie mich nicht mehr brauchen, sagen Sie einem Wachmann, er solle mich zum Eingang bringen, und auf dem Weg noch mehr Wachleute, ein Geruch, ich weiß nicht, wo

(nicht vom Neger, nicht meiner)

der sich ausweitet und verfliegt, jetzt können Sie in Ruhe Ihren Bericht schreiben, ich glaube, ich kann jetzt aus dem Bairro weggehen, den Karton nehmen, den ich so viele Male genommen habe, und ihn wegtragen, wohin habe ich noch nicht entschieden, das Haus meiner Tante mit der Gartenpforte, die man mit einem Haken über einem Nagel schloss und an der heute nicht einmal mehr das Hündchen, alle Köter eingeäschert, möglicherweise ein Rest Gardine, bei der das Gestopfte einsam schaukelnd verschwunden ist, der Apfelbaum über dem Brunnen, oder keinen Apfelbaum sehen, denn die Welt ist nicht ewig, und anstelle des Hauses und des Gartens

(der Garten, kein Zweifel, der Hühnerstall, das Gemüse)

Unkraut, ich

Wo liegt bloß das Haus?

und ich kann es nicht finden, an der Haltestelle vom Zehnuhrbus ein Typ mit Spazierstock

(der Mann von den Weiden?)

der die Erde nach Schätzen durchstöbert, nicht

Ich habe dich auf dem Arm getragen als du klein warst

Angst, ich könnte mit ihm zusammen stöbern und ihm was wegnehmen, und der Spazierstock bedroht mich von fern, ich mit dem Karton im Bairro, und wenn ich ihn dem mit dem Spazierstock hinstrecken würde

(eine zu erwägende Möglichkeit: der Typ der Mann meiner Tante?)

würde er ihn, ohne einen Blick darauf zu werfen, ablehnen

(oder der Mann von den Weiden, und das geheime Wort breitet sich in meinem Mund aus, es wird bei mir bleiben, wenn nicht gar durch die Asche im Ofen gehen)

ich im Bairro und ruhe mich auf einem Stein aus, an Steinen herrscht hier kein Mangel, ebenso wenig an Ziegen, Dachsen und barfüßigen Kindern, der Mann meiner Tante

(mir war so)

zwickte mich in den Hals, und selbstverständlich war es nicht der Mann meiner Tante, ich glaube nicht, dass man Ihnen heute in den Hals zwickt, der Priester in der Kirche hatte schon gesagt, niemand interessiert sich für dich, als er an meinem Kommunionskleid rüttelte, und Stearintropfen auf meiner Haut, den Ärmeln

Glaubst du etwa deine Mutter kommt her?

ich glaube, dass ich angeschaut werde, wie mich die im Bairro angeschaut haben, die glaubten, ich sei weiß, ich, die ich weder weiß noch ein Mischling, noch schwarz war, ich war scharlachrot und lila, so wie sie auch nicht mit mir sprachen, sie zogen sich zurück, wenn er sich nicht in seiner Ecke des Podests befand, warfen sie tote Tiere, Krüge ins Zimmer

(Wo ich wohne herrscht an Zimmern kein Mangel)

wenn man das überhaupt ein Zimmer nennen kann, irgendwann mal ein Schuss, und der Topf wurde lebendig und fiel herunter, so wie ich fallen werde und die Kette, die ich noch habe, zerreißen wird, sobald die Tablette beim Herzen angelangt ist, ich habe die Kette wer weiß wo von einem fliegenden Händler gekauft, erzähl die Wahrheit, lüge nicht

(der Veterinär zum Angestellten

Nimm der Hündin den Mist da ab eine Kette wie idiotisch)

der vom Leihhaus hat sie mir geschenkt

Steck das schnell ein

er war schon krank, abgemagert, bevor die Tochter im Keller

Papa

(der Angestellte hat den Verschluss nicht aufgeschraubt, nur daran gezogen)

als ich die Särge zum letzten Mal besucht habe, und daher nicht zwei Wellensittiche, einer, der sich auf der Sitzstange feierlich wie ein Witwer reckte, der vom Leihhaus zum ersten Mal an einen Sarg gelehnt

Bemüh dich nicht ich kann nicht

(ich erinnere mich an Ihr Gesicht, Senhor Vargas)

mir tat er leid, und ich versuchte es trotzdem, aber er konnte tatsächlich nicht, wo bleibt Ihre Reaktion, Senhor Vargas, auf dem Bauch eine Naht aus dem Krankenhaus, ein kleines, nicht an die Lippen geheftetes Lächeln schwebte zwischen Nase und Kinn, hin und wieder ein Backenzahn, und die Zunge versicherte sich

Man bemerkt die Backenzähne nicht wahr?

die Gedanken ganz auf die Backenzähne konzentriert, der vom Leihhaus eitel

Mir ist kein einziger ausgefallen

klappte den Rachen auf und zeigte sie, und da waren alle schön aufgereiht, großartig, während ich, grob gerechnet, vier oder fünf, aber bereit zu helfen

In welchen Sarg soll ich Sie legen Senhor Vargas?

anstatt der Asche im Ofen und Ihres brennenden Körpers eine Kette in einem Päckchen

Steck das schnell weg

aus Angst vor der Tochter, ohne sie mich anprobieren zu lassen, ich hielt sie in der Hand und fuhr leicht mit dem Finger darüber und schaute mich in den Spiegeln der Schaufensterscheiben an, der Veterinär zum Angestellten

Mach der Hündin diesen Mist ab so was Albernes eine Kette

der Angestellte zog daran, und keine Reaktion von mir, es war schade, dass Senhor Vargas nicht geholfen hat, den Sarg auszusuchen, ich wollte nicht, dass er im Ofen endete, ich glaube, ich mochte Sie, wenn Sie wollen, bemühe ich mich, und dann können Sie, das verspreche ich, lassen Sie mich ein Eichhörnchen sein und Ihnen eine Nuss geben, ich habe gehört, es ist nicht Flüssigkeit in der Lunge wie beim Hündchen, irgendetwas in den von innen ganz zerfressenen Eingeweiden, das einfach nur wegfault, ich erinnere mich hin und wieder an den Backenzahn und an die Zunge, die nachprüfte, Ihnen ist nie einer ausgefallen, das macht mich neidisch, trösten Sie sich damit, Sie sterben und werden die Zähne blecken können, und da kam das Lächeln, baute sich mühsam auf, wie viel Kraft die Lippen brauchen, verdammt noch mal, ich werde aus dem Bairro weggehen, bevor sie mir das Zimmer anzünden

An Zimmern herrscht kein Mangel

ein paar Flaschen mit Petroleum, etwas Müll, ein brennender Reifen rollt durch die Tür herein, prallt gegen die Wand, die Leute nicht

Senhora

obwohl ich eine Kette trage, ich ein Märtyrer, der sich hinter der Kirche auflöst, der heilige Rochus, der heilige Cyrillus, Maria von Ägypten

(ich habe noch mehr auf Lager, der heilige Luís Gonzaga, der heilige Sandalius)

der vom Leihhaus

Ich kann nicht

und die Bäume auf der Straße sind für die anderen da, nachts Straßenlaternen, unendlich viele Tage

Was haben Sie mit Ihren Tagen gemacht Senhor Vargas?

der vom Leihhaus war auf der Treppe sauer auf seine Beine

Warum bewegt ihr euch nicht?

und sie bewegten sich fast nicht, versuchten, den wirbellosen Oberkörper zu tragen, die Krankheit hatte ihm die Brust zerfressen, nachdem sie ihm die Eingeweide zerfressen hatte, leihen Sie mir ein Taschentuch, Tante, damit ich es in meiner Hand, der Hand einer Weißen, drücke

(werde ich wieder weiß sein?)

der vom Leihhaus mit einem mühsamen Seufzer

Ich habe dir eine hübsche Kette geschenkt

besser gesagt, grüne, braun geäderte Perlen außer der kleinsten, gelben, das Mädchen, das in den Laden kam, um sie abzugeben, hat mit ihr eine verloren gegangene grüne ersetzt, als sie das Geld und den Pfandschein erhielt

Nur so wenig?

ohne die Scheine einzustreichen, und die Stimme des Negers in ihrer Stimme, der gleiche kompakte Geruch

Sie lassen uns nicht gehen Senhora

er schlief nicht mit mir, er schlief auf einer Decke auf dem Fußboden, während das Flugzeug vom Kleinen summte, wenn ich aufwachte, spürte ich, wie er mich beobachtete, und kein Flugzeug, wir beide, die Aufregung der Hühner im Drahtzaun, Federschütteln, sich lösender Mörtel, die Weiden, die mich seit meiner Kindheit begleiten

Ich habe dich auf dem Arm getragen als du klein warst

aber im Bairro wuchsen keine, ich suchte sie zwischen den Hütten, doch das Wasser der Lagune war nicht da, allenfalls eine Kröte, die aussah, als hätte sie ihre Brille verloren, und die sich auf einem Schilftuff bemühte, mit der Welt zurechtzukommen, ich habe den vom Leihhaus im Krankenhaus besucht, und er schaute mich aus kilometerweiter Distanz an, obwohl er einen halben Meter von mir entfernt war, daher musste ich ihm ins Ohr schreien

Möchten Sie dass ich Ihr Eichhörnchen bin wollen Sie eine Haselnuss von mir?

und statt des Lächelns ein mühsames Zucken

Sie müssen sich nicht bemühen Senhor Vargas

in der Hoffnung, ich würde glauben, er hätte mich verstanden, es gibt Leute, die sich, kurz bevor es mit ihnen zu Ende geht, mit uns beschäftigen, der Neger beispielsweise

(ich war nie sein Eichhörnchen)

Senhora

bei den wilden Feigenbäumen, unterwürfig, nicht grollend, er verschränkte die Arme abwechselnd immer schneller, während die Pistolen schossen, ein oder zwei richtungslose Schritte, bevor er auf der leeren Bahnstation zusammensackte, und vielleicht hörten ihn meine Kolleginnen auf dem Platz, würden aufhören, die Freier zu bedienen

Hörst du nicht?

die Freier hielten reglos inne, wurden nicht fertig und spürten dabei ferne Erinnerungen und Finger, die beim Klavierunterricht danebengriffen, nicht ihre, die der Nachbarin mit den kleinen Hunden, die mit ihrer Familie nach Panama ausgewandert ist, sie ist nie nach Lissabon zurückgekehrt, und die Freier warten seit vierzig Jahren, meine Kolleginnen brachten uns vom Klavier ab

Das muss ich mir eingebildet haben vergiss es ich hatte das Gefühl dass ein Neger

doch die Nachbarin mit den kleinen Hunden trennte sie,

wahrscheinlich ist sie Konzertkünstlerin, und die Freier zu meinen Kolleginnen

Bist du eine Konzertkünstlerin du da?

sie kamen in die Herberge und verweilten an jeder Tür auf der Suche nach der Musik oder nach einer Nachbarin mit kleinen Hunden, die ihnen von den Tasten her winkte, sie befahlen den Ehefrauen, indem sie ihnen die Frisur mit zeichnendem Finger korrigierten

Demnächst kämmst du dich so

und baten, von einem nicht hörbaren Bolero verzaubert, mit hochgerecktem Zeigefinger um Stille, jetzt, wo Sie mich nicht mehr brauchen, Senhor, und einem Wachmann sagen, er solle mich zum Eingang bringen, glaube ich, kann ich aus dem Bairro weggehen, ich nehme den Karton nicht mit, was soll ich mit dem Karton, Arbeitskleider vom Platz, die ich nicht wieder anziehen werde, und das Schulkittelchen für die alten Freier, einer von ihnen brachte einen Schnuller mit

Nimm das da

und er beugte sich vor, klatschte in die Hände

Du wirst lächeln wirst lächeln

ich möchte vor allem, dass klar ist, bevor mich die Tablette zum Schweigen bringt, dass trotz allem

oder, besser gesagt, wie viel Zeit bleibt mir, bevor mich die Tablette allmählich zum Schweigen bringt, zwischen Tablette und Ofen, fünf Minuten, zehn, bevor ich spüre, wie mein Schwanz sich hebt und aufgibt, eine der Pfoten nicht gehen kann, also muss ich schnell schreiben, was noch fehlt, wenn man das, was ich tue, schreiben nennen kann, ich wartete, wie es die Polizei angeordnet hat, auf dem Bahnsteig der Station auf den Neger, und so viele Insekten in den Pflanzen, so viel Geknister von Eidechsen, kleine haarige, fliegende Samen

(auch an den Weiden, ich erinnere mich, meine Mutter

Die Samen

der Mann

Die Samen

und beide sind nicht dankbar, sie zu sehen, erschrocken)

auf der Suche nach etwas, ich weiß nicht was, lassen sie sich auf dem Kragen, auf dem Ohr, auf dem Rock nieder, lösen sich dann wieder und kreiseln weiter, und rechts von mir die Polizisten, denn kein Rabe in den Kakteen, der vom Leihhaus hat sich im Krankenhaus nicht verabschiedet

(ob er mich gesehen hat, hat er wenigstens die Samen gesehen?)

war darum bemüht, noch eine Stunde durchzuhalten, der Angestellte des Veterinärs zum Veterinär

Noch eine Tablette?

die Raben, ich sah sie im Bairro immer in großen zornigen Schwärmen, und die kleinen Samen schwirrten im Mai und Juni durch die Gassen

(in der Lagune hinter den Weiden, ich dachte

Nun ist Schluss

und sie schwebten wieder)

ich also auf dem Bahnsteig, hörte den Schatten der wilden Feigenbäume, der auf dem Boden immer größer wurde, nicht länger, der an meinen Knien hoch- und von dort bis zur Taille aufstieg

(ob das die Wirkung der Tablette ist, die einsetzt, und wegen der Tablette die Halluzinationen, die der Todeskampf mit sich bringt, die alten Verwandten

Wir werden dich mit uns nehmen

zeigen auf den Weg zum Grund der Erde und auf dem Grund der Erde ein Saal mit Mahagonistühlen und dreibeinigen Tischchen, an denen alte Geschöpfe aufgeregt zu uns herüberschauen

Du bist ganz schön gewachsen)

im Schatten der Feigenbäume oder im Schatten der Raben, die kleinen Samen stiegen schattenlos den Hügel hinauf, meine Kolleginnen

Adieu Alte

patrouillierten auf dem Platz, überwachten die Freier, ein gelbes Hündchen, das ich mit einem Stein vertrieb

Du wirst nicht noch einmal sterben

(die alten Geschöpfe trommelten mit den Fingern auf die Tischchen

Wo soll das enden Schwester wie groß die Kleine geworden ist)

und dann der Neger, jünger als meine Söhne, die weder ich noch der Eimer der Hebamme bekommen hat, sie sind ganz bestimmt alle bei den Weiden geblieben, oder das Wasser der Lagune hat einen Schritt nach vorn getan und sie alle bedeckt, der Neger trat aus der Werkstatt

Senhora

(hätte ich einen Sohn gehabt, hätte der sich um mich gekümmert?)

und die Raben warnten ihn, das konnte ich im Kiefernwäldchen gut hören

Pass auf Junge

während ihre Schwingen knisterten

(ob es am Meer Raben gibt?)

die Samen durcheinanderwirbelten

(wenn noch Zeit übrig wäre, aber mir bleibt keine Zeit, würde ich etwas über Raben sagen, ich habe Monate in ihrer Gesellschaft verbracht, ich weiß, wo sie lernen zu blöken, wo sie krank werden, was sie über uns denken und warum sie uns nicht mögen)

und schau nur, die Wipfel der Feigenbäume warnten ihn auch, schau, der Wind, irgendetwas in mir, ich glaube, meine Stimme, obwohl die Tablette mich daran hindert, zu sprechen, die Mechanismen der Erinnerung

(am Meer gibt es keine Raben)

so sehr auflöst, dass ich fast das geheime Wort verliere

(es nicht verlieren, das Wort)

ich auf dem Bahnsteig, mit dem, was von der Stimme geblieben war

Pass auf

und der Neger hörte es und zog das Gewehr aus dem Hemd, dankbar

Senhora

ich so etwas wie Reue oder, besser gesagt, keine Reue, ein Flugzeug, das in meinem Ohr summte, einer der Polizisten in den Kakteen, und der Neger fragte, bevor er das Gewehr losließ, nicht enttäuscht von mir, nicht bereit, mich zu verlassen

Warst du es Senhora?

in meiner Begleitung, denn wo wir wohnen, herrschte an Zimmern, Dreck, Haushaltsgegenständen, die älter waren als ich, kein Mangel, die Weißen, ohne uns näher zu kommen

Die Affen

im Norden des Bairro auf der gegenüberliegenden Seite der Feigenbäume, wo der Augustregen begann, lichtdurchtränkt, nicht traurig, Hunderte herabrieselnde Ketten wie meine, und der vom Leihhaus, indem er mir den Regen zeigte

Versteck das

bevor die Tochter

Papa

der vom Leihhaus

Versteck schnell den Regen

und ich packte ihn in den Koffer, ein kleiner Friedhof auf einem Feld mit Walnussbäumen, fünf oder sechs Gräber von Seefahrern oder Missionaren oder Astronomen des Hofes, von den Wurzeln angehoben, wo wohl das meiner Mutter, meines Vaters lag, wo wohl meines liegen wird, der Veterinär ertastete meine Arterien und knickte eine Pfote ab

Die Hündin müsste eigentlich schon hinüber sein

und ich blind, sah, wie der Neger auf mich zuging, er, der nie auf mich zuging, er respektierte mich, eines Abends rief ich ihn

Komm her

und er legte sich angezogen neben mich, polierte die Schuhe an der Hose und wischte sein Gesicht, nicht einer der Polizisten, zwei Polizisten, drei Polizisten, einer der Mischlinge spähte aus der Werkstatt, der vom Leihhaus beharrlich

Versteck schnell den Regen

und ich lief mit ausgestreckten Händen zwischen den Tropfen umher, fragte den Neger

Ziehst du dich nicht aus?

und er knöpfte das Jackett zu, zog die Krawatte fest, mit rasendem Herzen, als er auf dem Bahnsteig aufgab, stand sein Herz still, wenn mich wenigstens ein Zug irgendwohin mitnähme, wohin wäre mir egal, ins Dorf meiner Großeltern im Norden, nach Kanada, Japan, der Veterinär oder der Polizist ertastete die Arterien des Negers

Schluss

wie bald schon bei mir

Schluss

oder, besser gesagt, der Angestellte des Veterinärs oder einer der Polizisten nehmen mir die Kette ab oder nehmen ihm die Ringe ab und stecken sie sich an die Finger, ich fange mit offenem Koffer den Regen auf, um die Perlen nicht zu verlieren, denn der vom Leihhaus

Verlier die Perlen nicht

und ich verliere sie nicht, Senhor Vargas, wenn ich den Bairro verlasse, nehme ich sie mit, keine Angst, ich werde sie den alten Leutchen leihen, die aufgeregt sind, als sie mich sehen

Du bist ganz schön gewachsen

und ich habe nicht aufgehört zu wachsen, ich bin so groß, fast alle Planeten passen in mich hinein, der Priester zwang mich, vor seinen Märtyrern niederzuknien, die grausig waren, weil ihnen Gliedmaßen, Gesichtszüge fehlten, wenn die Heilige die Bitten meiner Tante nicht erfüllte, drehte sie sie gegen die Wand

Das ist die Strafe

ohne ihre Entschuldigungen anzuhören

Du bittest mich nur um etwas was ich nicht kann

oder

Manchmal hört mir Jesus nicht zu ich habe getan was ich konnte Ehrenwort

aber die Märtyrer des Priesters waren kein Heiligenbildchen, Statuen und daher authentisch, mit Blutstropfen auf der Brust und einem Bart aus Holz, man hörte, wie der Holzwurm die Eingeweide von Senhor Vargas zernagte, und auch ihre, der Sakristan enttäuscht

Die schaffen nicht einmal eine lächerliche Heilung

der Priester, der überzeugt war, dass sie es konnten

Du verschweigst deine Sünden beichte

aber ich flüsterte ihm nicht zu, dass ich bei den Weiden sündigte, sogar heute, wenn man mich fragen würde, weiß ich nicht, Frösche gab es, das Meer

nicht das Meer, die Lagune, das Meer später, wenn die Tablette es zulässt, mit ein bisschen Glück

(ich werde kein Glück haben)

werde ich über das Meer schreiben, die Märtyrer, die Nase zur Decke gerichtet

Gott kümmert sich nicht um uns

und bis zum heutigen Tag hat er sich nicht um sie oder um mich gekümmert, was hat er für uns getan, erzähl mir das mal einer, ich habe kein Mitleid mit Senhor Vargas oder dem gelben Hündchen oder der Frau

Bitte

in der Villa in Sintra, mir tat der kleine Junge mit dem Flugzeug leid

ich hatte kein Mitleid mit dem Jungen mit dem Flugzeug, selbst wenn er mein Sohn gewesen wäre, wäre ich seinetwegen nicht beunruhigt gewesen, so wie mich nicht beunruhigte, was aus meinem Köper rann und mich hohl zurückließ, ich kann kein Mitleid haben, weil man mich meiner selbst und meines

Mitleids entleert hat, ich ein paar kleine Kohlestückchen im Ofen, und die kleinen Samen fliegen durch den Bairro und verschwinden im Kiefernhain, das Geräusch, das bis zu mir gelangt, ist die Gartenpforte meiner Tante, die schlägt, schlägt, der Neger, für den ich kein Mitleid empfinde

Wo ich wohne herrscht an Zimmern kein Mangel

und Zimmer, Überdecken und kleine Töpfe, die zu nichts taugten, mein Freund, räum die Töpfchen weg, die taugen zu nichts, wenn ich es recht bedenke, bin ich nicht schwarz, ich bin weiß, der Neger, für den ich kein Mitleid empfinde, neben mir, er poliert seine Schuhe nicht und wischt auch nicht sein Gesicht an der Handfläche ab, bis die beiden Polizisten ihn in den Ofen schieben oder ihn in so etwas wie ein Betttuch kippen, das sie Betttuch nennen, das aber kein Betttuch war, und ihn in den Wagen packen, damit ihr Veterinär

Wozu ihn einäschern?

(und ich höre nicht auf zu wachsen)

und der Neger kein Mensch, ein Affe, der Polizist drehte ihn mit dem Gewehrkolben um, und obwohl ihm die Hälfte des Mundes fehlte, er

Senhora

wie ein Hund

Senhora

das gelbe Hündchen

Senhora

kein Bellen

Senhora

sie packten den Neger in den Wagen und ließen nicht zu, dass ich näher kam, ich, die ich nicht die Absicht hatte, näher zu kommen, sie befahlen mir mit den Gewehren

Bleiben Sie dort stehen

nicht Senhora, sondern Sie, für die Weißen Sie, und der Mischling, der aus der Werkstatt gespäht hatte, verschwand, denn die Büsche rauschten weiter von uns entfernt mit den

Zweigen, einer der Polizisten folgte dem Mischling mit der Pistole, und ich

Verbrauchen Sie Pulver für ein Frettchen mein Freund?

daher zielte die Pistole auf mich, verweilte dort einen Augenblick und verschwand dann in der Tasche, alte Geschöpfe in staubigen Spitzen

Wohin soll das führen wenn sie so weiterwächst?

und da bemerkte ich, dass sie mich in so etwas wie ein Betttuch kippten, das sie Betttuch nannten, das aber kein Betttuch war, die alte Weiße, die bei den Negern wohnte mit einem Messer im Bauchnabel, als wären sie es gewesen, und wir lassen sie hier, während der Zeit, in der ich auf dem Platz arbeitete, schlief ich in einem Loch in Alcântara, und die Überschwemmungen schenkten der Kaimauer, was wir wegwarfen, Mobiliar von Fischkuttern, kaputte Töpfe, Körbe, wäre ich in dem Loch in Alcântara, in irgendeiner Nacht, wäre ein Schmerz an dieser Stelle, meine Tante

Was hast du?

nicht meine Tante, wie auch, ich zu mir

Was hast du?

und der Schmerz kam und ging, wie nennt man diesen Schmerz, was ist mit mir, der linke Arm, das linke Bein, der Fußknöchel versagt, die Hand, die sich aufstützt, versagt auch, in irgendeiner Nacht gebe ich das Wachsen auf, wo sind am Ufer die Fischerboote zum Fangen von Meeresfrüchten, anstelle der Boote mein Schmerz, und der Körper schleppt sich zur Tür, ich glaube, der Körper schleppt sich, aber das ist nicht richtig, ich auf dem Bahnsteig gefallen, während die Kugeln, und der Neger

Senhora

wobei ihm das Vogelscheuchenjackett vom Rücken gleitet, der Polizist hat dem Wachmann nicht gesagt, dass er mich zum Eingang bringen soll, er hat mich getäuscht

Sie helfen uns mit dem Neger bringen ihn dazu bis zu den Feigenbäumen zu kommen und ich helfe Ihnen anschließend hat vergessen sich auf allen vieren auf Fotos und Skizzen zu stellen, mir den Gürtel zu reichen

Nimm diesen Gürtel Mami

oder mich, enttäuscht von mir, unter Tränen mit ihm zu schlagen

Warum hast du mich gegen einen Neger eingetauscht?

und es sind weder Gewehre noch Pistolen, es ist der Gürtel, es sind auch keine Schüsse in den Arm und in das Bein

(und das war es also, Schüsse, ich glaubte krank zu sein, aber Schüsse, ich hatte gedacht, ich sei allein, aber so viele Leute bei mir, was das Alter einem alles so vorgaukelt, Herrschaften)

und dann die kleinen Samen, die Raben und ich, keine Klage oder Bitte, wären es ein Schraubenzieher und Klappmesser und Hammer, auch ich keine Klage, alle Mischlinge des Bairro saßen auf Körben, Ziegelsteinen an den Hauseingängen, auf meinem Karton, den ich nun doch nicht mitgenommen habe

(Schminktasche, Büstenhalter)

beachteten die Samen nicht, mir war so, als ob das Wasser der Lagune anschwoll

(und die alten Geschöpfe mit verblüffter Inbrunst

Sie hat nicht aufgehört zu wachsen)

und anstatt Wasser Feigenbäume und Disteln, der Polizist band sich den Gürtel wieder um

Keine Sorge die Mischlinge werden sie begraben

denn die Affen beerdigen einander, das ist die Natur der Tiere, sie graben mit ihren Krallen, ohne zu wissen warum, das sind ihre Instinkte, der Polizist band den Gürtel wieder um, vergoss dabei eine letzte Träne

Mami

und ein Wagen fuhr weg, wir haben den auf der Karte mit einem Kreuz, das ich durch ein sorgfältiger gemaltes Kreuz ersetzen werden, angegebenen Ort um 23:43 (dreiundzwanzig Uhr und dreiundvierzig Minuten) verlassen, haben die Leichen den uns gegebenen Anweisungen entsprechend auf dem Bahnsteig der alten Bahnstation liegen lassen, auf der es früher eine Waage, eine Uhr und einen Bahnhofsvorsteher mit einer kleinen Fahne gegeben hatte

(das Wachhäuschen des Bahnhofsvorstehers in den Büschen)

und bei dem seit Jahren kein einziger Zug mehr vorbeigekommen war, wenn man das überhaupt eine Bahnstation nennen konnte, dieses Häuschen, in dem Käfer, Grashüpfer und ein Dachs, manchmal ein Dachspärchen, da die kleinen Schreie des Weibchens

Bitte

anstelle von Gepäck, nein, da die kleinen Schreie des Weibchens in der Dunkelheit rannten

(was ist mit dir los, wieso verlierst du den Faden, kommst durcheinander?)

das der Tau, die Insekten und andere Erosionsfaktoren wie das Wetter und die Hitze zerstört hatten, sieht man einmal vom unvermeidlichen Verfaulen der Materie ab, das das Schicksal von allem ist, was existiert, erodieren und dahingehen, in der Absicht, die restlichen Verdächtigen einzuschüchtern, bei denen es sich von nun an um 6 (sechs) handelte, hatten wir, ohne etwas dagegen zu unternehmen, zugelassen, dass einer uns aus der Ferne beobachtete, und ich sehnte mich nur nach einer Tankstelle auf der Rückreise von Ermesinde, die mir Frieden bringen könnte, meine Tochter, die die Bettdecken glattstreicht, und die 3 (drei) Gebäude dort draußen, dazu 1/2 (ein halbes) auf der linken und 2/5 (zwei Fünftel) eines letzten auf der rechten Seite, die Anzahl der Zahnstocher im Restaurant erraten, und einmal im Leben richtig zu raten, sie einen nach dem anderen zu zählen und zu denken

Ich habe mich geirrt

und am Ende tatsächlich 26 (sechsundzwanzig), und deshalb die Telefonistin nicht

Ich habe wahnsinnig viel zu tun

dieses Gemurmel, das uns innerlich erregt, in einem bleibt

Hätten Sie Lust am Sonnabend?

und ich hätte Lust am Sonnabend, Sie können sich gar nicht vorstellen, wie große Lust ich habe, wir haben den Ort um 23:43 (dreiundzwanzig Uhr und dreiundvierzig Minuten) in Richtung Polizeigebäude verlassen, den Bairro 1° de Maio hinter uns gelassen, in dem die niederen Rassen, die keine Seele besitzen, ihre Lagerstätten haben, vor den Scheinwerfern zitterte ein Kaninchen

(oder meine Tochter, die rückwärtskrabbelte?)

wartete

Töte mich

und nicht die Stimme der Telefonistin, meine Stimme

Was hast du?

wenn es wenigstens ein gelbes Hündchen auf der anderen Seite des Tejo gäbe, für das ich mich interessieren, das ich liebhaben könnte, das sich auf meine Füße kauert oder sich vor Begeisterung überschlagend mit jenem Gemurmel auf mich zukommt, das einen innerlich erregt

Hätten Sie Lust am Sonnabend?

und am Sonnabend beim Hemd zögern, mich für das cremefarbene entscheiden, mich im Spiegel anschauen, feststellen, dass unterhalb des Kragens ein Bügeleisenkniff, es aufs Bett werfen, von dem es langsam wie ein Ertrinkender heruntergleitet

(wie viele Ertrunkene habe ich nicht bei meiner Arbeit gesehen, mit von den Fischen genähten Augenlidern und an den Felsen gekreuzigt?)

es mit den anderen vergleichen, den Kniff mit heißem Wasser wegmachen, was nicht gelang, ihn größer machte, und obwohl er größer wurde

es wieder anziehen, den Kniff mit einem breiteren Krawattenknoten verdecken, sich zweimal rasieren, da noch eine kratzige Stelle an der Wange, dabei rutschte das Messer ab, und eine kleine Blutspur, die ewig lange brauchte, um zu trocknen, die Sonntagsschuhe, die meine Zehen quetschten, das Kölnisch Wasser, das am Anfang nicht duftet, ich schnupperte daran, und es roch nicht, aber plötzlich riecht es nach Beerdigungsblumen, die mir Unglück bringen, mir Übelkeit verursachen

(bin ich etwa mit ihnen auf dem Bahnsteig geblieben?)

mit den Beerdigungsblumen bin ich ein anderer, nicht ich, ich interessiere mich

Wer bist du?

und der Mund bewegt sich asymmetrisch, mehr Sommersprossen, als ich bisher hatte

(ich meinem Vater ähnlich, wie er den Regen beobachtet, um Haaresbreite nicht

Vater

wir, die wir nie miteinander geredet haben, wozu, Sie sind mein Vater, und das war's, meine Mutter

Der Erste ist gegangen und der Zweite geblieben was für ein Schicksal)

ein Knubbel am Augenlid, der, kaum dass ich ihn entdeckt hatte, anfing zu jucken, ich verdeckte die kleine Blutspur mit etwas Creme, aber die kleine Spur ist immer noch da, die Enttäuschung der Telefonistin

Typisch Sie wie ärgerlich

also auf dem Stuhl sitzen bleiben, die Augen schließen, nicht gehen, aufstehen und mich wieder hinsetzen um 18:08 (achtzehn Uhr und acht Minuten), und in diesem Augenblick beerdigten die Neger die Neger, wie man es mit kranken Kälbern macht, wie werden sie mich wohl mal beerdigen, der ich keine Familie habe

(meine Tochter in Ermesinde

Verschwinden Sie)

ein Graben, der getarnt wird, das letzte Päckchen mit Kuchen nicht angerührt auf dem Tisch, wie lange wohl noch, die Schlüssel suchen, dabei zwischen Tür und Stuhl schwanken, und der kleine Schmiss nicht mehr rot, grau, die Fenster zusperren, die Wasserhähne festdrehen, das Gas überprüfen, mitten auf der Treppe innehalten, wegen des Gefühls, der Gewissheit, irgendetwas vergessen zu haben, mich selber mit ausgebreiteten Händen abtasten, Brieftasche Brille Taschentuch, und weiter hinuntersteigen, der kleine Park, das Straßencafé, der Goldschmied, vor dem die dicke Frau die Fensterläden anbringt und der Ehemann

Weiter hierher

was für ein Leben, was erwartet mich, bevor die Aorta aus dem Lot gerät und platzt, mich auf die Aorta konzentrieren, die mich narrt

Keine Angst ich arbeite ordentlich

so wie sie mich mehr als 30 (dreißig) Jahre lang bei der Polizei genarrt haben

Wir haben aus der Zentrale die Information erhalten dass Ihre Beförderung kurz bevorsteht

und während sie kurz bevorsteht, ich voller Angst vor den Schlangen bei den wilden Feigenbäumen, in Begleitung von Polizisten, die halb so alt sind wie ich

(weniger als halb so alt)

und gesunde Aorten haben, die über mich lachen, Mutter, sieh nur, wie sie gucken, sie reden mich mit

Senhor

an, und hinter dem

Senhor

lauert ihre Verachtung

Dieser alte Clown

dieser alte Clown, den diese Alte vom Neger, die genauso lächerlich ist wie er und die er heiraten sollte

(wenn sie nicht wäre, was sie ist, würden wir irgendwann heiraten)

davon überzeugt hat, dass wir stundenlang in den Büschen verbringen müssen, die kleinen Samen ruhten sich auf unserer Kleidung aus, bevor sie nach Westen schwebten, und die

Raben traktierten unsere Ohren unaufhörlich mit Schnabelhieben

Keine Sorge der Neger kommt hier vorbei

mal ganz abgesehen von den Kröten, Skorpionen mit aufgestelltem Schwanz

Das Gift wird dich blind machen

und die Lästerzungen der Verwandten unter der Erde zogen über uns her, nicht

Du hörst nicht auf zu wachsen

was heißt hier

Du hörst nicht auf zu wachsen

was interessiert sie, ob wir wachsen, Drohungen, Prophezeihungen

Die Tiere greifen uns an

mit ihrem Neid auf die Lebenden, mein Großvater schärft ganz bestimmt die Sichel, in der Tasche die Flasche

Du kriegst gleich was zu hören

verlor auf der Truhe das Gleichgewicht und jammerte auf dem Boden, und der Clown, der selbstverständlich die Sichel nicht sah, parfümiert, mit schicker Krawatte, ganz schnieke, der Idiot, um sich mit wer weiß wem zu treffen, mit dreiundsechzig Jahren wissen die aus Sorge wegen der Aorta nicht mehr, was sie tun, der Clown hält inne, um das Schulterpolster zurechtzurücken, bittet

Nimm diesen Gürtel Mami

und keiner nimmt den Gürtel, der Clown hat vergessen, wohin er geht, hat die Telefonistin vergessen

(war es überhaupt eine Telefonistin?)

hat alles vergessen, vor allem den Wind in den Feigenbäumen, der bis zum Ende der Welt bei uns bleiben wird, der Clown, bei dem eine Schraube locker war, sicher, dass er erwartet wurde, dass irgendeine Dame

(keine Dame, Illusionen)

Hätten Sie Lust am Sonnabend?

(so aufgeregt)

verschönerte die Tolle mit dem kleinen Finger eines Juweliers, warum haben sie ihn bei der Polizei behalten, haben sie ihm nicht einen Scheck überreicht und ihn weggeschickt

Hau ab du Clown

und seinetwegen verbringen wir die ganze Nacht genervt, zusammengedrängt, voller Schmerzen, immer wieder einnickend in den Zistrosen

(wenn es wenigstens Zistrosen, aber nein, Disteln)

während in einem Hain mit Weidenbäumen, nein, nicht in einem Hain aus Weiden, ein paar Weiden, übertreiben wir doch nicht, ein Geschöpf mit Schürze

Gehorche

und ein Mann

Ich habe dich auf dem Arm getragen als du klein warst

aus Lagunengeräuschen heraustraten, das geheime Wort am Ende doch gesagt, es kam heraus

Vater

und die Raben haben sie gleich mit riesigen Schnäbeln zerfetzt

(so große hatte ich noch nie gesehen)

ein billiges Kommunionskleid mit einem zusammengestückelten kleinen Schleier, eine Kerze, die erlosch und wieder zu brennen begann, doch flüchtig, unsicher, und die Alte vom Neger schwieg, hörte das Wort, ihre Lippen

Vater

sie hing mit den Blicken an der Bahnstation

Vater

und da kam der Neger in Begleitung eines summenden Flugzeugs, das die Raben zerfetzten, den Pfad herauf, und daher erhoben wir uns aus den Disteln

(der Clown hätte wirklich einen anderen Ort aussuchen können, aber Disteln, übergebt ihm einen Scheck, schickt ihn weg

Gehen Sie in Rente

wartete nur darauf, dass wir uns an den Stacheln stachen)

also erhoben wir uns aus den Disteln, während die Alte vom Neger

Vater

zu den Schienenresten, dem Ginster

Vater

der Bairro 1° de Maio allenfalls 50 (fünfzig) Meter entfernt, vielleicht 80 (achtzig), in Ordnung

Hühner, Mischlinge, Zicklein, und sie hingerissen wie bei einem Wiedersehen

Vater

sicher, dass niemand sie trennen würde

Vater

dass es für immer war

Vater

dass es keinen Tod gab

Vater

sie, während sie fiel

Vater

und der Clown ging durch den kleinen Park mit seiner feinen Blutspur und dem Kniff vom Bügeleisen im Hemd, trabte in engen Schuhen zur geliebten Frau.

Nicht der Bairro legt meine Nerven blank, an solche Orte haben sie mich von Anfang an gewöhnt, und wenn ich sage, sie haben mich daran gewöhnt, meine ich meinen Vater und die eine oder andere Frau

(ich erinnere mich an die magere Rothaarige, die einladend ihren Rock hob

– Guck mal

und ich sah eine Art schwarzen Brunnen, der mich erschreckte)

die uns hin und wieder auf den Jahrmärkten half, ein paar Tage im Laster mit uns verbrachte, nicht in meiner Nähe, ganz hinten

– Hör auf mit dem Kitzeln du bringst mich um

und ihn, wenn sie den Koffer hinter sich herziehend ging, beschimpfte, ich hätte nie gedacht, dass kleine Koffer so viel Staub aufwirbeln können, mein Vater setzte sich mit mir auf das Trittbrett, über das man ins Führerhaus hinaufstieg, und drückte mein Knie

– Hör nicht auf die Frauen bei denen sind die Kabel locker

er vergaß sie, wie er alles vergaß, wie oft ist er nicht wieder zurückgekommen, um mich zu holen

(ich tränenüberströmt auf dem leeren Platz)

mit über die Steine polterndem Auspuff

– Hör nicht auf mich denn wegen der Frauen sind meine Kabel auch locker

kaum hatte ich den schwarzen Brunnen gesehen, da floh ich, die magere Rothaarige zu meinem Vater

– Dein Sohn ist doch nicht etwa schwul?

und ich war es wohl, denn mit achtzehn habe ich mich zu einer Zigeunerin gelegt, und mein Körper hat nicht reagiert, die Zigeunerin schaute meine Geschlechtsteile an, bewegte sie zart

– Bist du krank?

und drückte mir am Ende eine Hasenpfote in die Hand

– Bringt Glück

und möglicherweise hat sie mir Glück gebracht, doch was ich hinterher fühlte, war beschämte Müdigkeit, die das Glockenspiel einer Kirche noch vergrößerte, indem es mich mit Herbsten erfüllte, bis heute halte ich die Hasenpfote in der Hand, meine Ehefrau

– Was ist das?

ich tue so, als würde ich mich wundern, packe das Zauberteil noch fester

– Ich wusste gar nicht dass ich das hatte

und die gleiche Scham und die gleiche Müdigkeit, bittet mich nicht, hinzugucken, zum Glück gibt es in der Nachbarschaft kein Glockenspiel, den einen oder anderen Schrei im Dunkeln dort draußen wegen eines Schusses oder wegen des Windes, und nicht der Bairro legt meine Nerven blank, ich habe vorher nie besser gewohnt, es ist mein Stiefsohn, der stundenlang ein Blechflugzeug am Gesicht vorbeifliegen lässt, die magere Rothaarige ist nach ein paar Monaten mit demselben Koffer und demselben Staub wiedergekommen, nur keine hochgehobenen Röcke, kein

– Guck mal

mehr, hinten im Lastwagen stritt sie mit meinem Vater, denn kein

– Hör mit dem Kitzeln auf du bringst mich um

ich dachte an den schwarzen Brunnen

– Passen Sie auf Vater

und irgendwann Vorwürfe, dann keine Vorwürfe mehr, der Wind, ich dachte noch, die Glocken, aber keine Glocken, Stille, mein Vater

– Halt da mal fest

und ich half, die Beine der mageren Rothaarigen zum Spanferkelkoben zu schleifen, was, während wir sie von unserem Goldschmiedezelt wegbrachten, mehr Staub aufwirbelte als der Koffer, wir setzten uns auf das Trittbrett des Führerhauses, und mein Vater drückte mein Knie, als die Guarda Republicana kam, erklärte er ihnen, während er die Etuis zusammenräumte

– Ihre Kabel waren locker

und er ging mit ihnen weg, im Gegensatz zu den anderen Malen kam er nicht wieder zurück, um mich zu holen, aber irgendwann in den nächsten Wochen, es ist nur eine Frage der Zeit, taucht er hier auf, und wir fahren weiter, während mein Vater mit den Fingern herausfordernd gegen eine Anzeigeuhr schnippt

– Ob da noch Benzin drin ist?

in die nächste Kleinstadt, in der es Spanferkel und Glocken gibt, ich stelle mir vor, dass er meine Ehefrau kitzelt und meine Ehefrau zufrieden

– Hören Sie mit dem Kitzeln auf Senhor Sie bringen mich um

während mein Stiefsohn, nur Gesumme, ein Blechflugzeug dicht am Gesicht vorbeifliegen lässt und ich so tue, als bemerkte ich es nicht, der Junge ist ein Mischling, meine Frau ist ein Mischling, die Cousins Mischlinge in jeder Ecke des Bairro

(sie begatten sich wie die Tiere)

in Ritzen und Grotten verschwunden

(genau wie die Tiere)

oder sie rupfen Nachtvögel auf der Straße

(sie essen sogar Käfer, ganz sicher)

während ein Krüppel sie mit der Krücke umkreiste

– Wie viele Federn braucht man um einen Vogel zu machen?

will heißen, er nutzte den Rest, Schnabel und Füße, fügte sie zusammen und hatte ein Tier ganz für sich allein, das mit vorschnellendem Hals nach Krumen suchte

– Ich bin der Besitzer von dem da

wenn mein Vater bei uns war, betrachtete er meine Frau eingehend, saß dabei auf diesem Stuhl wie auf dem Trittbrett

– Sind bei Mischlingsfrauen die Kabel locker?

oder er interessierte sich für die Raben, die niemandem gehörten und als Waisen senkrecht von einer Reihe Buchen aufflogen, wünschten, der Krüppel würde sie mit Arthrosefingerchen zusammenbauen

– Wo ist der linke Flügel?

und die Raben stolz

– Wir sind seine gehören ihm

der Krüppel kein Mischling, schwarz, er redete mit den Eidechsen, während er den Zement mit Nägeln durchlöcherte, er briet Grillen auf einem Stock, als die Guarda Republicana meinen Vater mitnahm, blieb der Laster allein auf dem nachts von hellem Hahnenkrähen aus unsichtbaren Landgütern angemalten Jahrmarktsplatz zurück

(gab es überhaupt Landhäuser, oder waren es nichts als Hähne in der leeren Dunkelheit?)

und so ließ ich sogar zu, dass eine Frau mit mir zusammen war, mit schwarzem Brunnen und so, und ich akzeptierte alles

– Danke

sofern sie mich nur von den Hähnen befreite, die wahrscheinlich der Krüppel mit der Krücke fabriziert und in den Landgütern zurückgelassen hatte

– Ihr bleibt jetzt hier

dazu noch die Truthähne und Hühnchen

(wer hat die Mischlinge zusammengesetzt?)

nicht der Bairro legt meine Nerven blank, habe vorher nie besser gewohnt, und die Hasenpfote hilft, es ist mein Stiefsohn, der nach Hause kommt, bevor es hell wird, jünger als ich, als ich meinem Vater half, die dünne Rothaarige zum Spanferkelkoben zu schleifen, mein Vater

– Die Spanferkel werden sie lecker finden

aber sie haben sie überhaupt nicht lecker gefunden, denn ihre Kabel waren locker, und schwarze Brunnen machen Angst, ich sagte gerade, dass mein Stiefsohn, der immer, erst kurz bevor es hell wird, nach Hause kommt, mir auf die Nerven geht, das Gewehr unter einer Diele, wo noch mehr Gewehre, Pistolen, ein Schlachterhackbeil, würde mein Vater es benutzen und dem Krüppel mit der Krücke die Teile geben, damit er einen Menschen daraus fabrizierte

– Hätten Sie gern eine magere Rothaarige?

bliebe er allein, über meine Mutter weiß ich nichts, ich könnte ihn fragen

– Wohin haben Sie die getan?

auf welche Jahrmarktsbrache, auf der das Glockenspiel der letzten Messe

(und da sind wir wieder bei den Glockenspielen, so ein Mist)

in welchen Kiefernhain, in welche Büsche

(sollte meine Mutter die magere Rotblonde sein?)

der Fingernagel meines Vaters an der Uhr, stachelte den Zeiger an

– Ob da Benzin drin ist?

(ich glaube nicht, dass es die magere Rothaarige war, meine Mutter würde nicht

– Guck mal

sagen, eine, die ich ganz bestimmt nicht gekannt habe)

und da war keines, der Lastwagen machte schlapp und verkündete seufzend

– Hab keins

also klauten wir den anderen Benzin, indem wir es mit einem Schlauch ansaugten, mir war schwindlig von den Dämpfen

– Senhor

und die anderen blieben zurück, bewarfen uns mit Steinen, meine Mutter hat mich, glaube ich, die ganze Zeit an der Schulter berührt

– Kuckuck

in einer der Gassen des Bairro, aber was für eine Übertreibung, Wände, die sich über kleinen Gärten häuften, und alte Frauen, die um ein Zicklein herum Pfeife rauchten und die Eingeweide untereinander aufteilten, einen Bairro einen Stadtteil zu nennen, meine Mutter bei ihnen, ohne

– Kuckuck

sieht mich nicht, sooft ich auch

– Senhora

(warum bin ich gerührt, wenn ich das sage, werden die Worte trüb, eine Veränderung am Kinn, ich hätte fast hinzugefügt, Tränen, hätte ich sie probiert, ich weiß nicht)

der Stadtteil also, ich, meine Ehefrau, die mich ebenso wenig wahrnahm

(wer hat mich, von der mageren Rothaarigen einmal abgesehen, bis heute überhaupt wahrgenommen?)

damit beschäftigt war, den Sohn auszuziehen, der selbst mit Pistole Angst vor der Dunkelheit hatte, das merkte man an der Art, wie er die Schatten mit den Blicken durchstöberte und dann

– Dort

hinzeigte und das Blechflugzeug an sich gepresst hielt, denn der Ort, an dem wir wohnten, war voller Stimmen, eine davon die einer Frau, ferner als die anderen

– Bitte

während es bei mir die magere Rothaarige war, die mich ermunterte

– Guck mal

und ich guckte natürlich nicht hin, um Gottes willen, bloß nicht hingucken, ich entwischte ihr, meine Ehefrau

– Was ist?

und ich wünschte mir ein Blechflugzeug, das mich vor dem Raunen der Bäume schützte, dort stehen sie, während ich diese Seite schreibe

– Wie dumm wie dumm

und mein Vater zerstreut, wenn ich um seine Aufmerksamkeit bitten würde, hätte er weiter mit den Fingern gegen die Nadel geschnippt, weil er wollte, dass sie sich auf den kleinen Strichen fortbewegte

– Ich bin voll

erst nach den kleinen Strichen seine Hand auf meinem Knie

– Kümmere dich nicht um die Bäume bei denen sind die Kabel locker

und ringsum alles still, Baumstämme und Unkraut, keine Glockenschläge, nicht der Bairro legt meine Nerven blank, es ist die Polizei, die uns ausspäht, hin und wieder ein Wagen bei den wilden Feigenbäumen, Männer in Zivil und ein alter Mann von sechzig Jahren, der sie bei den Kakteen verteilt

– Du hier du da

in der Nähe der Bahnstation, wo eine Fontäne aus Lilien, die haben sich nie über mich lustig gemacht, sie verstanden

– Wir verstehen dich Junge

als ein Dicker und ein weniger Dicker, beide in Uniform und mit Schiffchenmütze, meinen Vater schubsend mitnahmen

(ich mit der Kurbel in der Hand außerstande, ihn zu verteidigen)

mich nahmen sie nicht mit, ich zu meinem Stiefsohn

– Die Polizei

und er amüsierte sich mit dem Flugzeug, kümmerte sich nicht um die Männer, hin und wieder verscheuchte ein Schuss die Raben, und der Krüppel mit der Krücke, der sein halbes Leben damit verbracht hatte, sie zusammenzukleben, humpelte stinkwütend herum

– Lasst sie los

mit seinem behinderten, leblos tänzelnden Beinchen in überschüssiger Hose, er schaffte es nicht bis zur Bahnstation, kreiselte zweimal um sich selber und rutschte langsam an seiner Krücke herunter, wahrscheinlich ist das wer weiß wo mit meinem Vater passiert (die magere Rothaarige klopfte mir auf die Schulter

– Kuckuck

logischerweise nicht die magere Rothaarige, nur weil ich mich so sehr nach einer Mutter sehne, aber mal ehrlich, wozu brauche ich eine Mutter, ich würde sogar sie akzeptieren)

und ich wartete auf meinen Vater, war mir dennoch sicher, dass ich den Weg aus dem Bairro finden würde, nicht bei den wilden Feigen und den Kakteen, sondern oben, bei dem Eukalyptushain und dem Steinbruch, aber wer garantiert mir, dass die Polizei nicht im Steinbruch, auf dem Campingplatz am Ausgang von Amadora oder auf der Autobahn ist, wo Mädchen, die nach Beendigung des Krieges aus Afrika gekommen waren, an den Kilometersteinen stehen und uns zuwinken

(falls die magere Rothaarige

– Kuckuck

umarme ich sie dann?)

die Krücke fiel am Ende hin, die Vögel blieben ohne Füße und Schwänze, und kein Neger stellte sie fertig, manchmal frage ich mich, ob es mir nicht doch etwas ausmacht, inmitten von Mischlingen zu leben, die nicht mit mir zusammenleben, sie sind im Bairro mit einem Land unterwegs, das sehr viel größer ist als dieses hier

(ich habe keine Ahnung, wie es ist)

es füllt ihnen die Augen, ewig lange Monate, strömender Regen, und stattdessen Häuser, die nicht einmal Häuser sind, ein paar Kartons, ein paar Platten und alte Frauen, die ich nicht

– Mutter

nenne, und würde ich sie

– Mutter

nennen, würden sie nicht antworten, sie antworten nie, sie würden es erdulden, wie sie den Todeskampf und die Nacht erdulden, sie hockten da um das Zicklein herum und rauchten, teilten die Eingeweide mit einem Gebet untereinander auf, das weniger Buchstaben hat als unseres, Ansätze von Klängen und lange Konsonanten, die Polizei hat vor ein paar Wochen zwei Kollegen meines Stiefsohnes getötet, den, der nicht sprechen konnte, und den Dicken mit den Ringen, der mit einer Weißen zusammenwohnte, die so weiß war wie ich

(nicht meine Mutter, nicht im Traum)

der Dicke zur Weißen

– Senhora

niemand hat die beiden von den wilden Feigenbäumen weggeschafft, also blieben sie dort bei den Grashüpfern und den Frettchen

(man nahm frühmorgens den Geruch wahr, dann den ganzen Tag und dann kein Geruch mehr)

und den streunenden Hunden, die uns das Kleinvieh neideten, flohen, näher kamen und auswichen, bevor sie wieder größer wurden, im Kreis trabten wie die Mischlinge, man bemerkte sie nicht, erst wenn sie bei einem und die Kugeln bereit waren, aus dem Gewehr zu kommen, hielten sie inne, lauschten einer Sprache von Wurzeln, die ich nicht entschlüsseln kann, während der Fingernagel meines Vaters das Benzin prüfte

(die Weiße, die so weiß war wie ich, roch auf der Bahnstation, so wie ich eines Tages riechen werde, und ich frage mich, ob die magere Rothaarige mich wegen des Geruches in den Kakteen wahrnehmen wird)

ich glaube, dass mein Stiefsohn ein streunender Hund ist, da hockt er mit herausstehenden Rippen im Wohnzimmer

(Wohnzimmer!)

und obwohl es das Wohnzimmer ist

(warum bloß beharre ich darauf, dass es ein Wohnzimmer ist?)

hockt er draußen auf dem Bürgersteig, bemerkt das Geschirr und die Töpfe ringsum nicht

(zwei Töpfe, nein, das stimmt nicht, eine Kasserolle und ein Topf)

bereit aufzustehen, falls die Kollegen da draußen

(sie brauchen kein Zeichen, sie kommunizieren über den Geruchssinn)

die Pistole zu nehmen und sich ihnen anzuschließen, er ließ Geld in meiner Tasche zurück

(ich baff wegen der Scheine)

einen Ohrring, der teurer war als die meines Vaters, einen echten, und das Blechflugzeug lag auf dem Rücken auf dem Tisch, wenn ich ihm dankte, zog er sich mit einem Lolli bockig in sich zusammen, taub, ich glaube, dass er an seinen Vater dachte, so wie ich an meinen denke, ich habe in der Besteckschublade das Foto eines Mestizen mit meiner Ehefrau gesehen, aber man konnte die Gesichtszüge nicht erkennen

(seit Ewigkeiten kann ich die Gesichtszüge meines Vaters nicht erkennen, ich möchte mich an sie erinnern, aber so sehr ich mich auch bemühe, ich kann sie mir einfach nicht mehr ins Gedächtnis rufen, manchmal erhasche ich einen Blick, aber der da ist es ganz sicher nicht, der Klang einer Stimme, der nicht passt, und ich lasse es sein, irgendwann ist es so weit, dann bleiben uns nur noch sinnlose Silben, Vater, Mutter und derlei Blödsinn, was ich nicht für einen Gevatter, einen Neffen geben würde, demnächst werde ich eine Taube oder einen Raben fabrizieren, die ich meine nennen werde, vielleicht tröstet es ja, an die magere Rothaarige zu denken, versuch es mal, erinnerst du dich an den Körper und an die Art, wie sie dich rief

– Guck mal

du hättest sie mögen können, du musst sie gemocht haben, du magst sie, sag

– Mutter

was verlierst du schon dabei, vielleicht wachst du nachts nicht mehr wegen eines fernen oder nahen Schluchzens irgendwo

wo genau?

im Bairro auf, Schluchzer, Gewisper, Geraune, das dich verwirrt, die Leute des Bairro auf dem Bahnsteig der Bahnstation, einer nach dem anderen, an irgendeinem Abend du, und bei dir Dachse, Käfer, Büsche, die deinen Namen nicht wiederholen, ihn verloren haben, und was bringt es dir, dich aufzuregen, bleib ruhig)

man erkannte keine Gesichtszüge, man erkannte das Lächeln und diese Zähne, die sie überall im Zahnfleisch und wahrscheinlich im Rachen und in den Bronchien haben und die mir fehlen, ich glaube, ihn haben sie vor Jahren bei den wilden Feigenbäumen vergessen, und sucht man ihn, allenfalls Grieben, ein Windhauch ruft mich nicht bei meinen Namen, mit

– Du

oder so, und wir begreifen, dass dieses

– Du

uns gilt, weil jemand, der nicht wir sind, für uns, in uns sagt

– Ich bin es

dankbar, dass er erkannt wird, sie verachten mich nicht, wie gut, ich lebe, nicht einmal die alten Frauen werden übrig bleiben, da bin ich mir sicher, im leeren Bairro bleibt ein Zicklein übrig, zwischen zwei Haken eine Wäscheleine, um die sich Lumpen rollen, und dann ist es möglich, dass der Lastwagen meines Vaters mit mir und den Etuis mit Filigranohrringen und Kreolen und einer Frau, nicht der mageren Rothaarigen

(wie viele Mütter ich wohl gehabt habe?)

im Führerhaus neben ihm, dass der Lastwagen mich holt, mich nicht findet, wegfährt, und die Polizisten bei den Feigenbäumen beschießen ihn, der Fingernagel meines Vaters langsamer auf dem Zifferblatt, der Lastwagen neigt sich nach links, fährt über den Schotter, hält am Rand, und mein Vater rutscht aus der offenen Tür, die Nase, die Zigarette, ein Ellenbogen, der nicht aufhört herunterzufallen, ich sehe ihn zum ersten Mal von oben, ich dachte immer, er sei sehr viel größer als ich, aber Sie sind winzig, kleine Taille, Wimpern, ich schreibe, Monate nachdem ich

(Jahre nachdem ich)

den Bairro verlassen habe, ich glaube denke nehme an bin mir sicher, dass ich vor Monaten, zwei, acht, fünfhundert, dorthin gegangen bin, wo weder Mischlinge noch Feigenbäume wohnen, und wenn ich innehalte und der Vergangenheit lausche, entdecke ich Ereignisse aus der Zeit, als ich ein Kind war, eine Unbekannte, die mich fütterte, dieselbe, die vor einem mit Schlämmkreide geweißten Tor, eine Frau, die was auch immer zeigt

– Guck mal

während ich sie bitte

– Warten Sie

wenn ich versuche, die Jahre zu ordnen, das, in dem mir meine Ehefrau aufgefallen war, beispielsweise, dann fehlt mir etwas, es war nicht im Bairro, ich kannte den Bairro nicht, und wenn ich den Bairro nicht kannte, wo dann, ich habe das Gefühl, es war ein Haus, aber welches Haus, dass ein Wesen in meiner Nähe war und schwieg, und dass schwarze Haut, die mir Angst machte, mich streifte, und dann schließt sich das Wasser über mir, und ich verliere sie, die Weißen

– Eine Mulattin so was Verrücktes

meine Cousine schüttelte mich

– Wenn du mich mit ihr besuchst stelle ich ihr die Schüssel fürs Hundefutter hin

und meine Ehefrau auf allen vieren in der Küche oder auf dem Balkon ausgesperrt, während meine Verwandten

(wenn ich versuche, mich zu erinnern, bessert sich mein Kopf, hiermit stelle ich Ihnen meine Cousine vor, meine Verwandten, wenn wir so weitermachen, wird am Ende eine große Familie zu sehen sein)

sie nicht näher kommen lassen

– Schämst du dich nicht?

sie tauchen an Tausenden von wesentlichen Punkten auf, aufmerksam, intim

– Da bin ich da bin ich

und wenn sie meine Frau sehen

– Schämst du dich nicht?

blinde Augen, die dennoch sehen, Worte, Buchstabe für Buchstabe, schwer hart grausam, ich bezweifle, ob Worte

– Schämst du dich nicht?

was wir aus Afrika geerbt haben, Affen, die uns belügen, bestehlen, und wir

– Bitte

bevor wir bäuchlings daliegen, wir

– Bitte

wenn wir bäuchlings daliegen, Schraubenzieher, Klappmesser, wir kippen das Essen in die Futterschüssel der Hunde, so wie sie es mag, was weiß sie von Gläsern und von Besteck, sie strecken uns

sie strecken uns krächzend die Hände durch die Gitterstäbe, du wirst Negerkinder bekommen, die kopfüber von den Schabracken herunterhängen, zum Glück sitzt die Polizei bei den wilden Feigenbäumen, wenn dein Vater das erlebt hätte, wenn deine Mutter

(die magere Rothaarige?)

das erlebt hätte

kämen sie wieder herauf, um dir den Kopf zurechtzurücken, der Krüppel mit der Krücke

– Ich bin der Besitzer dieser Taube tötet sie nicht

und er meinte mich, er brachte einen Muskel mit einer Weidenrute und Bindfaden wieder in Ordnung, er lehrte mich, von dieser Ecke zu jener zu fliegen, ließ nicht zu, dass ich starb

– Pass auf

stützte mich mit ausgebreiteten Ärmeln

(der Krüppel mein Vater, warum ist der Krüppel nicht mein Vater?)

ich möchte nicht, dass er stirbt, kommen Sie nicht zur Bahnstation, lassen Sie den Raben los

– Ich bin der Besitzer dieses Raben

der von den Zypressen auffliegt, der Polizist

– Der Neger

eine Sehne am Hals schlug, hörte auf, und schon war er nicht mehr der Besitzer von irgendetwas, es hatte sich mit den Raben, ich werde ein Gewehr nehmen, ohne dass mein Stiefsohn es merkt, der mit seiner Angst vor der Dunkelheit beschäftigt ist, vom Landhaus des Marquis aus kommen, wo das an einen Ring gebundene Maultier sich bemühte, festzustellen, ob es lebte, mir kam es so vor, als sei es tot, hätte ich Zeit, würde ich es mit einem Rohrstock pieksen

– Bewegst du dich nun oder nicht?

und die Reaktion abwarten, es reagierte, jawohl, und reagierte nicht, es war gestorben, was nicht immer ganz richtig war, ich beispielsweise reagiere nicht, man kann mich mit einem Schraubenzieher durchstechen, und ich keinen Pieps, ich reglos, beachte es nicht, und dennoch lebendig, mein Vater war von der Benzinuhr abgelenkt

– Was ist mit dir?

und es ist überhaupt nichts los, ich bin so, der Krüppel mit der Krücke nicht

– Was ist mit dir?

er akzeptierte mich, wir haben übrigens nie miteinander gesprochen, er allenfalls

– Scheißweißer

und ich nickte stumm, ich nehme das Gewehr, ohne dass mein Stiefsohn es bemerkt, komme vom Landgut des Marquis aus, dessen Gewächshaus

(meine Cousine rüttelt mich noch stärker am Ellenbogen

– Lässt du zu dass man so mit dir redet?)

mit grauen Kletterpflanzen bedeckt ist

(die Einbildung, dass das Meer in der Nähe ist, aber ist das Meer echt?)

einer der Polizisten

– Dort

(ob es ausgetrocknet ist?)

und das Krachen von Gewehrkolben zugleich mit der Sirene der Feuerwehrwache, die Welt in Bewegung, nur nicht das Meer, das es nicht gab, Teller zerschellten, Türen schwangen an alten Angeln

(die Türen werden ohne Unterlass an den Angeln schwingen, wer kommt, wer geht, wer ist dort und späht mich aus, wer seid ihr, die ihr nicht stolz auf mich seid, mich tadelt)

die magere Rothaarige lacht nicht, ernst

– Du schaust mich zum letzten Mal an

packt mein Kinn zwischen den Fingern, um mich zu zwingen, sie anzuschauen, während ich meinem Vater half, ihre Beine zu ziehen, die Haarsträhnen wurden von Erde fleckig, waren nicht mehr rot, dunkel, ein spöttisch verzogenes Gesicht

– Ist dein Sohn schwul?

und meine Mühen, dass sie weder Schuhe noch Brosche verlor, unversehrt im Graben lag und sich mit den Würmern unterhielt, das Meer musste vertrocknet sein, rostige Nähmaschinen sind übrig, die die Gischt und kleine Salzpfützen flickten, mein Stiefsohn ist gestern zusammen mit mir gestorben, vor vielen Monaten, aber gestern, trotz meiner Warnungen, ich hatte ihn vor den Feigenbäumen gewarnt, und er ließ das Blechflugzeug summen, da war die Bahnstation und die Glocke der Grillen, wenn man so will, oder besser gesagt, ein Raspeln von Metall gegen Metall wie das Blöken der Raben aus Metall und die Tauben aus Metall, das Metall der Feigenbäume, die erzitterten, und als sie aufhörten

(ein Bienenkorb?)

der Tod meines Stiefsohnes und mein Tod bei uns, ich weiß nicht, wie man ordentlich schreibt, Absätze einteilt, die Leute aufklärt, helfen Sie mir, die Sie wissen, wie das geht, und geben Sie mir Anweisungen, wenn der Krüppel mit der Krücke in der Nähe ist

– Ich bin der Besitzer dieses Weißen töten Sie ihn nicht

doch der Krüppel von Knochen verlassene Kleidung, und daher Stückchen schiefer Vögel in den Wipfeln, meine Frau

(ich stelle mir vor, ich würde mich ihrer schämen, und eine beleidigte Stille

– Schämst du dich nicht?

blinde Augen, die dennoch sehen, Buchstabe für Buchstabe, schwer, hart, grausam, ich stelle mir vor, die Buchstaben

– Schämst du dich nicht?)

meine Frau wartet, worauf, bleibt unbegreiflich, das unbegreifliche Verhalten der Tiere und der Neger, die wahrscheinlich auf nichts warten, denn der Tod beunruhigt sie nicht, sie fühlen etwas, das ich nicht fühle, sie hören innere Organe, die ich nicht höre, und die Überraschung der Ärzte

– Zwei Lebern?

Mischlinge weinen nicht, weil der Tränenmechanismus ihnen nicht angeboren ist, wie gut für sie, sie teilen die Eingeweide in ihrer Sprache aus langen Konsonanten untereinander auf, Januar und keine Aussicht auf Regen, die wilden Feigenbäume ohne Zweige und die Polizisten mit Gänsehaut zwischen den Kakteen, dieselben, seit ich angefangen habe zu schreiben, wenn man das, was ich tue, schreiben nennen kann, ich habe schon mal gesagt, dass es eine Stimme ist, die manchmal so schnell diktiert, dass ich nicht mitkomme, und dann wieder stundenlanges Schweigen, und ich, den Schnabel über dem Papier

– Was ist nun?

während kleinere Stimmen mir, von dem einen oder anderen Satz einmal abgesehen

– Wir kippen das Essen in die Futterschüssel der Hunde so wie sie es mag

oder

– Sohn

oder aber ich mache mich selber daran

– Sohn

unverständlich bleiben, Januar, der letzte Monat, an den ich mich erinnere, könnte ich wählen, hätte ich wegen des Dufts der Äpfel in der Wäscheschublade, der das Schlafzimmer mit freundlicher Süße erfüllt, den Herbst vorgezogen, aber was für eine Schublade und welches Schlafzimmer, wo ich niemals in einem gewohnt habe, ich habe im Bairro gewohnt, aber in einer Art Keller, ein kleines Fenster dicht unter der Decke, in dessen Rahmen eine Mauer mit Spinnen und Moos, und über uns Lasten, Schritte, Leute

(einstweilen noch keine Polizisten)

die uns, könnte man meinen, verfolgten, so wie sie unsere Gesten beobachteten, hin und wieder verfolgte uns auch ein Huhn, mal mit dem einen, mal mit dem anderen Auge, niemals mit beiden, es erschien in der Tür, das Fußgelenk in der Luft, aufgeregt

– Schämst du dich nicht?

und ging wieder, die Hosen bis zu den Knien hochgerollt, von Zorn zerfurcht

(das ausgetrocknete Meer, darauf werde ich nicht wieder zurückkommen)

konspirierte mit den Kolleginnen, denn ich sah, wie sie sich in die Brust warfen und auf den Sitzstangen stotterten

(heute, wo der Bairro zerstört wurde, wo sind da die Hühner?)

ich glaube

(haben die Dachse sie zu Abend verspeist?)

ich glaube, ich habe geschrieben, dass mein Stiefsohn gestern mit mir zusammen gestorben ist, vor vielen Monaten, aber gestern

(da ist die Stimme, die mir diktiert)

ich habe ihn vor den wilden Feigenbäumen gewarnt, aber seine Antwort war das summende Flugzeug, ein Raspeln von Metall gegen Metall wie das Blöken der Raben aus Metall und die Tauben aus Metall

(die Stimme sehr schnell, ich kann nicht mitschreiben)

das Metall der Feigenbäume brodelte und hörte auf

(wer würde sie zwingen, zu erschlaffen und sich zu uns herunterzubeugen?)

und kaum hatten die Bienen aufgehört, aber vielleicht doch keine Bienen, es gibt im Januar keine Bienen, kleine Libellen, Käfer, aber auch keine kleinen Libellen und Käfer, nur im Frühjahr, wenn die Larven aufzubrechen beginnen, durchsichtig, furchtbar hässlich

(langsamer bitte)

die Polizisten redeten über uns

(ich kann nicht mitschreiben)

ein Schuh auf einem Stein, Ärmel, die streifen

(Ärmel, die streifen, habe ich gehört)

und fünf Wachleute, ich habe sie gezählt, will heißen, da sie nicht schnell gingen, hatte ich genug Zeit, sie zu zählen, fünf, Verzeihung, sechs, Verzeihung, sieben, der sechste und der siebte, ganz früher schrieb man siebente, in der Nähe der Bahnstation, wo das, was von einem Abstellraum noch übrig war, sich nur noch mit Muskelkraft aufrecht hielt, noch ein Jahr, und er würde lautlos wie Katastrophen im Traum aufgeben, oder er würde sich im Jod der Erinnerungen auflösen, wenn man

– Was wollt ihr hier?

verschwinden sie aus Angst vor uns, und uns tut es leid

– Sie hätten noch ein bisschen hierbleiben können meine Damen

die Gewissheit

(siebenter ist gut)

dass sie nicht wagen, wiederzukommen, nicht reden, vielleicht kommen sie wieder, wenn wir schlafen, und ich treffe die magere Rothaarige

– Guck mal

nein, die magere Rothaarige

– Mein Sohn

und zum ersten Mal schaue ich hin, Sie können ganz sicher

sein, Mutter, ich gucke hin, der Krüppel mit der Krücke beendet seinen Raben, mein Vater, den ich mir nicht mehr vorstellen kann, ich werde ihn wiedererkennen, wenn ich ihn sehe, drückt mein Knie mit der Hand

(die Handfläche sehr viel kleiner als früher, oder mein Knie groß)

ich zufrieden über die Hand und den Duft nach Äpfeln in den Wäscheschubladen, der wieder zurückgekehrt ist

– Wo kommen die Äpfel her Papa?

jemand, der mich auf dem Arm trägt

(wohin?)

und singt, ein Fasan aus Fayence, dem der Krüppel mit der Krücke keine einzige Feder hinzufügen muss, so natürlich sieht er aus, eine Puppe mit runden Wangen auf dem Kissen

(mir gefällt siebenter besser als siebter)

und wenn ich Zeit hätte, was würde ich dann der Puppe alles sagen, Freunde, ich würde sie nehmen, sie umarmen

(nicht der Bairro legt meine Nerven blank, es ist etwas anderes, ich erzähle es später)

Bilder, die deutlicher zu werden begannen, ich zu meiner Frau

– Siehst du das nicht?

(über sie werde ich irgendwann etwas sagen)

jemand, der draußen hämmerte, keine Schüsse, denn ich kann Hämmer und Schüsse auseinanderhalten, die Person, die hämmerte, hörte auf zu hämmern, als würde sie sich das Ergebnis anschauen, einen Schritt zurück machen und dann mit erneutem Hämmern ein Detail verbessern, nicht die magere Rothaarige, und ich überrascht, dass es nicht die magere Rothaarige war, eine andere Frau zu mir

– Komm her

Dampf auf Töpfen, kochende Kräuter auf dem Feuer, und kein Polizist bei den Kakteen, niemand tot, mein Vater fährt den Lastwagen, da bin ich erleichtert, wir werden glücklich leben bis ans Ende aller Tage wie der Fasan und die Puppe, unglaublich, was man noch alles wünschen kann, man ist sich sicher, dass dem nicht so ist, aber kleine Dinge tanzen drinnen, wie die Klunker von Lüstern, wenn man das Fenster öffnet, mein Stiefsohn summt mit dem Blechflugzeug, die Stille des Bairro, und in der Stille des Bairro, die gemächlicher ist als die an sich schon gemächliche Zeit

(keine Schuppen, Häuser, keine Gassen, Straßen, Postgebäude, eine Kirche, ein Zahnarzt, beinahe der Duft nach Äpfeln in der Wäscheschublade)

die andere Frau, die meinen Namen oder irgendeinen anderen wiederholte, der meiner wurde, von Anfang an meiner war, der einzige, den ich habe, nimmt mich mit in den hinteren Teil des Gartens, in dem eine verbeulte Gießkanne, ein Mispelbaum, die Sonne, und ich ohne Angst

(wovor?)

die wilden Feigenbäume ruhig, die leichte Brise friedlich, die andere Frau mit mir zusammen beim Wassertank und die Gewissheit, dass ich nicht fallen werde, ich nicht knochenlos in den Büschen, ich sitze hier, und das Meer ist zurück

(das Meer ist nicht ausgetrocknet, siebenter, siebenter)

die Stimme, die mir diktiert, was ich schreibe, auch zufrieden, nicht der Bairro legte meinen Nerven blank, es war die Vorstellung, dass sie mich töten, aber sie töten mich nicht, ein Hammer, keine Schüsse, denn ich kann Hämmer und Schüsse auseinanderhalten, repariert draußen den Zaun

(ein Zaun, wir tun so, als ob es einer ist, keine Angst)

mein Stiefsohn legt das Flugzeug weg und geht mit dem Gewehr hinaus, als ich versuche, ihn zu warnen, die Frau, die mich mitgenommen hatte

– Lass ihn

nicht die magere Rothaarige, eine andere, die meinen Namen kannte

– Komm her

so dass es ganz natürlich war, dass ich bei ihr, wenn die Hühner mich von der Tür aus beobachten, kümmere ich mich nicht darum, wenn meine Frau aufsteht, wende ich das Gesicht ab, ich spüre, wie der Fasan aus Fayence anschwillt und die Puppe auf dem Kissen, ich werde eine Pistole unter einem Dielenbrett finden, ohne dass mein Stiefsohn es bemerkt, ich komme über das Landgut des Marquis mit dem von dreckigen Kletterpflanzen umwobenen Gewächshaus, falls es Polizisten gibt

(aber es gibt keine Polizisten, niemand stirbt, das garantiere ich)

die zeigen

– Dort

(niemand stirbt)

falls es Polizisten gibt, nur so eine Hypothese, Sicherheitsriegel, Gewehrkolben, Abzüge vor dem Schuss

(es gibt auch keine Schüsse)

vermischt mit der Sirene der Feuerwehrwache, die ganze Welt in Bewegung, mein Gott

(der Fasan und die Puppe heil)

Türen schwingen in den Angeln, und im Schwingen der Türen, wer kommt da, wer geht, wer steht da in einer Ecke und starrt mich an

(die magere Rothaarige, mein Vater, die Polizisten?)

wer seid ihr, die ihr nicht stolz auf mich seid, mich verlassen habt, mich tadelt, wer entdeckt

– Dort

wäre der Krüppel bei mir, käme er an der Krücke stolpernd, sich an den Stämmen abstützend her, würde diesen Stein nehmen, ihn loslassen, ihn suchen und nicht finden, während der Suche

– Ich bin der Besitzer des Weißen töten Sie ihn nicht

aber der Krüppel von den Knochen verlassene Kleider, und daher schiefe Vögel in den Wipfeln, mein Stiefsohn auf dem Bahnsteig der Station, und ich

– Nein

meine Frau, für den Fall, dass sie mich fragt, ob ich mich ihrer schäme

– Du schämst dich meinetwegen?

blinde Augen, die dennoch sehen, Buchstabe für Buchstabe ohne einen Bezug zueinander, schwer, hart, grausam, ich frage mich, ob es Buchstaben sind, aber es sind keine Buchstaben, ich habe keine Ahnung, was es ist, aber keine Buchstaben, Herrschaften, meine Frau keine Buchstaben

– Du schämst dich meinetwegen?

wartet auf was auch immer, möglicherweise auf gar nichts, etwas Unerklärliches, das Negern und Tieren eigen ist, denn nicht einmal der Tod regt sie auf, sie fühlen etwas, das ich nicht fühle, hören innere Organe, die ich nicht höre und die Ärzte nicht kennen

– Zwei Lebern?

sie weinen nicht, weil der Tränenmechanismus ihnen nicht angeboren ist, sie teilen die Eingeweide in ihrer Sprache aus langen Konsonanten untereinander auf, das im Januar und kein Regen, wilde Feigenbäume ohne Zweige und Gummiseufzer von Kröten, nicht der Bairro legt meine Nerven blank, ich habe nie besser gewohnt, ich kenne den Fayencefasan nicht, kenne die Puppe nicht, es gibt keine Füße

verzeihen Sie dieses Schluchzen, es gibt weder Menschen noch Gegenstände, die sich zu bewegen beginnen, niemand hämmert draußen, hört auf zu hämmern, schaut sich das Ergebnis an und verbessert dann erneut hämmernd ein Detail, da ist eine Frau, nicht die magere Rothaarige, und ich überrascht, dass es nicht

nicht dass es wehtut, es tut nicht weh, ich überrascht, dass es nicht wehtut, und die magere Rothaarige, die den Rock hob

– Guck mal

es tut nicht weh, sie hob den Rock

– Guck mal

und das, was kein schwarzer Brunnen war

ich kann nicht, erschrecke, eine andere Frau

– Komm her

die mich mitnimmt, ein Schuh, der ausrutscht, das Gleichgewicht wiederfindet, weitergeht, eines meiner Knie

(nicht richtig gelähmt, schwächer)

am Boden, kein Knie am Boden, ich stehe, fast gerade, ich gerade

ich fast gerade mit der Frau im hinteren Teil des Gartens

(die Ruhe des Bairro, nicht der Bairro legt meine Nerven blank)

eine verbeulte Gießkanne, ein Mispelbaum, und kein Unbehagen, keine Angst

(wovor?)

ich beim steinernen Wassertank und die Gewissheit, dass ich nicht fallen werde, wo der dicke Neger und die Alte gefallen sind, wo mein Stiefsohn gefallen ist, wo der Krüppel mit der Krücke

– Ich bin der Besitzer des Weißen

und mein Schwanz, meine Pfoten und meine Flügel heil, ich heil, das Meer ist zurück, und obwohl es Tag ist, so viele Lichter auf dem Meer, keine Reflexe, Lichter, so viele

wir sind fast da, es macht keine Mühe, so viele Lichter auf dem Meer, ich mit meiner Frau

(ich werde Ihnen noch von ihr erzählen)

und der Hammer schweigt, wir beide sitzen da

(der Hammer kommt nie wieder zurück)

und sie oder die Frau sagt meinen Namen, so dass ich antworte

– Es geht mir gut

und es ist nicht schwer, macht keine Mühe, es geht mir gut und ich lächle.

Also gab es nicht mehr viel zu tun: den Bairro den Polizisten, den Raben und den Tauben überlassen, damit sie sich ihn untereinander aufteilen, so wie die alten Frauen die Eingeweide untereinander aufteilten, nur gab es weder alte Frauen noch Zicklein, es gab verlassene Gassen und den Kram, den Leute hinterlassen, wenn sie fliehen, eine Kaffeekanne ohne Deckel, die nicht in den Sack passt, ein Rahmen, der von seinem Nagel tropft, und Polizisten, die in den Häusern Schatten durchwühlen, einer von ihnen fand das Blechflugzeug, versicherte sich, dass die Kollegen damit beschäftigt waren, in den Schatten Petroleum auszugießen, und anstatt mit dem Spielzeug zu summen, steckte er es in die Tasche, außer den Schatten kranke Geschöpfe und Hühner, sie klemmen sie sich dort, wo sie wohnen, zwischen die Knie und reißen ihnen Federn aus, steckt sie in einen Topf, probiert mit der Gabel, ob sie gar sind, und esst sie, solange die Raben

– Wem gehören wir jetzt?

in den Gärten auf der Suche nach Besitzern waren, die es nicht gab, die Polizisten zielten auf sie

– Die Raben

und sie meckerten, Waisen zwischen den wilden Feigenbäumen und den Buchen

– Kümmert euch um uns

während die Baracken brannten, esst die Baracken, wie ihr auch die Hühnchen gegessen habt, guten Appetit, die Strohmatratzen, den Hausrat, ein kleines Handtuch beispielsweise

(es muss doch saubere Handtücher geben)

diesen Emaillekrug ohne Tülle, dem der Krüppel mit der

Krücke Flügel zu geben keine Zeit mehr gehabt hat und der zu nichts nutze ist

(Wurzeln gegen den bösen Blick und Gelbsucht werden darin sein)

und esst auch uns, die wir euch von fern beobachten inmitten von Gepäckstücken, ein paar Bündeln, meine Frau hat das Besteck mit einem Bindfaden zusammengebunden, und die Gabeln gewaltsam zusammengezurrte Taubenfüße, das Foto des Mischlings in der Schublade inzwischen verbrannt, Schluss mit seinen Schuhen, seinem Hut, seiner Krawatte, wie oft habe ich das Foto genommen und hätte ihn gern gefragt

– Wie warst du?

hätte gern Erinnerungen mit ihm geteilt, mich mit ihm unterhalten, und auf dem Fotopapier ein spöttisch verzogenes Gesicht

– Was will der denn?

wahrscheinlich auch Gewehre unter einer Diele, sag mal, warum habe ich deine Frau geheiratet, ich dachte, eine Negerin wäre anders als die magere Rothaarige, aber ich habe mich geirrt, die gleichen Röcke, die hochgehoben werden, und nicht ihr Mund, die Röcke

– Guck mal

und ich wäre am liebsten weggelaufen, ich zu mir

– Ich bin erwachsen

wenn ich wenigstens kitzeln könnte und Gekicher hinten im Lastwagen, ein paar Zähnchen

(keine Lippen, keine Wangen, ein paar Zähnchen)

und ein Wirbel von Decken, mein Vater

– Flittchen

sagte, was sie zu tun hatten, und sie gehorchten ihm

– Wie hättest du es heute gern?

an ihren Geruch könnte ich mich anlehnen, nicht an ihren Körper, an den Geruch, der machte mir keine Angst, an das Herz, das mich, indem es sich weitete und zusammenzog, mit sich weitete und zusammenzog, lasst mich zu einer runden Träne werden, die ins Taschentuch kullert, und ich hänge an ihren Lidern, dankbar, ein Wimpernhorizont lädt mich ein

– Schlaf

während mein Vater scheppernde Töpfe, einmal ein nackter Fuß neben mir mit diesem riesigen, tastenden Zeh, der auf einer Kiste eine Stütze fand, und die Frau

– Hör mit dem Kitzeln auf du Schlingel

mit einem Sich-Biegen von Scharnieren, ich dachte, Schrauben würden herunterfallen, aber nein

– Ihre Kabel sind locker

sie müsste mich mögen

(mochte sie mich?)

denn ich ganz in Ihrer Hand, ich bin Ihre Taube oder Ihr Rabe, Senhor, fügen Sie hinzu, was noch an mir fehlt, heben Sie mich, so hoch Sie können, dorthin, wo die Wipfel sind, und lassen Sie mich los, meine Frau hier unten

– Kannst du etwa fliegen?

und ich kann fliegen, daran gibt es keinen Zweifel, ich steige von den Weiden auf, verweile zwischen den Kakteen und stoße senkrecht auf der Suche nach Früchten in die Feigenbäume hinunter, mein Vater ist stolz auf mich

– Das ist mein Sohn

aber er hat mich verlassen, obwohl er inmitten der Typen von der Guarda Republicana winkte, er im Sonntagsanzug, gekämmt

– Keine Angst ich komme gleich wieder

er hatte sich, nachdem er die Wachleute gebeten hatte

– Einen Augenblick

im Lastwagen rasiert und die Kleider in der Hoffnung glattgestrichen, dass der Richter ihn, umgeben von den Advokatenkanonikern, von seinem Bischofsstuhl herab guthieß

– Jawohl ein eleganter gepflegter Herr

man sah seine Augen nicht, man sah die Wichtigkeit an der

Würde der Brille, mein Vater zu den Wachleuten, und da war ein Pfeil, auf dem stand Pinhel

– Nur einen Augenblick Herrschaften

oder stand da Gouveia oder Mangualde, kompakte Orte, Eukalyptusbäume, Felsen, eine Witwe neben einem Esel mit einem Bündel Holz, und der Zeiger der Benzinuhr auf dem kleinen roten Strich, der Lastwagen schob uns gegeneinander, ließ uns unsere Plätze tauschen, und als ich gerade das Lenkrad ergreifen wollte, schleuderte er mich wieder auf meine Seite

– Du kannst nicht fahren

bis weniger Hubbel auf der Straße

(Mangualde 5 km)

und mein Vater tastete den Boden zwischen den Pedalen ab

– Liegt da nicht zufällig die Flasche?

ich tastete meinerseits und fand eines dieser Röhrchen, mit denen die Frauen mit gespitzten Lippen

(ob ich wohl vorher Rabe war?)

trockenes Blut auf die Lippen malen

(Mangualde 5 km, und ein Alter auf einem Invalidendreirad hustete Rauch, während seine schlaffen Beinchen in der Luft herumtänzelten)

das Blut der mageren Rothaarigen nicht geronnen, feucht, mein Vater

– Nur eine Minute Freunde

(auf einem Pfeil stand Pinhel, man schaute sich Pinhel an, und Pinhel war unbedeutend, Granit, Kälber und ein barfüßiges Mädchen, das einen Krug im Arm hielt)

er strich die Jackenaufschläge glatt, damit der Richter in seinen feierlichen Umhängen ihn von seinem Bischofsstuhl herab guthieß

– Jawohl ein eleganter gepflegter Herr

obwohl ich den Eindruck hatte

(Pinhel so traurig im November)

dass sich an einem der Ärmel die Schulternaht löste, die

Typen von der Guarda Republicana stupsten ihn mit dem Gewehrkolben

– Der Bauer ist schnieker als ein Marquis

Pinhel so traurig im November, als würde die Welt von kranken Großeltern bewohnt, und das Mädchen in einem Portal verschwunden, der Gelähmte kreuzte, auf dem Sattel tänzelnd, meinen Weg, anstelle einer Hupe eine Gummibirne mit ihrem Entenjaulen

(– Hätten Sie gern ein paar Entchen mein Freund?)

Raben und Tauben auf dem Weg zur Nacht, wenn sich die Gelegenheit bietet, werde ich noch einmal nach Pinhel fahren in der Hoffnung, dass das Mädchen mit dem Krug dort ist, und Regenrinnenwehen in seiner Nähe, die gelöste Ärmelnaht ärgerte den Richter

– Ich habe mich geirrt das ist kein Herr

und die Brillen der Anwälte undurchsichtig, die Lust, ihnen zu erzählen

– Er ist nur ein einfacher fahrender Goldschmied verzeihen Sie ihm

wieder nach Pinhel fahren

(Mangualde weiter weg als 5 km, irgendwo jenseits der Akazien)

und der Geruch der Neger, in Beira gab es keine Neger, der Geruch des Gebirges, die magere Rothaarige würde ihnen den Ärmel nähen, Vater, wieso sie töten, so etwas Dummes, es gibt Ereignisse, die sich im Laufe der Zeit nicht von einem lösen, bei mir ist es Pinhel, und das Mädchen war weder blond noch hübsch, in diesem Ort herrscht an ganz gewöhnlichen Kindern kein Mangel, warum ein uninteressantes in Mimosenduft eingehülltes Mädchen, dort geht es mit seinem Krug und dreckigen Fersen

(ich kenne nicht einmal seinen Namen)

und verschwindet im Toreingang, und was ich am Leben nie verstanden habe, verstehe ich unvermittelt, so einfach, ein zerbrochener Pfeil, auf dem Pinhel stand, und das ist es, zerbrochen, will heißen, dass die Spitze des Pfeils auf den Boden zeigte, unsere Hände zur gleichen Zeit am Topf mit dem Mittagessen, die meines Vaters vertrieb mich

– Gierschlund

und für wenige Augenblicke ich eine Frau, die ging und, obwohl es regnete, einen Schirm unter den Arm geklemmt, den Koffer hinter sich herzog, der Griff des Schirms ein Katzenkopf, dem ein Ohr fehlte, der Griff eines anderen ein Chinese aus Elfenbein, der ununterbrochen lachte

(worüber lachst du?)

Mercília Alice Antónia Beatriz

(zweimal Beatriz, die eine humpelte, die andere nicht)

Helena, ich erinnere mich nicht daran, welche von ihnen eine Anstecknadel in Schleifenform am Kragen trug, die man mit einem Haken festmachte

(die kleinen Löcher blieben zurück)

und mein Vater hat sie ebenso zum Pfandleiher gebracht wie die Puderdose der zweiten Beatriz und eine mit Klammern reparierte, in Zeitungen gewickelte Terrine, sobald der Lastwagen im Graben landete, wickelte die Besitzerin sie eilig aus

– Gott sei Dank nicht kaputtgegangen

mein Vater gab ihr, als er vom Leihhaus zurückkam, die Zeitungen ohne das Porzellan zurück

– Ich habe dir den Grund genommen einen Schreck zu bekommen du solltest mir dankbar sein

und das Gesicht der Frau unvermittelt leer, einmal abgesehen von den Augen, die alles einnahmen und mal auf die Zeitungen, dann wieder auf ihn gerichtet waren, mein Vater

(das einzig Wichtige ist der halb von Buschwerk verdeckte Pfeil, der Pinhel anzeigt, denkt man an den Pfeil, versteht man die Welt)

– Bist du nicht wenigstens erleichtert?

und ein Koffer ging über den Jahrmarkt im Regen, während die Zeitungen sich in einer Pfütze auflösten, als sie sich ganz aufgelöst hatten, gab es die Frau nicht mehr, ich sah sie an der Bushaltestelle zusammengekauert gegen einen Baum gelehnt, nur Auge, denn die Terrine war ihr Pfeil mit Pinhel darauf, nur Augen und blind, mein Vater drückte mein Knie

– Undankbare Tussi ihre Kabel sind locker

Wolken in Manteigas, in Seia, mit dem Geld für die Terrine kaufte mein Vater ein Portemonnaie, das fast aus Leder war, es hatte einen durchsichtigen Teil für die Familienfotos, in dem eine Schauspielerin im Badeanzug steckte, die nie mit uns zu den Jahrmärkten gefahren ist, mein Vater

– Wenn sie von uns wüsste käme sie gleich angerannt das garantiere ich dir

während er mit dem Daumen über die Schauspielerin fuhr, die betörend die Locken am Nacken anhob, ich fragte mich, ob sie auch die Röcke heben würde

– Guck mal

in den Pausen des erstickten Gekichers dort hinten

(ein nackter Fuß kam zu mir heran und ging wieder)

ihr Regenschirm eine Katze oder ein Chinese, sie würde wertloses Zeug wie die anderen haben

(eine Brosche, eine Terrine)

Kostbarkeiten, über die eine Mutter oder eine Tante

– Du wirst reich Kleine

und der Wandkalender mit einer Schweizer Landschaft bezeugte dies

(falls das Mädchen aus Pinhel wächst, aber es wächst nicht, ich erlaube es nicht, wie würde es dann werden, ich kann mir nicht vorstellen, wie es im Winter vor sich hin trottet, ich würde meinen Vater daran hindern, was auch immer von ihm zu verpfänden

– Ich erlaube nicht dass Sie es bestehlen

ich würde mich zwischen beide stellen

– Lauf schnell zu deinem Toreingang Mädchen

und vielleicht würde ich mit ihm weglaufen, früher oder später würde ich wachsen, ich konnte nicht den Rest meines Lebens in einem Lastwagen herumpurzeln, während mein Vater uns die Hühnermägen wegaß

– Gierschlund

und ich musste gehen, nicht wahr?)

die Terrine mit den aufgedruckten Blumen und einer Münze auf dem Boden, die Glück bringen sollte

(– Du bist Millionärin geworden Mädchen)

wenn ich das Ohr zu den verblichenen Jahren hinneige, dann höre ich sie von hier nach da, den Rissen im Teerbelag entsprechend, der Badeanzug der Schauspielerin silbrig und der Bauchnabel schneeweiß, nicht mulattisch, wir haben den Bairro den Polizisten, den Raben und den Tauben überlassen, damit sie ihn sich untereinander aufteilen, so wie die alten Frauen die Eingeweide der Zicklein untereinander aufteilten, nur gab es weder alte Frauen noch Zicklein, es gab Polizisten, die in den Häusern Schatten durchwühlten, übrig waren kranke Geschöpfe, keine Geschöpfe, Mischlinge, übrig waren kranke Mischlinge und Hühner, und was interessierten nutzlose Mischlinge, dreht den Mischlingen und den Hühnern dort, wo sie wohnen, den Hals um, rupft ihnen die Federn aus, steckt sie in einen Topf, probiert mit der Gabel, ob sie gar sind, und esst sie, wenn ihr mit dem Essen fertig seid, vergießt Petroleum in den Hütten, zündet ein Streichholz an

(wie in Afrika, nicht wahr, genau wie in Afrika)

und der Bairro so schwarz wie die Mischlinge, Gespenstergiebel, Verkohltes

(hoffentlich gibt es den Pfeil noch)

und die Raben auf der Suche nach Besitzern, die sie nicht hatten

(der Krüppel mit der Krücke wäre in diesem Augenblick genau das Richtige) in den Gärten, auf den Schornsteinen, auf den Dächern, die Polizisten richteten das Korn der Waffe auf sie

– Die Raben

die zwischen den wilden Feigenbäumen und den Pappeln meckerten

– Wem gehören wir jetzt?

das Klagen der Tiere, um das wir uns nicht kümmern, Stuten Kaninchen Truthähne, während die Frauen meines Vaters schweigend gingen, es blieb eine Verpackung aus Zeitungspapier zurück, und als die Verpackung weg war, nur Regen, die Zigeuner sammelten die Spanferkel ein, piekten sie mit Stangen, falls es bei den Tieren Tränen gibt, und ich bin mir nicht sicher, ob es sie gibt, haben die Spanferkel sie alle gehortet, während meine Frau und mein Stiefsohn

(der besagte Mechanismus ist ihnen nicht angeboren)

nicht eine einzige, piekst man sie mit einer Stange, kein Protest, sie schweigen wie die wilden Feigenbäume, kupferfarbene Blätter, und zwischen den Früchten schwirrt der Wind, würde ich meiner Frau sagen

– Wenn die Polizei kommt werden wir hier alle sterben

würde sie weiter warten, und hätte ich sie in Pinhel kennengelernt, hätte sie den Krug im Arm gehalten und mich angestarrt, mein Vater suchte sie im Rückspiegel, und der Lastwagen, der am Straßenrand seinen Geist aufgab

– War das nicht ein Mischlingsmädchen?

(derselbe Lastwagen, in dem er mich eines Tages, das Hemd auf der Brust zurechtrückend, besuchen kommen wird, will heißen, loses Blech, sich lockernde Teile, Flüstern

– Du bringst mich um

und verzweifelte Schritte, die im Regen davonlaufen, ich war nicht damit einverstanden, dass er den Krug versetzte, auch nicht den Pfeil, auch nicht Pinhel

– Sie werden Pinhel nicht versetzen

auch nicht Mangualde 5 km auch nicht Gouveia auch nicht

die Quelle des Mondego oder, besser gesagt, ein Rinnsal zwischen Felsen und in einer Lücke in den Wipfeln ein Milan, der nach Eidechsen und Schlangen spähte

– Ich verbiete Ihnen den Milan zu versetzen)

meine Frau wartet, und morgen wieder die Polizisten, der Mondego winzig im Gebirge, manchmal nicht einmal kalt, aus dem Moos austretende Lymphe und in Coimbra riesig

(nicht riesig, reine Angabe, dass er riesig ist)

darüber eine Brücke, wir sind nie nach Mangualde hineingefahren, wo die Brüder der mageren Rothaarigen aus dem Stoffladen herauskommen und meinen Vater bedrohen würden, also immer 5 km, falls ein Fahrrad auf der Straße auftauchte, würde mein Vater das Jagdgewehr aus dem Futteral ziehen und fragen

– Was haben deine Brüder gegen mich?

einer der Brüder mager und rothaarig, der andere klein, und allen voran der glatzköpfige Vater, er zog Patronen aus dem Gürtel und schaffte es nicht, die Läufe auszurichten

– Ich mach ein Sieb aus dir du Mistkerl

die magere Rothaarige versuchte ihn zu küssen

– Senhor

immer mehr Leute kamen aus dem Stoffladen, aus der Werkstatt des Fassbinders, der einen Löffel an der Schürze abwischte

(ihn würde ich wiedererkennen, wenn ich ihm begegnete)

aus dem Café, der Glatzkopf schubste die magere Rothaarige, die weder Röcke hochhob noch anbot

– Guck mal

sie hielt jammernd die zerrissene Bluse, der Glatzkopf schob sie mit dem Stiefel weg

– Nenn mich nicht Vater

mein Vater, nicht ihrer, zog sich in den Lastwagen zurück, maß sie einen nach dem anderen mit dem Jagdgewehr, und die aus dem Café gebannt, während ein Hund, die Schnauze vorgestreckt, bellend herankam, das Jagdgewehr verweilte auf der mageren Rothaarigen, die mit ihrer Bluse beschäftigt war

– Kommst du nun endlich?

und sie steuerte, ein Schuh fehlte, auf uns zu, brauchte dazu ewig, wiederholte ständig

– Vater Vater Vater

sprang aufs Trittbrett

(das Fußgelenk wie das der Heiligen auf dem Bild in der Kirche, nur Knochen, Sehnen)

kletterte über die Sitze und verschwand zwischen den Etuis, als ich heimlich guckte, wurde sie in einer Ecke aus Angst vor mir immer kleiner, war nur Ecken, Kanten

– Senhor

(ich würde nicht die Bohne erschrecken, würde sie den Rock heben, ich würde sie mit dem Stiefel wegschieben

– Nenn mich nicht Vater

würde ihr befehlen

– Küche

ihr verbieten, auf den Jahrmärkten den Lastwagen zu verlassen, sie dazu verdonnern, die Marktstände durch ein Loch in der Plane zu überwachen

– Wer glaubst du eigentlich wer du bist?

möglicherweise in schwachen Augenblicken hin und wieder Kitzeln in einem Deckengewirbel, sie dankbar, und Mangualde nicht 5 km, weiter weg als Holland, von dem niemand weiß, wo es liegt, vielleicht ein kleiner Punkt auf der Landkarte zwischen Indien und Peru, die Quelle des Mondego versiegte in mir, keine Lymphe trat aus dem Stein aus und kein Geräusch im Moos, was ich alles mit dem Alter vergessen habe, verdammt noch mal, Orte Gefühle Menschen, es bleibt Pinhel mit dem Mädchen, der Krug und der Beginn eines Abschieds im Toreingang)

meine Frau wartet, und morgen stürmen die Polizisten wieder ins Haus und misshandeln uns

– Neger

werfen unseren Hausrat um

– Keiner verlässt den Raum

suchen unter dem Dielenbrett

– Wo ist dein Sohn?

sechs oder acht Polizisten und mit ihnen zusammen ein älterer Herr, der seinen Gürtel lockert, mein Stiefsohn so klein, fast in Pinhel, starrt mich von einem Toreingang aus an, an dem eine Bougainvillea ergraut

(der Duft von Pinhel verlässt mich nicht, bleibt)

und der Lolli, das Flugzeug, in Mangualde 5 km galoppierte der Hund neben uns her, bis er seine Leidenschaft für einen Kegel aus Brombeeren entdeckte, in dem ein Eichhörnchen oder ein Käuzchen, und er kroch hinein, so wie ich zum Pfeil kriechen würde

– Wenn ihr mir den Pfeil nehmt bleibt mir gar nichts

die Alten zwischen toten Baracken rings um die Zicklein, nicht fertiggestellte Tauben irrten auf der Suche nach Körnern in den Wipfeln umher, bei genauerem Hinsehen nur meine Frau, die magere Rothaarige

(ich habe geholfen, sie zu ziehen)

beim Spanferkelkoben

(Mangualde 5 km, werden sie mich dort nach so vielen Jahren noch erkennen?)

der ältere Herr durchwühlte den einzigen Schrank, den wir hatten, in dem Tassen, Pullover, Kekse

– Wo ist dein Sohn?

dein Sohn überfällt mit den anderen Mischlingen Tankstellen, Autos und Villen in Sintra, und die Frau unter dem Vordach

– Bitte

bis der Schraubenzieher, der Hammer, die Pistole, eine verletzte Katze, die auf den Hinterpfoten vorwärtskriecht und jemanden wer weiß was bittet, wo ist dein Sohn, wir haben ihn nicht auf der Bahnstation gefunden, der Teile, die Uhr und der Schalter fehlen, und dennoch, möchte ich schwören, ein Zug, will heißen, der Dampf der Bremsen bei der Ankunft, wir haben ihn nicht in der Bahnstation beim Krüppel mit der Krücke gefunden, dem die Raben einen Fuß oder die Füllung des Schwanzes zeigten

– Und wir?

der Krüppel hielt den Polizisten vor, was an den Vögeln fehlte

– Haben Sie denn gar keinen Respekt?

und die Polizisten, wir haben die Raben doch vervollständigt, Stücke von Wolken, ebenfalls kurz vor ihrem Ende, verhakten sich in einer Steineiche, Hütten, die das Feuer vergessen hatte und die die Neger mit Wellblech und Pappe reparierten, die Polizisten zu meiner Frau

– Dein Sohn wo ist der?

Januar und der Zug der Drosseln nach Norden, da schreien sie auf den Brachen

(meine Frau schreit nicht, ich schreie nicht, die magere Rothaarige schrie

– Senhor

und der Glatzkopf schubste sie weg

– Nenn mich nicht Vater)

bei den Drosseln Igel, Maulwürfe, die Mieter des Friedhofes, die sich unter der Erde bewegten

(die magere Rothaarige bei ihnen?)

überzeugt, wir würden ihnen helfen

– Neffen

die Polizisten zu meiner Frau

– Dein Sohn wo ist der?

und mein Stiefsohn nicht in Pinhel bei dem Mädchen, mein Stiefsohn mit den Kameraden auf der Suche nach einem Wagen, wobei sie einen zwei Finger langen Draht und eine Scheckkarte benutzen, ich dachte, er sei auf der Bahnstation oder zwischen den wilden Feigen, hatte ihn gewarnt

– Pass auf

aber ich habe mich geirrt, er ist auf der Straße nach Brandoa weggegangen, an der nicht arme Neger, sondern Weiße aus Rumänien wohnen, die mit den Drosseln gekommen sind, was für ein Land ist das hier, zum Teufel damit, die Polizisten im Keller nebenan, unter Krachen von Aluminium und bevor Körper zusammensackten, ein Mischling

– Nein

und noch mehr Aluminium, noch mehr Körper, ein Schuss, mein Stiefsohn und seine Kameraden auf der Brücke in einem in der Gegend von Almada gestohlenen Wagen, nicht acht wie vorher, sechs, der Strand an der Costa da Caparica, wo im Anschluss an dichtes Dornengestrüpp Männerpärchen in den Trauerweiden, die die Dünen von der Flut trennen, ich werde nicht weiter auf die Wellen eingehen, wozu, und erspare Ihnen die Beschreibung des Meeres, das Tuten von Schiffen, all diesen Unsinn, was interessieren mich die Schiffe

(mich interessiert Pinhel)

mein Vater, der die Hosen zusammengefaltet hat, ruft mich

– Sag bloß du hast Angst zu ertrinken

ich verstand ihn, nicht weil ich ihn hörte, wegen der Verachtung

– Sag bloß du hast Angst zu ertrinken

wo doch er Angst hatte zu ertrinken, nicht den Mut hatte, einen Schritt zu tun und unterzutauchen, nicht ich, der ich Löcher in den Sand grub, auf dem Grund des Sandes mehr Sand und auf dem Grund des weiteren Sandes noch mehr Sand, er hört nicht auf, wie monoton, manchmal Anemonen, Steinchen und ein leerer Krebspanzer, kommen Sie mir nicht mit dem Meer, und ich werde Ihnen dafür nicht erzählen, dass ich als Kind dies oder das usw., wo ich doch als Kind, was heißt hier Meer, meinem Vater von Jahrmarkt zu Jahrmarkt inmitten von Obst Musik Betrunkenen geholfen habe, denen der Boden auswich

– Und jetzt?

sie setzten die Ferse vertrauensvoll auf, und kaum trat die Ferse auf, tschüs, die Betrunkenen glaubten das nicht

– Na so was

versuchten auf allen vieren mit der Handfläche die Festigkeit des Bodens nachzuprüfen, und verblüffte Gesichter wegen der Betrunkenen, alles, was Sie wollen, aber bestehen Sie nicht auf dem Meer, die Strände an der Costa da Caparica, wo Männerpärchen bei den Trauerweiden, an einem Hang waren Wagen zu sehen, hoch über dem Atlantik ein Restaurant, von dem man die Tische, Sonnenschirme erkennen konnte, deren Segeltuch knatternd gegen die Stäbe schlug

(noch keine Schüsse, die Gewehre der Polizisten, ja, aber das Jagdgewehr meines Vaters hat in Mangualde 5 km nicht geschossen)

mein Stiefsohn und die Freunde spazierten nicht wie Menschen durch die Dünen, wie Tiere

(es heißt, die Neger seien Tiere, ich weiß nicht, ich frage mich, ist meine Frau ein Tier, manchmal kommt es mir so vor, als wollte sie sprechen, doch sie spricht dann nicht, hält am Rande eines Satzes inne und geht dann wieder, ist aber weiterhin bei mir, würde es mich interessieren

– Wo warst du?

könnte ich sie, selbst wenn sie antworten würde, nicht verstehen, so weit weg ist sie, in Belgien oder im Sudan)

mein Stiefsohn und seine Freunde spazierten in den Dünen herum, und keine Drosseln, Sand und auf dem Grund des Sandes mehr Sand und auf dem Grund des weiteren Sandes noch mehr Sand

(– Sag bloß du hast Angst zu ertrinken)

mein Vater war nicht zu verstehen

– Sag bloß du hast Angst zu ertrinken

auch nicht die magere Rothaarige, die sich im Lastwagen schnäuzte, im Mund, nicht in den Worten

– Senhor

kein einziger Ton, ganz bestimmt nicht, und dennoch

– Senhor

nicht nur der Mund, der ganze Oberkörper

– Senhor

und mein Vater wies auf die Eichen am Straßenrand

– Möchtest du dass ich dich da absetze?

man konnte einen Teil des geschlossenen Restaurants sehen, das Licht darin begleitete die Mischlinge von Fenster zu Fenster wie bei den verlassenen Häusern, von denen aus uns ein unsichtbarer Vorhang verfolgt, der eine oder andere Baum, dessen Namen ich nicht kenne, gräbt mit der Wut seiner Wurzeln im Sand, entschuldigen Sie, dass ich mich wiederhole, aber mehr Sand und am Grund des weiteren Sandes noch mehr Sand, der Baum nur Knochen

– Hört denn die Arbeit nie auf?

ist verzweifelt wegen des Windes, den die wilden Feigenbäume hinnehmen, und die Mischlinge die Dünen hinauf und hinab, das Meer, mit dem ich keine Zeit verlieren werde, in lauschender Haltung, und ich habe keine Angst zu ertrinken, auch die magere Rothaarige nicht

– Guck mal

ich habe Angst, bei den Raben im Bairro zu bleiben, die noch ausgestopft werden müssen und die um mich herum schreien, ein männliches Pärchen händchenhaltend auf halber Strecke zwischen dem Restaurant und dem Rettungsring für Schiffbrüchige, und die Mischlinge kreisten sie langsam ein, einer der Männer bemerkte sie, sagte irgendetwas und stand auf, wobei er die Entfernung zum geschlossenen Restaurant abschätzte, in dem die Lampe sie nunmehr von der Rückseite des Gebäudes beobachtete, eine Welle, die größer war als die anderen, rollte den Strand herauf bis fast zu den Polizisten

(bis fast zu den Mischlingen und zu uns)

verweilte einen Augenblick

– Mache ich weiter oder nicht?

beschloss

– Ich mache nicht weiter

begann zurückzuweichen, trug die Welt mit sich fort, und der Mann, der aufgestanden war, kämpfte mit dem Hemd, aus dem endlich die Fingerspitzen erschienen, nicht alle, eine oder zwei, und der Mann erschrocken

– Meine Finger?

tastete mit der anderen Hand nach ihnen, legte sie in die Handfläche und beugte sie langsam

– Sind das meine?

denn sie hatten mit denen von vorher nichts zu tun, der Mann versuchte es mit dem Kinn, doch zu viel Kraft wie die Finger eines Fremden und deshalb sie schütteln

– Es sind nicht meine

(würde der Krüppel mit der Krücke sie mit Bindfaden und Klebstoff heilmachen können?)

die Mischlinge beobachteten das Paar aus zehn Metern Entfernung, eine kleinere Welle, die keine Zweifel hatte

– Ich mache nicht weiter

brachte die Welt wieder zurück, aber niemand beachtete es, Tausende von gleichen Wellen seit dem Anfang der Bibel, was bedeutete diese da schon, der zweite Mann zog sich auch an, und der Mann mit dem Hemd zu seinem Freund

– Hast du meine Finger gesehen?

ein Pfotenrascheln, doch bei näherem Hinsehen ein zielloses Stück Papier, eines von jenen, die der Wind vor sich hertrieb, eine leise Frage

(von welchem der beiden?)

während der ältere Herr sich zu mir neigte, als würde er das Papier packen, aber den Polizisten zuwinkte

– An der Costa da Caparica wo?

und das Papier entwischte, die Mischlinge, drei auf dieser Seite und drei auf der anderen Seite, stumm, während mein stummer Vater mich beunruhigte

– Geht es Ihnen nicht gut?

und ein forschend nach innen gerichteter Blick, ein Seufzer auf den Augenlidern, die sich schlossen

– Doch

und wenn sie sich öffnen, wer wird dann an Ihrer Stelle erscheinen, Vater, die gleichen Gesichtszüge, aber nicht er, ein Kerl, den ich nicht kenne und der behauptet

– Mir geht es gut

Männerpärchen nicht an den ersten, an den letzten Stränden, wo die Dünen sich den Gezeiten entsprechend veränderten, wäre ich bei ihnen, würde ich ein Loch in den Sand graben und auf dem Grund des Sandes mehr Sand und auf dem Grund des weiteren Sandes noch mehr Sand genauso wie auf dem Grund der Angst noch mehr Angst und auf dem Grund der weiteren Angst noch mehr Angst, eine Stimme

(da es nicht meine ist, wessen ist sie dann?)

– Ich warte seit Ewigkeiten auf dich

falls die Polizisten in diesem Augenblick vom Bairro aufbrachen, würden sie die Mischlinge nicht dabei antreffen, wie sie miteinander sprechen, denn obwohl sie zusammen waren, wirkte es so, als sei jeder für sich, eine Pistole, ein Schraubenzieher, ein Hammer oder nichts dergleichen, eine Zigarette, die größer und kleiner wurde, wenn sie wuchs, Augenbrauen, Haar, und dann wieder Dunkelheit, es gab niemals Augenbrauen, auch kein Haar, der Mann mit den Fingern

– Was wollen die Neger?

die beiden so nah beieinander, dass sie ineinander aufgingen, und die Finger, die zu nichts nutze waren, hingen herunter

– Was mache ich bloß mit denen?

vom Daumen einmal abgesehen, der sich beugte und streckte, sich aber nicht ausdrücken konnte, es war anzunehmen, dass es sich um einen Ratschlag handelte, was will der Daumen, die Mischlinge also, das Männerpärchen, und der, der keine Finger verloren hatte, machte einen Schritt auf das zu, was er für ein

Auto hielt, aber kein Auto weit und breit, er hatte sich wegen der Panik geirrt, auf das Restaurant zu, dessen geschlossene Sonnenschirme weiter knallten, knallten, und das Segeltuch löste sich fast, sehen Sie nur, die Lampe wechselte vom einen zum anderen Fensterrahmen, um sie besser überwachen zu können, und blieb plötzlich stehen, da erblasste sie zwischen Tischen, der mit dem Daumen zupfte am Hemd

– Wollen Sie Geld?

(als mein Vater stumm, habe ich mich zu ihm heruntergebeugt, nicht beunruhigt, neugierig

– Werden Sie sterben Senhor?

eines Abends habe ich eine Schlange sterben sehen, erst wand sie sich, und dann war sie ganz schlaff

– Werden Sie sterben wie die Schlangen Senhor?)

und die Mischlinge keine Geste, mein Stiefsohn lutschte am Lolli, dachte dabei an das Blechflugzeug, und einer der Kameraden malte Kreise mit einem Stock, die Polizisten erreichten Lissabon, keine Tankstelle, keine Büsche, der ältere Herr atmete am Hals von dem, der am Steuer saß

– Nimm diesen Gürtel Mami

von dem, der am Steuer saß

– Schnell

nach dem letzten Strand eine Art Dorf, kleine Häuser an einem Abhang, an dem der Regen die Furchen vertiefte, Truthahnküken japsten in ihrem Rhombus aus Draht, und unten ein durchsichtiger Fleck, nicht das Meer, der mit den Fingern blickte in der Hoffnung auf Leute um sich, und der Freund zog die Brieftasche aus der Hose und versteckte den Ring im Schuh, der Mischling, der in den Sand malte, sagte bitte, und der Mann mit dem Ring mit unsicherer Stimme

– Wollen Sie Geld?

keine Frage, eine ängstliche Resignation, ein kleiner Knoten im Hals

(ein Truthahn?)

der sich weitete und wieder schrumpfte, zu viele Knötchen im roten Kehlsack, verstecken Sie sich im Drahtverhau, vielleicht retten Sie sich ja, wer weiß, der mit den Fingern

– João

als würde er gleich weinen, und nicht

– João

ein Schluchzen, das

– João

rief, wäre der Krüppel mit der Krücke am Strand, würde er ihm die Kehle reparieren und ein akzeptables

– João

ein Name, er würde die Schräubchen wieder einstellen, und er würde stehen, kräftig

– João

doch der Krüppel mit der Krücke lag bäuchlings auf der Bahnstation, hatte das Universum herrenlos zurückgelassen, der kleine Knoten im Hals

– João

dieses Hauchen wie im Traum, das nicht einmal anfängt, sich zurückzieht, ein zweiter Mischling kam schräg heran, der mit der Pistole oder mit dem Hammer

(einer Spielzeugpistole, die niemandem etwas tat)

langsamer als der erste und kein Mischling, ein Weißer, der Mann mit den Fingern

– Werden Sie uns wehtun?

erleichtert, denn er weiß, mit den Weißen gibt es keine Probleme, sie sind wie wir, man sagt ihnen etwas, und sie verstehen es, man kann argumentieren, sie überzeugen, die linke Düne wurde kleiner, während die rechte größer wurde

(bis wohin?)

die Lampe im Restaurant ging aus, und daher konnten die Tische nicht helfen, der Wagen unendlich weit weg, sie kriegen uns zu fassen, bevor wir ihn erreichen, und was nützt mir mein Daumen, der Mann mit dem Ring im Schuh wohnte bei seiner

Patentante in einem Gebäude ohne Fahrstuhl inmitten von Möbeln, die Trauer trugen, und jedes Jahr lag der dritte Stock höher, mysteriös, wie diese Stufen wachsen, die Mieterin im zweiten Stock traf ihn auf dem Treppenabsatz

– Müde?

denkt, die Müdigkeit säße nur in den Beinen, aber sie irrt sich, ich bin meiner Patin müde, die mit ihren Arthrosen beschäftigt ist, meiner selbst müde, der Fotos, die mich tadeln

– Bist du noch ganz bei Trost Junge?

dessen, was ich den Leuten gern erzählen würde, aber nicht kann, ich zu dem Weißen, nicht zu den Mischlingen, wer verliert schon Zeit mit Mischlingen

– Wollen Sie Geld?

nicht an alle gewandt, an ihn

– Wollen Sie Geld?

und keine Antwort, fernes Hupen, so etwas wie Scheinwerfer, doch keine Scheinwerfer, eine von Wellen gekräuselte Meeresschuppe nähert sich, zieht sich wieder zurück, auf einem der Fotos meine Großmutter auf ihrem Krankenstuhl mit der Katze auf dem Schoß, ich erinnere mich daran, wie meine Patentante sie mit der Pipette fütterte, der ältere Herr im Wagen regte sich auf, als sie die Brücke schon im Blick hatten und einen Lastwagenanhänger sahen, in dem man Köpfe von Vieh erkannte

– So sind wir morgen noch nicht da

eine der Schnauzen grau und die anderen braun, eine Kruppe, ein Schwanz

– So sind wir morgen noch nicht da

und möglicherweise würden wir tatsächlich nicht ankommen, wie viele weitere Anhänger, zehn, vierzig, dreihundert, wie viele Lastwagen meines Vaters vor uns oder, besser gesagt, die magere Rothaarige, das Deckengewirbel und ein Fuß, der mich berührte und sofort wieder verschwand

(die magere Rothaarige nicht meine Mutter)

– Hör auf mich zu kitzeln ich bekomme keine Luft

Mangualde 5 km

(und ich zu meiner Mutter

– Nenn mich nicht Tochter)

das Mädchen in Pinhel

– Adieu

sie, die vorher nie gesprochen hatte und von der ich annahm, sie würde nicht sprechen

– Adieu

sie verschwand nicht im Toreingang, sie schaute mich an, in dem Augenblick, da sie

– Adieu

umringten die Mischlinge und der Weiße die Männer, bei rechtem Licht besehen, sind die Weißen genau solche Wilden wie die anderen, ich dachte, es wäre anders, aber ich habe mich geirrt

– Wollen Sie Geld?

und anstatt mit mir zu reden, lachte er, kein Lächeln, er lachte, hob die Pistole und lachte, einer der Kameraden ahmte uns nach

– João

und lachte ebenfalls

– João

auf Knien, als würde er sterben, dieses Hauchen wie im Traum, das nicht einmal anfängt, sich zurückzieht, warum bin ich bloß heute hierhergekommen, ich bin ein solches Rindvieh, dieser Strand, dieser Ort, dieses Meer, das anfängt, mir wehzutun

(warum tut mir das Meer weh)

anstatt zwischen den Möbeln zu bleiben, die Trauer tragen, und bei meiner Großmutter auf dem Sessel

– Du bist nicht ganz bei Trost Junge

kein normaler Sessel, ein riesiger Sessel, und diese grässliche Katze

(wenn sie sich reckte, die Pfoten nur Krallen)

sogar die Verstorbene verfolgt mich, Sie und Ihre Enttäuschung

– Bist du noch ganz bei Trost Junge?

und nerven Sie mich nicht, lassen Sie mich los, hin und wieder, je nach Wind der Mond und die Umrisse des Himmels, dann kein Mond mehr, dann wieder der Mond, und wenn er da war, mehr Nebel, ein wirrer Rhythmus in den Gezeiten, sterbende Blumen dort

(zumindest sah es aus wie eine Reihe sterbender Blumen, aber wahrscheinlich waren sie grün, oder aber es waren gar keine Blumen, ein Mann, der wie ich da lag, ich weiß nicht)

die Mischlinge verlangten weder den Ring noch Geld von mir, noch diese Jacke, die mich ein Heidengeld gekostet hat, sie umringten uns nur, einer der Polizisten zu dem älteren Herrn

– Zehn Minuten

obwohl nicht der Viehwagen oder der Lastwagen meines Vaters ihnen den Weg versperrte, der Fingernagel auf dem Zeiger

– Ist da noch Benzin drin?

Gouveia mitten im Gebirge, das sich neigte, das Arme, sie verlangten weder die Uhr noch den Ring noch Geld noch die Jacke aus Antilope mit Silberverzierungen

(Ramsch, verdammt noch mal, nein)

fünf Mischlinge und ein Weißer und weder Schraubenzieher noch Hammer, eine Spielzeugpistole, glaube ich, und ein Blechflugzeug, die Neger können mir nicht wehtun, so ein Quatsch, ein paar magere Lausbuben, ich befahl ihnen

– Verschwindet

und sie gehorchten, was blieb ihnen anderes übrig, sie haben uns gegenüber Minderwertigkeitskomplexe, alle Finger bei mir, meine Großmutter nicht da

(die Katze nach der Pipette zahm, wo sind die Krallen?)

meine Patentante, die im Wohnzimmer eingeschlafen ist, schwankt auf dem Sofa hin und her, ihr Atem voller Steine, Glas, der Doktor Sirups

– Ein Löffelchen morgens und abends noch mal eines Dona Mécia

und das Handgelenk auf einem Kissen zitterte, ratet mal, wer sich in eine Ecke setzt und Schauspielerinnen aus der Zeitung ausschneidet und so sein möchte wie sie und sie mit dem Namen darunter in ein Heft klebt, wer beobachtet die Arbeiter, die Bretter einsammeln, mir nicht das Almosen eines Seitenblicks gönnen, und die Mischlinge immer näher, sie lachen, die Mischlinge

– Werdet ihr uns wehtun?

– Wollt ihr Geld?

die Mischlinge

– João

ein hämischer Schluchzer, den sie

– João

nannten, als hätte ein Schluchzer einen Namen, dieses Hauchen wie im Traum, das nicht einmal anfängt, sich zurückzieht wie die Wellen, der Sand zieht sich zurück, und kein Sand, die Leere, wir aus Fleisch und dennoch die Gewissheit, dass die Schere uns ausschneidet, uns auf den Boden klebt, und nachdem wir festgeklebt sind, streicht uns eine Handfläche glatt, so wie ich die Schauspielerinnen im Schulheft gerade rückte, der ältere Herr, den einer der Polizisten rief

– Ein Schmetterlingspaar schaut euch nur an wie hübsch die sich gemacht haben

der ältere Herr

– Keine Sorge sie sind nicht besser als die Mischlinge

und mir war so, als wäre es schon Morgen, welcher Morgen, diese Röntgenhelligkeit, die dem Morgen vorausgeht, mir war so, als ob einer der Polizisten

– Gibt es hier irgendwo eine Decke um diese Schwachköpfe zuzudecken?

mir war so, als ob die Arbeiter mich anstarrten, nicht voller Begehren, nicht mit diesem Seitenblick, den ich mir wünschte, eine Art Abscheu, mir war so, als ob sie mich auf eine Trage, eine Bahre kippten

– Der hier wiegt einiges

während meine Großmutter

– Bist du noch ganz bei Trost Junge?

mit einer endlosen Liebkosung mit den Fingerspitzen über die Katze strich.

Ich bin hier geboren, habe immer hier gelebt, meine Eltern und mein Sohn sind hier gestorben, also bin ich von hier und gehe von hier nicht weg, auch wenn mein Mann ständig sagt, sogar die Raben sind schon weg, und auch die Toten auf der Brache, wo wir sie heimlich hinter den Resten der Kapelle eines Landgutes begraben haben, fragen nicht mehr nach uns, nie mehr

– Wie geht es dir?

– Wie fühlst du dich?

nie mehr der, mit dem ich im Alter von sieben oder acht Jahren in der Schule befreundet war und den irgendein Fieber dahingerafft hat und der die Unterhaltung des Unkrauts im August ausnutzte

– Ich habe an dich gedacht

und ich erkannte seine Stimme

(selbstverständlich nicht die Stimme eines Erwachsenen, die eines Kindes)

obwohl er sofort verschämt schwieg, er lief schneller als die anderen, was ein Beweis dafür war, dass wir zusammen waren, niemand sonst lief so schnell von der Post zum Café des Inders, und wenn er beim Café des Inders angekommen war, lächelte er mich beinahe an

(er wagte es nicht, zu lächeln)

so dass auch ich beinahe lächelte oder, besser gesagt, auch lächelte, obwohl ich ernst blieb, meine Kameradinnen unentschieden

– Du lächelst doch oder?

und mehr war nicht, erst lange nach der Beerdigung, ich war inzwischen eine Frau, hat er den Mut gefunden

– Ich habe an dich gedacht

das im Sommer, im Winter Schweigen, weil er sich im Winter Sorgen wegen des neuen Anzugs machte, es blieben die anderen, älteren Toten in der Erde

– Wie fühlst du dich?

– Wie geht es dir?

denen die Kälte nichts ausmachte, wie viele offene Regenschirme dort unten, wie viele Schals und Frostbeulen an den Gelenken, ich weiß nicht, ob ich meinen Freund gerngehabt habe, ich weiß nicht, ob ich jemals in meinem Leben jemanden gerngehabt habe, ich glaube, ich hatte niemanden gern, bin allein, manchmal denke ich an einen Jungen, der vom Schulhof bis zum Café des Inders in der Hoffnung rennt, dass mich das glücklich macht, tat es aber nicht, meine Eltern starben, bevor mein Sohn geboren wurde, und ich weiß nicht, ob ich sie gernhatte, wahrscheinlich fragen sie

– Wie fühlst du dich?

– Wie geht es dir?

aber ich glaube nicht, dass meine Mutter

– Ich habe an dich gedacht

ich weiß, dass ich aus dem Bairro nicht weggehe, auch wenn die Polizei oder die restlichen Weißen uns alle töten, die Raben sind übrigens nicht weggegangen, denn in den Pappeln ein Sich-Ausbreiten von Flügeln, die der Krüppel mit der Krücke heilgemacht hat, und Wolkenstille dort, wo die Schwäne im März rudern, meine Mutter blieb im Hauseingang stehen, die Hand waagerecht über den Augenbrauen, schaute ihnen auf Zehenspitzen stehend zu, als würde sie mit dem Schwarm aufbrechen, wenn der Himmel wieder frei von Wolken und Schwänen war, die Hand gleich wieder am Körper, und in ihrer Haltung

(meine Mutter war dick

– Denk mal in deinem Alter war ich ein Strich in der Landschaft) lag etwas, das wer weiß was sagte

(– Wären Sie gern wieder ein Strich in der Landschaft Senhora?)

und sie unvermittelt ganz dünn, und dann hatte ich das Gefühl, dass nur wenig gefehlt hätte, und wir wären gemeinsam aufgewachsen

doch ich konnte sie nicht trösten, da ich niemanden gernhatte, ich setzte mich auf einen Ziegelstein, was meine Art war, vor ihr wegzulaufen, will heißen, ich verhielt mich unangemessen, zählte die Ameisen, die einander begrüßten, wenn sie sich zwischen einer Spalte und einem Stein begegneten, ich sah am Drahtzaun des Campingplatzes den Ausländern zu, die auf Segeltuchklappstühlen Karten spielten

– Warum seid ihr so blond und ich ein Mischling?

einmal haben sie mir, ohne ihre Partie zu unterbrechen, Geld zugeworfen, ich hockte mich hin, um die Münzen im Unkraut zu finden, wo sie zwischen Blechdosen und Flaschenhälsen glitzerten, ich zeigte sie meinem Vater, und mein Vater

– Treibst du dich mit den Deutschen herum?

und nahm sie mir weg, er biss darauf, und sie bogen sich nicht, er hielt sie ins Licht

– Was man wohl dafür bekommt

aber er hatte keine Zeit, die Münzen zu genießen, denn plötzlich war sein Kopf verquer, und er blubberte Unsinn, meine Mutter war von den Schwänen abgelenkt, und ich hatte Lust, so oft wie nötig zwischen dem Schulhof und dem Café des Inders zu laufen, nein, zwischen dem Haus und den wilden Feigen zu laufen, bis es meinem Vater besser ging

– Halten Sie noch einen Augenblick durch während ich laufe und werden Sie gesund

und er wälzte sich auf dem Boden, meine Mutter, die von den Schwänen zurückkehrte und wütend auf das Fett war, wollte ihn als Zeugen

– War ich nicht ein Strich in der Landschaft?

beleidigt, weil mein Vater ihr die Münze nicht gab, als mein Vater nur noch zu

– Wie fühlst du dich?

– Wie geht es dir?

am Ende der Brache hinter den Resten der Kapelle eines Landgutes imstande war, dieses Interesse der Verstorbenen an uns, das aus Neid und Wut gemacht ist, bittere Stimmchen, die sauer auf uns sind

– Warum lebst du noch?

sicher, dass wir die Truhe oder die Hühner bekommen haben

– Du hast sie weggenommen

und sich wild entschlossen in einem Anflug von Besitzwunsch an sie klammern und dabei das Kleinvieh zerquetschen, ohne zu bemerken, wie Füße und Federn wild herumstrampeln, meine Mutter misstraute meinem Vater, erklärte vorsorglich, wobei sie nicht wagte, ihn zu berühren

– Zerquetsch mich nicht lass mich

wieder ein Strich in der Landschaft, als ihr am Hals ein Ganglion wuchs, wir haben einen ganzen Vormittag lang in der Sprechstunde in Amadora inmitten von Seufzern und Krampfadern gewartet, und die Uhr an der Wand mehrere Runden

(mehrere Dutzend, schien mir)

denn die Angestellte

– Ihr Neger zum Schluss

der Arzt empfing uns an der Tür bereits im Mantel, sah meine Mutter nicht lange an, sah mich an, und sein Blick veränderte sich, er bemerkte die Angestellte, die sich empört zeigte

– Eine Negerin

die sein Schweigen genau verstand, und sein Blick erlosch wieder

– Es lohnt sich nicht sie zu behandeln

er drehte sich auf der Treppe noch einmal um, aber diesmal nicht die Angestellte, er selber

– Eine Negerin

sobald er selber

– Eine Negerin

mein Vater einen Augenblick lang

– Du treibst dich mit den Ärzten herum

und verschwand wieder, dachte nicht mehr an mich, es war Mai, denn die wilden Feigenbäume hatten kleine Knospen, die nie zu Blüten wurden, die Zweige vertrocknen, anfangs rosig, dann dunkel, dann nichts und die Feigenbäume stachelgespickt, meine Mutter, während ihr Hals immer dicker wurde

– Stell dir vor ich war mal hübscher als du

und hasste mich, weil ich ein Strich in der Landschaft war, keine Krankheit am Hals hatte und weiterlebte, behalten Sie den Arzt, falls Sie wollen, Senhora, wollten Sie nicht schon immer einen Weißen, damit Sie sich weiß fühlen, der Sie weiß macht, sie schaute meinen Vater enttäuscht von der Seite an

– Warum bist du bloß nicht weiß?

mein Vater hörte sie aber nicht, da sie die Worte nicht aussprach, ich hörte sie, denn ich sprach dieselbe Sprache wie sie, sie zum Arzt

– Ich war nicht immer dick Senhor

und daher seien Sie nicht schüchtern, besuchen Sie ihn in Amadora

– Im Alter meiner Tochter war ich hübscher als sie

nehmen Sie ihn mit, ich habe

(– Ich habe an dich gedacht)

ich habe nicht an Sie gedacht, werde Sie vergessen

(ich weiß nicht, warum ich Sie nicht vergesse)

und ich gehe nicht aus dem Bairro weg, auch wenn es den Schulhof und das Café des Inders nicht mehr gibt

(obwohl es sie nicht gibt, wird es sie immer geben, dort sind sie, schauen Sie nur)

und Sie mich nicht rennen sehen, ich nehme an, meine Mutter hasst mich nach so vielen Jahren noch immer, denn sie fragt mich auf der Brache nicht, wie ich mich fühle (vielleicht

– Warum bin ich nicht weiß?

– Warum sind wir nicht alle weiß?

– Warum leben wir nicht in Lissabon warum behandeln sie uns schlecht warum haben wir kein Geld?)

ich höre andere Stimmen, Tote aus der Zeit vor meiner Geburt in einem Negerportugiesisch, denn wir sind Neger, und es gibt keinen Ort, der uns akzeptiert, nur die wilden Feigenbäume und Dornen, würde ich das von den Stimmen meinem Mann erzählen, würde er, sosehr er sich auch zum Boden neigt

(und er würde sich zum Boden neigen, der arme Kerl)

nur den Wind im Unkraut hören

(mein Mann weiß, beneiden Sie mich auch darum, kein Doktor, keine wichtige Person, doch eine wichtige Person, da er weiß ist, hätten Sie gern meinen Mann, Senhora?)

daher wird kein Verstorbener bei mir sein, wenn die Polizei uns tötet, mein Mann im Glauben, dass der Krüppel mit der Krücke wiederkommt, um die Vögel heilzumachen, um uns mit Bindfäden und Stöckchen heilzumachen

(– Ich lasse nicht zu dass sie sie töten)

und mein Sohn lässt dort das Spielzeugflugzeug summen, ich glaube, es ist der letzte Tag, denn etwas in den Raben verabschiedet sich von uns

(– Wir gehen weg tschüs)

mein Freund aus der Schule sagte immer wieder meinen Namen, ich

– Erschrick nicht aber ich gehe jetzt

und mein Mann

– Ich höre nichts

so wie ich auch meine Mutter nicht hörte, auch nicht die alten Frauen, die im Kreis hockten, als wäre sie ein Zicklein, dessen Eingeweide sie untereinander aufteilten

(und sie war ein Zicklein, dessen Eingeweide sie untereinander aufteilten) ihr Botschaften für die Verstorbenen auftrugen, vergiss nicht, meinen Großvater zu grüßen, meine Schwester Emília soll mit Gebratenem aufpassen, wo haben Sie die Schere gelassen, Senhor Lucas, ich kann sie in der Schublade nicht finden, ich interessiert

– Sagen Sie wie ist das wenn man stirbt?

nur der Platz auf dem Kopfkissen, und sie verteilt auf dem Ödland Botschaften

– Ihre Enkelin schickt Ihnen Grüße Onkel Jerónimo

verbot einer ängstlichen Galle Gebratenes oder durchstöberte Schubladen

– Wo ist bloß die Schere?

unter der Erde brodelt es heftig, und die Baracken verbrannt, die Hühner in den Büschen und die Hunde bei den Mühlen von Paiã versuchen in die Gärten zurückzukehren, es gibt Zeiten, da frage ich mich, ob ich lebe

– Ob ich wohl noch lebe?

und weiß keine Antwort, mein Sohn wird noch leben, ich, die ich niemanden gernhabe und nicht weiß, was gernhaben bedeutet, mein Freund aus der Schule soll nicht immer sagen

– Ich habe an dich gedacht

denn ich denke nicht an ihn, ich beschränke mich darauf, einem Pfeife rauchenden Kerl mitzuteilen

– Grüße von Ihrer Enkelin Senhor

einem Wesen, das in einer Gasse Fische schuppt, zu raten

– Seien Sie mit Gebratenem vorsichtig

und Kommoden wegen einer Schere zu öffnen, von der ich nicht weiß, wie sie aussieht, und wahrscheinlich haben sie sich geirrt, ein vergessener Schraubenschlüssel oder eine vergessene Zange, vor meinem Mann ein anderer Mann, nicht weiß, ein Mischling und besser gekleidet als die Weißen, er schaute mich doppelt so lange an wie der Arzt, griff mir unter die Kleider, sicher, dass ich ihm gehörte, ich, die ich niemandem gehörte, allenfalls dem Septemberunkraut, das mit mir spricht, und er, der dem Unkraut keine Aufmerksamkeit schenkte, lebte nicht im Bairro, und er hat mir auch nicht gesagt, wo er wohnte, vielleicht in Lissabon, vielleicht wie die Reichen, er reich, er liebkoste meine Brust, die Taille, den Rücken, und ich innerlich

– Warum rennst du nicht anstatt zu liebkosen?

denn jemand, mit dem man zusammen ist, der rennt schneller als die anderen, er liebkoste mich, während ich herauszufinden versuchte

(– Treibst du dich mit Mischlingen herum?)

herauszufinden versuchte

– Was fühle ich eigentlich?

und ich fühlte überhaupt nichts, nur die warmen Eingeweide eines Zickleins, ich fühlte mit der Hand nach, und sie waren warm, oder meine, nicht die Eingeweide, die die alten Frauen untereinander aufteilten, meine, die der Mischling aufteilte, und den Geruch des Sumpfes, in den das Blut fiel, mehr den Geruch des Blutes als den Geruch des Sumpfes, die Raben schrien von den Pappeln

(keine Schreie, ein Blöken)

– Ihr Blut im Sumpf

und ich erinnere mich an die Karten spielenden Ausländer auf dem Campingplatz

– Warum seid ihr so blond und ich ein Mischling?

blonde Münder, blondes Haar, blonde Gesten und ich dunkel

– Warum bin ich ein Mischling?

entdeckte die Münzen inmitten der Blechdosen und Flaschenhälse, ich allein im Haus meiner Eltern mit brennender Lampe, und ich hörte nicht auf, die Lampe anzustarren, bis ich nicht mehr allein war, die Lampe an der Decke und ich im Bett mit ihr, wer von uns beiden ging an und aus, so viele Scherben taten mir von innen weh, als der Mischling mich fand, und meine Mutter auf der Brache bei der Kapelle

– Ich war hübscher als du

verglich sich im Spiegel, quoll aus dem Kleid, Sie waren hübscher als ich, Senhora, ist ja gut

– Ich war hübscher als du und dein Vater war hässlich

Sie waren hübscher als ich und mein Vater hässlich, Sie haben recht, regen Sie sich nicht auf, schauen Sie, wie er die Münzen wegsteckt, ihr Gewicht abschätzt, auf sie beißt

– Was man wohl dafür bekommt?

und da begriff ich, dass etwas in mir war, denn die Knochen wuchsen, der dicke Körper meiner Mutter trat an die Stelle meines Körpers, und die Lampe an der Decke tadelte mich

– Treibst du dich mit Negern herum?

schwieg, als sie erfuhr, dass die Polizisten ihn am Eingang zum Bairro getötet hatten, der Mischling hing, den Bauch nach unten, aus dem Wagen, besser gekleidet als die Weißen, vornehmer, seine teuren Schuhe zwischen ihren billigen Schuhen, einer der Polizisten trat ihn, und der Mund wurde entlang der eingerissenen Wange immer größer, an der ein Goldzahn, wie hübsch, das Gesicht nicht das eines Mischlings, rot, ich denke, nicht wegen des Blutes, aber rot, die Spur der Sohle am roten Kinn, die alten Frauen teilten die Eingeweide des Zickleins untereinander auf, hatten eine Schüssel, ein Tuch dabei, und wisperndes Beten, ähnlich wie die Büsche

nein, stärker

nein, ähnlich wie die Büsche

– Ich habe an dich gedacht

Fächer aus Weidenruten, keine Fächer, Wedel zum Anfachen des Herdes, die Glutkörnchen verteilen, schwarze Funken, Staub, bis der Mund meines Sohnes längs der Wange rot, ich sage mein Sohn und verstehe das Wort Sohn nicht, so wie ich auch das Wort Mutter und das Wort Vater nicht verstehe, ich verstehe meine Mutter, verstehe meinen Vater, verstehe weder Mutter noch Vater, meine Mutter ist eine Frau, die die Schwäne beobachtete und zu dick war, um mit ihnen fortzuziehen, mein Vater ist ein Mann, der sich auf dem Boden wälzt, und ich bin die, die die Ameisen zwischen einer Ritze und einem Stein zählt, die Polizisten bittet, nicht auf sie zu treten

– Treten Sie nicht auf die Ameisen

und sie

– Ameisen?

während die Schwäne einer nach dem anderen über den Wolken verschwanden

(meine Mutter ist eine dicke Frau

– Stell dir vor ich war mal hübscher als du

fast den Tränen nahe, wenn sie sich mit mir verglich, ich vergleiche mich nicht mit meinem Sohn, da ich keinen Sohn gehabt habe, ich hatte Scherben, die mich von innen verletzten, und ein Weinen, das die alten Frauen in ein Tuch einwickelten, ich blickte in das rote, verschwollene Gesicht, das des Mischlings, während die Polizisten sich wegen des Risses in der Wange über ihn lustig machten, und antwortete

– Ich will nicht)

manchmal

manchmal fanden wir drei oder vier in den Buchen verhedderte Tauben, die vergebens mit den Flügeln schlugen, der Krüppel mit der Krücke zog sie mit einem Schlüssel auf, sie legten ein paar Meter zurück und stürzten mit einem der gebrochenen Füße wieder ab, wenn ich könnte, würde ich rennen, aber der Schulhof eine Wüste mit Agaven und das Café des Inders verkohlte Grundmauern, während ich dachte, wer wird jetzt den Schwänen helfen, ich erinnere mich an einen auf einem Dach, und ich

– Er wird abrutschen

unten die Hunde mit brennender Gier, und er rutschte tatsächlich, versuchte sich mit den Füßen und dem Schnabel oben zu halten, ich

– Er wird zu mir schauen wird mich rufen

aber er schaute nicht zu mir und rief mich auch nicht, er kam die Papplatten herunter, die ein paar Autoreifen ihrerseits am Herunterrutschen hinderten, und nicht nur die Hunde, die alten Frauen mit den Zicklein, die Nachbarn, die Polizisten bei den wilden Feigenbäumen von uns angeekelt

– Guck mal was die Neger essen

wäre der Schwan imstande, wie das Blechflugzeug zu summen, das der Polizist mitgenommen hatte, würde er es schaffen, ich sehne mich nicht nach dem Mischling, ich sehne mich nicht nach dem, den sie meinen Sohn nennen und der nicht mein Sohn ist, das sind Scherben, die mir innen wehtun, ich habe niemanden gern, ich habe nie jemanden gerngehabt, was nützte es mir, jemanden gernzuhaben, mein Mann hat mich monatelang beobachtet, erst bemerkte ich es nicht, und als ich es merkte

– Wer ist das da?

ich entdeckte ihn bei den wilden Feigenbäumen, und wenn ich zufällig mit einem Eimer oder so vorbeikam, senkte er den Kopf, nicht besser gekleidet, nicht reich, erst Jahre später erzählte er mir von einem Mädchen in Pinhel, von dem ich nicht weiß, wo das liegt

(ob es Pinhel, den Toreingang, die Bougainvilleen gibt?)

und von einer rothaarigen Frau, die die Röcke hob und ihm befahl

– Guck mal

erst Jahre später fragte er mich, welche von den beiden ich sei

– Welche von den beiden bist du?

und ich, die ich nur ein Mischling bin, eine Negerin, und das Leben der Weißen nicht kenne, ich kenne die Raben und die Kakteen und die kleinen Knospen, aus denen nie Blüten werden, ich habe im Haus eines Witwers als Dienstmädchen gearbeitet, und es war mir gleich, ob sein Blick auf mir ruhte und er unter meine Kleider griff, denn mich verletzte keine Scherbe, ich war heil, hörte das Septemberunkraut, das mit mir redete, und er war wie die anderen, hörte das Unkraut nicht

– Was hast du?

wo es doch das Unkraut war, das redete, nicht ich, ich auf der Suche nach einer brennenden Lampe, um die Lampe anzustarren, und der Witwer glaubte, ich sei bei ihm, nicht an der Zimmerdecke, er schenkte mir einen kleinen Ring, und sofort erschien mein Vater in dem kleinen Wohnzimmer zwischen chinesischen Deckelvasen

(chinesisch?)

die bei jedem Schritt auf dem Boden ins Schwanken gerieten

– Treibst du dich mit dem Witwer herum?

schaute sich das Porzellan an, und ich

– Nehmen Sie sie nicht weg Senhor

der Witwer klappte das Briefmarkenalbum zu und zeigte mit der Lupe

– War das dein Vater?

ein Stimmchen, das sich mühte, kräftiger zu werden, und der Eindruck, dass die Stimme nicht aus ihm, sondern aus den Deckelvasen herauskam, die wahre, riesige Stimme würde mich zerstören, wenn sie spräche, und dann die Scherben des Mischlings und meines Sohnes nicht nur in meinem Bauch, in meinem ganzen Blut, als ich den Witwer erwähnte, erschien mein Mann und beobachtete mich, wie das Mädchen aus Pinhel ihn beobachtet hatte

(in den Feigenbäumen ist die beginnende Dunkelheit zu sehen, noch nicht die Veränderung der Farbe, die Stille)

und mein Mann

– Sie erlauben?

als würde ein Weißer uns jemals bitten, sie sagen

– Komm her

sagen

– Du

und er

– Sie erlauben?

nicht wie ein Polizist gekleidet, wie ein Goldschmied oder,

besser gesagt, wie ein armer Mann gekleidet, er arbeitete auf den Jahrmärkten, wo Spanferkel Raketen Musik, ich fand immer, dass in den Spanferkeln Wesen wie wir protestieren, dieses Schniefen, dieses Weinen, wenn sie uns töten, die Schüssel für die Leber, und die Spanferkel

– Nein

nicht Laute von Tieren, sie

– Nein

und durchscheinende Wimpern mit echten Tränen, meine Mutter von den alten Frauen gefangen genommen, unfähig, sich zu bewegen, und dennoch kein einziger Laut, wirklich kein Laut, meine Mutter

– Nein

(würde man mir ein paar Stunden zugestehen, würde ich das besser erzählen)

wich auf dem Kissen zurück, blieb aber dort

– Nein

der Lastwagen meines Mannes mit zerbrochener Federung und Etuis unter einer Decke dort hinten, wo alte Kleider, Filigranstücke, er arbeitete auf den Jahrmärkten des Nordens, Carregal do Sal, Santa Comba, Mortágua, an Orten, die ich nicht kenne, und ich kann mir nicht vorstellen, wie sie aussehen

(ich stelle mir vor: Milane und Ackerfurchen)

eine magere Rothaarige bei ihm

(die Mutter?)

keine Frau bei ihm, denn Frauen

– Guck mal

er allein, als wir ins Haus kamen, mein Sohn

(ich habe keine Kinder, und es war auch nicht mein Sohn, den die alten Frauen mir übergaben, es war ein Unbekannter, den ich wie einen Unbekannten in Empfang nahm

– Du bist ein Unbekannter

und er spielte schweigend mit dem Flugzeug)

hob das Gewehr an und legte das Gewehr wieder ab, meine Mutter neidisch auf mich

– Du wirst auch dick werden

ohne auf die Schwäne zu achten, die dort oben nach Norden flogen, höher als im letzten Herbst, wo die Waffen der Polizisten sie nicht erreichten, sie erreichen die Raben und uns, sie erreichen nicht die Schwäne, die mit einer Art Pfeifen auf dem Weg zur Grenze sind

(Blöken)

und es würde mir nichts ausmachen, sie nicht wiederzusehen

(wenn ich dazu Gelegenheit hätte, würde ich das hier besser erzählen)

die Kameraden meines Sohnes warteten auf der Straße, und mein Mann hinter ihnen her, weil er überzeugt davon war, dass ein Mädchen in einem Toreingang in Pinhel, ich sage es, wie es war, der Polizei würde ich es nicht sagen, der ältere Herr, der den Polizisten Befehle gab

– Wie war es?

und ich stumm, das männliche Pärchen am Strand der Costa da Caparica

– Wollt ihr Geld?

und mein Mann beobachtete sie, war nicht wegen der Männer besorgt, war wegen meines Sohnes besorgt

(ich habe keine Kinder)

man erkannte die wilden Feigenbäume und den im Februar verlassenen Campingplatz, auf dem ein Angestellter Müll wegfegte, ich habe aufgehört, für den Witwer zu arbeiten, nachdem ein Wesen durch den Türspalt geguckt hat

– Wir wollen dich hier nicht

das linke Auge des Witwers durch die Lupe riesig, das andere Auge klein, sie verweilten nicht auf mir, veränderten sich nicht, das Wesen zeigte eine zerbrochene Deckelvase

– Negerin

und das

– Negerin

als ich schon die Treppe hinunterging

– Zahl was du kaputtgemacht hast

dabei habe ich überhaupt nichts kaputtgemacht, das Wesen die Schwester oder Patentochter des Witwers, wenn sie mich zufällig berühren würden, würde ich es nicht wahrnehmen, ich würde das Septemberunkraut hören und sie, ohne das Unkraut zu verstehen

– Negerin

möglicherweise war sie weder die Schwester noch die Patentochter, ebenfalls Witwe und ebenfalls ein kleiner Ring, ich habe keine Deckelvase kaputtgemacht, Senhora, und das riesige Auge, nicht die Finger, beinahe

– Komm her

beinahe

– Ich habe an dich gedacht

wie mein Freund aus der Schule, den ein Fieber dahingerafft hat und der ein Gespräch des Unkrauts ausnutzt, um mit mir zu sprechen, und ich erkenne seine Stimme, keine Erwachsenenstimme, obwohl er unter der Erde gewachsen ist, eine Kinderstimme

– Ich habe an dich gedacht

(ich habe niemanden gern, glaube ich, ich bin nicht sicher, aber glauben Sie mir nicht, wenn ich einen Augenblick überlege, dann hatte ich ihn möglicherweise doch gern)

und vielleicht gehe ich ja in der Hoffnung, ihn wieder zu hören, nicht aus dem Bairro weg, auch wenn mein Mann darauf besteht, dass die Raben schon weg sind und nicht einmal ein Erschauern in den Zweigen, die Verwandten der Verstorbenen hören auf, uns Botschaften für die Kapelle des Landgutes aufzutragen

– Wie fühlst du dich?

– Wie geht es dir?

und das Gebratene und die Schere und ihre Grüße, die Polizei zielt auf uns, aber ich höre die Gewehrverschlüsse nicht

(warum höre ich die Gewehrverschlüsse nicht?)

aber vielleicht steht meine Mutter

(es gibt Raben, die nicht weggegangen sind, denn da ist ein Wogen in den Buchen, fünf oder sechs Raben reichen mir, ich brauche nicht mehr, vom Krüppel mit der Krücke heilgemacht, makellos)

am Eingang des Hauses und schaut den Schwänen nach, ruft mich zum Abendessen und ist nicht dick, ehrlich, hübsch, Sie sind hübsch, Mutter, hübscher als ich, Sie sind dünn, kein Strich in der Landschaft, aber dünn, wir werden chinesische Deckelvasen haben, ein Briefmarkenalbum, Lupen, mein Vater braucht eine Weile, bis er sie gefunden hat, und seine Augen verändern sich, kleine Knospen an den Feigenbäumen, die zu Blüten werden, sie verschrumpeln nicht vorher, vertrocknen nicht, mein Mann hat mich sonntags einmal mit an die Costa da Caparica genommen, und ein Restaurant war geschlossen

(mir kam es so vor, als wäre es seit jeher geschlossen)

Sonnenschirme knatterten im Wind, ein männliches Pärchen und mein Sohn und seine Kameraden an einem Baum, der gegen den Sand kämpfte

(als ich klein war, gab es im Bairro eine Magnolie mit harten Blättern, die sich an den Füßen einrollten)

einer der Männer bemerkte sie, der andere Mann lag, der stehende Mann fragte den liegenden Mann, und der liegende Mann stand auf, zog sich an, die Sonnenschirme auf einer Terrasse auf Pfählen, und ich verstehe die Wellen nicht, auch nicht, was sie von mir wollen, die sie ständig etwas von mir wollen

(wenn ich wüsste, was es ist, würde ich es sagen)

in meinem Blut so etwas wie diese Scherben, die mich zerrissen, mich verletzten, der Mischling hat mich verletzt, der, der nicht mein Sohn ist, hat mich verletzt, das riesige Auge des Witwers hat mich nicht verletzt, das Wesen

– Negerin

und ich zum Witwer

– Seien Sie unbesorgt Sie haben mich nicht verletzt

meine Mutter erzählte mir manchmal

(– Ich habe so viel zugenommen nicht wahr?)

vom Meer in Lobito, von dem ich ebenso wie Pinhel

(Mangualde 5 km)

nicht weiß, wo es liegt, und ihr Vater an ihrer Seite, ein Weißer

(– Mein Vater fast rotblond)

gerächt, weil sie mich besiegt hatte, die ich keinen Vater hatte

– Wenigstens hatte ich einen weißen Vater du nicht

ich hatte einen Mischling, der Unsinn blubberte, ich hatte Lust, so oft wie nötig zwischen dem Schulhof und dem Café des Inders hin und her zu laufen, nein, zwischen dem Haus und den wilden Feigen hin und her zu laufen

(ich habe nie jemanden gemocht)

bis es meinem Vater besser ging

– Halten Sie noch einen Augenblick durch während ich laufe und werden Sie gesund

meine Mutter mit ihrem fast rotblonden Vater am Meer von Lobito

– Wenn du Lobito kennengelernt hättest

viel größer als die Costa da Caparica, und mein weißer Vater neben mir, mit all den Aufmerksamkeiten, Höflichkeiten, es gab einige Leute, die hätten geschworen, dass auch ich weiß bin

(alle versicherten, auch ich sei weiß, und ich war weiß)

ich bin dunkler geworden, als ich zugenommen habe, und wurde zu einem Mischling wie ihr, was für ein Schicksal, ich, die ich kein Mischling war, bevor das mit deinem, bevor das mit deinem Vater war, bevor es dich gab, war ich kein Mischling, hätte ich die Fotos nicht verloren, würdest du sehen, dass ich weiß war, weiß wie die Weißen, ehrlich, fast rotblond, das versichere ich dir, das Haar braun, die Augen hell, bis ich schwanger wurde, grün oder blau, und wenn ich jetzt solche Augen habe, ist das deine Schuld, die Schuld deines Vaters

– Nun sag schon deiner Tochter dass ich weiß war

und dazu noch dieser Bairro von Verstorbenen, die einen mit ihren Gesprächen im Unkraut nerven

– Wie fühlst du dich?

– Wie geht es dir?

– Ich habe an dich gedacht

aber das stimmt nicht, sie denken nicht, ich werde mit den Schwänen aufbrechen, euch verlassen, während ich auf dem Kissen immer kleiner werde, und die alten Frauen zu mir

– Grüße meinen Großvater vergiss das nicht

– Sag meiner Cousine sie soll mit Gebratenem aufpassen

– Wo ist bloß die Schere die aus der Schublade verschwunden ist

und sie falten kleine Zettel und stecken sie mir in die Hand, flüstern mir ins Ohr

– Lass sie nicht warten

den Abstand zwischen diesem Bett und der Brache bei der Kapelle abschätzen

(ich habe keine Glocke gehört)

einander fragen und dabei mit den Fächern auf mich zeigen

– Glaubst du dass noch viel fehlt?

mein Brautkleid an der Hüfte und am Rücken auftrennen, damit ich hineinpasse, mir die Girlande schief aufsetzen und die schimmligen Orangenblüten

– Ich dachte sie hätte durch die Krankheit abgenommen aber sie hat nicht abgenommen guck sich das einer an

mir, die ich in einer echten Villa aufgewachsen bin mit Teerosen ringsum, deren Duft man erahnte, Dienstboten, die nicht bei uns lebten, und ich hätte es gehasst, wenn sie es getan hätten, sie lebten in den Hütten mit ihren Kongotüchern und ihrem Geruch, und deine Großmutter auch, sie kam uns nicht ins Haus, kein

– Tochter

wenn sie mich anredete, deine Großmutter

– Gnädiges Fräulein

selbstverständlich kam sie mir nicht nahe

– Gnädiges Fräulein

eine barfüßige Negerin, keine Weiße wie ich, mein Vater beachtete sie nicht eine Minute lang, einmal habe ich ihn überrascht, wie er verwirrt

– Wer ist das?

in seinem Gedächtnis suchte, sie nicht fand und sie vergaß, wir am Strand von Lobito am späten Nachmittag, und er nicht gnädiges Fräulein, er

– Tochter

meine Tochter mit einem Jahrmarktsbeschicker an einem Schwulenstrand, und im Hintergrund zwei Männer, diese orangefarbenen Hemden, diese hautengen Hosen, würde mein Vater meine Mutter treffen

– Wer ist das?

würde er im Gedächtnis suchen, sie nicht finden und vergessen, mich fanden die Polizisten im Bairro

– Die Großmutter des Jungen ist die Negerin da

oder im durchsichtigen, endlosen Sand von Lobito oder auf einer Düne an der Costa da Caparica, ich erinnere mich nicht genau daran, möglicherweise ein geschlossenes Restaurant, auf dessen Terrasse verschossene Sonnenschirme im Wind knatterten, eine Lampe verfolgte uns von Fenster zu Fenster, und einen Augenblick lang war mir so, als ob mein Vater, der mich nicht erkannte

– Wer ist das?

aber ich glaube nicht

– Wer ist das?

denn falls es mein Vater war, er sofort, auch im Dunkeln

– Tochter

und ich brauche die Schwäne nicht, denn mein Vater wird mich aus dem Bairro abholen

– Der Platz einer Dame ist nicht hier zwischen den Mischlingen

und mich zu den Häuserblocks der Weißen führen, wo ich hingehöre, nicht zu diesen Hütten, diesen kaputten Kaffeekannen, diesen Tauben ohne Flügel, nicht ich im Bett

(einer Matratze auf Brettern)

nicht ich auf einer Matratze auf Brettern, das nicht, der Arzt zur Angestellten

– Diese rotblonde Weiße kommt vor den anderen dran

und der Blick verweilt auf mir und verändert sich, fasst mir mit lüsternen Fingern unter die Kleider, nicht im Mantel, im Kittel, nicht im Aufbruch, sondern um zu bleiben

– Seien Sie ganz beruhigt wir werden Sie im Handumdrehen wieder gesund machen

und ich ganz ruhig, denn ich werde im Handumdrehen wieder gesund gemacht, und kein Fieber, kein Schmerz, gesund, der Arzt sieht dich an, interessiert sich nicht für dich

– Ist die Mulattin Ihre Angestellte?

daher ist meine Erinnerung die an meinen Vater mit mir im endlosen Sand von Lobito

(das ist nicht nur so gesagt, er nahm wirklich kein Ende)

und im Sand von Lobito keine Palmen, ein männliches Pärchen, das sich aus Angst vor uns anzog, nein, aus Angst vor den Gewehren der Polizei in den wilden Feigenbäumen oder vor meinem Enkelsohn

(ich habe keine Enkelsöhne, die Mischlinge sind)

oder dem Sohn meiner Angestellten, die Mischling ist, und der mit seinen Kameraden näher kam, und ich gleichgültig, weil er mich nichts anging, so wie auch diese alten Frauen mich nichts angehen, die meine Eingeweide unter sich aufteilen, in irgendeiner Gasse im Kreis hocken, mich geht nur mich geht nur diese Welle an, die in Afrika entsteht und langsam wächst

(nicht schwarz, weiß)

bis sie bei uns ankommt und unsere Füße bedeckt, die Fußknöchel, die Brust, die Brust hinaufklettert und unser Gesicht verbirgt, lange reglos über uns liegt wie ein allerletztes Betttuch.

Ich verstehe weder Ihre Frage noch was Sie von mir hören wollen, ich bin keine von diesen unglücklichen schamlosen Frauen, die wegen Geld oder weil sie lasterhaft sind an den Ecken stehen, und ich verstehe ebenso wenig, wieso Sie mich so behandeln, denn ich bin ihnen, was das Elend, die Kleidung, das Verhalten betrifft, nicht ähnlich, ich bin eine verheiratete Frau, habe einen Ehemann, ein Kind, das ich aufziehe, und eine seriöse Anstellung, falls Sie mir nicht glauben, gehen Sie zu den Nachbarn, und alle werden Ihnen sagen, dass ich eine seriöse Anstellung habe, den Bairro habe ich mit sechzehn verlassen, nicht weil ich von einem Weißen schwanger war, hören Sie doch damit auf, sondern weil ich eine Arbeit in Lissabon gefunden habe, und ich erinnere mich an fast gar nichts, ich erinnere mich an meinen Bruder, der damals weder lief noch sprach, schreiend im Pappkarton lag, der ihm als Wiege diente, mit einem so großen Mund, dass er uns, wären wir ihm zu nahe gekommen, alle verschluckt hätte, meine Mutter schob mich weg

Vorsicht

damit ich nicht dort hineinpurzelte, wenn er schwieg, schimpften die Augen meines Bruders mit mir

Ich werde den Leuten erzählen wohin du nachts gehst

erwachsener als meine, und ich hatte Angst, ich erinnere mich an einige Straßen, einige Häuser, die Straße, von der ich annahm, dass sie nach Sintra führte, aber sie endete unvermittelt in einer Müllkippe, und auf der anderen Seite der Müllkippe Olivenbäume, immer deutlich, selbst ohne Mond deutlich, auch bei Regen so deutlich, dass man glaubte, sie berühren zu können, so nah wirkten sie, versuchte man es, wichen sie zurück, Höhlen in den Stämmen, in denen Eidechsen und Käuzchen, und die Eidechsen und Käuzchen nicht meine Freunde, ich war ihnen schon dankbar, wenn sie mich nicht mit so einem Mund wie dem von meinem Bruder bedrohten und mich verschluckten

Wir werden den Leuten erzählen wohin du nachts gehst

auf der anderen Seite der Müllkippe wartete ein Wagen mit gelöschten Scheinwerfern, ich zum Wagen und die Polster leer, was ist mit dem Mann passiert, ob ihn mein Vater zu fassen bekommen hat und der Körper mit klaffendem Hals auf dem Boden, die Hähne vom Landgut waren die Grenze der Welt, jenseits der Hähne endete der Planet und keine Kirche kein Café keine Musik im Radio, der Mann tauchte schließlich lebendig wieder auf, ich berührte seinen Hals und kein Blut, mein Vater schlief mit einem kleinen Klappmesser in der Tasche, er sprach fast nicht mehr mit uns, seit im linken Ärmel wegen eines Balkens, der sich auf der Baustelle vom Kran gelöst hatte, kein Arm mehr war, aber meiner Meinung nach hat ihn mein Bruder aufgegessen, oder möglicherweise haben der Balken und mein Bruder sich den Auftrag geteilt, das ist dein Anteil, das ist mein Anteil, der Mann wartete, glaube ich, aus Angst vor dem Ärmel nicht im Wagen auf mich, er versteckte sich hinter einem Mauerrest oder einem verlassenen Traktor, bei dem einer der nach oben stehenden Reifen sich noch drehen konnte, man schob ihn etwas an

(man brauchte keine Kraft)

und er drehte und drehte sich, während der Mann

Kommst du allein?

und ich drehte und drehte mich mit ihm nicht im Wagen, in den Büschen, er sagte zu mir

Wir behalten das Kind und du ziehst zu mir nach Lissabon

aber nicht Lissabon, Seixal, will heißen, verlassene Landgüter, ein paar davon mit zerrupften Zäunen, Schiffe im Sumpf des Flusses zwischen Schilf und Schlamm

(ein einsames Karussellpferdchen, das nicht zu schwimmen versuchte, schaukelte mit aufgemalten Nüstern in den Wellen)

und bei ihm eine Frau, die weiß war wie er, sie wohnte in einem Wohnwagen, an dem er ein Vordach angebracht hatte, unter das sie sich setzte und die Flut anschaute, und als sie mich bemerkte, verscheuchte sie mich mit der Nase in Richtung Setúbal

Stör mich jetzt nicht

meine Tochter löste sich, während der Reifen oder der Kopf sich wieder drehten und mit ihm der Sumpf, hochbeinige Vögel, die altes mit Fischeingeweiden vermischtes Öl verschlangen, ich

Sie akzeptieren mich im Bairro nicht und ich werde das Kind verlieren

überrascht, weil ich wegen des Kindes beunruhigt war, das mein Vater

Wenn du dich nicht anständig benimmst bringe ich dich um

töten würde

(wie viel würden Sie nicht dafür geben, dass Sie Ihren Arm zurückbekommen, Senhor?)

die Frau hängte Wäsche auf, war nicht zornig, gleichgültig, die auflaufende Flut ertränkte beinahe die Schiffe, das Pferdchen unter den Grünalgen wartete darauf, dass sie wieder fiel

Reg dich nicht auf in ein paar Stunden falle ich wieder

die Vögel wechselten auf das Dach des Krankenhauses

(ich hatte Krankenhaus geschrieben, aber niemand an den Fenstern)

und hatten sich auf so etwas wie einem Giebel niedergelassen, von wo aus sie uns anstarrten, sie ähnelten meinem Vater in der Art, wie sie den Hals bogen und sich des Mundes bedienten, wenn sie wollten, könnten sie zur Baustelle zurückkehren, wo man sie nicht akzeptieren würde, derjenige, der den Arbeitern Befehle gab, zog ein Streichholz aus den Zähnen und betrachtete eingehend die Spitze

Was soll ich mit einem Einarmigen?

sie fanden meinen Vater mitten auf dem Weg des Campingplatzes

(der Duft des Geißblattes so stark)

den Schuss hatte niemand gehört, eines seiner Ohren war verschwunden, doch die Zähne

Ich bin dein Vater

heil, und hören Sie auf, darauf zu bestehen, dass Sie mein Vater sind, lassen Sie mich in Ruhe, Senhor, denn niemand hört Sie mehr, ich habe mich von dem Mann in Seixal nicht verabschiedet

(mir war so, als ob da ein Kinderwagen hinter dem Wohnwagen stand, aber wahrscheinlich habe ich mich geirrt, ein Bündel, ein Koffer)

ich verabschiedete mich von dem Holzpferdchen, das mit einer Welle lebendig wurde, sich aufbäumte, unterging, der Duft des Geißblattes begleitete mich während der ganzen Beerdigung, und meine Mutter überwachte das Kinn meines Bruders, bereit, mit einem Sprung zu flüchten, mein Bruder war damals drei oder vier Jahre alt, heller als ich, er lief mit einem Stein hinter den Käfern her, die Verstorbenen wurden auf der Brache der Kapelle begraben, bevor die Weißen

Nicht in unserer Erde

also brachte die Schaufel ein Knie mit einer Hose oder ein Stück Schleier ans Tageslicht, und wir stießen sie wieder zurück, traten sie mit den Sohlen fest, ich nahm aus der Ferne teil, um zu vermeiden, dass sie

Du gehörst nicht hierher

sagten, und so blieb ich allein vor den Blumen und den Vasen stehen, die die Hunde ohne Achtung vor den Seelen überall verteilten

(haben wir Neger eigentlich eine Seele?)

falls dort ein Dachs, meine Mutter schaute uns heimlich an, meine Tochter und mich, nicht in Trauerkleidern, denn als der Unfall passiert war, hatten wir gerade unsere Kleider an die Zigeuner verkauft, um die Behandlung beim Arzt bezahlen zu können, und sie dachte, ich weiß genau, was sie dachte

Warum habe ich dich nicht verkauft?

die Scheine, die ich ihr gegeben hatte, um die Miete zu bezahlen, heruntergefallen, und nicht einmal der Krüppel mit der Krücke würde für das Geld eine Taube machen, sollten die Zicklein sie doch kauen, die alles probierten, Aluminium, Steine, Grillen, und wäre da nicht der Respekt vor meinem Vater, würde ich ihre Bäuche öffnen und es mir zurückholen, meine Mutter habe ich nie wiedergesehen

(so wie ich auch das Pferdchen nicht wiedergesehen habe, und ich habe, ehrlich gesagt, viel mehr Sehnsucht nach dem Pferdchen, ob es in Seixal ist und sich wegen der Wellen erkältet?)

sie lebt weiterhin im Bairro, will heißen, Wände aus Gips mit einem Wellblech darüber

(mehreren Wellblechplatten darüber und über den Wellblechplatten eine kaputte Nähmaschine, die sie festhält)

ich habe mir selber, weil ich wütend auf den Bairro und mich selber war, mehrfach gesagt

Obwohl ich nicht weiß geworden bin werde ich dort nicht verschimmeln

imstande, die Müllkippe anzustecken oder eine Taube aufzuhängen, wenn ich sie zu fassen bekäme, und weil ich mich angestrengt habe, bin ich eine verheiratete Frau, habe eine anständige Anstellung, lebe ich an einem Ort für Weiße mit zwei Zimmern, verglaster Veranda, ordentlichen Nachbarn

(einer ist Notar, eine Respektsperson, ein Studierter)

keine Nähmaschine hält das Dach fest, und es regnet mir wenigstens nicht auf den Kopf, falls Sie mit Ihren Fragen darauf hinauswollen, der Notar empfängt sonnabends ein als Weihnachtsbaum verkleidetes Mädchen oder, besser gesagt, mit Dutzenden von Schmuckstücken behängt, die an den

Zweigen blinken und glitzern, und ein spanisches Parfüm, das eine ganze Woche braucht, bis es auf der Treppe wieder verflogen ist

(es verfliegt nicht)

sie schließen die Tür, indem sie den Schüssel, der sich mit Schlaflosigkeitsunbehagen an der Schlossfalle windet, zweimal im Schloss drehen, und kaum ruht der Schlüssel wieder, der Weihnachtsbaum inmitten von Gerenne, Verfolgungsjagden, Gepolter, mit spitzem Stimmchen

Sie verrückter Kerl Sie

der Notar in Pausen des Getöses

Binde mich fest

und dann weiteres Gepolter, ein Rohrstock oder so, das spitze Stimmchen

Tut es dir weh Schnucki gib zu dass es dir wehtut

Geräusche von Absätzen, Proteste, Stille, im Anschluss an die Stille ein Wasserhahn

Ich mach das Aua-Aua wieder gut

der Weihnachtsbaum verabschiedete sich auf dem Treppenabsatz, steckte wer weiß was in die kleine Handtasche, und der Notar ohne Schlips, lächelnd, er, der uns an den anderen Tagen weder grüßte noch anlächelte, mit roten Flecken im Gesicht, dienstags brachte ihm seine Schwester immer die saubere Wäsche, machte etwas Ordnung

Das sind Handschellen schämst du dich nicht?

und der Notar hustete

(wie zum Teufel ist das Karussell im Sumpf gelandet?)

meine Mutter ist immer noch im Bairro ohne Raben und Tauben, wo die wilden Feigenbäume größer geworden sind und die Bosheit der Kakteen wächst, sie bei den wilden Feigenbäumen und den Kakteen, und dennoch, selbst wenn sie wüsste, wo ich wohne, würde sie mich nicht aufsuchen, das möchte ich wetten

Ich habe in Lissabon keine Töchter ich habe nur diesen Sohn

sie hat mir den Mann bei den Oliven am Weg nach Sintra nicht verziehen und hat beschlossen, dass ich gestorben bin, wo sie diejenige ist, die stirbt, und wenn sie gestorben ist, welcher Platz auf der Brache ist für meine Mutter, wo doch beim ersten Spatenstich in die Erde

Wie fühlst du dich?

Wie geht es dir?

Ich habe an dich gedacht

und diese Phantastereien der Neger, der Notar gemessen, ernst, mit seiner Aktentasche für Testamente und Urkunden, falls ich ihn aufsuchen würde

Sie verrückter Kerl Sie

(die anderen Tiere des Karussells, Giraffen, Elefanten, gestorben?)

Handschellen in der Tasche

Ihnen geht es wohl nicht gut oder?

die Augenbraue kompetent, das Jäckchen makellos, kein

Binde mich fest

das dicke Timbre einer Pendeluhr, ein Wort nach rechts, ein langsames Wort nach links, der Minutenzeiger würdiges Rülpsen auf dem verzierten Zifferblatt

Ihnen geht es wohl nicht gut oder?

und ich denke, ob das mit dem Weihnachtsbaum wirklich so ist, zögere

Habe ich es erfunden?

kein Schlüssel, der sich schlaflos im Schloss dreht, und kein herunterfallender Teller, ein Friede ohne Wasserhähne oder Absätze oder Proteste, das Uhrpendel verteilt Worte auf diese und auf jene Seite, im Augenblick der Reglosigkeit, bevor es zur Mitte zurückkehrt

Ihnen geht es wohl nicht gut oder?

(ich mache mir hauptsächlich wegen der Elefanten Sorgen)

und wenn der Notar

Senhora

sagt, dann werde ich ihm nicht widersprechen, denn er kennt Gesetze und Vorschriften, er würde nicht

Senhora

(und daran merkt man es)

zu den unglücklichen Gestalten sagen, die wegen Geld oder weil sie lasterhaft sind an den Ecken stehen, und daher verstehe ich nicht, warum Sie mich so behandeln, die Gewalt, die Drohungen, diese Bank ohne Rückenlehne

(warum zum Teufel verfolgen mich die Sümpfe, nicht der Mann, nicht die Frau, nicht das nicht eingehaltene Versprechen

Wir behalten das Kind und du ziehst zu mir nach Lissabon

die Ausdünstungen der Sümpfe, die leise flüstern)

ich war nie bei der Polizei, und man hat nie meine Finger gepackt und sie auf einem Stempelkissen schmutzig gemacht, um auf diesen Formularkarten einen Abdruck zu machen, ich lebe seit vielen Jahren nicht mehr im Bairro, und was weiß ich von Kindern und Schüssen, ich habe eine seriöse Anstellung, einen Mann, eine Tochter und verliere seit sechs Stunden meine Zeit auf der Wache, na ja, auch wenn es nur eine Stunde ist, ich verliere meine Zeit eine Stunde lang auf der Wache, während meine Kolleginnen, wo ist sie, wo ist sie bloß, und die Kunden warten, werfen Sie mir nicht meinen Bruder an den Kopf, den habe ich mit offenem Mund in der Wiege zurückgelassen, bereit, die Welt zu verschlucken, bei der Beerdigung habe ich ihn gar nicht richtig gesehen, er hat nichts verschluckt, denn der Appetit wandelt sich, er rannte mit einem Stein hinter den Käfern her, und heute ist er erwachsen, und wenn er nicht mehr rennt, habe ich keine Ahnung, womit er sich jetzt beschäftigt, ich denke, er arbeitet auf dem Bau, wartet darauf, dass ein Balken sich vom Kran löst und ihm den Ärmel leert, denn es ist das Schicksal der Armen, Teile zu verlieren, bis nur noch der Hunger übrig ist und das

(erklär mir mal einer den Grund dafür, dass ich nicht von den Sümpfen loskomme) ausgestreckte Händchen

Eine Münze der Herr

manchmal nicht einmal mehr Hunger, nur das ausgestreckte Händchen, genau das, was ich in Seixal nicht getan habe, ich bin ohne Streit gegangen, ich bin sicher, dass die Frau mich verstand, ohne allerdings aufzuhören, sich mit der Wäscheleine zu beschäftigen, denn eines ihrer Beine zuckte, ich ging immer schneller, trabte praktisch

(trabte)

bis zum Pfosten der Haltestelle an der Uferstraße, an der auch Sümpfe und kleine Inseln mit Reihern, die ihre Eier beschützen, und ich habe nicht geweint, während ich ging

(während ich trabte)

ich habe am Pfosten nicht geweint, habe im Bus nicht geweint, habe die Handflächen wartend auf dem Bauch abgelegt, und meine Tochter drinnen hat auch nicht geweint, ein kleiner Garten an einem Platz, ein paar Reiher, die von einer Insel zur anderen wechselten, und Lastwagen unter Regenwolken

(die Reiher so mager)

hätte ich es geahnt, hätte ich zugelassen, dass mein Vater mir den Hals mit dem Messer aufschlitzte, und ich hätte dich dem Rachen meines Bruders übergeben und du wärest verschwunden

Wir behalten das Kind und du ziehst zu mir nach Lissabon

ich war sechzehn Jahre alt und vertraute ihm, und das Idiotischste daran ist, dass man sich nicht verändert, ich glaube den Leuten immer noch, nur dass ich keinen Bauch habe, auf dem ich meine Handflächen ablegen kann, sie hängen hilflos herunter, also trockne ich die Augen, bevor das Weinen mir die Augen verdirbt, und denke, dass ich, wenn es anfängt, außerstande bin, es anzuhalten, ich brauche beispielsweise nur an das Karussellpferdchen zu denken, und da ist es und kämpft mit mir

Ich möchte gern raus

ich hindere es daran

Komm nicht raus

also glauben Sie nicht, dass ich nachgebe, auch wenn Sie mich zwingen, eine Woche auf dieser Bank zu sitzen, wo mir die Gardine Lissabon verstellt, vielleicht eine Werkstatt, denn Motorenechos, ich drücke die Finger auf Kärtchen und antworte auf Fragen, deren Sinn mir entgeht, über meinen Bruder und den Bairro, während der Friseur

(wer entschädigt mich hierfür?)

Kunden verliert, einmal abgesehen von dem Abendessen, das ich machen muss, und meinem Mann, der wünscht, mich auf der Fußmatte zu hören, wo ich nach den Schlüsseln im Durcheinander der Handtasche suche, die Sie durchwühlt haben und dabei das Futter gelöst und alles noch mehr durcheinandergebracht haben, als wäre ich eine dieser Unglücklichen von der Straße, die man wie Müll oder wie eine Diebin behandelt, die man nicht einmal wie Müll behandelt, sosehr Sie auch darauf bestehen, etwas über meinen Bruder zu erfahren, seit mein Vater auf dem Campingplatz und ein Hufeisen voller Zähne

(keine Gesichtszüge, nur Zähne)

die einen herausfordern und den alten Frauen Angst einjagen, der Chef meines Vaters hat uns nicht aufgesucht, denn die Familie eines Negers, von dem wir nicht wissen, wie er heißt oder ob er überhaupt einen Namen hat, sucht man nicht auf, man grüßt solche Leute nicht einmal, sie denken nicht, leiden nicht, wenn sie zufällig eine Arbeit bekommen, bitten sie um Entschuldigung

Verzeihung

ich bin sicher, dass mein Mann mich akzeptiert hat, weil er keine Familie hatte, die ihn tadelte

Die da?

und ihm verbot, mich zu sehen, einmal ganz abgesehen von der Angst der Nachbarn, die ihn eine Woche später wegen des Geruchs tot auffanden, der zwischen Fußboden und Tür herauskam, ohne Sakramente oder eine mitleidige Seele, die Totenwache hielt, der Angestellte vom Standesamt rief ihn zur Räson, indem er mit dem Federhalter auf mich zeigte

(einmal bin ich auf dem Jahrmarkt in Amadora Karussell gefahren, und als ich an meinen Eltern vorbeikam, hat mir keiner zugewinkt)

Wollen Sie die da wirklich heiraten?

(sie wurden ganz steif vor Angst, ich könnte fallen, hin und wieder machte meine Mutter einen Satz nach vorn, und mein Vater hielt sie, die restlichen Eltern, die ja, eitles Winken)

mein Mann schaute ihn an, schaute mich an, wich vor dem Kugelschreiber zurück und sah mich wieder an, ein Stehaufmännchen wackelte auf dem Schreibtisch und gebrauchte Stempel, Feuchtigkeit, Papiere, eine Stimme auf dem Flur

Teófilo

dies

Teófilo

brachte ihm warum auch immer peinliche Erinnerungen, mein Mann im Hemd geschrumpft, mit bangem Herzen und das

Ja

eines Verurteilten, das

Ja

fast eine Leiche

(seine?)

mit der Kurbel, Moos tropfend, aus den Brunnenalgen gehievt, ehrlich, ich schämte mich für ihn und für mich, während ich an seiner Seite die Blumen ganz fest hielt, und das Stehaufmännchen machte sich über uns lustig, anstatt sich zu beruhigen, die Feder des Federhalters schabte an seinem Fingernagel, und der Angestellte des Standesamtes schüttelte resigniert den Kopf

(als ich das Pferdchen verlassen hatte, drückte meine Mutter mich fest an sich, versicherte sich, dass ich lebte) ich unterzeichnete neben einem mit Bleistift gemalten Kreuz, mein Mann und der Angestellte des Standesamtes wunderten sich, dass ich schreiben konnte

Sie kann schreiben immerhin

und ich beschimpfte sie beide mit den Narzissen, und seither kann ich ihren Duft nicht ausstehen, wenn Sie vorhaben, Geld für mich zu verschwenden, schenken Sie mir Kamelien, Rosen, Beerdigungschrysanthemen, sogar die ertrage ich schweigend, aber ersparen Sie mir um Gottes willen Narzissen, denn die erinnern mich immer an das Stehaufmännchen, das sich über uns lustig machte, als wir zu Hause ankamen, habe ich sie in den Mülleimer gekippt, den Deckel zugemacht, und obwohl der Deckel zu war, haftete der Duft am Kleid, und ich glich einer Puppe mit runden Fingerchen, entschlossen, wen auch immer zu erwürgen

Adieu

wenn ich auf die Idee komme, den Schrank zu öffnen, treffe ich auf das Kleid und das

Ja

meines Mannes, der entstellt, schlaff aus dem Brunnen herauskommt, er hat mich, anders als der Notar, nie gebeten

Binde mich fest

er hält sich auf dem Sofa aufrecht, schiebt Tabletten unter die Zunge und hütet seine Eingeweide wie eine Herde, jedes Organ hat sein eigenes Glöckchen, stets bereit zu läuten

Ich funktioniere nicht

vor allem das Herz, das die Tendenz hat, aus der Brust auszuwandern, denn das Herz, verstehst du, mein Mann ein Holzpferdchen, das sich im Sumpf auflöst, einmal erwischte ich den Doktor, der leise

Finden Sie den Geruch Ihrer Frau nicht irgendwie komisch?

und ich begriff, warum er seine Handfläche prüfend anschaute, nachdem er mich begrüßt hatte, die Kranken lehnen ihn ab

Sie haben Negerhände

ich wünschte mir, der Arzt wäre eine Karussellgiraffe, die mit dem Tejo aufbricht, denn im Winter gehen die kleinen Inseln mit den Reihern mir nichts, dir nichts unter, Wellen voller Müll und Lehm erreichen Algés, und von Algés geht es zum Meer, was mich betrifft, so habe ich noch nicht die Hoffnung aufgegeben, den Vater meiner Tochter zwischen den Reihern zu finden

(Wir behalten das Kind und du ziehst zu mir nach Lissabon)

mit aufgeschlitzter Kehle, damit er nicht wieder lügt und Sie alle mit ihm, der Herr und seine Kollegen und das Beharren, die Grausamkeiten, wie oft muss ich noch schwören, dass ich nichts über meinen Bruder weiß und nicht in den Bairro zurückgekehrt bin, ich habe ihn vergessen, wilde Feigenbäume, Kakteen, der Friedhof auf der Brache, der immer mit uns sprach

Wie fühlst du dich?

Wie geht es dir?

der interessiert tut und kein Interesse hat, neidisch ist, dass ich lebe, ich weiß weder etwas über Kinderbanden noch über Gewehre, noch über Pistolen, ich habe eine Tochter, die ich zu erziehen habe, einen Mann, dessen Niere oder dessen Galle läuten

Ich funktioniere nicht

und er reckt sich zum Sirup, kippt ihn über den Schlafanzug, mich hätte der Angestellte vom Standesamt zur Räson rufen sollen, indem er mit dem Federhalter auf ihn wies

Wollen Sie ihn wirklich heiraten?

und ich hinter dem Blumenstrauß geduckt

(schenkt mir bloß keine Narzissen)

mit bangem Herzen und dem

Ja

einer Verurteilten, das

Ja

fast eine Leiche

(meine?)

mit der Kurbel, Schlamm tropfend, aus den Brunnenalgen gehievt, ehrlich, ich schämte mich für mich und für ihn, achtundsiebzig, und der Mund bewegte sich ewig lange, bevor er einen Satz zustande bekam, und er bewegte sich noch, wenn der Satz beendet war, ich zu meinem Mann

Hast du was gesagt?

und der Mund mit einer stummen Rede beschäftigt, die Augenbrauen dicht beieinander, bevor er wisperte

Du

dann wurde er reglos, nicht weil er zu Ende gekommen war, sondern weil eine Sicherung durchgebrannt oder eine Feder gebrochen war, ich stecke ihm eine Tablette unter die Zunge, und nach ein paar Minuten belebt sich die Falte, eine zweite Falte zieht sich zusammen, die Hand beginnt stockend wie ein Zahnrad mit einer Geste, und der Mund ist wieder da, zum Glück

(wenn Sie vorhaben, Geld für mich auszugeben, dann schenken Sie mir Kamelien, Rosen, Beerdigungschrysanthemen, sogar die ertrage ich schweigend, aber ersparen Sie mir um Gottes willen Narzissen, denn ich)

immer schneller in der Hoffnung auf einen Satz

(ertrage ihre Traurigkeit nicht)

und daher könnte ich mich mit meiner Tochter beschäftigen, die schließlich auch jemand ist, und mit dem Plätteisen, dessen Widerstand aufmuckt und es in der Wohnung dunkel werden lässt, im Geheimnis der Finsternis beschwert sich der Mieter unter uns über seine Ehefrau, die Ehefrau Töpfe in der Spüle

Ordinärer Kerl

und ein Krachen im Schlafzimmer, das die Spatzen aufscheucht, auf den Widerstand und das Krachen und den zahmeren Ehemann folgt

Ordinär bist du

das Glöckchen der Niere meines Mannes läutet

Ich funktioniere nicht

und ich rudere von einem Möbelstück zum anderen zu ihm hin, glaube ihn gefunden zu haben, nachdem ich den Fußknöchel an einer Kommode zerquetscht habe, bis ich bemerke, dass ich dem Windhund aus Porzellan

(der Windhund ist mir sympathisch)

die Tablette gebe, ich ziehe den Stecker des Bügeleisens aus der Dose, die mich aus dem Gleichgewicht bringt, als sie nach Dutzenden von Manövern im Wirrwarr der Küche nachgibt, wo so viele Tücher an Haken, so viel Bügelbrett, so viel Kühlschrank und Herd mich behindern und die mit Krimskrams, dessen Reglosigkeit mich wütend macht, vollgestopfter ist als chinesische Flüsse mit Schilf, ich finde, ein Streichholz nach dem anderen ansteckend

(die Hölzchen begrabe ich in der Tasche)

den Stromzähler, eine Klappe, dahinter Nutzloses, Rechnungen, eine Armbanduhr, die ich verloren zu haben glaubte

(ich gestehe, dass nicht alles im Leben schlecht ist, außer Narzissen, selbstverständlich)

und als das Licht wieder da ist, eine Unendlichkeit von Fliesen, die Dunkelheit hat die Welt mit Dingen gefüllt, und ich kann die Geschwindigkeit nicht verstehen, mit der sie sie einfach so wieder verschwinden lässt, beispielsweise wenn wir nachts aufwachen und die Zimmer in der Wohnung vertauscht sind, der verglaste Balkon in der Diele, die Haustür bis spät in die Nacht da, wo sonst die Truhe steht, und wir stellen die vor Müdigkeit schwankenden Dinge wieder an ihren Platz

(du hier, du da)

zum Glück lag mein Mann noch immer mit seinen stummen Sätzen und seinem

Du

das vor sich hin welkte, auf dem Sofa, das Glöckchen der Galle

Ich funktioniere doch

der Windhund aus Porzellan richtete sich auf, nachdem er die Tablette bekommen hatte

(was habe ich bloß den Narzissen angetan, dass die Leute mich so behandeln?)

wollte die Pfoten vom Sockel nehmen und sie mir auf die Brust setzen, es gibt Augenblicke, in denen ich mich frage, ob ich im Bairro nicht glücklicher wäre, wo Sie schon immer vom Bairro reden, trotz der Jungen, von denen Sie behaupten, dass sie auf der Autobahn nach Norden Tankstellen überfallen, meine Tochter und ich, wo kein Organ nach mir ruft und kein Holzpferdchen halb ertrunken im Sumpf liegt oder auf dem Sofa verblasst, wir beide ohne Probleme, sie rennt hinter den Käfern her wie früher mein Bruder, und ich teile die Eingeweide von Zicklein mit den anderen alten Frauen, die im Kreis hocken und afrikanische Gebete sprechen, ich war übrigens nie in Afrika, ich habe meine Mutter vor vielen Jahren gefragt

Wie ist Afrika Senhora?

und meine Mutter sofort, wie aus der Pistole geschossen, ohne eine Sekunde zu warten

Halt den Mund

die Frage störte sie oder ich störte sie oder Afrika störte sie, ich weiß es nicht, daher ich

Mögen Sie Afrika nicht Senhora?

und meine Mutter schüttelte mich, sie, die mich sonst nie schüttelte

Halt den Mund

eine Sehne am Hals, die fast zerriss

Halt den Mund

(schenken Sie mir keine Narzissen, lassen Sie mich einfach so)

letztlich könnte es ja so sein

(wer sagt mir, dass es nicht so ist?)

dass Afrika wie der Bairro ist oder, besser gesagt, wilde Feigenbäume, Kakteen, die Magnolie auf dem Platz, die so gut sie kann Blüten produziert, und die Sirene der Textilfabrik, von der ich glaubte, sie sei aufgegeben, kündigt drei Uhr an

Ist Afrika so Senhora?

und meine Mutter nicht mehr

Halt den Mund

so fern von mir, auch wenn ich tagelang unentwegt traben würde, könnte ich sie nicht erreichen, ich glaube nicht, dass ich sie damals verloren habe, wann habe ich sie verloren, bei meinem Vater weiß ich es, in dem Augenblick, als sein Arm zu einem Ärmel wurde, aber bei Ihnen verstehe ich es nicht, ich glaubte, wir beide seien zusammen, auch wenn wir uns nicht wiedergesehen haben, Sie werden sich daran erinnern, dass Sie mich von meinem Bruder ferngehalten haben

Pass auf

damit mich sein Mund nicht verschluckte, dass Sie mir Zöpfe gemacht haben, wenn

(es ist kompliziert, das zu erzählen)

Sie mir bis zu den Olivenbäumen am Weg nach Sintra folgten und glaubten, ich würde Sie nicht sehen, aber ich hörte Ihre Erschöpfung, und die Müllkippe, die Hähne, wo die Welt aufhörte, und keine Kirche, kein Café, keine Musik im Radio, so dunkel, und obwohl es so dunkel war, denke ich, Sie waren da, ich erfinde das, keine Sorge, Sie

Halt den Mund

und das ist alles, Sie nur

Halt den Mund

böse auf mich, wir mochten einander nicht, nicht wahr, ausgenommen an dem Nachmittag, an dem ich vom Karussell heruntersteig und Sie sich versicherten, dass ich lebte, wir sind zwei Holzpferdchen, die auf die Gezeiten warten oder das Glöckchen einer Niere

Ich funktioniere nicht

die Olivenbäume auch ohne Mond deutlich, auch bei Regen deutlich, die Zweige wollten wer weiß was sagen, der Wunsch nach Gesellschaft, scheint mir, die Olivenbäume nah und weit weg, man glaubte, sie berühren zu können, so nah wirkten sie, versuchte man es, wichen sie zurück, Höhlen in den Stämmen, in denen Eidechsen und Käuzchen

Wir werden den Leuten erzählen wohin du nachts gehst

Sie schüttelten mich

Halt den Mund

Sie nicht

Wie fühlst du dich?

Wie geht es dir?

vor allem nicht

Ich habe an dich gedacht

Sie

Halt den Mund

aber sagen Sie mir doch, wie Afrika ist, tun Sie mir den Gefallen, wir haben nur noch ein paar Stunden, bis wir uns endgültig trennen, bald schon werde ich diesen Weißen von meinem Bruder erzählen

(wenn man Ihnen den Duft von Narzissen vor die Nase setzen würde, möchte ich wetten, dass Sie einer Meinung mit mir wären)

bald schon habe ich keine Kraft mehr, und wer hilft mir mit dem Siruplöffel, damit ich die Kissen nicht schmutzig mache, wer achtet darauf, dass mein Mund sich ewig lange bewegt, bevor ihm ein Satz gelingt, und er sich weiter bewegt, wenn der Satz schon beendet ist, der Herr von der Polizei lehnt fast an meinem Ohr

Wiederholen Sie das

die Polizisten schreiben mit Fingernagelschreibfedern, die innen an mir raspeln, und ich hohl, wie nach der Geburt meiner Tochter, denn nicht nur sie kam aus mir heraus, der Mann im Wohnwagen in Seixal

Wir behalten das Kind und du ziehst zu mir nach Lissabon

und mein Kopf drehte sich nicht, war ruhig, der Körper in

der Mitte getrennt, es dauerte, bis er sich wieder zusammenfügte, und die Missachtung der Polizisten

(ich bin eine verheiratete Frau)

die unablässig Beleidigungen, Drohungen, die mich nicht kümmern, Kommentare, die nichts mit mir zu tun haben, Sie haben mit mir zu tun

Halt den Mund

wenn ich Sie nach Afrika frage und Sie mir die Hand aufs Gesicht legen, um mich daran zu hindern, dass ich

Wie ist Afrika Senhora?

und vor mir weglaufen, da gehen Sie durch den Bairro zum Café des Inders, ich hoffe, Sie haben mit einem Narzissenstrauß geheiratet, damit Ihnen vom Duft übel wird, und dass ein Stehaufmännchen sich über Sie lustig gemacht hat, die Stimme eines Schreibers oder Büroboten auf dem Flur, egal

Teófilo

nein, anstelle von

Teófilo

sprach sie meinen Namen aus, mein Vater fürchtete sich, in die Jacke gezwängt, vor dem Standesbeamten

Die Neger wollen heiraten

denn Neger heiraten nicht, sie begatten sich in den Zeiten der Läufigkeit, vereinigen sich jaulend miteinander, und nach ein paar Wochen gehen sie die Zähne bleckend auseinander, so wie meine Mutter weggeht, ohne mir Afrika zu erklären

Halt den Mund

manchmal ihr Schatten für Augenblicke im Magnolienbaum

(harte Blütenblätter, aus Kork)

und dann ist der Schatten allein, aufrecht an den Wänden oder langgestreckt in der Gasse, barfüßige Männer und keine Polizisten, Mischlinge, Kinder in einer Pfütze, in der ein Frosch

(woher kommt bloß der Frosch?)

Rauch aus dem Wellblech, und meine Mutter zum Rauch

Halt den Mund

und was kann es in Afrika geben, das Ihre Erinnerung so verwirrt, im Kino habe ich nackte Menschen gesehen, jede Menge Tiere, Hütten, und habe überhaupt nichts dabei gefühlt, wenn ich die Schulter meiner Mutter berühren würde

Ist Afrika so wie im Kino?

vielleicht nicht

Halt den Mund

vielleicht in der Stille

(der von Sümpfen, die leise wispern)

vielleicht ein Karussellpferdchen in der Stille von Sümpfen, die leise wispern, drücken Sie mich nicht an sich, schauen Sie mich nicht so an, lassen Sie mich los, ich bin eine verheiratete Frau, habe einen Mann, obwohl mein Mann ein Glöckchen an der Niere hat, ich habe eine Tochter, die ich aufziehen muss, und eine seriöse Anstellung, ich bin mit sechzehn nicht gegangen, weil ich Sie nicht gernhatte oder weil ich von einem Weißen schwanger war, ich bin gegangen, weil ich in Lissabon eine Arbeit gefunden habe, und Sie

ich bin gegangen, weil ich in Lissabon eine Arbeit gefunden habe, und ich bin überhaupt nicht darauf gekommen, dass Ihnen das etwas ausmachte, als Sie meinen Vater beerdigt haben, war niemand bei Ihnen, nur die Raben in den Buchen, die der Krüppel mit der Krücke nicht mehr heilmachen würde, und daher stießen die Raben nicht senkrecht zu uns herunter, wenn sie uns erkannten, steuerlos, ich höre sie, wenn ich mich zum Sofa wende, denn mir war so, als hätten sie mich gerufen oder, besser gesagt, als hätte ein Mund sich ewig lange bewegt und möglicherweise mein Name und zusammen mit dem Namen kein Protest, ein Appell

Ich funktioniere nicht

das

Ich funktioniere nicht

eine mit der Kurbel, Schlamm tropfend, aus den Brunnenalgen gehievte Leiche, ehrlich, meinetwegen verschüchtert, und sie deshalb beruhigen

Es geht gleich vorbei

und wenn es vorbei ist, mich an ihre Seite setzen, die Stirn in den Händen, ich sage nicht, um zu weinen, wozu weinen, kein Grund zu weinen, die Stirn in den Händen verborgen, um mich selber nicht zu sehen.

Ich habe nie herausgefunden, was mein Bruder machte, aber ich spürte so etwas wie eine Veränderung zu Hause und kann das nicht erklären, meine Tochter und mein Mann schliefen weiter, und die Gerüche veränderten sich nicht, die Möbel veränderten sich nicht, ich veränderte mich nicht, die Blumen reglos, sie, deren Stängel bei der leisesten Anwesenheit von jemandem in Hektik ausbrechen, der sonst immer so ängstliche Terrinendeckel stumm, ein Rohr seufzte im Inneren der Wand

(nur wenn man sich nähert, seufzen sie nicht, sind sie ärgerlich

Was will der da?)

und dennoch ein undefinierbares Schaudern und eine Frage, die nicht einmal eine Frage war, mehr oder weniger, was sich vor ewigen Zeiten im Bairro in meinem Körper ereignete, wenn ich mitten in der Nacht aufwachte, den leeren Ärmel meines Vaters schnarchend neben mir vorfand

(wahrscheinlich der Rest des Schlafanzugs leer, und dann fragte ich mich, ob ich einen Vater hatte oder nur eine Nase, die sich bewegte und schniefte)

ich nahm die wilden Feigenbäume, den Regen, meine Mutter wahr, die irgendwo böse auf mich war

Nicht mal respektieren tust du mich

und den Tränen nahe, machte mich noch kleiner, gab mir die Schuld, woran wusste ich nicht

Mutter

die Stacheln der Kakteen durchbohrten meinen Bauch, also begann ich eine Art von Veränderung im Haus zu spüren, dieses

Schaudern, die besagte Frage, die Gewissheit, dass die Dinge, obwohl es dieselben waren

(dieses Bett, diese Gabel)

einen mir unbekannten Namen hatten, nicht Bett, nicht Gabel, ich habe keine Ahnung, wozu ihr geworden seid, auch nicht, wie ich euch nennen soll, eine Veränderung im Haus und in der Luft ringsum, und dennoch alles genau wie sonst, Herrschaften, ich stand im Wohnzimmer auf und bemerkte nicht, dass ich aufstand, das ist der Kopf, ich bemerkte es nicht, die Füße ja und am Ende der Dunkelheit jemand, der auf mich wartete, nicht der Mann von der Müllkippe

Wir behalten das Kind und du ziehst zu mir nach Lissabon

auch nicht das Karussellpferdchen, ein dunkles Knäuel in der dunklen Küche, in der mich das metallische Schimmern des Herdes beruhigte

Keine Angst du bist zu Hause

und meinen Vater, den Zorn meiner Mutter

Nicht mal respektieren tust du mich

und den Bairro wegschickte oder, besser gesagt, einen Schüler zwischen Schulhof und dem Café des Inders und ein Zicklein auf einem Hang zwischen Felsen, am Ende des Dunkels ein Dreifuß, auf dem ich den Fisch fertig machte, der immer nackter wurde und ein Auge

(wo ist wohl das andere?)

in langer Meditation auf mich gerichtet hatte, und da hockte mein Bruder, jetzt fünfzehn Jahre alt, oben auf der Bank, dabei hatte ich weder das Schloss noch Schritte gehört, er öffnete die Tür mit einem Draht und bewegte sich, ohne den Boden zu berühren, zwischen den Schränken, er, den ich mit offenem Mund zurückgelassen hatte, der mich verschluckte oder der hinter den Käfern herlief und sie mit Steinen bewarf, meine Mutter

Nicht mal respektieren

aber dann war sie weg, verschwinden Sie nicht, Senhora, leisten Sie mir einen Augenblick Gesellschaft, ich bin in den

Bairro zurückgekommen, schauen Sie nur, ich fege für Sie den Boden, hole Wasser im Eimer, der Herr von der Polizei

Was übergab er dir nun sag schon

und nicht per Sie, per du

Nun sag schon

aber er übergab gar nichts, was sollte er denn übergeben, er saß da und starrte mich an, ahmte die Raben vom Winteranfang nach, die die Kraft nicht aufbrachten, zu fliegen, würden wir die Stämme hinaufklettern, würden sie nicht vor uns flüchten, mit weichen Schnäbeln, fiebrig, der Krüppel mit der Krücke tauchte mit einer Leiter auf und stopfte ihnen Krümel in den Rachen

Nun kommt schon

so wie ich zu meinem Bruder

Hast du schon gegessen?

und mein Bruder auf der Bank wurde nicht ungeduldig mit mir

Nicht mal respektieren tust du mich

ihm waren der Mann und die Sümpfe von Seixal gleichgültig, wegen der Schilfbüschel konnte man Lissabon nicht erkennen, der Herr von der Polizei feuchtete einen Finger an, weil ein Körnchen auf der Tischplatte

Was hat dir dein Bruder übergeben nun sag schon

langsam wie jemand, der träumt und einen vergessen hat, er schaute sich das Körnchen genau an, befreite sich von ihm, indem er es an der Hose abwischte, um dann ganz allmählich aufzuwachen

Nun sag schon

(der Angestellte vom Standesamt

Die wollen Sie heiraten?

und er verfolgte mich mit dem Federhalter, und der Federhalter eine Schnauze, die anfing mich zu beißen

Die wollen Sie heiraten?)

mein Bruder in der Küche, hinter ihm die Blätter der verglasten Veranda, er übergab mir überhaupt nichts, er blinzelte einen Augenblick ins Licht, und dann war die Veränderung im Haus wieder vorbei, denn die Bank leer, ich bemerkte weder das Schloss noch Leute auf der Treppe, ich spähte aus dem Fenster und niemand auf der Straße außer den Fassaden, Bäumen, meine Umrisse endlos lang auf dem Bürgersteig davor

(die Bäume keine Pappeln)

ein halbes Dutzend Jungs im Wagen eines Nachbarn gaben an der Ecke Gas, fuhren einen Müllcontainer um, und kurz darauf Hunde, die von wer weiß woher kamen und die Kruppen hin und her bewegten, erklär mir mal einer, wo die wohnen, denn man bemerkt keinen Hund, nicht einen, auch nicht fünf, Dutzende, Hunderte, schau einmal, ein fuchsroter, der die Schornsteine anheult, die Neger riefen sie mit Hühnchenresten

Brav brav

und töteten sie mit einer Hacke, und dann kamen die alten Frauen über ihre Röcke stolpernd mit gezückten Scheren und Zangen heran, der Herr von der Polizei

Du schweifst ab Madame

per du und Madame, wo ich doch eine verheiratete Frau bin, eine seriöse Anstellung und eine Tochter habe, keine dieser losen Frauenzimmer bin, die an der Ecke stehen, Freier wegen Geld oder aus Lasterhaftigkeit empfangen, ich behaupte, es waren Hunde, keine Zicklein, was die Leute aßen, würde ich mit meiner Mutter darüber sprechen, sie

Halt den Mund

sie würde den Topf vor mir verstecken, mein Bruder kam und ging, wie es ihm gerade passte, und die Jungs, wer sie waren, weiß ich nicht

(wie hätte ich es wissen können, wo ich den Bairro mit sechzehn verlassen habe, mein Freund?)

am Tor der Autowerkstatt mit dieser Geduld der Neger, sie verbringen Tage, ohne auf die Uhr zu gucken, haben die Zeit vergessen, hier sind es die Hunde, von denen man nicht recht weiß, wo sie wohnen, und im Bairro sind es die Jungs, der Krüppel mit der Krücke

Mistkerle

weil sie in schlotternden Jacken und aufgerollten Hosen seine Raben verfolgten, sie beschnupperten die Weißen aus Amadora und kehrten mit Brieftaschen, Ketten in den Bairro zurück, der Herr von der Polizei fand noch ein Körnchen und redete mit dem Körnchen

Und dann?

auf dem Wandkalender waren Frauen, er, möchte ich wetten, hat keine Frau, zum Abendessen etwas Obst, leicht vernachlässigte Kleidung, und außer den Frauen auf dem Kalender mit ausländischen Namen, Elsie Samantha Belle

(eine als Weihnachtsmann und mit falschem Schnee, das sah man sofort)

Dienstanweisungen, Diagramme, der Blick des Herrn verwaister

(Sie werden mich doch nicht etwa bitten, Sie zu umarmen, oder?)

als er vom Körnchen zu mir heraufkletterte

Und dann?

wo er doch gar nicht

Und dann?

sondern lieber

Bleib bei mir

sagen wollte

(und er tat mir beinahe leid, und ich war fast bereit, ihn zu trösten

Haben Sie jemanden der sich um Sie kümmert?

und ich stellte mir seinen Briefkasten vor, der von Prospekten überquoll, den Schlafanzug, von innen nach außen gekehrt, der zusammengerollt auf dem Fußboden lag, und haben Sie die zusammengedrückte Milchpackung gesehen?)

der Blick, der von unten gekommen war, jetzt direkt

Wir könnten Freunde sein wenn Sie kein Mischling wären

pardon, ich habe mich geirrt, er sagte

Erspar mir deine Geschichten und erzähl mir was uns interessiert Madame

vielleicht wartet ja doch eine Ehefrau auf ihn, ist die Wohnung aufgeräumt und der Briefkasten leer, eine Tochter

(ein Sohn?)

ein Sohn, der Gymnastiklehrer ist oder Computeringenieur, kein Blick von unten, sondern direkt, hart

Und dann?

während ich an das Pferdchen dachte, das mit Schlagseite im Schlamm lag, mein Bruder hat keine festen Tage

(die Frauen auf dem Kalender so hübsch, ich wäre schon zufrieden, wenn ich Fingernägel wie sie hätte)

an denen er mich besucht, so wie auch die Hunde keine festen Tage haben, an denen sie in unsere Straße einfallen, versuchen Sie einmal, Polizisten auf die Gerüste dieser Baustelle dort zu platzieren, fahren Sie einen Container mit dem Wagen eines Nachbarn um, und vielleicht kommt er ja inmitten der Hunde, möglicherweise kommen sie von der Parkanlage her, in der die Statue eines Heiligen und Gebäude ohne Veranden oder Zimmer stehen, Treppen, die in einem Durcheinander von Krempel enden, einmal am Nachmittag habe ich ein Kaninchen gesehen

(keine Ratte, ein Kaninchen)

das habe ich an den Ohren erkannt, auf einem zerschlissenen Sofa

(eins gerade, eins abgeknickt)

bevor es endgültig verschwand, warum suchen Sie meinen Bruder nicht, wie Sie es mit seinen Kameraden aus dem Bairro gemacht haben, die über die Bahnstation kamen, auf der sie keine Tauben schützten, die sie vor Ihnen warnen konnten, während Sie sich hinter den wilden Feigenbäumen versteckt hatten, und dann ein oder zwei Gewehrsalven, jemand auf allen vieren gab auf, und das war's, die Veränderungen im Haus hörten auf, ohne dass die Gerüche oder die Möbel sich verändert hätten, hin und wieder ein Klingeln der Niere meines Mannes

Ich funktioniere nicht

und ein paar Minuten später rückten sich Teile wieder zurecht, nahmen Fahrt auf, und er funktionierte zum Glück wieder, würde ich meinen kleinen Finger in die Handfläche meiner Tochter legen, würde sie ihn sofort festhalten, ich erinnere mich nicht daran, dass sie sich für Bonbons, Kellerasseln, Spielzeug interessiert hätte, sie lehnte sich an die Kommode und wartete darauf, dass ich ihr den Finger gab, sie winzig und ich groß, aber für einen Augenblick Zwillinge

(falls ich jahrelang so bleiben könnte, würde ich mich wohlfühlen)

wenn es wenigstens Raben auf der anderen Seite der Fensterrahmen gäbe, und ich wünsche mir, dass der Tejo sein braunes Wasser anwachsen lässt, bis der Wohnwagen in Seixal untergeht und der Mann, der mich betrogen hat, mit der Strömung davontreibt, ich

Mich betrügst du nicht mehr

der Herr von der Polizei schüttelte die Körnchen ab, packte beinahe mein Handgelenk, nicht beinahe, er packte es kräftig

Was interessiert mich dein Leben Madame?

und da ist diese Missachtung, von der ich bereits sprach, die Verachtung, per Madame und duzen wie bei den Unglücklichen, die an den Ecken stehen, und meine Mutter zustimmend

Nicht mal respektieren tut sie mich

Sie interessieren sich nicht für mein Leben, Sie interessieren sich für meinen Bruder, der in dieser Wohnung bei mir ist, ohne dass das Schloss oder der Fußboden

Der Mischling

warnen oder, anders gesagt, ein Schatten auf der Küchenbank, der weniger dicht ist als die Schatten der Pflanzen in den Blumentöpfen, im Haus gegenüber bügelte ein Mädchen, sie stellte das Bügeleisen senkrecht auf der metallenen Ablage ab, prüfte die Temperatur mit Spucke, und die Spucke kochte, sie band die Schleife, die ihr Haar zusammenhielt, noch einmal, richtete sich, die Hände am Becken und den Bauch vorstreckend, auf, ich habe meinen Mann im Straßencafé in der Nähe des Friseurs kennengelernt, wo er unter komplizierten Verrichtungen

(erst das Notizbuch, dann der Nagelknipser, dann ein Bleistift, dann jede Menge Kram)

das Röhrchen mit Tabletten aus dem Mantel fingerte, um den Kaffee zu süßen

(der Nagelknipser fiel dabei zu Boden, daher waren erneute komplizierte Verrichtungen mit den Fingern vonnöten, die blindlings tasteten, bis der Kellner befahl

Warten Sie mal

und ihm mit überraschend leicht beweglichen Knien und Rückenwirbeln den Nagelknipser überreichte, während mein Mann einen Knochen nach dem anderen auf den Stuhle hievte, sie dabei zählte und sich versicherte

Einhundertundeins alle beisammen

dass sie alle da waren)

und immer schlüpften ein oder zwei Tabletten aus dem Röhrchen und kreiselten auf dem Tisch, was mir auf die Nerven ging, und daher habe ich eines Nachmittags eine gepackt, sie in die Tasse fallen lassen, wo sie so schnell wie ein Stein in einem Brunnen verschwand, und so war das, die Polizisten schrieben nicht, waren meinetwegen ungehalten, einer so ähnlich wie der Mann aus Seixal, genauso groß, der gleiche Gesichtsausdruck, Lippen, die beim Sprechen nur auf der linken Seite zusammenfanden und die Nase mitbewegten, und das restliche Gesicht mit anderen Dingen beschäftigt, wie nicht anders zu erwarten, äffte er den Herrn nach

Du schweifst ab Madame

und das Zelt, das den Wohnwagen verlängerte, und die Frau,

die Wäsche aufhängte, waren wieder zurück, dazu selbstverständlich auch meine Enttäuschung und mein Entsetzen, was ich als junges Ding alles geglaubt habe, wie töricht

(tue ich das heute auch noch?)

ich am Tisch meines Mannes

(nicht wegen Geld, obwohl ein paar Münzen, wenn sie an meiner Hand kleben blieben und ich es nicht schaffte, sie abzulösen)

um zu verhindern, dass die Tabletten mir auf die Nerven gingen, zog ich das Röhrchen aus dem Mantel und half ihm, der Kellner

Den Alten hast du im Netz

(die Münzen gelangten in meine Handtasche und lösten sich, warum weiß ich nicht, von allein ab, schon komisch)

der Witwer, eine kleine Wohnung mit Häkelgardinen und die Ehefrau seit Jahren ununterbrochen krank in einer Klinik wegen eines Hirnproblems, mein Mann schon vor ihrem Ableben in Trauerkleidern, mit Trauerflor am Arm und so, aber ungepflegt, voller Flecken, mich interessierte nicht, was er hatte, mich machten die Tabletten, wenn sie unermüdlich auf der Tischplatte kreiselten, beklommen und ich

Die fallen gleich runter

er bewegte schwere, tönende Schuhsohlen im Taucherrhythmus durch die Wohnung, ich

Was willst du?

und der Taucher blickte verwirrt auf den Haifisch aus Muscheln und das Aquarell, versuchte sie wiederzuerkennen, erkannte sie aber nicht wieder

Sind das etwa meine?

das Gesicht drehte sich mir zu und sah über mich hinweg, denn mich gab es nicht, es gab eine Frage, die von einem Punkt ausgegangen war, den er nicht ausmachen konnte, und er zur Frage

Ich weiß nicht

und als mein Mann

Ich weiß nicht

da bemerkte ich zum ersten Mal meinen Bruder mit den anderen Jungen am Tor der Autowerkstatt, mit Clownsjacken und Hosen, zu großen Hüten, die sie Gott weiß wo aufgetan hatten

(bei einem steckte das Mundstück einer Pfeife im Hutband)

und die ihnen bis über die Augen gingen, und ich frage mich, ob sie blaue Schuhe trugen und Cremes wie Tänzer im Theater aufgelegt hatten, einer der Jungs mit einem Lolli, der nie kleiner wurde, die Leute aus dem Wohnblock wichen ihnen aus, wechselten den Bürgersteig, die Scheinwerfer der Autos trugen sie fort und brachten sie wieder zurück, stellten sie wieder an den alten Platz, so wie ich es mit den Nippes tue, wenn ich Staub wische und mich nach den Spuren der Häkeldeckchen richte, sie erinnerten mich an das Pferdchen, das die Gezeiten verschont hatten, du rennst nicht mehr hinter den Käfern vom Friedhof her, Bruder, während unser Vater

Wie fühlst du dich?

mit einer Stimme, die stark sein sollte, aber schwach herauskam, wir mussten die Büsche bitten, still zu sein, damit wir ihn verstehen konnten, die ihm verbliebene Hand suchte uns

Ich habe an dich gedacht

aber ich glaube nicht, dass er an uns dachte, denn ich erinnere mich nicht daran, dass er sich unsretwegen je Sorgen gemacht hat, er setzte sich auf seine metallene Lunchbox, verfluchte den Kran und tastete voller Sehnsucht nach dem Arm seinen Ärmel ab, wenn der Schwanz der Eidechsen nachwächst, warum kommt dann nicht ein Ellenbogen zur Schulter, mein Mann öffnete eine Schublade, nahm irgendeinen Löffel, war verwirrt, fand mich, bevor er mich wieder verlor

Wo hast du das aufgetrieben?

und unterbrach sich, weil eine Drüse

(die Bauchspeicheldrüse, die Prostata)

Ich funktioniere nicht

mit gedankenverlorenem Blick, Erinnerungen wiederkäuend, die Tetanusimpfung, die sich entzündete, eine Elster, die mühsam

Guten Abend Herr Oberst

artikulierte

eine Zugreise nach Spanien und zwei Nächte in einer kleinen Pension in Badajoz mit dem ständig besetzten Bad auf dem Flur, und als es dann endlich frei war, hatte es nicht einmal eine Dusche, ein Rohr, das direkt zu den Sielen führte

(sie hörten, wie die Mitte des Flusses sie rief)

und an einem Nagel ein Bündel Rechnungen, von denen sie nicht wagten, eine einzige zu gebrauchen, Spanien war letztlich genau wie hier, kleine Gassen und armselige Läden, sie waren mit einem Teller, auf dem Mérida stand, zurückgekehrt, der schon auf der Reise einen Sprung bekam, und da steht er in einem Ständer aus Draht, und jedes Mal, wenn wir nah an ihm vorbeikommen, verkündet er

Demnächst zerbreche ich

links von ihm ein Feuerwehrmann, der eine Tonpfeife ist

(man bläst in eine Ausstülpung an der Basis)

ich habe lange gebraucht, bis ich sein Erspartes gefunden habe, eine Hälfte in einer Dose in der Speisekammer, die andere in einem Pantoffel, mein Bruder lehnte die Scheine von oben auf der Bank ab

(es war der einzige Satz, den ich bis heute von ihm gehört habe)

Brauche ich nicht

ich sage, mein Bruder, aber vermutlich die Pflanzen, Hortensien, Hyazinthen, kohlartige namenlose Stängel, der Kellner zählte die Scheine und faltete sie im Taschentuch zusammen, glaubte mir nicht

Nur?

ich gab ihm eine Uhr, und er glaubte auch der Uhr nicht

Was heißt hier Gold?

und prüfte die Marke, und mein Mann auf dem Sofa nahm uns nicht wahr, hin und wieder ein Klingeln der Niere

Ich funktioniere nicht

(was von einem Aufschrecken des spanischen Tellers begleitet wurde, der Mitleid mit ihm hatte, auf dem Tresen der kleinen Pension Miniaturflaggen aller Länder Europas und ein zerfleddertes Stierkampfplakat)

der Kellner

Was war das?

schnappte sich seine Kleider aus Angst, mein Mann würde zum Bett kommen, ihn bedrohen, mein Mann

(ich bin eine verheiratete Frau)

begrüßte den Teller

Genosse

und einen Augenblick lang war sein Gesichtsausdruck wach, und ich dachte

Verzeih mir

wie lange werden sie weiter im Bairro sein und euch töten, von Parasiten bedeckte Baumstämme, Eidechsen, die allmählich die Zweige zerstörten, als ich ins Schulalter kam, gab es schon keine Schule mehr, es gab einen Teil des Gebäudes und auf dem Schulhof Unkraut, was soll man den Mischlingen beibringen, wo sie doch nichts anderes lernen, als die Weißen auszurauben, und was bleibt der Polizei da anderes übrig, als bei den wilden Feigenbäumen zu warten, kleine Knospen, die nie zu Früchten werden, sich in feinem grauem Staub auflösen, die alten Frauen zu mir

Iss sie nicht

denn sie rufen bei Frauen Krankheiten hervor, ihre Gebärmutter fällt heraus, ihre Kinder werden nachts zu Dämonen und galoppieren unermüdlich auf dem Weg nach Sintra, an dem hinter der Müllkippe der Wagen des Mannes, und nicht Lissabon

(Du ziehst zu mir nach Lissabon)

kleine Gemüsegärten, wenn meine Mutter das mit dem Kellner ahnen würde

Du respektierst niemanden

und mein Bruder auf der Bank in der Küche ohne Tadel oder Bemerkungen, er war mir ähnlich, glaube ich

(er war mir nicht ähnlich)

er war meinem Vater ähnlich in seiner geistigen Abwesenheit und dem Schweigen, er verlangte nichts, bat um nichts, der Kellner spürte die Veränderung im Haus nicht, auch nicht, dass die Gerüche sich änderten, er schaute die Uhr weiterhin prüfend an

Was heißt hier Gold?

zweifelte an mir, und das Mädchen, das geistesabwesend bügelte, anfangs kleine Jungs und dann Hunde, als der Müllcontainer

(diesmal kein Müllcontainer)

als der Kellner umfiel, und gleich waren die Hunde da, die verteilten, was drin war oder, besser gesagt, die Geldscheine meines Ehemannes und die goldene Uhr, der Kellner suchte mich hier oben auf der verglasten Veranda mit den Blicken, fand mich nicht, gab auf, sah meinen Bruder auf der Bank, der ihm mit dem leeren Ärmel zuwinkte, als würde mein Bruder

Vater

obwohl er schwieg, Klappmesser, und der Kellner vergaß die verglaste Veranda und vergaß mich, so wie ich eines Tages vergessen werde, ich werde nur Seixal und das Pferdchen im Sumpf nicht vergessen, die Klappmesser der wie Clowns angezogenen Jungs

(wenn wenigstens die Handfläche meiner Tochter meinen kleinen Finger drücken würde)

in übergroßen Jacken und mit alten Hüten, bei einem steckte das Mundstück einer Pfeife im Hutband, es fehlten nur die Saxophone, die im Zirkus gespielt werden und meine Seele verbeulen, indem sie mich daran erinnern, wer ich bin, die Ferse des Kellners zog sich zusammen und gab auf oder, besser gesagt, nicht die Ferse, weil eine Ferse lebt, ein Fleck auf dem Hemd, den die Baumreihe gelöscht hat, und da war mein Bruder mit den anderen Clowns auf der Straße, ein Auto gab an der Ecke Gas, und ihr bei den wilden Feigenbäumen, ihr Dummköpfe, im Bairro nur die alten Frauen, darunter auch meine Mutter

Du respektierst niemanden

die Niere meines Mannes

Ich funktioniere nicht

lenkte mich vom Bairro ab, womöglich bin ich nichts anderes als eine der Unglücklichen von der Straße, die an einer Ecke steht, und würde meine Tochter meinen kleinen Finger fest drücken, würde ich mich besser fühlen, ich hätte gern, dass mein Vater

Ich habe an dich gedacht

auf der Brache bei der Kapelle, ich werde auf dem Weg nach Sintra zurückkommen, auf dem niemand uns wahrnimmt, und werde mich auf dem Friedhof mit den alten Frauen hinhocken, die auf ihre Männer warten

Wie geht es dir?

und nicht einmal das Echo eines Geräusches, Dachse, glaube ich, und in der Ferne ein Lagerhaus, ich kenne alles so gut, und wenn ich noch so oft schwöre, dass dem nicht so ist

(wie oft habe ich geschworen, dass dem nicht so ist, seit ich sechzehn bin, tue ich das)

so gehöre ich doch an diesen grässlichen Ort, wo es keine verglasten Veranden gibt, die Gewissheit, dass mein Bruder

(was ich nicht dafür geben würde, diesen Bericht nicht zu schreiben)

die Clowns losgeschickt hat, um den Kellner zu töten, um nicht mich töten zu müssen, und der Schatten auf der verglasten Veranda

Nutte

in den Blättern aufgelöst, pardon, der Schatten stumm, es war der spanische Teller oder das Rohr, das im Inneren der Wand seufzte und beleidigende Worte sagte, ich sollte im Bairro mit den Leuten zusammenleben, zu denen ich gehöre, nicht an diesem Ort der Weißen, die Zeit, die ich gebraucht habe, um im Standesamt meinen Namen zu malen

(zu viel Druck auf den Federhalter und die Feder krumm)

wo ich den Blumenstrauß an mich drückte, dessen Schleife sich löste, und als ich sie wieder richten wollte, rutschte sie weg, mein Bruder hat mir überhaupt nichts übergeben, Senhor, was sollte er mir denn übergeben, ich glaube, er arbeitete

(alle Neger stehlen)

ich glaube, er stahl, es heißt, alle Neger stehlen, so wie ich meinen Mann bestehle, er hat mich nur besucht, hat auf mich aufgepasst, und es ist schon witzig, dass ein Clown, der kaum mit sich selber klarkam, auf jemanden aufpasst, hinter dem Haus gab es einen kleinen Platz mit verdorrten Maulbeerbäumen, und es gab Augenblicke, in denen ich an die Fensterbank trat, um den Teppich auszuschütteln, und meinen Bruder auf einem Rasenquadrat sah

(kein Rasenquadrat, ein Quadrat aus Erde)

mit dem Mund aus der Wiege, der imstande war, jeden zu verschlucken, der sich ihm näherte, ich habe ihn nie auf den Arm genommen und auch nicht meinen kleinen Finger in seine Handfläche gelegt

Iss meine Finger nicht auf

ich hockte mich hin und schaute die Raben und die Wolken an, war von den lärmenden Possen der Grillen betäubt, und plötzlich ein Wasserrinnsal in mir, und ich war Frau, der Mann inmitten der aschgrauen und gelben, verstorbenen Olivenbäume

Wir behalten das Kind und du ziehst zu mir nach Lissabon

Wurzeln, aus denen sich noch Hosen erhoben

(die Knie der Toten?)

ich erinnere mich an Fetzen von Hemden und rostige Manschettenknöpfe, an meine Großmutter, die die Glut mit einem Stöckchen anfachte, sie ging nicht wie wir, sie ging so, als sei sie Teil des Bodens oder als sei sie dessen Fortsetzung, ein Busch, ein Stängel, und in ihrem gesamten Blut eine Ruhe, die meine Mutter nicht besaß, der Rauch ihrer Zigarette hörte nie auf, eines Tages sagte sie

Ich habe keine Kraft

wand ein Tuch um ihren Kopf, legte sich hin, und wir merkten, dass sie gegangen war, weil der Rauch der Zigarette aufgehört hatte, meine Mutter von der Tür aus

Wir müssen ein Brett organisieren um sie zur Brache zu tragen

wir legten ein Tischtuch darüber

(die Sandalen guckten heraus)

das sie vor den Fliegen schützte, und das war es, kein

Wie fühlst du dich?

kein

Wie geht es dir?

die Kehle zugeschnürt, mein Vater hob die Zigarette auf und tastete den leeren Ärmel ab, meine Mutter verwahrte das Tuch für denjenigen, der sich als Nächster verabschieden würde, und kaum hatte mein Vater die Kippe weggeworfen, da hatte ich nie eine Großmutter, sie war in Afrika geboren worden, hatte meine Mutter von einem Mulatten empfangen

(Wir behalten das Kind und du ziehst zu mir nach Lissabon)

beklagte sich

Wie klein ist das hier

den Blick voller Felder und Dörfer, obwohl ich annahm, dass das Elend das gleiche war, barfüßige Leute, Ziegen, ich sah meinen Bruder auf dem kleinen Platz, eskortiert von den Clowns, und die Polizisten im Gebäude, in dem das Mädchen das Bügeleisen abstellte und sich, das Becken massierend, aufrichtete, unterbrich deine Arbeit nicht, binde das Haar mit der Schleife zusammen, solange du weitermachst, wird uns nichts Böses geschehen, ich sah einen von einem gestreiften Vorhang verdeckten Schrank und auf dem Schrank Holzfiguren, ein Krokodil, ein Rentier, eine kleine Kuh

(mit den Tieren fühlen Sie sich nicht allein, so ist es doch?)

und die Polizisten beim Mädchen, denn die Hälfte eines Gesichts lugte hervor, mein Bruder am Ende der Allee, niemand bei ihm, ein dreijähriger Junge, nein, ein Fünfzehnjähriger, der hinter Käfern herrannte und die Raben aufscheuchte

Tut meiner Schwester nichts

so wie er möglicherweise zum Kellner

Ich verbiete dir ihr etwas zu tun

wo sie mir doch, auch wenn sie mich missachten und mit Madame und du anreden, nichts tun, keine Angst, ich bin keine von diesen Unglücklichen von der Straße, ich habe eine Tochter, die ich aufziehen muss, eine Anstellung, einen Mann, der in diesem Augenblick ohne meine Hilfe aufstand und, obwohl die Bauchspeicheldrüse und die Niere unisono läuteten

Ich funktioniere nicht

auf dem Boden in Richtung Küche voranschritt, sein Mund bewegte sich, bevor er einen Satz zustande brachte, und bewegte sich weiter, wenn der Satz zu Ende war, ich näherte mich, um ihn zu hören, aber so leise, meine Güte, er dachte wohl an die Energie während der Reise nach Spanien in einer Zeit, in der er sich ohne Hilfe um sich selber kümmerte, er aß ohne Hilfe, und die Worte kamen, man musste sie nicht holen, ich

Verzeih mir

bemerkte das

Verzeih mir

kaum, so besorgt war ich um meinen Mann, und er

Fass mich nicht an

beharrte darauf zu gehen

(das ständig besetzte Badezimmer in der kleinen Pension in

Badajoz, und mein Mann zu seiner Frau, die ich nicht einmal vom Foto her kenne

Und jetzt?

sie war vollkommen gestorben, so wie ich hoffentlich auch einmal vollkommen sterbe, ich möchte um Gottes willen kein Knie auf der Brache sein

Ich habe an dich gedacht

ich, die ich an niemanden denke außer an das Pferdchen, das keine Farbe mehr an der Mähne hat und das die Flut am Ende mit sich schleifen wird)

mein Mann schüttelte mich mit den Ellenbogen ab

Fass mich nicht an

und ich nicht per du, per Senhor, langsamer als er

Keine Angst ich fasse Sie nicht an

eine Tablette unter der Zunge brachte das Herz, das zwischen Ohren und Schläfen hin- und herschaukelte, wieder in Ordnung, was ist mit meinen Beinen los, die mir nicht mehr gehorchen, sage mir das mal jemand, die kleine Pension in Badajoz und die ganze Nacht lang durch die Wand hindurch Schimpfen, Streit, Musik im Restaurant nebenan, und meine Frau

Heilige Muttergottes

mein Mann trat auf die verglaste Veranda, landete, ohne das Licht anzumachen, an der Kampfertruhe, der Klang seiner Schritte anders, wenn sie vom Dielenboden auf die Fliesen überwechseln, und er ein Nebel, so wie mein Bruder ein Nebel, als er sich auf die Bank setzte, die Polizisten auf der Straße und die Clowns dort beim Kurzwarenladen, der Mann von der Müllkippe hörte nicht auf, mich anzuschauen, keine Augen übrigens, zwei Tiere, die mir verboten wegzurennen, und ich an sie gebunden

Ja

obwohl es kein

Ja

war, das ich antworten wollte, und dennoch

Ja

mit geöffnetem Körper, der sich zu den Tieren hin weitete

Ja

die Schenkel um ihn geschlungen, ohne zu bemerken, dass es meine waren, ich war es, die

Ja

mein Mann landete auf der verglasten Veranda trotz der Bauchspeicheldrüse, die schrie

(kein Läuten, ein Schrei)

Ich funktioniere nicht

trotz des Magens, der Niere, die Polizisten, da bin ich mir sicher, waren überall und die Clowns beim Kurzwarenladen ober beim geschlossenen Kiosk, die Straßenlaternen verdichteten die Dunkelheit, hinderten mich am Sehen

(als in der kleinen Pension in Badajoz der Strom ausfiel, eine Kerze, die mit dem eigenen Stearin auf eine Untertasse geklebt war, es häufte sich um den Docht herum an, und mein Mann und seine Frau riesig an den Wänden, jede Geste aufgeblasen und die Stimmen sehr viel kleiner als die Gesten

Bist du da?

erschreckt über die eigene Größe, sie verstanden die Sprache nicht, hatten Heimweh)

hinderten mich daran, meinen Bruder bei den wilden Feigenbäumen zu sehen

nein, sie hinderten mich daran, meinen Bruder zu sehen, wie er, das Gebäude im Sinn, die Maulbeerbäume hinter sich ließ, mein Bruder in der Kiste, die ihm als Wiege diente, und ich voller Angst

Er wird den Mund aufmachen und mich essen

die Pistolen der Polizisten und die Pistole des Herrn, der mich missachtete und mich mit Madame und du anredete

Da hast du das Ende deiner Geschichte Madame

als wäre ich eine der Unglücklichen, die an den Ecken stehen, anstatt eine verheiratete Frau, ich ziehe meine Tochter auf, führe meinen Haushalt, arbeite, der Kellner zufrieden mit mir

Den Alten hast du im Netz

kümmern Sie sich nicht um das, was ich sage, ich habe mich geirrt, meine Kolleginnen besorgt, und die Kundinnen warten, blättern in den Zeitschriften vor und zurück, während mein Kittel

(ich wollte immer Zöpfe haben, aber mein Haar gab das nicht her, zwei Tage nachdem es entkraust war, kräuselte es sich wieder, zu dumm)

auf dem Bügel hängt, in der Tasche die Handschuhe zum Haarefärben, und mein Name darauf gestickt

(ich habe ihn mit einem lila Faden gestickt, und er ist hübsch geworden, nicht wahr?)

genauso schief und langsam, wie ich im Standesamt unterzeichnet habe, der Angestellte

Vorsicht mit dem Federhalter

beim ersten Tintenklecks, den er mit einer Art Klebe löschte

Setz den Namen etwas weiter unten hin wenn du es schaffst ihn noch mal zu schreiben

und diesmal dann auch ohne Tintenklecks

(fast keiner)

und die Buchstaben übereinander, denn es hatte keine Schule gegeben, es gab einen Teil des Gebäudes, Unkraut

(die Reste einer Rutsche?

keine Reste einer Rutsche, die Kiste mit Sand, in den man fiel und der einem in die Strümpfe kroch)

das Klassenzimmer sieben oder acht Latten und eine ausgeblichene Landkarte, auf der Portugal ein kleiner Strich war, warum Geld für Mischlinge ausgeben, sie lernen doch nichts anderes, als die Weißen auszurauben, nur dazu sind sie gut, das Geld meines Mannes in der Speisekammer und in einem Pantoffel, und mir tat er leid

Verzeih mir

er hat mich nie respektlos behandelt, hat mir nie was getan, nur

Fass mich nicht an

wobei sein Mund sich ewig lange auf der verglasten Veranda bewegte, bevor er einen Satz zustande brachte, und sich noch weiter bewegte, als der Satz zu Ende war, eine Veränderung im Haus, die ich nicht erklären kann, denn weder die Gerüche noch die Möbel hatten sich verändert, noch hatte ich mich verändert, und dennoch eine Frage, die nicht einmal eine Frage war, mehr oder weniger was sich vor ewigen Zeiten im Bairro ereignet hat, als ich mitten in der Nacht aufwachte, den leeren Ärmel meines Vaters schnarchend neben mir vorfand

(wahrscheinlich der Rest des Schlafanzugs leer, und dann fragte ich mich, ob ich einen Vater hatte oder nur eine Nase, die sich bewegte und schniefte)

ich nahm die wilden Feigenbäume, den Regen, meine Mutter wahr, die wer weiß wo auf meinen Mann zeigte

Nicht einmal ihn respektierst du

der sich über die Veranda beugte, meinen Bruder beobachtete, der auf uns zulief, wie er als Dreijähriger, einen Stein in der Hand, hinter den Käfern hergelaufen war, und dann bemerkte er die Polizisten und darauf fiel ein Container um, selbstverständlich ein Container, nicht er fiel um, warum zum Teufel er, ein Container fiel um

(man hörte am Geräusch, dass es ein Container war, mein Bruder würde beim Umfallen nicht so viel Lärm machen, und Raben und Tauben und Kakteen und das Elend des Bairro fielen ebenfalls um)

also gesellte ich mich zu meinem Mann, der nicht

Fass mich nicht an

der mich akzeptierte

(auf dem Tresen der kleinen Pension in Badajoz die Flaggen aller Länder Europas und eine Kerze in einem Zimmer ohne Strom, die nicht aufhörte zu brennen) mein Mann und ich beugten uns zu dem Bereich des Bürgersteigs herunter, in dem ein Container umgefallen war

(ich glaube, da war ein metallisches Geräusch, denn das Gewehr, das mein Bruder unter das Hemd gesteckt hatte, fiel mit meinem Bruder, dazu die Läufe, der Hahn, der Gewehrverschluss und all die Teile, aus denen Gewehre gemacht sind und von denen ich nicht weiß, wie sie heißen)

die Polizisten unterhielten sich miteinander, der Herr, der mich respektlos behandelte, telefonierte vom Auto aus, und mein Mann und ich Seite an Seite

(zum ersten Mal Seite an Seite)

danach zogen wir uns in die Wohnung zurück, um nicht die Ankunft der Hunde zu erleben, und an diesem Punkt verabschiede ich mich, wer weiß, vielleicht komme ich in einem anderen Buch wieder.

Selbstverständlich ist sie ein Mischling, und deshalb ist ihr nicht über den Weg zu trauen, zeigt mir einen anständigen Neger, einen arbeitsamen, ehrlichen, und wenn Sie sich auch noch so anstrengen, Sie werden keinen einzigen finden, ich habe sie in Afrika und hier genau kennengelernt, in Afrika, bis die Revolution sie zu Herren dessen gemacht hat, was wir geschaffen haben und was sie umgehend zerstörten und wobei sie sich gegenseitig umbrachten, und hier, wohin sie uns auf den Schiffen begleitet haben und wo sie um uns herumkreischen

Senhor

so zerlumpt wie eh und je, und sie lecken uns die Hände in der Hoffnung auf einen Herrn, denn sie brauchen jemanden, der sich um sie kümmert, damit sie nicht an Wurzeln kauend verhungern und sich am Eingang ihrer Hütte gegenseitig lausen, und deshalb haben wir sie hier im Norden von Lissabon, wo sie die verlassenen Landgüter füllen, in denen die Überreste der Gutshäuser von Adligen stehen, von denen niemand weiß, wer sie waren, und Mauersteine und Wellblech und darin die Neger mit ein paar Zicklein, ein paar Enten, aus einer Ansammlung von Hütten gebildete Gässchen, inmitten der Baracken Buchen, die sich ebenso gehalten haben wie an einer Wand der Ställe die Viehtraufen, und die alten Frauen hocken da und lausen sich gegenseitig wie gehabt, kein

Senhor

mehr, sie machen kleine Feuer aus Möbelresten, während die Enkel in Banden durch Amadora streifen, Weißenmacken an den Tag legen und Kleider tragen, die Karikaturen unserer sind und die keiner von uns, der bei klarem Verstand ist, sich anzuziehen wagen würde, es sei denn, er wollte für einen Verrückten oder einen Zuhälter gehalten werden, und was konnte ich also von einer Mulattin erwarten, ich habe sie keineswegs wie ein Dummkopf geheiratet, im Café, als sie sich unter dem Vorwand an meinen Tisch setzte, die Tabletten aufzufangen, habe ich gleich bemerkt, wie der Hase läuft, eine Woche lang hatte sie mit dem Kellner und in ihrem Kopf Pläne geschmiedet, so augenfällig, als stünde es ihr auf der Stirn, hat er Geld oder hat er keins, im Flüstern des Kellners die Antwort vernehmlicher, als würde er laut schreien, die Alten haben immer Geld, das Problem ist nur, dass sie mit dem Alter misstrauisch werden und es in einer Kuhle im Bett verstecken, wo sie es nachts zählen und sich als Millionäre fühlen können, zehn Tage, und dann stößt du auf die Münzen, und das war's, obwohl ich sie besser verstand, als sie ahnte, habe ich sie kommen lassen, denn seit dem Tod meiner Frau war die Wohnung ergraut, und es ging nicht darum, ob es vorher besser war

(nicht ergraut, ein Wort, das mir jetzt nicht einfällt und das mir vielleicht später einfällt, wurde traurig ist es auch nicht, wenn ich Zeit habe, werde ich darüber nachdenken, an Verben herrscht kein Mangel)

es ging darum, dass ich anstelle eines anderen Hustens, das mir Gesellschaft leistete, nur mehr das Echo meines eigenen hörte

(allein zu husten macht lustlos, und das Wort ergraute stört mich, hoffentlich finde ich etwas Besseres)

und dann die kleinen Dinge, von denen man annimmt, sie wären nicht wichtig, das Nähkästchen mit den Einlegearbeiten aus Perlmutt, eine Handcreme ohne Deckel und die Schürze in Gehenktenposen, ich sagte zur Mulattin

Bind mal die Schürze um

und wie lebendig wurde sie an ihr

(ergraute geht nicht)

und sie half mir, mich anzuziehen, denn meine Finger gehorchten mir nicht, ich erlaubte ihr zu bleiben, trotz des Geruches, den sie haben, ich spürte, wie sie die Strümpfe abtastete und die Matratze überprüfte, aber sie brachte, wenn sie vom Friseur nach Hause kam, wenigstens ihre Tochter zu Bett, die den ganzen Tag an die Kommode gelehnt dastand und mich anstarrte

(sie mochte es, wenn wir ihr den Finger in die Handfläche legten, und drückte dann kräftig zu)

und sie servierte mir das Abendessen, wenn es dunkel wurde, war der Geruch dichter als der von läufigen Füchsinnen, sie berührte mich unter den Betttüchern mit dem Fuß, und nicht die Niere, der ganze Körper hätte am liebsten geantwortet und geklagt

Ich funktioniere nicht

im Sommer, wenn die Hitze mich belebt und wer weiß was in mir ist, junge Blättchen oder Körperteile, von denen ich angenommen hatte, sie hätten längst aufgegeben, sich unter einem geheimen Wind bewegen, würde ich ihr den kleinen Finger geben, damit sie ihn in der Handfläche umfasste wie die Tochter und ihn festhielt, mich störte nicht, dass sie ein Mischling war, auch der Geruch störte mich nicht, der Fuß rieb sich am Fuß und die Bauchspeicheldrüse stumm, Dutzende von Organen schubsten sich und stießen vage aneinander, und nicht eine einzige Glocke warnte mich, das Alter von fünfzig wieder zurück, und wenn ich dazu Lust habe, renne ich, rasiere ich mich, ohne mich zu schneiden, die Gebissplatte würde mein Zahnfleisch nicht mehr durchbohren, und nicht nur der Fuß, die Nase würde mich beschnuppern, die Nase freundlich kitzeln, durch die Rollläden ein leichtes Fieber in den Bäumen und ich ein Tipubaum, ich Zweige, das bügelnde Mädchen richtete sein Haar, und das Bügeleisen senkrecht auf der Metallablage, ich beinahe ein Bügeleisen senkrecht auf der Metallablage, ich glaube, ich bin ein Bügeleisen senkrecht auf der Metallablage, was heißt hier fünfzig Jahre, vierzig, siebenunddreißig, und das Stearin quillt über den Rand der Untertasse, die Kerze in der Pension in Badajoz geht aus, die Musik im Restaurant verstummt, ich ein feiner Rauch, der immer weniger wird und verfliegt, ein durchsichtiger Tropfen kristallisierte am Rand aus, und das war es dann, die Jahre häuften sich mit ihrer ungerechten Trägheit, während ich mich fragte

Warum alt?

Warum bin ich so alt?

Wer hat mich so alt gemacht?

während die Teile dessen, der ich einmal war, sich von mir entfernen, die Gevatterin einer Tante beispielsweise, die mein Kinn nahm

Kleines hübsches Kerlchen

das Häufchen Federn des Distelfinks, der tot auf dem Käfigboden lag, oder besser gesagt, runde Lumpen, ein Paar, das vorbeitanzte

(meine Frau und ich?)

mich nicht beachtete

Das ist ein alter Mann kümmere dich nicht um ihn

und warum alt, warum so alt, warum bin ich so alt geworden, das Mädchen am Fenster legte Betttücher auf dem Bügelbrett zusammen, hatte das Bügeleisen vergessen, hatte mich vergessen, mein Mund bewegte sich ewig lange, bevor

Vergiss mich nicht

und bewegte sich noch weiter, als der Satz beendet war, die Worte sind zu Ende, du bist am Ende, niemand hört dich, und dennoch glaubst du, du wärest nicht allein, denn das Paar kommt zurück, und die Frau

(deine Frau?)

späht über die Schulter des Mannes

(deine Schulter?)

Dieser Alte

auch wenn sie über dich reden, reden sie nicht über dich, dein Vater hat dich auf seinem Schoß anders hingesetzt, und du hörst es nicht, du hörst die Achse des Pferdewagens und das Asthma des Maultiers, du erinnerst dich an den Geschmack von heißem Wein auf deiner Zunge, ein Wesen, das du nicht genau erkennst

(nicht deine Mutter, vielleicht die Schwester deiner Mutter)

Gib dem Armen heißen Wein gegen die Windpocken

wo du doch gar keine Windpocken hast, es ist der abgebrannte Docht in der Pension in Badajoz, das kalte Stearin auf dem Teller, deine Frau

Ich möchte nach Hause

und welches Zuhause, wo sie doch gestorben ist und ich auf der Beerdigung war, sie ist gestorben, und wenn sie gestorben ist, heißt das Schaufeln mit Erde auf einem leeren Deckel, der Jesus aus Messing und die Verzierungen, die ich nie wieder sehen werde, auch das tanzende Paar nicht, du hast schon verloren, frage nicht nach dir, ich spüre das Kitzeln der Nase nicht mehr, die Arme haben aufgegeben, und mein Blut ruht, sollte die Mulattin fragen

Was ist los?

weder die Bauchspeicheldrüse noch die Niere, der ganze Körper

Ich funktioniere nicht

ich bewege die Lippen, und was kann ich denn anderes sagen als darauf bestehen, sie zu bewegen, bis wieder Worte

Ich funktioniere nicht

der Kellner, dem die Mulattin gehorchte

Den Alten hast du im Netz reiß dir sein Geld unter den Nagel

und das Mädchen am Fenster wartete, das Bügeleisen nicht auf der Metallablage, waagerecht auf dem Bügelbrett, außerstande zu antworten, so wie auch ich außerstande bin zu antworten, würde man mir den kleinen Finger in die Handfläche legen, egal welchen, den der Tochter der Mulattin, den der Mulattin, den einer Verwandten, die mich hin und wieder mit

Seezungen und der Begeisterung besucht, die sie mit den Seezungen gekauft hat

Na?

dann drücke ich nicht kräftig zu, ich denke an etwas anderes, wünsche mir, dass man mich auf das Sofa setzt, wo ich, mit dem Läuten der Niere beschäftigt, die Wand anstarre, ohne die Wand zu sehen

Ich funktioniere nicht

oder meine Cousine zur Mulattin, während sie meine Hand nimmt und die Seezungen und die Begeisterung auf dem Tisch liegen lässt

Ist er eingeschlafen?

und ich versuche, nicht vom Schoß meines Vaters herunterzufallen, wegen des Ruckelns des Sitzes, jedes Mal wenn ein Schlagloch

Passen Sie auf dass ich nicht herunterfalle

und Lorbeerbäume, deren Wipfel mich zu beiden Seiten der Straße einwiegen, der Geruch meines Vaters und der Geruch der Mulattin vermischt, ich habe das Geld in einer Dose in der Speisekammer und in den Pantoffeln mit den Rhomben, ich dachte, es würde mir dazu dienen, zu dem zurückzukehren, der ich einmal war, aber es bringt nichts, ich brauche die Scheine nicht, die beiden können sie mitnehmen, meine Verwandte zur Mulattin, ohne meine Hand loszulassen

Haben Sie mit dem Doktor gesprochen?

und ihre Haut warm

(nein, kalt)

sie muss gerührt sein, denn ihre Haut ist kalt

(einmal habe ich einen Frosch in einer Pfütze gefangen, der war eiskalt)

eine Missbildung am Zeigefinger, die sie zu verbergen versuchte und damit noch mehr zeigte

(sie hat sich mit sechs Jahren den Finger an der Wasserpumpe gebrochen) ich habe mir keinen gebrochen, und dennoch mein Körper

Ich funktioniere nicht

man wollte ihr den Finger noch einmal brechen, um ihn zu begradigen, doch kaum hatte sie den Hammer gesehen, schlug sie riesige Krallen in den Arm des Krankenpflegers

Lassen Sie mich los

und deshalb ist der Zeigefinger gebogen wie ein Angelhaken, es widerstand mir, ihn zu berühren, meine Verwandte merkte es

Findest du mich eklig?

das Mädchen am Fenster kehrte mit einem Korb voller Hemden zum Bügelbrett zurück, soweit ich mich erinnern kann, war nie jemand bei ihr, und ich erwischte mich bei der Frage, warum zum Teufel nicht sie, sondern die Mulattin mir bei den Tabletten geholfen hat, die über den Tisch rollten, wo doch die Weißen einen weniger bestehlen, sie brauchen kein Geld dafür auszugeben, sich als Karikaturen unserer Familien in den Vororten anzuziehen, brauchen sich keine Goldzähne ins Kinn schrauben zu lassen, und während die Niere klingelte und die Lorbeerbäume zu beiden Seiten des Pferdewagens dahinglitten, ging die Haustür auf und wieder zu, und die Stimme des Kellners, der die Jacke auszog

Wohin hast du den Alten gesteckt?

er setzte sich schamlos an den Platz, an den sich meine Frau, bevor sie krank wurde, immer gesetzt hatte, einmal ganz abgesehen vom Bruder der Mulattin nachts auf der Bank in der verglasten Veranda, und sie

Was willst du hier?

was mich daran erinnerte, wie meine Mutter, eine gerupfte Wachtel in der Hand, während wir die Treppe zum Pferdewagen hinunterstiegen, zu meinem Vater

Was hast du heute getrunken?

ihn daran hinderte, das Maultier abzuzäumen und im Pferdegatter anzubinden, das letzte Bild meines Vaters, das ich mir bewahrt habe, ist, wie mein Vater mich ansah, als er ging, ohne das Bett zu verlassen

Gibst du mir dein Händchen?

mich immer weniger beachtete, dabei aber nicht aufhörte, mich anzustarren, bis er meine Hand überhaupt nicht mehr brauchte, das Maultier beruhigte sich im Pferdegatter

Hast du ihm das Händchen nicht gegeben?

und da mein Vater gegangen war, dachte ich

Wahrscheinlich ist er im Gemüsegarten

ich habe beim Gemüse nachgesehen, und niemand hackte dort, das Wasser in der Bewässerungsrinne spiegelte die Wolken wider

(die Hälfte der Wolken)

und Spatzen, die an den Tomatenpflanzen pickten, in Lumpenuniformen, meine Mutter, die vom Brunnen zurückkam, schaute mich im Weitergehen an, und ihr Bild, nicht sie, unmittelbar in der Bewässerungsrinne gestockt, sie ließ den Eimer los, der auf dem Boden umkippte, lief an mir vorbei

(so schnell eine dicke Frau halt laufen kann, wobei sie auf die Reihe neu gesetzter Kartoffeln trat, an der sie die ganze Woche gearbeitet hatte)

ich fand sie am Kopfende des Bettes, wo sie ihn schalt

Was hast du heute getrunken?

und ein kräftigeres Ausweichen des Maultiers

(das allerdings hätte ihm ein Händchen geben können)

das ihr half zu verstehen, dass sie Witwe geworden war, und ich betrachtete ihre Beine voller Mitleid, mich interessieren nicht die ganzen Menschen, Teile von ihnen, die Wölbung der Schultern, die Backenzähne, bei meiner Verwandten der Leberfleck an der Lippe

(der Leberfleck an der Lippe zur Mulattin, ohne meine Hand loszulassen

Ein oder zwei Monate und er erlischt)

und an der Mulattin, wo wir gerade über sie reden, die Art,

wie sie die Tabletten genommen und wieder in das Röhrchen gesteckt hat, an meiner Frau nicht das Lächeln, die Mundwinkel, die sich krümmten, um die Stimmen der Vergangenheit besser zu hören, sie hatte vor mir einen Freund, einen nach Brasilien ausgewanderten Soldaten, bis vor fünf oder sechs Jahren jedes Weihnachten eine Ananas in einer Schachtel, als keine Ananas mehr kam, versuchte ich sie zu ärgern

Ist die Ananas noch nicht gekommen?

und sie trödelte am Herd herum, mir war so, als ob ein Tropfen am Handgelenk, und als sie bemerkte, dass ich ihr Handgelenk beobachtete, übertrieb sie

– Ich habe Staub ins Auge bekommen

oder Staub in beiden Augen, denn die Augenlider waren geschwollen, nächstes Weihnachten wartete meine Frau gebannt auf die Post, sobald die Klingel unten, fröhlich, wenn Schritte die Treppe heraufkamen, und enttäuscht, sobald die Schritte im Stockwerk über uns, sie wollte nicht, dass ich von der Ananas aß, sie wollte sie an einer Stelle haben, wo sie sie gerührt betrachten

(auf dem chinesischen Teller auf dem Geschirrregal)

und sich dabei an einen Hauptmann in Uniform erinnern konnte, in der Schublade mit dem Einwickelpapier habe ich ein oder zwei Briefe gefunden

(warum bewahren Frauen so gern Müll auf?)

umständliche Absätze, die sie mit gnädiges Fräulein anredeten, und Postkarten mit kleinen Bären, die die Köpfe aneinandergelegt haben, der größere mit einer blauen Schleife und der kleine mit rosa Schleife, hingerissen und blöd, als ich sie meiner Frau zeigte, die Dutzende von Staubkörnern rieb

Die haben mir meine Eltern geschickt

da sie Waisenkind, von einer Großmutter aufgezogen war, kannte sie keine weiteren Menschen ihres Blutes, also ich bei Tisch

Hol die Ananas her

die letztlich ich dann holte, während die Schuhe meiner Frau sich gegenseitig zerquetschten, ich schnitt sie mit dem Fleischmesser auf, reichte ihr eine Scheibe

Möchtest du eine?

und bei jedem Schnitt zitterte meine Frau, als könnte sie nicht mehr zwischen rechtem und linkem Bein unterscheiden, ich eine Scheibe auf der Gabel, und sie verschwand im Schlafzimmer, die Serviette ans Kinn gedrückt, wünschte mein Ende, ich musste die Ananas allein kauen, ich, der ich Ananas nicht ausstehen konnte, bis nur noch die für mein Zahnfleisch zu harte Schale

(versucht habe ich es, das können Sie mir glauben)

und der Palmentuff übrig waren, den sie oben haben, und während ich kaute, hörte ich, wie der Abfluss des Waschbeckens literweise Bärchen schluckte, ich zwang sie in jener Nacht, sich mit mir zu verstehen

Sag bloß du hast wieder Migräne

auf dem Kissen dabei die Zähne in die Unterlippe gedrückt und die Arme reglos, ich spürte, wie sie mich in der Dunkelheit hasste, den Kopfkissenbezug zerknüllte oder so, damals gab es das Bügelbrett im Haus gegenüber nicht, zwei alte Damen, die Geige unterrichteten, Bögen falscher Töne, die meine Seele anpickten, und noch heute verbinde ich sie mit Ananasgeschmack, als der Doktor mir im Krankenhaus mitteilte, dass nur noch wenig fehlte

Die Lunge hat aufgegeben verstehen Sie?

habe ich ihr eine in einem Korb mitgebracht, und sogar ohne Lunge und außerstande, den Staub zu reiben, der wieder ins Auge gekommen war, starb sie, während sie nicht an mich, sondern an den Soldaten dachte, der in der Straße mit militärischem Gruß an ihr vorbeiging, als der Doktor riet

Reden Sie mit Ihrer Frau um zu sehen ob sie Sie erkennt

eine Grimasse, die die Krankenschwester als Agonie bezeichnete, aber was heißt hier Agonie, Wut, der Lohn für achtunddreißig Jahre, die ich sie ernährt und gekleidet habe, ich zerriss die überlebenden Bärchen und befahl der Mulattin, ihre Kleider zu tragen, die Mulattin vor den Bügeln, und ich bewegte die Lippen, während ich darauf wartete, dass die Stimme sich entschied, und diesmal entschied sie sich nicht

Zieh du diesen Kram an

hatte nicht damit gerechnet, dass mir auch Staub ins Auge kam, und ich rieb ihn mit der Faust

(so gut ich noch was auch immer reiben konnte)

und traf den Staub nicht, das tanzende Paar umkreiste uns, ich mit schwarzem Haar und Mittelscheitel und meine Frau mit dem Halsband, von dem sie steif und fest behauptet hatte, es in Spanien in der Eile des Kofferpackens verloren zu haben, während ich vermute, dass sie es extra unter der Matratze versteckt hatte, ein Monatsgehalt flöten gegangen, während sie Briefe und Postkarten, die keinen Heller wert waren, wie einen Schatz in der Schublade verwahrte, die Mulattin sah sich prüfend im Spiegel an, zupfte mit zwei Fingern die Taille zurecht, während die Tochter uns in ihrer geheimen Stummheit verfolgte, Lust, mich ganz in ihre Hand zu legen, damit sie mich kräftig drückte, damit keine Niere klingelte und kein Staub im Auge, ich wich mit der Wange aus

(zum Glück weiche ich noch immer mit der Wange aus, zum Glück gehorcht mir ein Teil von mir)

bevor die Mulattin oder meine Frau mich in der Annahme küssten, ich würde glauben, dass sie mich mochten, die Erste dachte achtunddreißig Jahre lang an einen Soldaten, und die Zweite brachte wen immer sie auf der Straße auftat mit nach Hause

(Wo hast du den Alten gelassen?)

und teilte mein Geld mit ihnen, meine Verwandte ließ meine Hand los, um eine Suppe zu akzeptieren

Vielleicht hält er noch ein oder zwei Monate durch der Arme

sie wohnte in Beira in einem Haus hinter unserem und wollte Tierärztin werden, ihre Mutter rückte ihr den Kopf zurecht, kommt gar nicht in Frage

Tierärztin

sie sammelte kleine Schnecken und Regenwürmer in Streichholzschachteln, ernährte sie mit Brotkrumen und endete im Gericht, wo sie ohne Regenwürmer in der Tasche Akten schleppte, sie schlief in einem gemieteten Zimmerchen, in dem möglicherweise Streichholzschachteln mit Tieren drin, nur hatte sie keine Krümel, die sie dort hineinkippen konnte, ihr blieb ein uralter Spott

Tierärztin

und ein bitterer Himmel im geschlossenen Fensterchen, wenn sie wegging, blieb das Bittere bei uns, und der Bruder der Mulattin bemerkte es mit dem Instinkt, den Neger haben

(sie erschnuppern sogar einen eingegrabenen Knochen)

hinter den Blumentöpfen in seiner albernen Jacke

(und die Wetterwechsel und die Migrationen der Schwäne)

mit etwas, das wie ein Gewehr aussah, unter dem Hemd, einmal abgesehen von seinen ebenfalls bedeutungslosen Spießgesellen

(ob sie mich erschnupperten?)

im Toreingang der Autowerkstatt

(sie messen die Geräusche mit den voneinander unabhängigen Ohren oder recken ihre Schnauzen in hektischer Erwartung)

während die Mulattin mir das Mittagessen servierte, und für ein paar Augenblicke saß ich auf dem Schoß meines Vaters auf dem Weg zum Dreschplatz, und der Schwanz des Maultiers begleitete die Kruppe, ich erinnere mich an die Kiefern mit den Harzbechern an den Stämmen, ich erinnere mich nicht an den Tod meiner Schwester, auch nicht an den meines Vaters, der Gott mit dem Jagdgewehr bedrohte, das nicht einmal Tauben erschreckte, der Löffel der Mulattin wartete darauf, dass ich den Kartoffelbrei herunterschluckte

Schluckst du nicht?

und der Mund geöffnet, nachdem er sich stundenlang bewegt hatte wie zuvor bei den Worten, der Kellner

(ein kleiner, weißer Sarg, wurde mir erzählt)

Wird der heute noch fertig?

und der Löffel schneller, bekleckerte mich, wenn wenigstens etwas in meinem Körper arbeiten würde und wenn es nur ein nebensächlicher Muskel oder eine nebensächliche Sehne wären

(ein kleiner, weißer Sarg?)

anstelle des Klingelns der Organe, die überall klingelten, der Kellner hörte sie

Der Alte stirbt doch jetzt etwa nicht?

ausgestreckt wie meine Schwester in dem kleinen, weißen Sarg mit einem Tuch über dem Gesicht, warum nimmst du den Löffel nicht weg und lässt mich in Frieden, ich denke mir, du nimmst an, da wäre noch mehr Geld hinter einer Kachel in der Küche oder unter einer Fliese im Boden versteckt, ich bekomme mit, wie du die Fußleiste mit dem Besen abklopfst und den Rahmen vom Bild löst, auf dem Jesus in einem Boot den See beruhigt, wahrscheinlich wird sie, was ich besitze, den Negern geben, die es im Handumdrehen für auffälliges, entbehrliches Zeugs ausgeben, aber im Gegensatz zu vielen anderen sage ich nicht, dass Neger keine Menschen sind, wahrscheinlich sind sie Menschen, ich sage

(meine Mutter quält den Scheuerlappen

Stell dir vor heute Nacht habe ich von deinem Vater geträumt)

dass man sie am besten wieder dahin zurückschickt, wo sie geboren wurden, damit sie sich dann dort am Eingang der Hütten gegenseitig lausen, und der Bruder, der Mitleid mit mir hatte, fügte seinen Schatten dem der Pflanzen hinzu, meine Mutter wies auf wer weiß was vor der Schlafzimmertür

Schau nur dein Vater

und sosehr ich mich auch bemühte, ich sah niemanden, nur die Dunkelheit, die in den Mäandern des Weinbergs wuchs, und die Unruhe des Maultiers, das sich an der Futtertraufe scheuerte

(nach der Beerdigung hat sich, soweit ich weiß, mein Vater nicht aus dem Grab herausbewegt)

meine Mutter drückte meinen Arm

Dort

und dann war es eine Falte in der Wand oder das Atmen einer Gardine, die Schuhe meiner Schwester waren vor dem Schrank vergessen worden, und sie stellte sie nebeneinander, träumte dabei von einem Anzeichen von Leben, wo kein Leben war, sie waren außerstande zu laufen, trotz der kleinen Schnallen, der Sohlen, meine Mutter durchstöberte die Abstellkammer

Ich hätte geschworen dass deine Schwester

würde die Mulattin sie rufen, käme sie sofort vom Grab, um beim Geld zu helfen

Sag Bescheid falls dir meine Tochter erscheint

sie lebte bei mir und meiner Frau, blieb mit ausgebreiteten Armen vor der Speisekammer stehen, wir

Was ist los?

und sie, während sie so tat, als würde sie eine Schüssel oder ein Einmachglas zurechtrücken

Nichts

und dennoch ein heimlicher Abschied

Keine Angst ich komme wieder

bei dem sie Finger im Leeren vervielfältigte, sie schien zu glauben, dass ich das Geld wer weiß wo zusammen mit der Tochter weggesteckt hatte, als wir von der Pension in Badajoz zurückkamen, meine Mutter im Bett, und ich begriff, dass sie nicht mehr an Toten interessiert war, denn ihre Gesichtszüge hohl, wir packten unsere Koffer aus und verfrachteten sie oben auf den Schrank, bevor wir das Bestattungsunternehmen anriefen, anders als erwartet, war der Besitzer kein Mann, sondern ein weibliches Wesen, das meine Mutter wie ein Paket behandelte, fehlte nur, dass sie den Sarg auf die Waage stellte und abwog, Stempel darauf drückte und es per Bahn in den Himmel expedierte, der irgendwo am Ende der Beira-Linie lag, ich finde es schade, dass es in diesem Teil der Stadt keine Züge gibt, deren Ankunft man hören könnte, und jetzt habe ich das Gefühl, dass meine Niere schweigt und die Organe entspannt, freundlich sind, irgendetwas auf der Straße

(ein Lastwagen, Menschen)

es gelingt mir nicht zu erraten, was, der Bruder nicht auf der Bank auf der verglasten Veranda, draußen, ein Typ am Fenster des bügelnden Mädchens, der hinunterspähte, und die Mulattin bewegte sich, wenn ich

wenn mein Fuß an ihrem Fuß lag, wurde ich ruhig, doch das Bügeleisen waagerecht auf dem Bügelbrett abgestellt, die Lippen bewegten sich

(versuchten sich zu bewegen)

nicht einmal ein Flüstern, ich wollte sagen, dass Sie

nein

ich wollte sagen, dass du

auch nicht

ich wollte sagen, dass ich mich besser fühle, imstande mich aufzurichten, wegzugehen, im Pferdewagen nicht vom Schoß meines Vaters herunterzurutschen, während ich zwischen den Ohren des Maultiers die Straße sehe, die noch fehlt, und seitlich eine Kapelle, Pappeln, ich allein, und sollen die Tabletten doch auf der Tischplatte kreiseln, so viel sie wollen, runterfallen, verloren gehen, vielleicht schaffe ich es ja, die Treppe hinunterzugehen, den kleinen Platz zu erreichen und zu verschwinden, behaltet meine Mutter, meine Schwester, die Mulattin, das Geld, das nicht hinter einer Fliese steckt, wo es nur Putz gibt, die Bauchspeicheldrüse schafft es, das Herz schafft es, die Knie bewegen sich fort, und die an die Kommode gelehnte Tochter der Mulattin verliert mich, wenn du meinen kleinen

Finger drückst und die Tabletten bringst, die man unter die Zunge legt, schaffe ich es, so wie es dem Maultier immer wieder gelang anzukommen, das schon so alt war, dessen Hufe an der letzten Steigung versagten, mein Vater mit einer Kirschholzgerte

Schnell

und seitlich des Pferdewagens keine Kapelle und auch keine Pappeln, der Ort, die Villa des Majors mit den von den Katzen zerfetzten Zinnienbeeten und den kranken Palmen, das Maultier hob den Kopf, und vor Anstrengung weiße Augen ohne Pupillen und Iris, ich hatte eine zweibändige Medizinenzyklopädie mit Zeichnungen, keine Ahnung, wo die gelandet ist, in der die Geheimnisse erklärt werden, da gibt mein linkes Bein nach und schafft es doch, und die Vase lässt mich mit einer Verbeugung vorbeigehen

wenn mein Vater trank, stolperte er nirgendwo, denn die Möbel haben ihn respektiert, bis er zu Boden stürzte, ich wartete darauf, dass die Pendeluhr in Stücken, aber die Uhr heil, auf dem Zifferblatt über der Zahl sechs kleine Ochsen auf einem Hügel, von denen der Lack abblätterte, und ein bärtiger Hirte

(ich habe noch nie eine so vollkommene Sechs gesehen)

die Öffnung zum Aufziehen mit dem Schlüssel, den man aus der Schublade im Fuß holte, und ich zog die Gewichte an rostigen Ketten hoch, mich an den Seegang gewöhnend, ging ich mühsam über den Boden am Ende des Teppichs, und das Sofa meilenweit entfernt, die Mulattin

(selbstverständlich ist sie ein Mischling, und deshalb ist ihr nicht über den Weg zu trauen)

hat sich über die Veranda zur linken Häuserecke gebeugt, wir zäumten das Maultier ab, und es fraß nicht einmal, zitterte, Fliegen in den Wunden an den Flanken, der Kruppe, dem Bauch, wer hat mich so alt gemacht, erst gestern, wie meine Mutter sagte, die sich nicht an die Zeit gewöhnte

Ich bin doch erst gestern geboren

und ich verblüfft, er wurde erst gestern geboren, erst gestern schwiegen meine Nieren noch

(erst gestern, so ein Unsinn)

erst gestern

(Guten Abend Mutter)

als ich, um zu bezahlen, ins Büro ging, machte die Frau vom Bestattungsunternehmen in einem Buch mit Hilfe einer kleinen Maschine Abrechnungen, aus der ein Papier herauskam, das sich aufrollte, es rollte sich auf, und sie verglich mit dem Bleistift, das Wesen hob den Bleistift

Warten Sie

nicht so alt, wie ich gedacht hatte, fast ohne Falten am Kinn, und die Wölbung ihres Nackens, ich wollte gerade schreiben, erregte mich, aber erregte wäre übertrieben, die Wölbung ihres Nackens mit nassen Härchen, denn es war heiß, denn es war August, und der Ventilator stand still

(ich erinnere mich an Sie, Mutter

Erst gestern)

ein Christus wie in der Schule, ein Henkeltopf mit dem Mittagessen und die Sauce fast so hart wie das Stearin der Kerze in Badajoz mit durchsichtigen Tropfen, die am Rand hingen und mit einem leisen Klicken abbrachen

(wieso erst gestern, wo es für mich vor Ewigkeiten war?)

ein Fleck am Ohr, parallele Streifen, wo die Nägel gekratzt hatten, und der Bleistift

Warten Sie

(erst gestern)

korrigierte nicht die Berechnungen, das Bügeleisen senkrecht auf der Metallablage, während das Mädchen die Schleife neu band, und die Besitzerin des Bestattungsunternehmens, kaum dass ich ihre Wirbelsäule streichelte

Was soll das?

wurde zornig auf ihrem Stuhl, die eine Hälfte der Augen

hinter der Brille, die andere darüber, die eine Hälfte der Brille voller Wimpern, die andere ohne Wimpern, normal, noch heute weiß ich nicht, welche von beiden

Was soll das?

Fotos von Leichenwagen und Engelchen mit Stearintränen am Rand der Wangen, meine Stiefel, keine Schnallenschuhe

Deine Schwester

kämpften mit den Blüten in den Blumentöpfen, aber die kleinen Rohrstöcke und Drähte, die das alles aufrecht hielten

(erst gestern war ich jung, und jetzt humpelt mein Sohn durch die kleine Wohnung, die er bewohnt, wobei ihn das Klingeln der Organe warnt, ich ihm aber nicht helfen kann

Ich funktioniere nicht)

die Besitzerin des Bestattungsunternehmens

Was soll das?

und es wäre nicht ehrlich gewesen zu antworten

Ihre Wirbelsäule erregt mich

denn sie erregte mich nicht, ein anderes Verb, das mir im Augenblick nicht einfällt, würde ich von dem Mädchen sprechen, das sein Haar richtete und vom Bügeleisen auf der Metallablage, die Hälfte oberhalb der Brille

Wie bitte?

ein Mann hämmerte in einem Hof, und in Hammerpausen ein zweiter Mann, der lachte und den Kellner nachahmte, der mich verspottete

Dieser Alte

so viele Erinnerungen, auch die an den silbernen Füllfederhalter, den ich geschenkt bekam, als ich in Rente ging, und den die Mulattin mitgenommen hat, am Füller die Gravur Eine Anerkennung der Geschäftsleitung, sie, die über mich hinwegsahen, wenn ich mein Jackett zuknöpfte

Guten Tag

und sie begrüßte, sie hatten ganz sicher ein Lager voller Anerkennung der Geschäftsleitung, die für Kretins wie mich bestimmt waren, und als ich nach Hause kam, erkannte ich das Mobiliar nicht

Gehört das mir?

vierzig Jahre lang habe ich mich an den Kram gewöhnt und in meinem Inneren

(Erst gestern usw.)

Und jetzt?

eine Frage, die keine Frage war, sondern ein Sich-Mühen von tatenlosen Stunden, das immer schmaler wurde, immer schmaler, am Ende der Stunden der Tod und ein letztes Klingeln, das ich nicht hören konnte, der Angestellte vom Standesamt

Wollen Sie die da wirklich heiraten?

ihm war nicht bewusst, dass es sich nicht um eine Heirat handelte, sondern darum zu versuchen, dass mich der Gedanke an den Tod einen Augenblick lang losließ, auch wenn sie nur ein Mischling und ihr daher nicht über den Weg zu trauen war, eine Negerin mit Goldzähnen

(in ihrem Fall nur ein Goldzahn)

angezogen wie eine Karikatur von Weißen, mehr kreischend bunter Kleidung, als jemand, der bei klarem Verstand ist, sich anzuziehen wagen würde, es sei denn, er wollte für eine Verrückte oder eine Hure gehalten werden

(im Obstgarten meiner Eltern gab es ein Nest mit kreischenden Elstern, und ich habe ihnen nur deswegen ihre Eier nicht zerbrochen, weil ich Angst hatte, sie könnten mir mit den Krallen die Augen auskratzen, würde ich die Mulattin fragen

Mein Geld?

würde sie mir die Augen auskratzen)

die Frau nahm, die Augen hinter der Brille, die Berechnungen im Buch wieder auf, während das Hämmern im Hof lauter wurde

Bitte verlassen Sie den Raum

und das Eisen nicht senkrecht auf der Metallablage, in langsamer Resignation auf dem Brett entlang, einer der Zimmerleute mit der Säge in der Hand in der Tür, und sie, während der Bleistift weiter addierte

Lass ihn gehen er ist alt

also frage ich mich, wer mich so alt gemacht hat, ich war kein Mensch, der sich so erregte, meine Stiefel auf der verglasten Veranda, wo die Mulattin sich zur Straßenecke hinunterbeugte, und an der Ecke ein Mann, drei Männer, ein Herr fast in meinem Alter mit dem Klingeln der Bauchspeicheldrüse, der einen Wagen zwischen einem Lastwagen und einem Anhänger berührte, die Tochter, die nie meinen kleinen Finger mit ihrer Handfläche umfasst hatte, und warum zum Teufel sollte sie auch meinen kleinen Finger mit ihrer Handfläche umfassen, wo ich doch nichts brauche, an die Kommode gelehnt, verfolgte sie mich, einmal habe ich sie an meinem Bett entdeckt, und mir ging durch den Kopf, ob mein Leben nicht anders wäre, hätte ich ihr meinen kleinen Finger gegeben, aber selbstverständlich habe ich ihn ihr nicht gegeben, die Elstern kamen fast nackt, feucht aus den Eiern, reckten auf der Suche nach Insekten die Membran ihres Rachens, der Bruder der Mulattin ging um die Büsche herum, und anfangs bemerkte ich ihn wegen einer Reklame nicht, deren Leuchten auf dem Boden Dreiecke vervielfältigte

(erinnerst du dich an das Leuchten der Dreiecke in der Kirche, das auf die Statuen der Märtyrer gedruckt war?)

und dahinter schleppte sich ein Junge in einer Gauklerjacke den Bürgersteig entlang, im Hutband das Mundstück einer Pfeife, er besuchte nicht die Schwester, sondern mich, die Frau schüttelte sich auf ihrem Stuhl und nahm die Berechnungen wieder auf die Berechnungen wieder auf die Berechnungen wieder auf, und das Hämmern auf dem Hof wurde lauter

Worauf warten Sie noch?

ich bewegte den Mund ewig lange in der Absicht, mich mit ihr zu unterhalten, aber die Worte weigerten sich, oder besser gesagt, ich bewegte den Mund immer weiter, als wären die Worte bereits gesagt, und der Bruder der Mulattin verstand das, die Frau zum Zimmermann, der, die Säge in der Hand, an der Tür wartete

Lass den Alten gehen

und da er mich verstanden hat, der Kellner ein umfallender Müllcontainer, das Auto eines Nachbarn fuhr, den Kantstein hochkletternd, um die Ecke, und am nächsten Tag oder zwei Tage darauf er wieder auf der Bank, wo er die Lippen verstand, die sich lautlos bewegten, denn meine Laute waren aufgebraucht, meine inneren Organe außerstande zu einem Appell, nur die Füße gingen noch weiter, oder nicht einmal die Füße, Schuhe wie die meiner Schwester auf den Stufen, die Frau

Armer Kerl

und dann war sie weg

(das Leuchten der Dreiecke, das mit dem An- und Ausgehen der Reklame verschwand und zurückkam, und wenn es anging, war das, was man meinen Körper nennen würde, wobei ich keinen Körper hatte, ein anderer Körper, der ebenfalls das Leuchten der Dreiecke trug)

das Fenster, in dem Licht brannte, und Laternen, deren Leuchtkörper zerstört waren, einer der Männer mit einer Pistole riet mir am Eingang zum Gebäude

Verschwinde

(mein Vater ließ die Flasche auf der Anrichte stehen, und seine Schienbeine schauten aus dem Schlafanzug heraus, nicht dick wie der Bauch, spindeldürr)

ähnlich wie die Frau

Verlassen Sie bitte den Raum

sie, die mich hätte auffordern sollen, mich zu setzen, mit mir hätte reden, sich begeistern müssen, sie ist ganz bestimmt auch verwitwet, in jedem Zimmer verzweigten überflüssige Dinge

(eine Schraube in einem Aschenbecher, eine Puderdose mit einer Nymphe) die Einsamkeit, die Nachbarn, die meinetwegen nicht protestierten

Nehmen Sie es uns nicht übel aber eine Negerin gibt dem Haus einen schlechten Ruf das nur ganz offen als Rat unter Kollegen

meine Mutter genauso zufrieden wie die Nachbarn

Wenigstens eine Weiße

und auf der Straße außer dem Mann

Verschwinde

und den anderen Männern, die zum Park gewandt waren, wo die Markise des Straßencafés hochgezogen und die Stühle und Tische gegen das Schaufenster gestellt worden waren, durch das man noch mehr Stühle und Tische sah, eine verspiegelte Säule, auf der keine Vibration, außer den Dolden der Tipubäume auf der Straße, die für einen Augenblick entstehen und dann gleich wieder verschwinden, eine Katze, die von einem Müllcontainer sprang, der noch nicht umgefallen war, die Frau kümmert sich um mich, nicht die Mulattin aus dem Norden Lissabons, verlassene Landgüter, Ruinen, meine Stiefel fast auf dem Viereck, auf dem früher die Stiefmütterchen des Parks, der Bruder der Mulattin ging um einen Baum herum, mein Mund begann wieder sich zu bewegen, während ich ging, einer der Männer zu dem Kerl, der fast so alt war wie ich

Und der Alte?

der Alte mit der Tablette unter der Zunge mal einen Schritt, dann noch einen, eine Clownsjacke und Hosen, die an den Beinen zu weit waren, die Niere

Ich funktioniere nicht

und ich kümmerte mich nicht um sie, denn ich war nicht dort, ich saß auf dem Schoß meines Vaters, amüsierte mich über die Ohren des Maultiers, die Frau, deren Wirbelsäule mich erregt

Warten Sie

das Bügeleisen senkrecht auf der Metallablage, und das

Letzte, was ich wahrnahm, war die Tochter der Mulattin, die mit ihrer Handfläche meinen kleinen Finger umschloss und die Elstern daran hinderte, mir die Augen auszukratzen, und ich schwöre, dass ich nichts dagegen hätte, wenn sie mir die Augen auskratzen, denn am Fenster gegenüber band das Mädchen sein Haar neu zusammen, und die Kerze in der Pension in Badajoz brachte, als sie ausging, ein schniekes Paar mit sich

(meine Frau und mich?)

das sich tanzend entfernte.

Ich hätte das nie gedacht, ehrlich. Ich hätte nie gedacht, dass ich allein sein würde, ich war mir immer sicher gewesen, dass sie bei mir klingeln oder mich anrufen würden

(nach drei- oder viermal Klingeln gehe ich ran, damit sie glauben, ich sei am anderen Ende der Wohnung beschäftigt und nicht damit beschäftigt zu warten)

ich war mir immer sicher, dass sie klingeln oder mich anrufen, sich für mich interessieren, hereinkommen würden, ich hätte nie gedacht, dass mich niemand anruft, niemand hereinkommt. Manchmal hebe ich den Hörer ab und lege ihn wieder auf, denn mich erschreckt die Stummheit der Dinge, die lauter ist als die Stummheit der schweigenden Dinge, beispielsweise das Schweigen des Weckers, das droht

– Dauert nicht lange dann fange ich an

obwohl ich den Knopf gedreht habe

– Du fängst erst um sieben an

und er um elf oder um vier beharrlich

– Dauert nicht lange dann fange ich an

also drehe ich den Knopf auf elf oder auf vier, denn ich ertrage das Warten nicht, bis der Wecker alles Geschrei verbraucht hat, aufhört mich zu bedrohen

– Dauert nicht lange dann fange ich an

und ein paar Stunden lang Frieden, ich starre ihn an, und er kneift nicht die Augen zusammen wie die Tiere, bevor sie losspringen, er ist zu einem harmlosen Gegenstand geworden, um den ich mich nicht kümmere, da er mir nichts tut, ganz im Gegensatz zu den Spiegeln, in denen ich unvermittelt auftauche und mich anstarre

– Bist du das da?

anklagend, verblüfft, das Telefon schreckt hinter meinem Rücken hoch, und als ich mich umdrehe, hat es sich wieder beruhigt, ohne einen einzigen Ton hervorzubringen, am Ende des Flurs knackt eine Spiegelkonsole, ich lebe von Feinden, Echos, Gewisper, der Grausamkeit eines Tropfens an einem Wasserhahn umgeben, kann mir mal einer sagen, an welchem, ich gehe von einem zum anderen, und sie unschuldig mit ihren verchromten Schnäbeln

– Ich war das nicht

die Apfelsinen in der Obstschale zu rund, um ehrlich zu mir zu sein, der Strauß Holzlöffel im zylindrischen Porzellangefäß zwingt mich, sie in der Hoffnung zu überwachen, dass sie nicht sauer auf mich werden, ein Schuh neben dem Bett

– Keiner kümmert sich um mich

und das alles regt sich sonntags auf, wenn ich zu Hause bleibe, da fällt einem das ungemachte Bett auf, in dem Splitter meines Körpers, ein Arm, ein Knie, lange daran arbeiten, die Betttücher zu verändern, ich prüfe nach, das Knie und der Arm sind an mir dran und dort

– Wie viele bin ich?

die Schlafanzughose rutscht, von innen nach außen gekehrt, von der Matratze, streift fast den Schuh, und dennoch hält sie inne

(hält sie inne?)

um mich zu tadeln

– Bleibe ich mein ganzes Leben lang so?

so viele beleidigte Fragen an mich, vor der Putzfrau, die sich nicht um sie kümmert, haben sie Respekt, gehorchen, mir gegenüber keinerlei Respekt, sie klagen mich an und reden, die Sonne mitten am Morgen an der Wand beispielsweise

– Dieser Sprung siehst du ihn nicht?

in dem, es ist nur eine Frage der Zeit, bald eine Ameise Wege zur Ecke an der Decke erfindet, ein absichtlich schief hängender Rahmen, der Milchfleck, den ich mit dem Fuß reibe und der auf dem Boden trocknet, wegen des Fußes schon kein Fleck mehr, ein Strich und die Ferse klebrig, ich feuchte den Finger im Mund an und als nächster Schritt der Strich nicht aus Milch, aus Spucke, die Aschenbecher und Nippes, die die Putzfrau, ein Symmetriefan, der Größe nach zu beiden Seiten des Keramikhundes verteilt hat und die ich am liebsten durcheinanderbrächte und so mit einem Heulen aufschrecken würde, die Gewissheit meines Todes macht das Heulen noch lauter, stört die Stille des Weckers, der warnt

– Dauert nicht lange dann fange ich an

ohne einen Knopf, der mir erlaubt, die Zeiger auf ferne Zahlen zu drehen, um ihn aufzuschieben, wo versteckt er sich, in der Lunge, in der Speiseröhre, und eines Morgens ein Blutströpfchen im Taschentuch oder ein Unbehagen beim Schlucken, der Tod

– Da wären wir also

und noch nicht einmal ein Schmerz oder Müdigkeit, ein Druck, die Hand prüft die Rippen, und der Körper läuft dabei in der Hand zusammen, die den Druck nicht feststellen kann und sich entspannt, während des restlichen Vormittags die Lunge perfekt, kein Unbehagen beim Schlucken, und unvermittelt, wenn die Schlafanzughose nicht von innen nach außen gekehrt, sondern richtig herum auf der Überdecke liegt, kommt das Unbehagen zurück und diesmal eine Andeutung von Schmerz, ein leichtes, aber deutliches Brennen, beginnendes Engegefühl, und ich wende mich horchend nach innen, die Handfläche nicht nur an den Rippen, am Hals, am Magen, am Hals der Lymphknoten einer alten Entzündung in einem Zahn

(in einem Zahn?)

und ein rosa Fleck am Bauchnabel, der unvermittelt wichtig ist

(woher kommt bloß dieser Fleck?)

die Entdeckung, dass der Fleck auf die Gürtelschnalle zurückzuführen ist, erleichtert mich ein paar Sekunden lang, hört auf mich zu erleichtern, als ich feststelle, dass der Gürtel etwas höher sitzt, links eine Schwellung, die auftaucht und verschwindet, ich stehe auf, um sie besser zu lokalisieren, und keine Schwellung, allerdings ein Brennen, das Engegefühl, ich huste und stelle mir vor, dass ich noch mehr Blut finden werde, ich führe die Brillengläser an das Taschentuch und kein Blut, als kein Blut da ist, verschwindet der Druck, ich huste absichtlich, und anstelle des Tröpfchens eine Kälte und der Druck gleich unterhalb des Brustbeins, der Tod

– Da wären wir also

einstweilen noch unter Fett, Muskeln verborgen, dennoch wachsend, ihn in einer Rolle Küchenpapier einwickeln, in den Mülleimer werfen, der ärgerlich aufspringt, wenn man mit der Schuhspitze auf das Pedal tritt, und der Tod versteckt sich tiefer in meinem Inneren, ich bemerke, dass mein Skelett aus schrecklichen Knochen gemacht ist und ein aus dem Gelenk gesprungenes Kinn hin und her wedelt, das Telefon ruft mit leiser Stimme

(wessen?)

bereit, mich zu trösten, vielleicht die, von der ich mir wünschte, sie sei in den Bakelitspiralen verloren gegangen, und obwohl ich sie mir wünsche, gehe ich nicht ran

– Lass mich

das Telefon zornig

– Ich bin es

und ich bringe es schließlich zum Schweigen, indem ich den Stecker rausziehe, stör mich nicht, ich muss mit meinem Tod allein sein und mich an ihn gewöhnen und mich selber bemitleiden, überrascht, dass er so direkt, so einfach ist, die Ärzte reden in einer verschlüsselten Sprache miteinander, die nichts mit mir zu tun hat, und da sie nichts mit mir zu tun hat, gibt es mich nicht, es gibt die Laboranalysen, ich bin eine Mappe voller Zahlen und habe einen Schlauch im Rachen, der in mir Schlamm durchwühlt

– Bin gleich fertig

der Duft von einem von ihnen überwältigt mich und durchbricht den Geruch von Monaten und Jahren, und ich Wochen, Herrschaften, die Krawatte unter dem Arztkittel gelb mit Punkten

(was für eine elegante Krawatte)

betrachtet mich mitleidig

– Mich gibt es weiter und dich nicht

der Typ im Spiegel, falls ich stehen bleibe und ihn ansehe

– Wie du dich verändert hast verdammt noch mal

wegen eines Drucks, der mich vor ein paar Augenblicken heimgesucht hat, wenn ich mein Alter wiederhole, glaube ich es selber nicht, fünfundvierzig Jahre, was soll das heißen, dass ich am Ende bin, der Tropfen am Wasserhahn irgendwo im Haus, und ich bin es, der ins Waschbecken, auf den Boden fällt, gehe durch alle Zimmer und kann mich selber nicht finden, oder aber die Putzfrau hat mich vorgestern weggefegt, mich mit den Essensresten in einen Sack gekippt, und Typen in Handschuhen schleppen mich nachts zu den Abflussrohren am Fluss, wo die zu weit entfernten Uhrzeiger niemanden ängstigen, keine Stunde weckt mich, keine Diele knackt, kein umgekippter Schuh verlassen neben meinem Bett, was wird mit dieser Wohnung geschehen, wer wird meinen Platz zwischen den Möbeln einnehmen, auf dem Viadukt die immer gleichen Autos in monotonen Kreisen, bald zehn Uhr sechsundzwanzig, zehn Uhr einundvierzig, elf Uhr, und der Hund im Stockwerk unter meinem kratzt auf dem Linoleum, während seine Besitzerin ihm das Halsband und die Leine anlegt, wenn ich Glück habe, sterbe ich nicht, habe den Druck, das Unwohlsein, den Schmerz erfunden und brauche dann kein Glück mehr, denn ich werde nicht sterben, auch wenn der Spiegel darauf beharrt

– Wie du dich verändert hast verdammt noch mal

wen kümmert aber die Meinung eines Spiegels, und da schaut sich mein Vater seine Zunge im Spiegel an, klagt über seine Leber, als ich klein war, beneidete ich ihn um die Bartstoppeln nach dem Aufwachen, meine Haut piekste nicht, war ich wirklich ein echter Junge, die Krawatte des Arztes mit den anderen in meinem Schrank, die von der Hochzeit meines Bruders, die, die ich mir gekauft habe, als ich freigesprochen wurde, und ich daher voller Monate, Jahre, der Spiegel stimmt mir unwillig zu

– Na ja vielleicht

misstraut mir und ich ihm, die Sonne lässt von dem Spalt ab, während sie höher steigt

– Ich erinnere mich schon gar nicht mehr an ihn

ist mit dem Teppich beschäftigt, bei dem ich eine Franse gerade rücke, während ich schlucke, die Hand bereit zum Abstützen, aber ich brauche die Hand gar nicht, ich bin geheilt, da fährt der Zeigefinger über den Staub auf dem Regal, bei der vorangehenden Putzfrau schrieb ich den ganzen Namen einschließlich dem Schnörkel am Ende, und das Ergebnis war ein glänzender Name und vom Staub dicker Finger, mein Bruder, der ist wirklich krank, Seufzer durch einen kleinen Schlauch an der Luftröhre, oder besser gesagt, nicht der Mund seufzt, sondern der kleine Schlauch, ein Seehund klagt im Rachen, und mein Vater zu mir

– Ist die Zunge nicht etwas blass?

sein Gesicht riesig und voller Narben, ich verbiete ihm, mich zu beeindrucken, rücken Sie weg, die Zunge eines dieser Weichtiere mit Saugnäpfen, die die Wellen hinterlassen, wenn sie zurückweichen, und sie ziehen sich zusammen, krümmen sich, wir versuchen, sie mit einem kleinen Rohrstock wieder hineinzubugsieren, aber sie rollen sich um den Stock, etwas an ihnen pulsiert, hört wieder auf, das Gesicht meines Vaters verschloss sich, drinnen bewegte sich das Weichtier, wurde kleiner, verschwand, meine Stiefmutter ebenso erschrocken wie ich

– Das sieht aus wie so ein Dings aus dem Meer

seither beobachtete ich ihn bei Tisch, aus Angst vor dem

Dings bereit, vom Stuhl aufzuspringen, aber zum Glück kein Dings, Häute, die anschwollen, Zahnfleisch, mein Vater ein komplizierter Mechanismus, der ungeordnet arbeitete, einige Teile fest angezogen, andere zu locker und wieder andere gar nicht an ihrem Platz, der Seehund meines Bruders stieß ein Röcheln aus und fing wieder an zu bellen, meine Schwägerin ist mit einem Arbeitskollegen auf und davon, und der Seehund jaulte, eine Pobacke versuchte hochzukommen und gab dann auf, während die Nasenlöcher sich besiegt schlossen, es war schwierig, die Haarsträhne von seiner Stirn zu nehmen, in der Wohnung kühlte auf dem Herd ein Topf ab und leere Bügel, er hat mir

(meine Schwägerin besuchte mich nach der Beerdigung und forderte die Wohnung für sich

– Wir haben uns doch immer gut verstanden du und ich)

die Mischlinge vorgestellt

(und mir blieb nichts anderes übrig, als zuzustimmen, denn wir haben uns tatsächlich immer gut verstanden, es ist ein- oder zweimal passiert, nachdem sie geheiratet hatten, mein Bruder verkaufte Schmuck in Spanien und das Sofa so gemütlich, eine Nachricht in der Zeitung halb gelesen, die Ringe auf meinem Arm, der Schenkel breitete sich aus, und ich erwischte mich dabei, wie ich den Schenkel abtastete, die Ringe nicht an meinem Arm, am Rücken, ich

– Nein

sie

– Selbstverständlich nicht

während die Ringe mich aufknöpften, wir horchten zur Tür, ob sich der Schlüssel im Schloss drehte, und es war nicht wichtig, wirklich nicht, würde mein Bruder noch leben, würde ich ihm Auge in Auge sagen, dass es nicht wichtig war, warum ihr also die Wohnung verweigern)

er hat mir auf dem bewussten gemütlichen Sofa die Mischlinge vorgestellt

(wir haben keine Nachricht halb gelesen)

– Eine interessante Arbeit

auf dem mir so war, als würde mich ein Fleck anklagen, und mein Bruder, der den Fleck nicht beachtete

– Eine interessante Arbeit

zu mir, der ich ihm nicht einmal zuhörte, während ich den Fleck mit dem Bein verdeckte und heimlich unter dem Bein nachschaute, meine Schwägerin schaute ebenfalls heimlich hin, bemerkte ihn, holte einen Krug mit lauwarmem Wasser und eine Bürste, scheuchte mich, einen Fächer in der Hand, weg

– Du erlaubst doch?

und verdünnte, zwischen uns hockend und mich heimlich zwickend, die Sünde, wer außer meinem Bruder würde sich nicht an der Bewegung der Hinterbacken begeistern, frage ich, wenn du die Wohnung haben möchtest, behalte die Wohnung, solange du hin und wieder mit der Hand auf das geblümte Kissen klopfst

– Setz dich hierhin Schlitzohr

und ich setzte mich mit zufriedener Verlegenheit hin, was heißt hier Lunge, was heißt hier Speiseröhre, was heißt hier Unbehagen beim Schlucken

(in dieser Sekunde bekam ich einen anhaltenden leichten Schmerz im Kreuz, auf den ich aber nicht einging, ich lebe immer noch, und das Gesicht meines Vaters riesig, verstecken Sie die Zunge, Vater, er starb nicht an der Leber, eine Ader im Gehirn ist geplatzt, wissen Sie, und er fiel seitlich um, ein gesegneter Tod ohne Seehunde oder kleine Schläuche, danken Sie Gott für seine Fürsorge)

aber zurück zu unserem Gespräch

(und bitten Sie ihn in meinem Namen, dass er mir ein ähnliches Schicksal reserviert)

was heißt hier Lunge, was heißt hier Speiseröhre, was heißt hier Unbehagen beim Schlucken, die Uhr

(eine Ader, und Schluss, aus, großartig)

soll sich in Geschrei verbreiten, falls sie das vorhat, der Schuh beim Bett soll sich aufregen, falls er Lust hat, die Polizei soll mir versprechen

– Arbeiten Sie mit uns zusammen und wir arbeiten mit Ihnen zusammen

wohlerzogen, freundlich, was ist das alles verglichen mit ihr, ein Träger über die Schulter gerutscht, und die Kette um den Hals hüpfte, wenn ich dazu Gelegenheit haben sollte, werde ich über meinen Kampf mit den Trägern sprechen, meine Schwägerin hüpfte ebenfalls, aber in einem anderen Rhythmus als die Kette, hinten fehlten ihr Zähne, deshalb kaute sie wie ein Schaf, nicht aus Wohlerzogenheit, das waren die fehlenden Zähne, ich versuchte die Zahntaschen zu untersuchen

– Zeig deinen Mund Silvina

während sie

– Schlitzohr

ohne dass der Schlüssel im Schloss uns beunruhigte, schließlich hatte ich mit einer vollen Schaufel dazu beigetragen, als ich nach dem Priester und vor den Freunden an der Reihe war, danke mir für den Beitrag von ein paar Kilo Erde zu deiner Ruhe, Bruder, frei von Rechtsanwälten und Richtern, ohne Ärger mit dem Telefon, den Rippen, den Tropfen, du rennst von Wasserhahn zu Wasserhahn, bis du perplex

(perplex, das gefällt mir)

feststellst, dass es eine einsame Träne ist

(perplex, perplex)

die du vor Ewigkeiten wegen eines alten Leides geweint haben musst

(eine Murmel, die ich dir gestohlen habe und von der du glaubtest, sie verloren zu haben, ein Clown im Zirkus, der mich und nicht dich begrüßte und den Handschuh dem nächsten Jungen hinhielt, der Kanarienvogel, der, obwohl du ihn mit Löffelchen ernährt hattest, eines Morgens als Päckchen dalag, und du pustetest in sein Gefieder

– Wach auf)

wie dumm, Unglück aufzuschieben, anstatt es sofort zu verdauen, noch heute weine ich um einen Kreisel, den man mir kaputtgemacht hat, aber als ich die Teile aufsammelte, antwortete ich

– Ist nicht so wichtig

er hatte einen roten und einen gelben Streifen, wie sollte ich mich nicht an ihn erinnern, dem gelben Streifen fehlte etwas Farbe, aber der rote ausgezeichnet, und mein Gott war der wichtig, ich, die Schaufel in der Luft, und meine Schwägerin hinter einem Grabmal versteckt mit Blumen in einer schwarzen Schleife

(keine gelbe oder rote, eine schwarze)

sie wartete, bis die Leute gegangen waren, um sie auf unsere zu legen, von dem Arbeitskollegen begleitet, der kleiner als sie war, die selber nicht groß war, und so gut proportioniert, dass man ihn am liebsten kaufen würde, gehörte er mir, würde ich die Kommode mit dem Mann dekorieren und ihm einen kleinen Tirolerhut aufsetzen, er ging neben meiner Schwägerin, war mal von den Pappeln aufgelöst oder leuchtend in der Sonne, machte präzise kleine Schritte

(alles an ihm war präzise)

wich den Beeten aus, mein Bruder hat mir die Mischlinge vorgestellt, und meine Stiefmutter zu meinem Vater, während sie vor der Zunge die Flucht ergriff

– Sieht aus wie ein Dings aus dem Meer

also betrachtete er sie allein, während die Ader heimlich ihren Epilog vorbereitete, hätte ich es geahnt, hätte ich gefragt

– Tut Ihnen der Kopf weh Vater?

eine Ader mitten in der Gehirngrütze, die heimlich Pläne schmiedet

– Platze ich heute oder später?

und mein Vater überzeugt, es sei die Leber, mein Bruder wisperte, obwohl nur wir beide in der Wohnung waren, denn die

Uhren, welche Bedeutung sie sich selber auch immer beimessen mögen, zählen nicht

– Ein paar Mischlingsjungen

ein paar Mischlingsjungen außerhalb von Lissabon hinter Amadora, anfangs eine Straße, dann Wege, wilde Feigenbäume und Kakteen warteten auf meine Schaufel mit Erde, um dann endgültig zu verschwinden

(diese landwirtschaftliche Geste meinerseits hat mir irgendwie gefallen, es machte mir nichts aus, den Friedhof zu besuchen, und ich hätte es mit dem zusätzlichen Genuss noch einmal getan, dort den Kollegen meiner Schwägerin als vollkommene Miniatur anzutreffen, wäre da nicht das Problem, dass mir die Brüder ausgegangen waren)

Baracken mit Afrikanern, Zicklein, Hühnern, dieser ganze Kram, der nicht unserer ist, ärmer, fröhlicher, auf einfachen Wegen oder Entwürfen von Wegen

(Entwürfen von Wegen)

auf denen Kinder usw., ich verliere keine Zeit mit Embryonen, eine Fortsetzung nach links, wo sich ein Junge im Faschingsdienstagskostüm mit Gewehr von einem Stein erhob und uns nachsah

(es gibt ein Foto von mir, auf dem ich auf dem Karneval im Ateneu als Gestiefelter Kater verkleidet bin, mit einem Datum, das meine Stiefmutter mit einer Schönschreibfeder geschrieben hat und darunter das historische Lokal und am Ende ein Tintenklecks, Karneval im Ateneu, am besten erinnere ich mich daran, dass ich aus lauter Aufregung, ein Kater zu sein, Pipi in das geliehene Kostüm gemacht habe und der Besitzer vom Verleih die Hosen mit den Krallen am Ende, die mir das Gehen erschwerten, meinem Vater hinstreckte und eine Entschädigung verlangte

– Nun sagen Sie bloß das stinkt nicht nach Ammoniak

inmitten von Dutzenden von Musketieren, Dornröschen, Däumlingen und Kreuzbuben und in Anwesenheit einer durch feierliche Trauerkleider kompakt gealterten Dame, die in einer Ecke mit ansteckendem Seelenschmerz einen Admiral flickte)

hinter dem Jungen im Frack in Richtung Sintra eine Müllkippe mit Olivenbäumen

(ich schlage vor, wir verlieren keine Zeit mit Einzelheiten, obwohl eine kleine Abschweifung auf dieser Seite nicht schlecht käme, die bis ins Detail beschriebenen Olivenbäume, Farbe, Textur, Größe usw., der Farbton des Himmels, die Wolken, was für ein Maler ich wohl geworden wäre, hätte mich meine Familie darin unterstützt)

ein zweiter sieben- oder achtjähriger Mischling mit einer Pistole auf dem Schoß, der mit einem Lolli und einem Spielzeugflugzeug beschäftigt war, und hundert Meter von dem Jungen entfernt zwischen Eichen ein Schuppen, mein Vater zum Kostümverleiher

– Ich rieche gar nichts mein Freund

die alte Dame biss den Faden mit für eine so kompakte Trauer zu spitzen Vorderzähnen ab, und ihr Blick plötzlich voller Verachtung für den Verstorbenen

– Ein Idiot

und meine Stiefmutter verblüfft, der Besitzer des Kostümverleihs blähte sich mit Fäusten auf, und da sah ich bei einer Tür, auf der Werkstatt stand, ein Mädchen mit Zöpfen, das seinen Mund mit dem Daumen verkorkte

(sie wird inzwischen Kinder haben und Krampfadern und Enttäuschungen oder, einfacher gesagt, das gehabt haben, was wir ein Leben nennen)

der Besitzer des Kostümverleihs kletterte meinem Vater am Hals hoch, ohne dass seine Dings-aus-dem-Meer-Zunge sich über die Leber beklagte

(ich hätte nicht gedacht, dass eines Tages sein Gehirn platzen würde, ich hätte sonst was darauf gewettet, dass es die Leber sein würde, manchmal gewinnt man, manchmal verliert man)

– Wollen Sie mich etwa veräppeln?

im Schuppen noch mehr Mischlinge, die den Karneval im Ateneu

(ihnen fehlte nur das Datum und der Tintenklecks)

auf ihre Weise fortsetzten

(Verkehrspolizisten Grafen Schornsteinfeger)

und unter Sackleinen oder etwas, was ich der Einfachheit halber Sackleinen nenne

(die Eichen ein fröhliches leises Klingen, und wo wir gerade dabei sind, frage ich mich, ob die Pappeln meinen Bruder unter dem Grabstein stören, was mich betrifft und als sein Freund, der ich war, habe ich die Erde mit einer Kraft auf ihn geworfen, die durch die Erinnerung an meine Schwägerin und zugunsten des Türschlosses noch stärker ausfiel)

Elektroartikel, Handys, Antiquitäten

– Sie sagen Sie zahlen dafür nicht war doch so ich habe gehört dass Sie dafür nicht zahlen

wobei er den Gestiefelten Kater mit seinen Filzohren und den Plastikkrallen schüttelte, ich habe keinen Preis gewonnen, bekam als Ehrenpreis eine Urkunde, von der sich meine Stiefmutter nicht wieder trennen wollte, sie an ihre Brust gedrückt hielt, wir machten die hintere Klappe des Lieferwagens auf, wobei uns kein Mischling half

(wenn die Haustürklingel läutete und meine Schwägerin mit der verzerrten Stimme des Jungen von der Wäscherei

– Ich bin es

würde es mir dann besser gehen?)

mein Bruder gab die Scheine dem, der mit dem Spielzeugflugzeug summte und es steil hochfliegen ließ, würde er es mir auch nur eine Minute lang leihen, wäre ich ihm sehr dankbar, denn die Kindheit ist ansteckend, meine Stiefmutter hat die Urkunde mit dem Wappen des Ateneu und dem leeren Platz für meinen Namen, den sie einzutragen vergessen hatten, eingerahmt, und mein Bruder hat mich, als er heiratete, darum gebeten, sein Wohnzimmer damit schmücken zu dürfen, und nach einiger Zeit war nur noch der Nagel übrig, an den sie sie gehängt hatten, und nach einigen weiteren Zeiten gab es nicht einmal mehr den Nagel, ein Rosttropfen

(ich wusste nicht, dass Rost flüssig ist)

nagte an der Wand

(wenn die Haustürklingel läuten würde und ich

– Ich bin es

mit der verzerrten Stimme des Jungen von der Wäscherei, würde es meiner Schwägerin dann besser gehen?)

und zurück vom Schuppen, hatten es die Speiseröhre und die Lunge nur auf einen Augenblick der Unachtsamkeit unsererseits abgesehen

– Wir sind wieder da

und das ist der Grund, weshalb die Heiligen in der Kirche nicht lächeln, worüber sollen sie denn auch lächeln, und außerdem gibt es in ihrem Fall nicht mal eine Lunge, nicht mal eine Speiseröhre, grässlich nachgeahmte Tode, im besten Fall Köpfe auf Tabletts, Löwen im Kolosseum, Steinigungen, was man nicht alles erleiden muss, um Recht auf einen Altar zu haben, was für Unannehmlichkeiten, und dann sollen sie auch noch eine nette Art haben, man stelle sich das vor, ich, der ich kein Heiliger bin, wie nett kann ich schon sein, wenn die Wirbel einen Körper aufrecht halten, der sich, wenn es nach ihm ginge, mit dem Seehund meines Bruders vereinigen würde, der unter den Grabsteinen bellt, wir kamen also beide, Hühner aufschreckend, vom schlechten Geruch der Neger zurück, schlossen den Lieferwagen über Nacht im Lager ein, da wir annahmen

(arme naive Schwachköpfe)

dass auf dem Boulevard niemand außer der einen oder anderen Frau

(ich gestehe, dass ich durchaus käuflichen Reizen erlegen bin, mit unterschiedlichen Ergebnissen, aber fünfundvierzig Jahre, aber Alleinsein, aber das Telefon, das nicht läutet, machen mich geneigt, mir zu verzeihen) am nächsten Tag der Galicier und sein Kumpan

– Ordentliches Material?

(mir ist in Erinnerung geblieben, dass die, die sie Dita nannten, bevor wir angefangen haben, die Geschichte einer Narbe an ihrer Wange erzählt hat, und wegen der Narbe schlaffte ich ab, denn das Problem ist, dass Sex, wenn man das mal tiefer betrachtet, eine komplizierte Sache ist, es werden schließlich Studien darüber veröffentlicht)

während sein Kumpan, ein Fan arithmetischer Genauigkeit, der die Einzelteile überprüfte und dabei Sternchen an den Rand malte, die Ware abschätzte und in einem Buch Summen addierte, und ich spürte Dita dort draußen, die dunkle Narbe und ich ganz abgeschlafft

– Ich ziehe mich nicht aus

nicht laut, denn ich bin keiner, der andere beleidigt, stumm auf der Suche nach Strategien, mich, ohne zu zahlen, zu verabschieden und ein Geschöpf im Zimmer zurückzulassen, das genauso verärgert wie ich die Fußknöchel rieb

– Nun mal los

dabei an die Stromrechnung oder die Miete dachte, ob sie auch bei einem weit zurückliegenden Karneval als Gestiefelter Kater gequält wurde und das riesige Gesicht ihres Vaters beunruhigt war wegen der Leber

– Ist die Zunge nicht etwas blass?

während eine kleine in den Hirnhäuten versteckte Ader ihm das Bett vorbereitete, es fehlte nur ein Bruder, eine Schwägerin und eine Schwierigkeit beim Schlucken, die Polizisten zu mir

– Sie geben uns ein paar Tipps und wir vergessen das Lager wir sind nicht hergekommen um Weißen Schwierigkeiten zu machen

Ditas Umschlagtuch wirkte mottenzerfressen, jemand zog die Gardinen zu, und ich war allein im Dunkeln, sagte immer wieder

– Mutter

denn meine Mutter ist bei meiner Geburt gestorben, aber das stimmte nicht, ich wünschte mir, dass man Mitleid mit mir hatte, wünschte mir, dass der Arzt

– Da gibt es kein Problem Senhor

sie ist fünf Jahre später bei der Geburt meines Bruders gestorben oder ist nicht mal gestorben, denn ich erinnere mich daran, wie mein Bruder krabbelte, ich erinnere mich daran, wie sie schwanger war, Radio hörte und dabei mit dem Fuß im Takt klopfte, und gleich darauf krank

(die Polizisten waren Kumpel, die mir nur Gutes wollten

– Das sind unsere Sachen keine Angst wir schaden den Weißen nicht)

hob mein Kinn an, die Decke auf dem Schoß

– Ist doch klar du bist ein Mann

und ich ohne Bartstoppeln, ihretwegen verblüfft, während gleichzeitig Dita auf der Matratze

– Kannst du nicht?

und ich kann nicht, bin alt geworden, schauen Sie nur, wie mein Mund wegrutscht, und wenn ich so blöd wäre, ihn zu öffnen, so ein Dings aus dem Meer, das sich um die kleinen Rohrstöcke rollt und einen bedroht, ein umgekippter Schuh, der andere Schuh weg

(und da sind wir wieder am Anfang, bei der Klingel, dem Telefon, der Stummheit der Dinge, die lauter ist als die Stummheit der schweigenden Dinge, sehen Sie auf den vorangehenden Seiten nach und lassen Sie in dieser den Finger stecken und lesen Sie dann wieder weiter)

wenn Sie die Socken finden könnten, wäre ich Ihnen dankbar, denn Bücken fällt mir schwer, alles wird hart und zerbröselt, die Polizisten rütteln an meinem Arm

– Spiel nicht den Kranken

du bringst uns mit dem Lieferwagen zum Schuppen, und mach dir wegen des Rests keine Sorgen, du hast keinen Verdacht, siehst nichts, Dita rückte den Rock zurecht, die Brandnarbe rot, flammend, zornig

– Du kommst hier nicht raus solange du mir nicht die Ewigkeit bezahlt hast in der ich mich um dich bemüht habe

ich, der ich meine Schwägerin vorgezogen hätte

– Schlitzohr

auch wenn sich der Schlüssel im Schloss drehte, vor allem seit mein armer Bruder unter der Schaufel mit Erde liegt, die hoffentlich ausreicht, ihn daran zu hindern, zu uns heraufzukommen, und ich rede über irgendetwas, nur um das Geständnis aufzuschieben, den Polizisten zugestimmt zu haben, konkreter gesagt, was eine Formulierung ist, die mir gefällt, dem Typ, der genauso nutzlos war wie ich, das gleiche Kreuz hatte wie ich, das man nicht mehr beugen konnte und das zu einem ruhmlosen Bruch bereit war, denn die Knochen verlieren allmählich an Substanz, und der die anderen befehligte, obwohl die sich über ihn lustig machten, wie es auch bei mir der Fall ist, wäre ich übrigens nicht dazu gezwungen zu arbeiten, würde ich mit einer Angelrute in der Provinz sitzen oder unter einer Ulme Domino spielen, vielleicht würde Dita währenddessen in der Küche das Mittagessen zubereiten, und später im Sommer würde ich auf einem umgekehrten Eimer sitzen, ohne nachzudenken

(worüber nachdenken, wenn die Erinnerung futsch ist?)

den Herden mit ihren Hirten nachsehen und so, was für ein Geschwätz, mein Bruder dreimal so intelligent wie ich, weil er sich solches Unglück erspart hat oder, anders gesagt, jahrelanges Warten auf etwas, wobei man nicht wusste, worauf man wartet, überzeugt davon, auf überhaupt nichts zu warten, und dennoch auf den Augenblick wartend, in dem man uns den Anzug aus der Truhe mit seinem Lavendel und seinem Cellophan anzieht, das Schlafzimmer gesättigt mit dem Geruch nach Chlorbleiche und dem Gebratenen der Totenwache, und die Nachbarn am Eingang ebenfalls im Anzug, nur nicht in dem aus der Truhe, sie reiben die Schuhsohlen auf der Fußmatte, denn trotz allem war der Tod, ich mache mich doch verständlich, sie verstehen mich doch, der, der das Sagen hatte, ermunterte mich

– Wir müssen füreinander da sein

will heißen, ich übergebe Ihnen die Neger, höre mit meinem Geschäft auf und bin frei, auf den Treppen der Kirchen zu betteln, denn ich bin nicht als Frau geboren, um auf dem Boulevard zu arbeiten, und wäre ich als Frau geboren, so hätte ich doch so viele Winter auf dem Buckel, dass kein Freier mich mehr auswählen würde, der, der das Sagen hatte, sah sich einen kleinen Pickel genau an

(dieser Bericht geht mir gegen den Strich, ich würde wer weiß was dafür geben, dass sie mir eine andere Geschichte auftragen, der, der das Sagen hatte, war wegen des Pickels besorgt, tastete den Mittelpunkt ab und hob sofort den Finger)

– Haben wir die Sache erledigt vergessen wir Sie und Sie vergessen uns und wir haben uns nie gesehen das war's dann

was sich für mich wie das Ende einer Liebesbeziehung anhörte, obwohl zwei oder drei Wagen dem Lieferwagen auf den Wegen des Herrn in Richtung Amadora folgten, da war der Campingplatz ohne Touristen und ein Angestellter, der den Rasen mit einer Sichel oder einer Schere schnitt, eher Schere als Sichel, und ich sehe keinen Grund, die beiden miteinander zu verwechseln, da war der Bairro und Kinder, die uns geistesabwesend wie Fotoporträts ansahen, ohne uns wahrzunehmen, wenn wir ein Foto ansprechen

– Wer waren Sie?

sind die Leute darauf verwundert, hören allenfalls auf, uns anzustarren

– Habe ich vergessen

und der Hain mit wilden Feigenbäumen, in dem sich mein Tod versteckt, nicht in meinem Inneren beginnt er, zwischen Blättern und Kakteen, und ich überzeugt, in Sicherheit zu sein, und da klickt der Verschluss einer Waffe, wird ein Hahn gespannt, wird abgedrückt, weder zu Hause noch auf einem Krankenhausflur, auf dem Ärzte genauso geistesabwesend wie die Fotos vorbeikommen, werde ich die Rippen überprüfen, es wird bei einer leeren Bahnstation sein, auf deren Stufen eine Krücke liegt und darüber unvollständige Raben, der Schuppen, der den Mischlingen an einem Ort als Abstellkammer diente, von dem aus man das Sintragebirge erahnen konnte, eine Masse hinter einem Hügel, ginge es nach mir, würde ich in allen Einzelheiten über das Gebirge von Sintra reden, aber nach mir geht es nicht, ich hatte dort in einem feuchten Erdgeschoss eine Tante, die wie ein Tier vor uns floh, man hörte ein Nagen an Keksen, mein Vater

– Das ist die Tante

und vielleicht war es ja die Tante oder eine Katze, die aus der Dunkelheit gekommen war, um wieder darin zu verschwinden, der einzige Satz, den ich je von ihr gehört habe, war

– Haut ab

bevor der Keks seine Arbeit tief in einem Schrank erneut aufnahm, als wir wieder auf der Straße waren, erkannten wir das Oszillieren einer Gardine, und das war es dann, wahrscheinlich nagte sie, wenn die Kekse alle waren, am Teppich oder am Fußboden, bis die verschwanden und sie dann an den Grundfesten des Hauses nagte und auch unter den Grundfesten, Mörtel und Steine, bis eines Sonntags diese Dichte, die Abwesenheiten ankündigt, und wir auf dem Zinn der Spiegel

(der, der das Sagen hatte)

Teil der Flecken waren, die Grausamkeit eines Tropfens, an welchem Wasserhahn, sag mir das doch mal einer, alle Häuser sind einander ähnlich, angefangen mit meinem, der, der das Sagen hatte

– Der Schuppen sagst du?

verteilte die Polizisten, ich bin ein Gestiefelter Kater, der die Kollegen vom Ateneu verrät, Verkehrspolizisten, Schornsteinfeger, Grafen, es fehlte das Mädchen mit den Zöpfen an der

Tür, auf der Werkstatt stand, das den Mund mit dem Daumen zukorkte, ich frage mich, ob sie noch Mädchen oder in meinem heutigen Alter, Kinder, Krampfadern, Enttäuschungen, was wir das Leben nennen, der Ohrring, der im Bad zurückgelassen wurde, verschwand im Abfluss, und der Klempner zeichnete die Rechnung ab

– Sagen Sie ihm auf Wiedersehen Madame

das Bankdarlehen zu dreizehn Prozent, und dann wird man schon sehen, sollen sie doch pfänden, was gibt es denn hier überhaupt zu pfänden, der Schuppen hinter Bäumen verborgen und eine Bande von Mischlingskindern, die einen nicht ansahen, sie gingen um uns herum und beschnupperten uns, und ich erwähne die Dachse nicht und meine Tante, die an Steinen nagte, Mulattinnen, die älter waren als ich, wenn das überhaupt möglich ist, und ich neige dazu, zu glauben, dass es möglich ist, wärmten Suppe in kleinen Dosen auf, die Polizisten also am Schuppen entlang, und ich horchte im Lieferwagen auf die winzigsten Zeichen des Körpers

(sterbe ich, sterbe ich nicht)

Druck, Unwohlsein, Schwäche, ich, so seltsam es erscheinen mag, voller Sehnsucht nach dem Ort, an dem ich wohne, gewiss, dass jemand klingeln, mich anrufen würde, sich meinetwegen Sorgen macht

(irgendwo wird es jemanden geben, der sich meinetwegen Sorgen macht, meine Schwägerin, Dita, nein, Dita, glaube ich, nicht)

hereinkommt, ein Nachbar, ein Freund

(ich glaube nicht, dass es einen Freund gibt)

mir dabei hilft, meinen Tod bis zum Morgen des nächsten Tages zu vergessen, daher bemerkte ich die Schüsse nicht, bemerkte einen rennenden Mischling oder ein Frettchen, die Raben mal weit weg, mal nah und dann wieder weit weg, und ich verlor sie, meine Mutter hebt mein Kinn

– Du bist ein Mann

und schließt sich in ihrem Inneren ein, man spürte die noch nicht ganz zugeschobenen Riegel, die gerade zugeschweißt wurden, in ihrem Fall war es mein Vater, der die Schaufel packte, oder besser gesagt, mein Vater derjenige, dem sie halfen, die Schaufel zu packen, und sie für ihn ausleerten, während auf dem Holzkasten ein hohler Ton ohne Menschen, also suchte ich meine Mutter im Bett, und da war sie ebenso wenig wie im Garten oder in der Speisekammer

– Wo haben Sie sich versteckt Senhora?

nur ein entkorkter Flakon mit billigem Parfüm und das Nachthemd auf den Betttüchern, der rennende Mischling blieb stehen, versuchte zu mir hin eine Geste zu machen, und ihm tat die Geste leid, tatsächlich eine interessante Arbeit, du hattest recht, Bruder, wir haben die Ware mitgenommen, gezahlt, die Ware dem Galicier übergeben, Geld erhalten, und fünf oder sechs Monate später hatte sich unser Leben verbessert, will heißen, ein kleiner Schlauch im Rachen und ein bellender Seehund, mein Bruder anfangs

– Höre ich mich nicht an wie ein hustender Seehund?

gesünder als ich, stärker, und dennoch hielt er meine Schulter, ohne die Zunge zu zeigen, und fragte nach der Leber

– Höre ich mich nicht an wie ein hustender Seehund?

als Kinder waren wir beide

es ist schwierig, tut mir leid, als Kinder

(werde ich imstande sein?)

als Kinder waren wir beide mit meiner Stiefmutter im August oder September am Strand, oder zur Zeit der Mimosen, meine Mutter mit nackten Beinen, während wir im Sand nach Schalen und Nägeln suchten, manchmal ein kleines Segelschiff und der Rettungsring für Schiffbrüchige, mein Bruder grub ein Loch in der Hoffnung, nach einem halben Dutzend Spannen

(du schaffst es nicht, und auf dem Boulevard niemand außer einem leichten, ziellosen Wind, der meine Beklemmung noch vergrößert

– Ich schaffe es nicht)

Australien zu erreichen, und beinahe, es fehlten höchstens zwei oder drei Zentimeter, hätte er es erreicht, mir waren die Zentimeter egal, mich ärgerte

(der Mischling bückte sich, um das Gewehr zu packen, wirkte so, als gäbe er auf, richtete sich aber wieder auf, als wäre sein Kreuz mein Kreuz und seine meine Knochen, die der Rost zusammengeklebt hatte, wenn du auf das Gewehr fällst, ist es einfach, ziele auf mich, nimm mich genauer ins Visier, drück ab, aber er hob weder das Gewehr auf, noch nahm er mich genauer ins Visier, noch drückte er ab, sein Mund etwas, das ich nicht hören konnte)

dass meine Stiefmutter unter einem Segeltuchdach neben unserem mit einem Neger mit einer helleren Stimme redete als zu Hause, und ihr Lachen

(ich hatte sie noch nie lachen hören, denn ihre Fröhlichkeit gehörte zur stummen Sorte, ich kenne solche Leute, ihnen passiert etwas Gutes, und anstatt munter zu werden, ermatten sie, hängen sie ungläubig auf einem Stuhl, hören uns nicht mehr, leiden, als das mit der Urkunde vom Ateneu war, beispielsweise, hielt sie es fest und sagte immer wieder

– Ich ich

und wandte sich von uns ab, damit wir ihre Rührung nicht sahen)

tat mir weh, der Mischling legte die Wange ans Gewehr

(er wird einschlafen, überlegte ich)

einer der Tänzerschuhe bewegte sich und erschlaffte, wie angesteckt erschlaffte das Gesicht, und der Mund, der nicht mitten im Gesicht saß

(der Rest der Gesichtszüge am richtigen Platz, bravo)

glitt zu Boden, während das Lachen meiner Stiefmutter mich allmählich zerriss, mein Bruder gab Australien auf

– Der Neger

(werde ich meinen Text zu Ende schreiben?)

mein Bruder gab Australien auf

– Siehst du den Neger?

kein Mischling, ein Neger, den niemand verfolgte, der Geruch, die hündische Art, ich dachte, meine Stiefmutter sei eine normale Dame, außerstande, sie zu berühren, in meinem Fall war es das erste Mal, dass ein Neger in der Umgebung, vom Schuhputzer beim Herrenfriseur einmal abgesehen, der sich, zu den Schuhspitzen der Kunden gebeugt, in den Polierlappen schnäuzte und sich für die Münzen bedankte

– Danke Chef

den habe ich nie im Stehen gesehen, entweder die Augenbrauen zum Leder gebeugt oder das Kinn, Demut kauend

– Danke Chef

bewegte, und seine Demut ausnutzend, mein Vater

– Ist die Zunge nicht etwas blass?

als mein Bruder Australien aufgab

– Siehst du den Neger?

war meine Stiefmutter nicht unangenehm berührt

– Das sieht aus wie so ein Dings aus dem Meer

auf der Veranda, sondern unter dem Sonnendach mit dem Neger, der seine Handfläche auf ihren Rücken gelegt hatte, wie ich, wenn ich nach der Lunge taste

(der ganze Körper läuft in der Hand zusammen, die den Druck nicht findet und sich beruhigt)

während das Lachen meiner Stiefmutter mich weiter zerfetzte, so dass gleich ein Tropfen im Taschentuch, gleich die Schwieri

so dass gleich die Unfähigkeit zu schlucken und so viele Milchflecken, so viele Risse in der Wand, so viele Uhren, die sich ihrer Schreie entledigen, gleich das Telefon am Ende des Flurs auf einem Brett, das knackt, die Grausamkeit eines Tropfens, an welchem Wasserhahn, führt mich dorthin, ich gehe von einem zum anderen, und sie mit ihren verchromten Schnäbeln unschuldig

– Ich war das nicht

die Apfelsinen in der Obstschale zu rund, um ehrlich zu sein, der Strauß aus Kochlöffeln im zylindrischen Porzellangefäß zwingt mich dazu, sie zu überwachen, damit sie nicht sauer auf mich sind, gleich wird Dita

– Kannst du nicht?

gleich meine Mutter

– Du bist ein Mann

bevor sie sich im Kissen einschließt, gleich mein Vater

– Ist die Zunge nicht etwas blass?

nein, meine Schwägerin

– Schlitzohr

gleich meine Stiefmutter und der Neger unterm Segeltuchdach, und ich helfe meinem Bruder bei seinem Loch im Sand, gewiss, dass wir in einer Minute Australien erreichen.

Hätte mein Bruder mit Hilfe meiner Schaufel Erde nicht Australien erreicht, hätte er mich möglicherweise begleitet, als ich fünfundvierzig war, die Zeit ist schon eigenartig, und die Polizei und die Mischlinge

(wir werden jetzt nicht wieder an den Anfang zurückkehren, oder?)

ob mein Bruder Australien tatsächlich erreicht hat, werde ich so lange nicht wissen, wie ich weiterhin relativ hier oben bin, und dass ich weiterhin relativ hier oben bin, stelle ich an einer Veränderung an den Gegenständen fest, das Gesicht meines Vaters

– Ist die Zunge nicht etwas blass?

und wieso mein Vater oder die anderen, Menschen, die mir begegnen, von denen ich nicht weiß, wo sie wohnen, und unvermittelt ein Atmen am Ohr und eine Handfläche, die mich anhält

– Ich bin es

wobei nicht zu erkennen ist, wer von ihnen, nicht die Polizei, auch nicht die Mischlinge, selbstverständlich nicht, undeutliche Leute, die Frau, die ich auf einer Parkbank getroffen habe und die zu gut für eine Parkbank angezogen war, niemanden ansah und immer wieder sagte

– Was soll ich tun?

ringsum Dreiräder und kleine Alleen, die Frau auf der Bank bemerkte mich und vergaß mich

(es fällt mir schwer einzugestehen, dass sie mich vergaß, meine Schwägerin beispielsweise hat mich auch nicht wieder angerufen)

sie ging zum Aussichtspunkt, wo nicht der Fluss, die Burg

(ich nutze die Gelegenheit, um mitzuteilen, dass meine Erinnerung an die Burg aus Ruinen und kreischenden Pfauen besteht)

und ich verlor sie, war sie es, die

– Ich bin es

anstatt des Mundes, der zögernd

– Was soll ich tun?

und das

– Was soll ich tun?

auch zögerlich, ich glaube, dass der Galicier

(warum so tun als ob, ich bin sicher)

dass der Galicier und sein Kumpan auf dem Bürgersteig, wo die Helligkeit nicht hingelangt, ums Haus herumschleichen, sie wagen nicht, die Treppe hinaufzusteigen, du hast der Polizei von uns erzählt, nicht wahr, du hast der Polizei was erzählt, die Hand des Kumpans in der Tasche

– Ich vertraue Ihnen nicht

sie warten darauf, dass ich herunterkomme, herauskomme, und ich, ohne jemanden anzusehen

– Was soll ich tun?

das Telefon in dem Augenblick, in dem ich es brauchte, stumm, wie viele Dinge mir Schrecken einjagen, Freunde, Schlangen, Hunde, und ich habe nicht einmal einen Stock, und mein Bruder voller Mitleid mit mir in Australien, kaum war der Neger gegangen, als sich meine Stiefmutter zum Loch im Sand beugte

– Wo haben sich die Gauner versteckt?

und wir antworteten nicht, gruben mit den Händen weiter, grab mit den Händen im Fußboden, und der Galicier verliert dich, so wie du die Frau im Park verloren hast, die ganz bestimmt, mit der du vielleicht, und nur mit ihr, eines Tages, wechsle das Thema nicht, weich nicht aus, eine Frau, die für eine Parkbank zu gut gekleidet war und die dich nicht bemerkt hat

(wer bemerkt dich?)

hätte sie dich bemerkt, hätte sie dich nicht gesehen, und hätte sie dich gesehen, wäre sie gelangweilt gewesen, manchmal fällt dir Dita ein, mit der du ganz bestimmt, mit der du vielleicht, und nur mit ihr, eines Tages, stilles Einverständnis, Gewohnheiten, Dita kocht für uns, und ich hocke überflüssig wie ein Kürbis auf dem Stuhl, das ist gewiss, aber ich wäre dort, an Geburtstagen Aufmerksamkeiten, kleine Geschenke und früh am Morgen, wenn meine Mutter

– Du bist ein Mann

bevor sie sich im Kopfkissen einschließt, und die Ader meines Vaters

(– Ist die Zunge nicht etwas blass?)

– Platze ich nun oder nicht?

in den nimmer endenden frühen Morgenstunden, wenn gleich die Lunge oder die Luftröhre, wenn verständnisinnige Fingerchen meine beruhigen, heute oder morgen, wenn ich die Treppe hinuntersteige, denn früher oder später werde ich die Treppe hinuntersteigen, wird der Galicier sich auf seinen Sprungfedern eines Dicken erheben

– Junge

doch sein Kumpan, die Hand in der Tasche

– Ich vertraue Ihnen nicht

ohne damit die Mischlinge zu erwähnen, von denen es jede Menge gibt, Schornsteinfeger, Verkehrspolizisten, Grafen, es gibt Augenblicke, da wäre ich dankbar, wenn die Schaufel mich anstatt meinen Bruder mit Erde bedeckte, ich würde nicht von einer Rückkehr an die Oberfläche träumen, dort bleiben wie die Tante aus Sintra, die unentwegt nagte, wir besuchten sie

– Tante

und ein leises Hauchen

– Haut ab

der Eindruck, dass eine Katze, aber keine Katze, das Sich-Zusammenziehen der Schatten, was auf dasselbe herauskommt, denn ich habe noch nie begriffen, ob es Katzen wirklich gibt oder ob sie nur Kondensierungen der Dunkelheit sind, die uns mit träger Neugier eingehend betrachten, die Mischlinge weder in Amadora noch an den Tankstellen der Autobahn nach Norden, wo derjenige, der das Sagen hatte, sonntags aus Ermesinde

(die Laternen, die Büsche und so, die Gewissheit von Ewigkeit, die uns ein paar Minuten lang begleitet und uns verwaist zurücklässt wie die Frau im Park

– Was soll ich tun?

und anstelle einer Antwort ein Körper, der fällt und fällt, und wir, die wir dachten, ewig zu existieren, fallen mit ihm)

die Mischlinge hier zwischen den Luftschlangen und den Ballons im Ateneu, ich stelle Ihnen den Präsidenten vor, der mit einer Melone aus Papier auf der Bühne das Mikrophon ausprobiert

– Ist das nicht an?

der Zeigefinger raspelte, und das Mikrophon elektrische Stürme, vom Ursprung der Stürme her eine schreckliche Drohung

– Es ist schon an

die Mischlinge wahrscheinlich im Saal, wahrscheinlich in meinem Zimmer

(von meiner Mutter habe ich eine Schachtel geerbt, die abgesehen von einem Schlüssel darin, der mich immer verwirrt hat, leer war

– Wozu bist du gut?

und der Schlüssel schwieg)

in dem ein kleines Spielzeugflugzeug summte

(was sollte ein Schlüssel auch antworten?)

Dita, die, durch das Summen verwirrt, die Näharbeit unterbricht

– Was war das?

(und das seit wie vielen Jahrhunderten?)

nicht die Frau im Park, die keine Näharbeit unterbricht

– Was soll ich tun?

und anstatt der Antwort ein Körper usw., ich, als würde ich sie nicht sehen, und ich sah sie tatsächlich nicht, weder Dita noch sie, gewöhne dich daran, allein zu sein, halte es aus, an die Stiefmutter mit dem Neger unter dem Segeltuchdach denken und dort kein Summen, ihr Lachen und Pausen, kommen Sie mir nicht mit Geschichten vom Rauschen des Meeres, was heißt hier Rauschen des Meeres, nicht einmal der Seehund in der Kehle meines Bruders

(er würde später bellen)

er gesund im Sand, die Unterhaltung des Negers, Gelächter und Geflüster, während ich

– Was werden die Neger sagen?

Strandvögel, keine Möwen, zuge

(wenn einer von Ihnen einen Neger versteht, bekommt er ein Stück Kuchen, sie bitten um Entschuldigung, stottern)

spitzt, klein, picken sie, glaube ich, Napfschnecken aus Felsspalten, und ein Leuchtturm auf einer Anhöhe, wir hatten angefangen, mit meinem Vater in

(hin und wieder ein mikroskopisch kleiner Mann auf dem Balkon des Leuchtturms)

dem Lager zu arbeiten

(man konnte sehen, dass der Norder wehte, denn die Wäsche veränderte ihre Form und kurz darauf Bündel längs der Wellen, einmal ein Tümmler, ein Pottwal, ein Pottwal oder ein Tümmler, kleiner als ein Pottwal, ein Tümmler, wenn sie abtauchen, weiße Kreise, die aufhören weiß zu sein, und das Wasser wieder glatt, wer garantiert mir, dass es ein Tümmler war, und wo wir schon dabei sind, wer garantiert mir, dass mein Bruder und ich, ich mache ein Buch, die Hand schreibt, was die Stimmen ihr diktieren, und ich habe Schwierigkeiten, ihnen zuzuhören, wenn die Stimmen diktieren, ist das nicht gelogen, dann ist das genau so, mein Bruder und ich bestimmen, und daher schreibe ich, mein Bruder und ich gruben ein Loch, nein, ich schreibe, mein Bruder grub ein Loch, und ich war von den Vögeln abgelenkt, so ist es richtig)

wir hatten angefangen, mit meinem Vater in dem Lager in Alverca zu arbeiten, selbstverständlich nicht im Zentrum, in der Nähe des Flusses, obwohl man den Fluss nicht sah, den Tejo bemerkte man am Dieseltuckern, das die Birke durchschüttelte, die sich hinter dem Gebäude hielt, und mein Vater war in Liebe für den Baum entbrannt, er, der Menschen nicht mochte, meine Stiefmutter umarmte ihn, und mein Vater

– Lass mich los

mit Seilen und Stöcken half er der Birke standzuhalten, sprach ihr leise Mut zu, wenn er bemerkte, dass wir es mitbekamen, spuckte er ärgerlich in die Büsche

– Seht ihr mich zum ersten Mal?

oder er versteckte sich an einer Ecke des Lagerhauses, in dem ein Tisch, Kalender und ein Spiegel zum Verfolgen der Metaphern der Zunge, vom Fenster aus liebkoste mein Vater die Birke, die von der Zeit geschwärzt war, die uns alle schwärzt, Nippes Hoffnungen Terrinen, bis sie Asche aus uns macht, würde Dita mich jetzt sehen

– Du Asche

ich Asche, meine Mutter Asche und mein Bruder in Australien, kaum hatte ich die Schaufel Erde auf ihn geworfen, fing er an zu graben, die von der Zeit geschwärzte Birke tröstete meinen Vater

– Ich bin noch da keine Angst

noch heute ist sie da, mickrig und beharrlich, demnächst nehme ich eine Säge und töte sie, wenn mein verstorbener Vater

– Die Birke?

schwöre ich, dass ich es nicht höre oder antworte

– Weiß ich nicht

und er wird, was bleibt ihm anderes übrig, mir misstrauend, in seinem Anzug aus der Truhe dahingehen, am Spätnachmittag kamen Lastwagen durch eine Gasse zwischen Fabriken, bei denen Kletterpflanzen, Steine und die Verlassenheit der Niederlage, nicht die Mischlinge vom Karneval im Ateneu, Weiße

(nachdem mein Vater gestorben war, blieb meine Stiefmutter bei uns, manchmal hatte ich das Gefühl, dass ihr Lachen und der Neger, der ihr etwas zuflüsterte, ich trat in die Küche

– Der Neger?

und meine Stiefmutter, die ganz allein dabei war, den Herd zu putzen, sah mich wie die Schafe an, die außerstande sind, sich zu bewegen, ein Geräusch, man errät, dass sie versuchen, uns zu begrüßen, aber es klappt nur das Kinn herunter, und ein Fädchen schaukelt lange

es gehört wahrscheinlich zur Lunge oder zur Speiseröhre

Sie haben nicht mehr viel Zeit, Senhora, oder besser, Sie werden später noch viel Zeit haben)

Weiße, die Kisten bei uns ließen, der Galicier und sein Kumpan, die allerdings auf der Straße

– Nette Ware?

und das Dieselöl des Tejo verpestete die Lagerhalle, meine Stiefmutter erinnerte sich nicht an den Neger, man erkannte, dass sie sich bemühte, die Arme

– Der Neger?

ihr überraschtes Gesicht belebte sich und neigte sich

(wird ein Satz aus mir herauskommen?)

nach einem Jahr weder die Leber noch eine Ader, im Krankenhaus wollte man es mir nicht erzählen

(der Galicier)

der Arzt legte das Stethoskop zur Seite

– Es gibt solche Menschen die aufgeben

will heißen, sie hören auf, den Herd zu reinigen, der Galicier zu meinem Vater

– Sind das deine Söhne?

und die Birke gerupft, der Wagen des Galiciers mit offenen Türen bei laufendem Motor, vielleicht würde er mit dem Typ, der das Sagen hatte, den Trost einer Tankstelle an der Autobahn nach Norden teilen, wenn wir glauben

(uns sicher sind)

dass niemand uns aufnimmt, Bewohner einer verlassenen Welt, in der kahle Büsche und eisiges Licht, ich frage mich, ob mein Leben, falls ich einen Sohn gehabt hätte, anders gewesen wäre, aber mir fällt dazu ein, dass mein Vater zwei hatte statt einem, und was haben sie ihm gebracht, sage mir das mal einer, während ein Fischkutter mich von innen durchwühlte, zugleich durch meine Eingeweide und über den Fluss fuhr, der Galicier hatte nicht zwei Söhne, eine Tochter und einen Schwiegersohn, der Apotheker war

– Wer glaubst du zahlt die Apotheke?

er zog zusammen mit der Pistole Fotos aus der Brieftasche, als wollte er sie töten, war sauer auf die Pistole

– Schrottteil

und steckte sie wieder weg, und dann waren da nur noch die Fotos, die der Galicier mit verächtlicher Lippe beerdigte

– Die machen nichts Vernünftiges

während mein Bruder und ich seinen Kofferraum mit Säcken füllten, manchmal Statuen aus Kirchen und die leichteren Heiligen, von denen ich annahm, sie wären aus Holz oder so

(Gips?)

auf den Altären zwischen Deckchen und Kerzen und mit all diesen Leuten, die sie anbeteten, kamen sie mir wahnsinnig schwer vor, aber man konnte sie einfach unter dem Arm tragen, der Galicier

– Vorsicht

aus Angst, wir könnten einen Heiligenschein verbiegen, der Fischkutter verließ meine Eingeweide humpelnd in Richtung Mündung, lebte der Neger noch, würde er vom Schemel fallen, einmal haben wir mit dem Vater eine Sendung per Schiff angenommen, und das Wasser, das man sich immer blau vorstellt, grau, außer meiner Schwägerin und Dita noch eine Frau, eine der Kisten rutschte weg und ging verloren, alles unter uns schlingerte wild, ich erinnere mich an Kastanienbäume am Ufer, ein paar Hügel, Gemüsegärten, im Schiff bewegte ein Mann Hebel auf einer Art kleinem Turm, und wenn ich sage, es schlingerte, dann meine ich, dass alles gegeneinanderstieß, schaukelte und auseinanderzufallen drohte, die andere Frau war Kellnerin in einem Restaurant, ich wartete im Hof hinter dem Haus auf sie, wo eine Lampe an einer Mauer sich selber und nicht die Dinge beleuchtete, nicht die Töpfe mit bitter gärendem Essen, das Schiff roch muffig nach Schränken, in denen alte Wäsche schimmelte, Vila Franca dümpelte in weiter Ferne

(man sagte mir, es sei Vila Franca)

wir kehrten, an die Kastanienbäume stoßend, an Land zurück, und zum ersten Mal im Leben hatte ich Sehnsucht nach der Birke, so wie ich auch Sehnsucht nach festen Böden und dem Haus hatte, ich, der ich das Haus nicht mochte, eigenartig, wie Aufregung uns Orte wertschätzen lässt, an denen wir uns nicht einmal glücklich fühlen, nicht dieses, in dem ich jetzt wohne, das andere zwei Straßen vorher ohne das Telefon und die Haustürklingel und die Tropfen

(wenn sie nicht aus dem Wasserhahn kommen, woher kommen die Tropfen dann?)

dem, in dem meine Mutter

– Du bist ein Mann

bevor sie sich im Kissen einschloss, ich hätte nie gedacht, dass Gesichter sich so zuschließen, anfangs voller Eile, dann so viel Reglosigkeit, der, der das Sagen hatte, machte sich im Schuppen Notizen

– Wenn ich dich noch einmal erwische gibt's kein Pardon

während ich an die Mischlinge dachte, denen ich den ersten Preis geben würde, dem Verkehrspolizisten, dem Schornsteinfeger, dem Grafen, der Präsident klopfte ans Mikrophon

– Ist das Ding da an?

zählte von eins bis fünf und von fünf bis eins, wütende

Seitenblicke an den für den Ton Verantwortlichen, der am Mechanismus verzweifelte

– Ich weiß nicht was da los ist

Kurzschlüsse, kleine Flammen, Geheul, der Präsident wie besessen

– Wird das heute noch mal was?

das Spielzeugflugzeug summte nicht im Gras, die andere Frau, ich bestehe darauf, dass das Spielzeugflugzeug nicht im Gras summte, eine Meile vom Schuppen entfernt der Bairro, kleine Gassen, Hügel, ein als Amazone verkleidetes Mädchen auf einem Holzpferd, das die riesige Stimme erschreckte, fing an zu weinen

– Ich habe Angst

die andere Frau

– Nun komm schon rein

die Raben auf dem Campingplatz von den Schüssen verwirrt, unser Lieferwagen wartete auf dem Anleger, und obwohl wir darauf zuhielten, entfernte sich der Anleger, will heißen, er kam näher, indem er sich entfernte, und ich hoffe, dass Sie das verstehen, zumal er sich, als wir anlegten, weiterhin entfernte, die Mutter der Amazone winkte von fern

– Warte noch einen kleinen Augenblick es ist gleich so weit

während das Holzpferd auf der Bühne mit den Reifen quietschte, der Anleger entfernte sich plötzlich nicht mehr, stand still, der Lieferwagen stand still, Vila Franca stand still, das gesamte Sonnensystem stand Gott sei Dank still

(es war aber auch an der Zeit)

nur ein Kalbskadaver nicht

(auch aus Holz?)

der auf uns zukam, sich auf den Rücken drehte, und keine Räder und daher auch nicht aus Holz, echt, ich habe in dem Zimmer der anderen Frau überall nach einem Haken gesucht, auf den ich mein Hemd hängen konnte, entdeckte, dass das Loch des Gürtels in der Schnalle größer geworden war, und regte mich auf

– Bin ich dicker geworden?

tastete meinen Bauch ab, im Schuppen zwei Mischlinge, einer so reglos wie der Anleger, und der zweite hatte einen Seehund im Rachen, der nicht wie der des Verstorbenen bellte, sondern nur schniefte, diese ihre

der Arme

(und ansonsten, was weiß ich, es hängt davon ab, wie das Leben in Australien ist)

diese ihre Art, sich fortzubewegen wie die Bettler an den Ecken, die, damit wir die Almosen aufstocken, sich mit den Armen abstützend, ihre Hüften zu uns hinschleifen

(bei dem, der schniefte, hatte ich das Gefühl, dass da Blut war, der Mund und die Nase waren wegen der Kugeln ineinandergepasst, fragen Sie mich nicht, ob die Nase im Mund oder der Mund in der Nase steckte, denn erstens weiß ich es nicht, und zweitens, auch wenn ich es wüsste, würde ich keinen Ton sagen, es gibt Dinge, die mich erschüttern, wenn ich darüber rede)

der Schornsteinfeger oder der Verkehrspolizist krochen auf uns zu

(wie wohl das Leben in Australien ist?)

ich dachte, eine Pistole, aber keine Pistole, es war der Rachen, nicht der Abzugshahn, der

– Peng

machte, und mit dem

– Peng

noch mehr Blut, und der Verdacht, dass Knochen oder Zähne, es könnte in Vila Franca passiert sein, denn das Land entfernte sich nicht einen Zentimeter, alles aufgereiht, ordentlich, ich bekam einen Ehrenpreis, weil die Mutter der Amazone das Mädchen mitgenommen hatte, der Präsident befreite sich mit dem Knie vom Holzpferd, und das Tier machte sich mit seiner braunen Mähne und einer eingerissenen Nüster auf den Weg, ich dachte

– Es wird fallen

und es blieb, ein Rad in der Luft, am Rand der Bühne stehen, sein Augenausdruck und der des Mischlings wiederholten

(habe ich die wilden Feigenbäume erwähnt?)

– Peng

den Kopf auf dem Boden, obwohl der Zeigefinger immer noch weiter schoss, weder der Schornsteinfeger noch der Verkehrspolizist, ein Junge, dessen Kleider sich wie das Gefieder eines Käuzchens über ihn legten, als sie um ihn herum zusammenfielen, der Mischling oder die Amazone

– Ich habe Angst

und Stille, will heißen, nach dem

– Peng

Stille, trotz des Zeigefingers ein Schuss, und die Brust tat mir weh, das Hemd mangels Bügel am Türgriff, ich erkannte es nicht wieder

– Ist das etwa meins?

alles im Zimmer schwarz, das Bett schwärzer als das Zimmer, auch die Betttücher und die Kopfkissenbezüge, und die andere Frau schwärzer als das Bett, der Präsident hörte auf, an das Mikrophon zu klopfen

– Großartig es ist schon an

und dann erschütterte eine zu gewaltige Stimme

(etwa Gottes Stimme?)

das Publikum, der, der das Sagen hatte, berührte den Jungen prüfend mit dem Gewehrkolben und ließ dann von ihm ab, ein Rabe vom Campingplatz spähte uns aus und kehrte auf etwas, das ich für eine Akazie hielt, zurück, um mit seiner Familie zu verhandeln, ich gebe allerdings zu, dass ich mich geirrt habe, es war eine Platane, eine Esche

(ich mag die Samen der Platanen, die einen feinen Staub auf der Hand zurücklassen) meine Mutter

– Du bist ein Mann

schloss sich auf dem Kissen ein, und ich zur anderen Frau, die ich nicht auf den Decken fand und die dennoch dort war

(wo sonst hätte sie sein sollen?)

glaubte meiner Mutter nicht

– Bin ich wirklich ein Mann?

in dem Augenblick, als ein letztes

– Peng

fast ein Flüstern, mich an der Schulter traf, der, der das Sagen hatte

– Fühlen Sie sich nicht wohl?

ohne zu bemerken, dass meine Nase und mein Mund ineinandergepasst waren wie bei dem anderen wegen der Pistole, aber wieso wegen der Pistole, wo doch der Finger mitten zwischen den anderen neunzehn oder siebenundvierzig auf dem Boden aufgehört hatte, sich zu krümmen, manchmal, wenn ich meine Knöpfe schließe, bemerke ich, dass sie, da ich zu viele habe, meine Bewegungen hemmen, und je mehr ich dies bemerke, desto mehr vervielfältigen sie sich aus dem Wunsch heraus, mir zu helfen und dass ich mit ihnen zufrieden bin, ich würde ihnen gern antworten, dass ich nicht so viele brauche, antworte aber nicht, hoffe, dass sie von selber weniger werden, während der Knopf

– Brauchst du noch den ganzen Tag?

ungeduldig wird und versucht, vom Faden loszukommen

(ich kenne keinen einzigen Knopf, der nicht versucht, vom Faden loszukommen und abzufallen)

und zu allem Überfluss noch dieses Gesicht, Herrschaften, das meinem nicht ähnlich sieht

(das meiner Mutter, meines Vaters, eines Großvaters, das nicht aufgibt

– Ich bin immer noch da Leute)

und an das man sich wendet, als wäre es meines, die andere

Frau, mir kann keiner einreden, dass sie nicht mit Dita gesprochen hat

– Kannst du nicht?

wahrscheinlich auch das falsche Gesicht, das ein Großvater, der nicht aufgibt, sie zwingt zu gebrauchen, der Vater der Amazone nahm das Holzpferd, ich nehme an, für den Schlachthof, denn das Tier wehrte sich, indem es die Räder in die Bühne stemmte, als ich aus dem Lieferwagen herausspähte, waren das Schiff und der Anleger verschwunden, und an deren Stelle ein Krankenhaus, ein paar Geschäfte

(wie lautet die männliche Form von Amazone?)

und als ich Krankenhaus schreibe, ist mein Tod wieder da oder, besser gesagt, das Unwohlsein beim Schlucken und das Tröpfchen im Taschentuch, eine Konstellation von Wasserhähnen, die nicht aufhören, mich mit ihren Tropfen verrückt zu machen, ich fahre mit der Hand unter ihnen hinweg, drehe sie fester zu, überwache sie, und da sitze ich, die Hände auf den Knien, nach vorn gebeugt, an jeder Hand fünfzehn Finger

(wenn ich das Licht auf dem Nachttisch anmachen möchte, kein einziger, der den Knopf erwischt, und dennoch bekomme ich, wenn ich sie zähle, acht oder neun zusammen)

ein Ohr an den Tropfen und das andere am Telefon und an der Haustür, etwas muss noch in der Pistole gewesen sein, die es nicht gab, denn die Brust und die Schulter tun mir weh, es sei denn, die Brust und die Schulter sind eine Verlängerung der Speiseröhre, wenn ich schneller gehe

(nicht viel schneller, nur etwas schneller)

die Lunge in den Augen, die sich weiten, das Herz

– Ich werde stehenbleiben tut mir leid

und ich höre auf der Straße den Galicier oder die Polizei oder die Mischlinge, die wollen, dass ich herunterkomme, und sehe ein Holzpferd auf dem Weg zur Mündung, das ans Sofa kommt, sich umdreht, weiterschwimmt, das Herz doch nicht

– Ich werde stehenbleiben tut mir leid

ein Zeigefinger auf dem Mikrophon, das mir mit Höllenlärm die Ohren betäubt, und da ist der Gestiefelte Kater im geliehenen Kostüm

(wie viele es wohl vor mir und nach mir mit aufgestellten Ohren und auf den Schwanz tretend getragen haben, der Besitzer des Kostümverleihs zu meiner Stiefmutter

– Das steht ihm gut nicht wahr?

wahrscheinlich einer der Polizisten früher auch mal Gestiefelter Kater)

Kohleschnurrbart

(alle mit Kohleschnurrbart, vier Striche auf einer Seite, vier Striche auf der anderen, schau nur, wie niedlich der Kleine guckt, Cidália)

schlittert mit seinen siebzig oder neunundachtzig oder zweihundert Fingern über die Bühne, auf dem höchsten Punkt des Schuppens oder der Straße, wer die Wahrheit kennt, soll es entscheiden, der Gestiefelte Kater

– Ich habe Angst

(die männliche Form von Amazone, weiß ich nicht)

den Anleger entlang, dessen Balken der Fluss polierte, und der Zeigefinger ohne Pistole immer langsamer, der, der das Sagen hatte, zu den Polizisten, indem er auf eine Decke

(eine Plane)

wies

– Nehmt den auch mit

wobei er mich nicht mit dem Gewehrkolben antippte, und wozu auch, wo ich doch schon ewig lange tot war, nicht Vila Franca entfernte sich, ich war es, die andere Frau

– Gehst du?

mit diesem vor Mitleid verzogenen Gesicht, das mein Bruder immer an mir bemerkt haben wird, wenn ich ihn sonnabends mit einem leichten Klopfen von dreiunddreißig Fingern auf dreiunddreißig Finger besuchte (mindestens fünfunddreißig, denn mein Bruder hat mich immer in allem übertrumpft, meine Stiefmutter zum Besuch

– Der Jüngere steckt ihn in die Tasche

was mir wortwörtlich genommen absurd vorkommt, denn ich bin schwer und groß)

ein leichtes Klopfen von, ich verbessere, dreiunddreißig Fingern auf fünfunddreißig magere Finger

– Ich finde heute Nachmittag siehst du besser aus

wo weder er noch ich die geringste Farbe hatten, beide in Schwarzweiß, und daher erscheint mir die Frage meines Vaters

– Ist die Zunge nicht etwas blass?

sinnlos, obwohl sie Varianten von Weiß zulässt, zum Glück hat die Ader das Problem gelöst, indem sie seinen Fragen ein Ende gemacht hat, er saß ganz ruhig am Tisch, und plötzlich war sein Oberkörper bereit, sich aufzurichten und etwas anzuordnen, und bis dahin war daran nichts Außergewöhnliches, denn das hatte er sein Leben lang getan, nur kam kein Befehl, eine Pause mit gerunzelter Stirn, die Arme in einem Anflug von Abflug, der mich an die rosa Möwen ohne Federn im Nest erinnerte

(wir in Schwarzweiß und die Möwen rosa)

der Sturz riss das Tischtuch und auch meinen Teller mit, meine Stiefmutter rundete die Lippen vor dem ersten Schrei

(ich weiß nicht, warum ich erster geschrieben habe, wo es doch der einzige war, den ich gehört habe, ich muss das in einem Buch gelesen haben)

mein Bruder auf allen vieren

– Papi

(ein grauenhafter Ausdruck)

und ich wünschte mir, an die Wand gelehnt, dass der Putz mich verschluckte, aber er verschluckte mich nicht, der Egoist, ich hätte nie gedacht, dass Zimmer erstarren können, aber sie können es, die Stühle übertrieben senkrecht, das Sideboard mit dem Keil aus Pappe weniger wacklig, und, ehrlich gesagt, ich fand meinen Vater weniger zerbrechlich, auf dem geblümten Teppich beinahe kein Mischling, fast mein Bruder vor der Schaufel mit Erde

(fünfunddreißig spillerige Finger)

und die Ruhe der Pappeln auf der Anhöhe, eine trächtige Hündin trollte sich, vom Duft der Kränze verrückt gemacht, meiner mit vergoldeten Großbuchstaben Ewige Sehnsucht, denn die Alternative wäre Ewiges Leben gewesen, Frage: warum zum Teufel halte ich mich bei Einzelheiten auf, Antwort: um zu verhindern, mich an die Wand gelehnt vorzufinden, deren Reglosigkeit mich abstieß und mich zu sehen zwang, da liegt der Körper auf dem Boden, und mein Bruder, wie albern

– Papi

der Schrei meiner Stiefmutter mehr Verblüffung als Schrei, ich weigere mich, die Frau vom Beerdigungsinstitut noch einmal zu erwähnen, die Rechnungen, den Tischler, die Wirbelsäule, fast hätte ich sie mit der Zeit vergessen, in mir bleibt meine Stiefmutter in Trauerkleidern und das Sonnensegel am Strand, das nicht schwarzweiß, sondern blau und grün war, und das Blau und das Grün verschossen, mehr Sehnsucht nach Farbe als richtige Farbe, so dass die beiden sich vermischten, grau wurden, mein Bruder mit seiner Grube beschäftigt, und ich schaute zu den anderen Sonnensegeln und den Schiffen

(ein Schiff)

wobei ich überhaupt nichts sah, so wie ich mich heute nicht von dieser Wohnung verabschiede, über den Gebirgskämmen der Gebäude erkenne ich die Schornsteine und jenseits der Schornsteine ein halbes Dutzend Balkons, auf denen in schlaflosen Nächten Lichter brennen, die eines nach dem anderen ausgehen

(oder bin ich es, der einschläft?)

ich suche sie morgens und komme nicht dahinter, welche es in diesem monotonen Häuserblock waren, demselben, in dem mein Vater, meine Stiefmutter und mein Bruder gewohnt haben und in dem meine Schwägerin wohnt, die mich nicht mehr aufgesucht hat, ich spüre ihren Duft nach Verbenen

(wie der meiner Großmutter und meiner Tante vonseiten meiner Mutter, deren unsterblichen Seelen ich, sofern ich Gelegenheit dazu habe, gerührte Absätze widmen werde)

und ich bemerkte ihn und umkreiste ihn mit der unterwürfigen Beharrlichkeit von, beinahe hätte ich von Hunden geschrieben, von Tieren im Allgemeinen, ich nehme an, dass es mit ihr schon, aber nicht mit der anderen Frau oder mit Dita möglich wäre, ich glaube, so etwas wie Frieden, vollkommen übertrieben, wo ist denn Frieden echt, eher eine, sagen wir mal, gelassene Wirrnis, ein süßes Unglücklichsein wie nach der Schlaftablette, wenn die Vergangenheit und die Gegenwart sich in Episoden vermischen, die unzusammenhängend sind oder deren Verbindung untereinander mir entgeht, für ungültig erklären, was nicht interessiert, wo ich angekommen bin, ist belanglos und wird für ungültig erklärt, ich, ein sich verflüchtigender Ballast aus Gewissensbissen

– Du siehst heute Nachmittag besser aus

und die Verbene in Portalegre, Herrschaften, unter dem Vordach des Hauses, während der Wind aus den Bergen die Blätter verstreut, meine Tante, die ihre Aussteuer in einer großen Kiste verwahrt, und meine Großmutter, die Erbsen palt, ich glaube, wenn sie bei mir wären, würden mich die Wasserhähne nicht stören, die Kiste mit der Aussteuer eher eine Truhe, und meine Tante öffnete gemächlich, im Gesicht gerötet, den Deckel ein ganz klein wenig

– Siehst du?

ich sah Spitzenschaum, bevor sie sie wieder umständlich feierlich schloss, eine lederbezogene Truhe mit Ziernägeln, in der der Lavendel auf kleiner Flamme kochte, man spürte das Knistern sogar im Garten und auf der Straße, der ekelerregende Gummigestank, das Sich-Ausbreiten von Schimmelgeruch, meine Tante Schimmelgeruch unter dem Nimbus der Verbene,

Portalegre, das beklemmend ist mit seinen bösartigen Novembern und seinem Horizont aus Felsen, die die Welt verstellen, ehrlich gesagt, verursachte mir die Verbene Übelkeit, und meine Schwägerin übrigens nicht Verbene, eine ausländische Essenz, die an den Dingen haften blieb, hätte ich die Gelegenheit dazu, würde ich meinem Bruder gestehen

– Das mit deiner Ehefrau war nichts Ernstes vergiss es

und der Seehund, der in ihm bellte, würde mir vergeben, wir waren zusammen aufgewachsen, hatten zusammen gearbeitet, ich habe sein

– Papi

gehört und die Scherben des Glases vom Boden aufgesammelt, ich habe ihn ganz, nicht in Stücken, aufgehoben

– Stütz dich auf mich

und daher gibt es zwischen uns beiden keinen Raum für Nickeligkeiten, der Seehund würde verständnisvoll bellen, freundschaftlich

– Vergiss es

und daher dreiunddreißig Finger auf fünfunddreißig spillerigen, während meine Schwägerin heimlich und mit einem verständnisinnigen Seitenblick zu uns herüberschaut, den ich aus Familiensinn zu erwidern mich weigerte, mein Bruder und ich Opfer einer Kreatur, durch die wir beide Schmach erlitten haben, Schmach, was für ein Wort, belassen wir es doch dabei, nicht die Bedeutung von etwas zu vergrößern, das keine Bedeutung hat, vor allem zu einem Zeitpunkt, wo einer von uns, in diesem Falle mein Bruder, aber das Leben ist ein Würfelspiel

– Heute du morgen ich was macht die Reihenfolge schon denn am Ende bleibt keiner

zu einem Zeitpunkt, in dem einer von uns beiden, zum Glück nicht ich

(das habe ich ihn allerdings nicht merken lassen)

starb, über den dreißunddreißig Fingern die fünf meiner

Schwägerin, von denen ein paar sich mit meinen verschränkten und sie drückten

– Schlitzohr

was ich aus Mitleid erwiderte, um ihr Unglück zu mildern, denn auch wenn man getrennt ist, bleibt immer etwas, und die Witwenschaft hat ihr Gewicht, Portalegre, das beklemmend ist, die Schüssel mit Erbsen und die Wellen von Verbene, die meinen Schlaf verwirren, Jahre später mein Bruder als Gestiefelter Kater, und er bekam nicht einmal einen Ehrenpreis, ich hatte Angst, dass er den ersten oder zweiten Preis, betete ein Ave-Maria, damit Gott aufpasste, und der Herr erhörte mich in seiner göttlichen Barmherzigkeit und seiner Gerechtigkeit, der Ehrenpreis ging an einen Musketier, ich, im Publikum mit meiner Patentante und meinem Vater, applaudierte dem Musketier, und mein Bruder, als hätte ich die Schuld, wenn du einen Schuldigen brauchst, gib Gott die Schuld, nicht mir, der ich nicht einmal mit dem Zeigefinger auf das Mikrophon geklopft habe

– Dieser verdammte Sound

und du hasstest mich inmitten der Kohleschnurrbärte, derjenige, der das Sagen hatte, nicht die Spur eines Kohleschnurrbarts

– Kohleschnurrbärte?

und wie ein Echo zu den Polizisten und den wilden Feigenbäumen

– Kohleschnurrbärte sagt der hier

und da weder die Polizisten noch die wilden Feigenbäume ihm eine Erklärung gaben, sah er mich mit wachsendem Misstrauen prüfend an

(Portalegre, man stelle sich das vor)

griff nach dem Gewehr im Futteral und ließ dann vom Gewehr ab, riet mir

(diesmal kam nicht ein Rabe auf den Campingplatz zurück, sondern drei lackschwarze Raben)

während er sich zum Wagen begab

– Geh mir aus den Augen und zwar schnell

also bin ich hier, meine Freunde, nach all den Prüfungen, die mir das Schicksal auferlegt hat

(ich rufe den Namen des Allerhöchsten nicht vergebens an)

bereit, diese Wohnung zu verlassen, ohne dass mich das Telefon ruft und es an der Tür klingelt, lausche aufmerksam den Tropfen an den Wasserhähnen und dem Unwillen der Möbel, und kein Geräusch von Wasser und auch kein Knacken, das absolute Nirwana und die Stille, ich hätte beinahe geschrieben, die Stille des Todes, aber nicht ich war gestorben, ich war derjenige, der seine Schaufel mit Erde ausgeschüttet und dem Priester Platz gemacht hatte, der vor den letzten Responsorien auf die Uhr linste

(Mittagessenszeit, ist zu entschuldigen)

ich mehr an den Rotkehlchen auf den Pappeln interessiert und an meiner Schwägerin hinter einem Grabmal als an den Gebeten und Segenssprüchen, ein paar Gräber weiter

(sozusagen)

noch eine Handvoll Leute im Kreis und eine Schaufel, wahrscheinlich ein weiterer Bruder, und hier bin ich nun, Freunde, und schaue in den Taschen nach, was ein Mann für eine lange Reise braucht, die womöglich Jahre dauert, die womöglich kein Ende hat, hole mir ein Paket Milch aus dem Kühlschrank, schneide eine Ecke mit der Schere ab, suche nach dem Haltbarkeitsdatum

(möglichst vor dem achtzehnten August verbrauchen)

und erfahre in kleinen Buchstaben etwas über die Vorzüge der Milch für Säuglinge, Kranke, Schwangere und alte Menschen, nicht zu vergessen Sportler, Menschen mit Knochenproblemen

(Osteoporose, Rheumatismus, Kalkmangel)

und die Menschheit im Allgemeinen, ich, ein Mensch im Allgemeinen, trinke eine halbe Tasse

(fast zwei Drittel)

denke über die Möglichkeit eines längeren Fastens nach und stelle das Paket wieder neben den Käse, der so hart ist, dass man ihn, Ehrenwort, nur noch mit dem Beil, schaue nach, ob alles sauber, aufgeräumt ist, höre einen Tropfen auf dem Flur, bleibe horchend stehen, und da der Tropfen sich nicht wiederholt, liebkose ich den Plastikvorhang der verglasten Veranda, den ich nicht einmal mochte, aufgedruckte kleine Fische, idiotische Muscheln

(fürchten wir uns nicht vor den Worten, ich gestehe, ich liebkoste ihn)

verabschiede mich von ihm, ich wie der Priester bei meinem Bruder mit einer letzten Segnung meiner einfachen Habe, bevor Erde auf mir, und das war's dann

(wer weiß, vielleicht werde ich sogar nach der Verbene von Portalegre Sehnsucht haben, wenn Schluss ist, schwer zu sagen, wenn man gesund ist und sich bewegt, ist es einfach zu sagen

– Portalegre ist beklemmend

wie das ist, wenn man tot ist, steht auf einem anderen Blatt)

da stehe ich also mit sechsundsechzig ausgestreckten Fingern, die die Tür aufschieben, die ich selbstverständlich nicht aufschiebe, ich bleibe auf der Diele stehen, den neuen Regenmantel über dem Arm

(unter neu ist zwei Jahre alt zu verstehen)

entschlossen, eine gute Figur zu machen, wenn mein Bruder dort in Australien beschließt, mich zu rufen.

Wegen der Polizei haben wir den Bairro jeder für sich verlassen, einer über den Campingplatz, der andere an den wilden Feigenbäumen vorbei, noch einer auf der Seite nach Sintra hin, wir trafen uns im Schuppen, und ich kam immer später, weil ich durch das Herrenhaus ging, in dem das Gras höher war, und ich verbrachte Ewigkeiten damit, die Büsche mit dem Gewehr zu durchstöbern, weil ich Angst vor Schlangen habe, die im Dunkeln mit dem Wind pfeifen, der Wind Asthma und die Schlangen Asthma und kleine Schellen, als ob man in der gewölbten Hand Steine schüttelte, eines Abends haben meine Schwester in der Wiege Schlangen gebissen

(wir sahen sie zwischen den Backsteinen verschwinden)

also schnitt meine Mutter an der Bissstelle mit dem Messer ein Kreuz, wir tranken das Gift, und meine Schwester ist nicht gestorben, sie behielt ein verkrüppeltes Bein zurück, und wenn wir aufpassten, konnten wir sie humpeln hören, der gute Schuh ein Schlag, der zweite Schuh ein kleiner Satz, meine Schwester schluckte schnell ihre Tränen herunter, aber nicht die Wut, die sie auf uns hatte, weil wir das Gift getrunken hatten, das wie alter Apfel geschmeckt hatte, ich habe zwei oder drei Tage gedacht

– Sobald das beim Herz ankommt kippe ich um

meine Schwester sagte, den kranken Schuh angehoben, ganz schnell, bevor das Weinen sie daran hinderte

– Was guckt ihr?

sie arbeitete bei der Post in Amadora und gab das Geld nicht ab, ich durchsuchte ihre Taschen, und sie waren leer, wahrscheinlich vergrub sie ihr Gehalt, nur fand ich das Versteck unter den Dielenbrettern nicht, wir hatten eines in der

Wand, und nicht einmal das Taschenmesser, das wir unserem Vater gestohlen hatten, war darin, wenn ich herausfinde, wer es weggenommen hat, erschieße ich den, eines Morgens bin ich ihr nachgegangen, und anstatt zur Post zu gehen, hat sie den ganzen Tag auf dem Platz gesessen und die Leute gehasst, und meine Mutter zu uns

– Die Arme wir hätten noch mehr Gift trinken müssen

sie kam abends nach Hause, verkündete, ohne Abendbrot zu essen

– Ich gehe schlafen

und da lag sie wach im Dunkeln, was man an der Decke merkte, die sich wand, ein Zornesknistern und anstatt

– Was guckt ihr?

bereit, ein Kreuz mit dem Taschenmesser in uns zu schneiden, um ihrerseits uns zu trinken, also lagen wir genauso wach wie sie da, bis meine Mutter mir das Kissen gab

– Besser du machst das

ich wartete, bis mein Vater gegen die Tür stolperte und wieder zurücktrat, um noch einmal dagegenzurennen, auf allen vieren zum Café krabbelte, wo es, glaube ich, Schlangen gibt, wenn man nicht aufpasst, verschlingen sie einen, draußen konnte man einen Baum voller Schellen zwischen den Blättern erkennen, als würden Dutzende von Schlangen

(ehrlich, Dutzende von Schlangen)

und in den Spalten im Putz die kleinen Feuer der alten Frauen, meine Mutter mit Pfeife am Fenster, und das Fenster hohl, die Decke meiner Schwester schwoll an und drehte sich, sie musste mich bemerkt haben, denn sie wich vor mir zurück

– Was guckt ihr?

einen Augenblick lang saß sie auf dem Platz und massierte ihr Bein, und ich sah sie von weitem, als ich ihr das Kissen aufs Gesicht drückte, hörte man die Pistole nicht, und die Finger, die mein Ohr zerrissen, ließen von mir ab, der Körper erschlaffte und wurde in seiner Ecke immer kleiner, meine Mutter

– Die Arme

ich

– Die Arme

auf der Matratze war ein Apfel zurückgeblieben oder, besser gesagt, der ziemlich schwer zu verschluckende Teil mit den Kernen, ich überlegte noch, ihn meiner Mutter zu schenken, während ich kaute, aber jetzt, wo ich ohne Angst vor meiner Schwester schlafen konnte, wozu ihn verschenken

– Wenn Sie wollen behalten Sie das Taschenmesser Senhora

um sich vor der Polizei, den Schlangen zu schützen, mein Vater

– Habt ihr die Verkrüppelte umgelegt?

als er die Tochter unter dem Kissen vorfand, so wie er die im Haus in Sintra vorgefunden hätte, wäre er mit mir gekommen, in der Schule, in der sie mich eingeschlossen hatten, suchte ein Freund des Aufsehers ihn auf dem Schulhof auf

– Hast du Neger?

und weder mein Vater noch der Freund des Aufsehers fanden mich, denn ich war im Schuppen mit den anderen oder noch nicht im Schuppen, ich durchstöberte aus Angst vor Schlangen die Büsche und drehte Steine um, der Apfel rutschte die Kehle nicht hinunter, ich versuchte es, und er rutschte nicht, wäre meine Schwester bei mir

– Was guckst du?

und sie wusste, dass ich, obwohl ich die Büsche durchstöberte, sie im Abwasserkanal ansah, in den wir sie mit dem Kissen vor dem Gesicht und den in Unordnung geratenen Kleidern gesteckt hatten, ich schluckte den Apfel herunter, um ihr vergessen zu helfen, dass ich ihn hatte, und damit sie sich bis zu den Regenfällen im Winter ruhig verhielt, hätte sie uns nicht von der Überdecke her bedroht, wäre sie noch hier so wie ich, der Freund des Aufsehers

– Ich will diesen Neger da

und der Aufseher zu mir

– Geh in die Waschküche und halt den Mund

die Polizei wird mich nicht töten, bevor ich den Freund des Aufsehers getötet habe

– Ich hab doch gesagt es tut nicht weh Junge

er auf Knien vor mir und in neuer Jacke

– Verzeih

es existierte nur die Jacke, und ich weiß nicht, ob ich ihn oder die Jacke getötet habe, will heißen, ich werde die Jacke töten

– Ich hab doch gesagt es tut nicht weh Senhor

die anderen können seine Uhr und seine Brieftasche behalten, mir reicht es, die Jacke zu töten, und die Hände hinter meinem Rücken befahlen

– Halt still

eine Art Frage, eher Bitte als Frage, während sich die Gesichtszüge in einem Ausdruck wie beim Beten auflösten

– Gefällt es dir nicht?

also auch die Gesichtszüge töten, der Ausdruck wie beim Beten rann ihm an der Haut herunter, als er sich an den Wasserboiler lehnte oder an den Korb mit den Handtüchern

– Hau ab

und die Deckenlampe rollte seinen Schatten auf dem Zement um ihn herum, war lebendiger als er, der Schatten sagte

– Hau ab

und daher auch den Schatten töten, der mit jedem Schuss zerbarst, ich zu den Stückchen, die leise schrien

– Ich hab doch gesagt es tut nicht weh Herrschaften

eine neue Jacke, ein Herr Doktor, denn der Aufseher

– Herr Doktor

auch die Brille töten, damit sie aufhörte mich zu verfolgen, wo ich mich auch befand, die Brille

– Ich will diesen Neger da

nicht hart, gelatinös heftete sie sich mit einer Art Freude auf den Gläsern an mich

– Diesen Neger

mich, dem die Schlangen nicht das Bein verkrüppeln oder ein Kissen aufs Gesicht drücken, ich lasse es nicht zu, ich kehrte ebenso wenig nach Hause zurück wie in die Schule, denn in der Schule, auch wenn der Herr Doktor tot war

– Ich will diesen Neger da

es gibt im Bairro Dutzende von Orten, an denen niemand meine Schwester vermuten würde, den Weinkeller im Herrenhaus, den alten Abwasserkanal, und mein Vater

– Schnell

nachdem wir den Zugang zum Abwasserkanal mit Zweigen bedeckt hatten, schnarchte er mit nacktem Bauch im Gebüsch, das Schnarchen des Freundes des Aufsehers genauso an dem Sonnabend, an dem er mich in ein Haus in Évora mitgenommen hat, und meine Mutter, die mich von meinem Vater wegzog

– Lass ihn

hinderte mich daran, nicht einen Schuss, sondern das Messer, und da begriff ich, dass mein Vater nicht

– Dieser Neger

und mich nicht bemerkte, so wie er auch die Türen nicht bemerkte, gegen sie stolperte, das Café fand er schon, wo er vor Kälte zitterte, auf etwas zeigte, was niemand verstand

– Die Spinnen

und überhaupt keine Spinnen, vielleicht ein paar Tauben, ein paar Zicklein, ein paar Mäuse, mein Vater zeigte auf die Rippen, auf denen nichts war

– Diese Spinne

schlug sich mit einem Stein gegen die Brust, um sich vor dem Tier zu retten, und er verlor das Interesse am Stein, weil er eine andere Spinne entdeckt hatte, die auf seiner Hose oder im Hemd krabbelte, meine Mutter und ich mit Spinnen bedeckt, und er ruderte, begierig uns zu helfen, auf uns zu

– Wartet

bis er auf den Tisch stürzte, etwas umarmte, was er für eine leere Flasche hielt

– Es gibt hier keine Flaschen Vater

und dann uns umarmte, meine Mutter mit Patentante anredete

– Hilf mir aufzustehen Patentante

mit der Stimme, die er vor vierzig Jahren in Afrika gehabt hat oder bereits hier, ich weiß nicht, er arbeitete im Hafen, er arbeitete nicht im Hafen, er tat so, als würde er im Hafen arbeiten, oder er arbeitete tatsächlich im Hafen, er hockte sich in eine Schüssel, beschimpfte uns

– Ihr

mit lauter langsamen Sätzen, die nicht herauskamen, sich irgendwo im Kreis drehten, wenn er uns sah, hob er warnend den kleinen Finger

– Ihr

mit den Schiffen beschäftigt, die ohne ihn abfuhren, als er noch nicht gegen die Türen rannte, hat er mich einmal an einen Ort mitgenommen, der nach Öl roch, wo unter der Raserei von Vögeln schmutziges Wasser tanzte, dasselbe, welches im Abwasserkanal das, was von meiner Schwester übrig war, zur Müllkippe treiben würde, und wenn die Propeller anfingen, sich zu drehen, wurde ganz Lissabon durchgerüttelt, Loren, Kräne, Regenreste, die dem Sommer widerstanden wie im Bairro, Juli, und es gab Dachse, Frettchen, ich treffe bei den wilden Feigenbäumen auf sie, wo die Polizei, über Wurzeln kletternd, im Glauben auf uns wartet, wir hätten sie nicht bemerkt, einmal haben wir sie zu einem der Häuserblocks verfolgt, in denen sie wohnen, und sie werden es ebenso wenig glauben, wenn sie uns im Wohnzimmer vorfinden, wie der Herr Doktor, als er seinen Hund mit klaffendem Bauch auf der Kommode vorgefunden hat, Wasser, das aus den Hähnen auf den Teppich lief, und die ganze Zeit über verspottete mich im Kopf der Satz, lügen Sie nicht, er verspottete mich, warum verspotten Sie mich, Senhor

– Ich hab doch gesagt es tut nicht weh Junge

ein Satz, den ich ihm wieder zurückgab, als ich seine Bilder zerriss, dabei an meine arme Schwester dachte, und auf der Zunge der Geschmack nach einem Apfel, den ich nicht hatte

(hätte ich einen Apfel, würde ich ihn essen)

ich legte das Gewehr an, und der Spott hörte nicht auf

– Ich hab doch gesagt es tut nicht weh Junge

und da waren die Gesichtszüge mit dem Ausdruck wie beim Beten, die ihm an der Haut herunterrannen, und es gab keinen Wasserboiler und keinen Korb mit Handtüchern, an den er sich lehnen konnte

– Hau ab

die neue Jacke

(eine andere neue Jacke)

die neue Krawatte, der Ring, ein Herr Doktor, denn der Aufseher

– Herr Doktor

die Hände nicht auf meinen Hinterbacken, sondern verschränkt, stehen Sie auf, lösen Sie die Hände, benehmen Sie sich, verlangen Sie noch einmal

– Ich will diesen Neger da

die Brille nicht hart, gelatinös heftete sie sich an mich, ohne eine Art von Lächeln darin

– Diesen Neger

die Deckenlampe, die den Schatten um seine Fußknöchel wickelte, lebendiger als er, der Schatten war es, der

– Hau ab

die Ehefrau wich zum Klavier zurück, hatte vor der Hündin mit dem offenen Bauch oder vor mir Angst, und die Haltung von beiden gleich, die gleiche Schnauze, die gleichen nutzlosen Pfoten, der Aufseher

– Wie war der Neger Herr Doktor?

während ich auf dem Sofa, ohne mich zu bewegen, wiederholte

– Wie war der Neger Herr Doktor?

der Schatten, um seine Fußknöchel gewickelt, zerbarst mit jedem Schuss, und ich sagte zu den Stücken, die leise schrien

– Ich hab doch gesagt es tut nicht weh Herrschaften

bis ich den Schatten nicht mehr sah, denn der Herr Doktor lag darauf und bewegte sich nicht, war ruhig, und ich unterstrich noch einmal

– Halt still

ich

– Hat es dir nicht gefallen?

nicht sauer auf ihn, nicht sauer auf meine Schwester, nicht sauer auf die Polizisten, die den Dicken und den Kleinen auf der Bahnstation zurückgelassen haben, warum sauer sein, so war es nun mal, als mein Vater starb, war ich auch nicht sauer, so war es nun mal, vielleicht hat er an das Meer gedacht, will heißen, auf dem Zement verfaulter Regen und ein Kran, dessen Ausleger sich senkte, mir ist das Meer egal, mir ist egal, dass er tot ist, so ist es nun mal, es bleiben die Tankstellen, die wir, bevor wir sie sehen, an dem orangefarbenen Licht erkennen, die Frau auf dem Klavierhocker nur eine Art zum Abschied winkender Armreif, den ich nicht mitgenommen habe, damit der Abschied weiterging, bis die Nachbarn hereinkamen, sobald das Wasser aus den Hähnen die Stufen herunterrann, wenn die anderen bei mir waren, hatten sie den Schraubenzieher, die Schere, ich nur das Gewehr

– Hätten Sie gern Ihren Hund Senhora?

und ich legte ihn ihr unter einem Wirbel von Vögeln, wo dunkles Wasser tanzte, in den Schoß, das Gewehr machte einen Satz, ohne dass ich das Geräusch gehört hatte, und dennoch das Abschiedswinken des Armreifs auf dem Fußboden, der Schuldirektor

– Gehorchst du uns nicht?

Fenster mit Draht davor verdeckten den Hof

(man erkannte Lotusbäume oder Bäume, die das Gitter in Lotusbäume verwandelte) eine Tischlerwerkstatt, in der ich acht Monate lang auf dasselbe Brett gehämmert habe, glaube ich, der Psychologe und sein Buntstift

– Mal deine Familie

die Sozialarbeiterinnen, die nicht in den Bairro kamen, sie bestellten meine Mutter zu sich

– Ihre Tochter?

und meine Mutter ohne Antwort, denn meine Schwester ganz bestimmt nicht im Abflusskanal, denn es hatte mehr Regen und Schlamm gegeben, meine Schwester, die Arme, hätte uns schlafen lassen sollen

(wenn ich schlafe, träume ich, dass ich fliege)

seit wer weiß wie lange auf der Müllkippe, ich begleitete meine Mutter, war ebenfalls ohne Antwort, und wir berührten einander selbstverständlich nicht, warum auch, meinen Vater habe ich mit dem Besen berührt, um ihn zu zwingen, schneller zu krabbeln, und meine Mutter krabbelt nicht, die Sozialarbeiterin

– Küssen Sie sich nicht?

als würde es irgendetwas bringen, sich zu küssen, aus einem mir unerfindlichen Grund habe ich die Ehefrau beinahe geküsst, bevor ich gegangen bin

(wenn ich schlafe, träume ich, dass ich fliege)

war verblüfft über den Armreif, der unaufhörlich zum Abschied winkte, der Pförtner stand von seinem Schreibtisch auf, um mich zu rufen, er gab es auf, mich zu rufen, da er das Gewehr bemerkte, und seine Hand am Telefon oder, besser gesagt, nicht auf dem Telefon, sie schwebte über dem Telefon, es gibt Blätter, die lösen sich von den Zweigen und erreichen den Boden nie, ich erinnere mich an ein ganzes Frühjahr März April Mai Juni, in denen sie zwei Handbreit über dem Boden zitterten, jeden Tag dachte ich

– Ob sie gefallen sind?

und sie waren nicht gefallen, sie vergilbten in der Luft, und eines Morgens hatte ich sie verloren, der Psychologe, die Sozialarbeiterinnen, die Richterin, die überhaupt nichts fragte, sie schrieb so, dass ich ihre Augen nie kennengelernt habe, ich habe nur ihr Haar und ihre Stirn kennengelernt, die Stirn schließlich

– Du kannst gehen

der Aufseher auch ohne Antwort, genau wie meine Mutter, und kein Mischling, ein Weißer

– Wollen Sie den Neger?

er packte mich am Arm und nahm mich mit, wenn ich schlafe, träume ich, dass ich über dem Meer fliege, und das Meer sind weder Kräne noch Kisten, ich bin es, der allein schneller über den Sand läuft als alle anderen, und ich lache, träume, dass ich in Amadora und in Lissabon fliege, komme zwischen zwei Wolken herunter, streife die Dächer, rufe meine Schwester, damit sie trotz des verkrüppelten Beins mit mir fliegt, und sie unter dem Kissen

– Ich kann nicht

der Aufseher zu mir

– Du kommst aus dieser Schule nie mehr raus das ist dir doch klar oder?

also verschwinde ich im Buchenwald und meckere mit den Raben, ohne die Zweige zu berühren, wir verließen den Bairro, einer über den Campingplatz, der andere an den wilden Feigenbäumen vorbei, noch einer auf der Seite nach Sintra hin, wir trafen uns im Schuppen, und ich kam immer später, weil ich durch das Herrenhaus ging, wo eine Statue aus Kalkstein

– Ich will diesen Neger da

(wie peinlich, eine Frau zu küssen)

und ich verbrachte Ewigkeiten damit, die Büsche zu durchstöbern, weil ich Angst vor Schlangen habe, die im Dunkeln mit dem Wind pfeifen

(kann man wirklich fliegen, will heißen, ein normaler Mensch?)

obwohl der Wind Asthma und die Schlangen Asthma und

kleine Schellen, als ob man in der gewölbten Hand Steine schüttelte

(ein normaler Mensch wie der Krüppel mit der Krücke, der die Tauben heilmachte, oder wie ich beispielsweise?)

und vom Schuppen nach Pontinha nach Venda Nova nach Pedralvas, oder aber wir warteten in einem Toreingang auf den, der einen alten Mann besuchte, und dann, seit die Polizei in den Kakteen hockte, das andere Flussufer und die Autobahn nach Süden, wir hielten nicht an der ersten Tankstelle, auch nicht bei der zweiten mit Restaurants, in denen kein Licht brannte, und davor ein Delphin aus Metall, in den man eine Münze durch einen Schlitz steckte, worauf er vor- und zurückschaukelte, bis er mit einem Ruck anhielt, die anderen rittlings auf dem Tier, und ich beneidete sie, den Finger in einer Zahnlücke, wie oft habe ich darum gebeten, anzuhalten, weil ich den Delphin ausprobieren wollte, ich würde die Münze einführen, einführen gefällt mir nicht, ich würde die Münze reinstecken, und dann würde ich, ohne jemanden anzusehen, um nicht zuzugeben, dass ich glücklich war, ruckelnd drauf schaukeln, ich könnte problemlos die ganze Nacht damit verbringen, und wären sie nicht dabei

(der Delphin und ich brauchten sie nicht)

würde ich singen, im Schulchor während der Messe nicht im Traum, denn der Kaplan

– Du bist eine Knalltüte

stellte mich in die letzte Reihe, wenn ich versprach, den Mund auf- und zuzumachen, ohne einen Laut zu wagen

– Wenn du wagst einen Laut von dir zu geben höre ich das sofort

während er vor uns mit einem Stöckchen wedelte, die Augenbrauen auf mich gerichtet, und nur er und ich verstanden das

– Keinen Pieps

der Delphin wartete auf mich, das merkte man an seiner Art, als ich mich das einzige Mal einem Schild

– Außer Betrieb

näherte, also habe ich seinen Rücken mit dem Gewehrkolben zertrümmert

– Das verzeih ich dir nicht

das Tier sprühte ein paar Funken und kullerte, mich tadelnd, weg

– Was kann ich dafür wenn mir ein Teil fehlt?

während neue Funken sprühten und eine Schraube sich löste, es heißt, Delphine seien intelligent, aber das bezweifle ich, der von der Tankstelle, der einzige, den ich kennengelernt habe, hat nur Mängel gezeigt und kein

– Guten Tag

oder ein

– Hallo

diese Art Blödsinn, bei der dritten Tankstelle ein Jeep der Guarda Republicana mit Radar, ich amüsierte mich dabei, meine Eltern mit Buntstift zu malen, die Karten mit den Punkten und der Psychologe

– Woran erinnert dich das?

amüsierten mich nicht, er rief seinen Assistenten

– Komm her

mein Vater in einer Ecke, meine Mutter in der anderen und ich nebensächlich, nichtig, ich zeigte ihnen das Gewehr, bevor sie auf die Idee kamen, mich zu küssen, mir war es lieber, sie schaukelten, bis die Münze zu Ende war, der Psychologe zum Assistenten, während er meine Zeichnung mit den Zeichnungen aus Büchern verglich

– Siehst du das?

obwohl es gar nichts zu sehen gab, es sei denn armselige, schiefe Neger, mein Vater hin und wieder

– Das Meer

in Gedanken an die Kräne, hundert Meter nach der Autobahnauffahrt die Mautstelle und Hinweise auf Städte, von denen man nicht die geringste Ahnung hat, wo sie liegen könnten, ich will nicht auf Delphine steigen, ich habe keine Lust zu singen, sie leben nicht, sind tot, jeder hat ein Schild

– Außer Betrieb

im Schnabel, oder aber sie tun so, als wären sie tot, weil sie mich nicht ertragen, wenn einer von den anderen sich interessiert, nehmen sie das Schild weg

– Für ihn da bin ich tot aber mit dir schaukele ich

also sollte ich alle töten, weil alle mich anlügen

– Ich will diesen Neger da

mich verachten, der Herr Doktor, der an sich selber herunterrinnt

– Hau ab

schämt sich seinetwegen und meinetwegen

– Wie war der Neger Herr Doktor?

und der Neger und die anderen in den Mautkabinen ohne Gewehre oder Pistolen, nur ein paar Messer, sie verfolgten die Angestellten, verletzten sie, bissen sie, die Kabinen offen, die Kassen mit dem Geld aufgebrochen, zwei der Angestellten Frauen, der dritte ein Junge mit gelbem Haar, der eine Schublade Münzen mit der Dringlichkeit eines durchwühlte, der mit den Vorderpfoten einen Graben gräbt, und eines der Ohren offen

– Ich mache alles was Sie wollen alles was Sie wollen

der Mundwinkel auch offen und das Hemd zerrissen, einer der anderen hängte sich ihm mit einem spanischen Klappmesser an den Hals, während das Spielzeugflugzeug in der leeren Kabine summte, und in einer Erdfalte kletterten Häuser übereinander, verschlangen einander, und dort keine Häuser, kämpfende Käfer, Regenrinnen und Fühler gehen ineinander über, bis ein einziges Haus, das die anderen gefressen hat, zwischen Backsteinen dasteht und die Narbe einer Veranda ableckt, so wie die Baracken des Bairro untereinander kämpfen und kein Zicklein oder Huhn übrig bleibt, wir, was bleibt uns anderes übrig, lauschen in den Kellern einstürzenden Balken und Radioapparaten, die reden und reden, kein Armreif, der sich mit einer Art Winken verabschiedet, ich träume, dass ich fliege, den Ort besuche, an dem wir leben, fliege weg, komme wieder, die wilden Feigenbäume von oben gesehen beinahe schön, ehrlich, trotz der Stacheln

(ich sage das nicht gern, aber manchmal wäre ich dankbar, wenn sie mit mir sprächen)

irgendwann einmal aus Versehen an einem von ihnen ein blaues Blümchen anstelle der Knubbel, die anschwellen und vertrocknen, als ich es berührte, blieb es an meinen Fingern, und die Bäume, aus denen eine wilde Katze fauchend herauskam, böse auf mich, Katzen trotten nicht, sie entrollen nacheinander Pfoten und Beine, es ist nicht so, dass sie aus dem Körper wachsen und die alten ersetzen, die sie an der Erde verlieren, zumindest ein Blatt, das das ganze Frühjahr über nicht heruntergefallen ist, ganz bestimmt, wer hielt sie in der Luft, der Junge mit dem gelben Haar lehnte mit dem Kinn an der Tür und starrte uns an, nicht

– Ich mache alles was Sie wollen

die Nase an der Scheibe, die anfangs beschlagen, dann sauber war

(das Gefühl, dass er mich rief wie meine Schwester manchmal, immer wenn ich meinen Namen höre, ist es meine Schwester, die nicht sauer auf mich ist, kein Grund, sauer auf mich zu sein, so wie ich auch nicht sauer auf wen auch immer bin, ich nehme alles hin)

und das gelbe Haar reglose Strähnen, eine der Angestellten, die die Handtasche in der Bluse versteckt hatte, ließ die Perlen eines Rosenkranzes durch die Finger rinnen, und die Kollegin schlug uns mit einem Besen, die dumme Gans, sie traf mich an der Taille, traf mich am Hals

– Ich habe keine Angst vor euch

und sie schrie weiter

(sie glaubte, das wären Schreie, aber es waren keine, ich

musste meinen Kopf zu ihr neigen, um sie zu hören, so wie ich dachte, dass ich Schreie, aber keine Schreie an dem ersten Nachmittag, an dem ich in der Wäscherei mit dem Herrn Doktor oder Minister war, denn der Aufseher

– Herr Minister

aber möglicherweise war es die Deckenlampe, die für mich schrie)

ich glaube, dass sie noch nach acht Tagen schreit, mit einem Schraubenzieher an einem Stuhl befestigt, während ich meine Mutter nie gehört habe, nicht einmal, als die Polizisten gekommen sind und die Baracke abgefackelt haben

– Dein Sohn?

sie daran hinderten zu fliehen, indem sie auf die Stufe schossen, ich bin ihnen deswegen nicht böse, jeder macht seine Arbeit, so gut er kann, und ich sah es von den Buchen aus und zählte noch eine Flasche Petroleum, noch einen Reifen, der brannte, und ein oder zwei erschreckte, blinde Hühner, sah meine Mutter, die unter Julibremsen über etwas, das einmal eine Mauer war, kletterte und aufgab, eines der Beine machte noch weiter, als der Körper schon unten war, der Aufseher zum Minister, als wir in der Werkstatt waren

– Wir haben auch einen Neger

und was ich behalten habe, ist nicht sie, es ist der Duft der Buchen und eine Grille in einem Stamm, die mich daran hinderten zu hören, wenn wir so dumm sind und auf das Pfeifen des Planeten achten, werden wir ein für alle Mal taub, und alles ereignet sich in ruhiger Geistesabwesenheit, Eschen, Gerüche und Insekten, die sich in Luft auflösen, bevor wir sie zerquetschen können, der Minister

– Wieso Neger?

und die Lampen in der Schule brannten immer, brachten die Daten und die Uhrzeiten durcheinander, eine Glocke, die in keiner Verbindung zu den Uhren stand, verlangte wach auf geh ins Bett schlaf, meine Mutter ein blindes Huhn, das schon nicht mehr erschrak und dessen Gefieder eine Schürze war, Sandalen, ich dachte

– Ich werde weinen

und da ich dachte

– Ich werde weinen

hörte ich auf zu denken, oder aber ich dachte

– Wie komme ich bloß darauf zu weinen?

wie komme ich bloß darauf, zu weinen wie die Weißen, Mitleid zu haben wie sie, mich zu empören, der Großvater meiner Mutter war ein Weißer, der in Afrika gestorben ist, hat man mir erzählt, ich war nie in Afrika und vergeude auch keine Zeit mit Afrika, vergeude meine Zeit mit dem Bairro, lassen Sie mich in Frieden, Senhor, ein mir unbekannter Geschmack nicht im ganzen Mund, auf der Zunge, die Feuchtigkeit, die die Weißen für Tränen halten

(meine Schwester fast weiß)

und hinter den Augen Regen oder, besser gesagt, Fäden, die herunterrannen, so dass ich nicht sah, wie ich das Bein meiner Mutter mit dem Rock zudeckte, ihre Wange zurechtrückte, sie kämmte, nach dem Tod meines Vaters spähte meine Mutter die Raben aus, ohne was auch immer auszuspähen, denn der Bairro endete für sie an den Grenzen ihres Körpers, jenseits der Haut existiert nichts, und was im Inneren der Haut existiert, ist mir egal, ich bin nicht außerhalb von mir selber, und was ich in mir bin, fühle ich nicht, ich habe meine Kinder nicht gefühlt, sie sind in meinem Blut gewachsen, ohne mir zu gehören, sind gegangen, adieu, meine Tochter zuerst, fast weiß

(ob ich sicher bin?)

der ich gegeben habe, was sie brauchte, indem ich sie an meiner Brust genährt habe, und das war's, später kam mein Sohn, und es gab keinen Grund, meinen Mann meinen Mann zu nennen, denn nicht ich habe ihn ausgewählt, man brachte ihn mir eines Sonntags, meine Mutter

– Der da

und ich, ohne hinzuschauen

– Der da

und ich bemerkte ihn nachts, wie er neben mir atmete, und auf dem benachbarten Betttuch meine Familie wach, mein Mann kein Name, der da, während die Raben blökten, oder waren es die Buchen, die blökten, oder war es das Bett, das blökte, und daher kein Grund, meinen Mann meinen Mann zu nennen oder den Gegenständen Namen zu geben, Bratpfanne, Spieß, da die Gegenstände keinen Namen brauchen, sie sind bei uns wie der Duft der Buchen oder eine Grille am Stamm, die mich hindert zu hören

(und wenn ich hören könnte, was würde ich hören?)

während mein Sohn

(schreiben wir einfach mein Sohn)

mein Bein mit dem Rock zudeckt, mich mit Händen wieder zurechtmacht, die außerstande sind, etwas zurechtzumachen und mich immer mehr in Unordnung bringen, er zieht mein Haar zur Seite und glaubt, mich zu kämmen, und ich zu ihm

– Weine nicht

ohne Stimme selbstverständlich, aber er hat verstanden, dass

– Weine nicht

denn er schluckt schneller und das Kinn zittert, sein Mund offen wie meiner, und diese Feuchtigkeit auf der Zunge

(– Wie komme ich bloß darauf zu weinen?)

mein Sohn redet mit Worten mit mir, die ich vergessen habe, er hat eine blaue Blume in den Feigenbäumen gefunden, und wenn er einschlief, glaubte er zu fliegen, würden wir weiter im Haus wohnen, würde er mich ins Bett legen und sich auf den Boden setzen

(der Aufseher zum Minister, als wir in der Werkstatt waren, zwölf oder fünfzehn oder zwanzig, ich erinnere mich nicht mehr an die Zahl

– Wir haben auch einen Neger

und der Meister mit seiner Mütze
(wie würde er wohl ohne Mütze aussehen?)
unruhig um uns herum, versuchte uns zu schützen, ohne den Mut, uns zu beschützen, er rieb die Handflächen an der Hose, nahm einen Stechbeitel, legte ihn wieder auf die Werkbank und verlor ihn, nehmen Sie Ihren Stechbeitel, Meister, quälen Sie sich nicht, seien Sie ganz ruhig)
passt auf mich auf im Glauben
(der Meister nie ohne Mütze)
mich vor den Hunden zu retten, die innehalten, Hunger aus den Lefzen tropfen, mein Sohn, den ich nicht sehen kann, da er mich unter den Resten der Baracke begraben hat, wo meine Mutter auf meinen Mann zeigte
– Der da
der seine Krawatte richtete, ohne sie zu richten, und ich
– Der da
mein Sohn
(schreiben wir einfach mein Sohn)
nicht mehr an der Mautstelle, er kommt mit den anderen in einem dieser Dörfer mit Fischern und Hotels am Meer an, das dem Raunen der Buchen ähnelt, nur dass mehr Zweige tanzen, will heißen, derselbe Wind durchquert die Nacht, wie wenn das Wiegen der Wipfel meinen Körper durchquerte, mein Mann
(schreiben wir einfach mein Mann)
arbeitete im Hafen, ich erinnere mich nicht an ihn im Bairro, denn ich erinnere mich nicht an die Männer, ich erinnere mich an meine Mutter, nicht mit den anderen alten Frauen, allein, auf einem Baumstumpf rauchend, an die über der verrotteten Erde verrotteten Wolken in der verrotteten Dunkelheit, und wenn ich es schaffen würde, Ihnen zu sagen, aber ich schaffe es nicht, wenn ich es schaffen würde, zu meiner Mutter
– Mutter
(schreiben wir einfach Mutter)
zu sagen, vielleicht würde sie dann lächeln, wie es die Wei-

ßen in ihren Gesprächen machen, und den Gefühlen und den Dingen Namen geben, Stuhl, Traurigkeit, Glas, Hunger, meine Mutter ebenfalls allein, aber sie weiß nicht, dass sie allein ist, da sie nicht weiß, was Alleinsein bedeutet, wir sind Neger, wir leben wie die Kaninchen und die Maulwürfe, wir flüchten vor jemandem, der sich uns nähert, wir haben Angst

(wir kennen fast gar nichts, aber Angst kennen wir)

und traben schneller als die Angst, hocken uns an einen Hang und spähen die Angst von weitem aus, nicht die Angst zu sterben, wir haben keine Angst vor dem Tod, denn Sterben bedeutet, der Körper wechselt von einem Ort zum anderen, und das war's, wir haben Angst, dass der Bairro sich nicht mehr mit uns versteht und uns vertreibt

– Was machst du hier?

mein Mann arbeitete im Hafen, der nicht der Bairro ist, er ist Wasser, Geruch nach Benzin und verrostetem Eisen im Wasser, als ich klein war, kam ein weißer Priester, der uns von Gott und seiner göttlichen Liebe und seiner Güte erzählte, und was für einen Wert haben für mich Liebe und Güte, wenn ich keine Seele habe, lärmende Worte ohne Zusammenhang, einen Zusammenhang haben Werkzeuge oder Tiere, ohne dass wir es sagen müssen, ich sage nicht Gabeln, ich benutze sie, ich sage nicht Hühner, ich schneide ihnen den Hals ab, und sie Gabeln oder Hühner nennen ändert nichts an dem, was ich tue, der Priester hielt auch Reden über die Seele, als wäre die Seele ein von Gott erfundenes Ding wie eine Schüssel oder ein Blumentopf, dessen Wert nur er erkannte, der Priester

– Die ewige Seele

überzeugt, die Dinge wären ewig, so wie es die Weißen glauben, in vierzig Jahren habe ich nur gesehen, dass die Dinge sich verbrauchen und ihren Wert verlieren, wir versuchen, sie zu handhaben, aber sie gehorchen uns nicht, sie enden, wie Begeisterung und Teller enden, und wir werfen sie auf die Brache der Verstorbenen, die Seele in der Gewissheit des Priesters ein zarter Dunst, der uns ähnlich ist, durchsichtig und gewichtslos, er hat uns schamlos angelogen

– Das Paradies ist möglich

und wir haben das geglaubt, obwohl wir wissen, dass es nicht möglich ist, es war nie möglich, und dennoch nahmen wir die Seele in Empfang, die der Priester an uns verteilte, als gehörte sie uns

– Hier hast du deine Seele meine Tochter

(schreiben wir einfach Tochter)

und wir nicht mit ihr in einem Korb, da die Seele im Himmel und daher nicht unsere ist

(kaum hatte er sie verteilt, raubte er sie mir wieder, indem er sie dorthin aufsteigen ließ, wo ich sie nicht erreichen kann, aber da ich sie nicht erreichen kann, gehört sie dem Priester oder Gott, nicht mir, mir gehören die Gabeln, die ich benutze, und die Hühner, die ich esse, die echt sind und daher ohne Seele, betrügen Sie mich nicht, Senhor, und der Priester voller Mitleid mit meiner Unwissenheit, der göttlichen Liebe und der göttlichen Güte sicher

– Gottes Gnade wird dein Herz erleuchten meine Tochter

während ich auf die Belohnung oder die Strafe warte, und Belohnung wofür und Bestrafung wofür, wenn Dinge doch nicht belohnt oder bestraft werden, der Dunst verfliegt, und das ist alles, und ich gehöre hierher wie die Eidechsen und die Eulen, ich habe keine Seele, bin eine Negerin, als meine Mutter sich krank fühlte, ist sie, anstatt sich ins Bett zu legen, zum Campingplatz gegangen, ohne dass wir

– Mutter

nicht langsam wie jemand Krankes, steif, ohne zu fallen, ich wollte hinter ihr herlaufen, aber meine Brüder

– Nein

also habe ich ihren Platz auf dem Baumstumpf eingenommen, denn solange ich auf dem Baumstamm saß, würde meine Mutter nicht sterben, würde immer weitergehen, und ich

– Bleiben Sie bitte nicht stehen Senhora

meine Brüder haben Karten gespielt, bis es im Bairro dunkel war, die Laternen in Brandoa brannten und der Hund, der ihr gefolgt war, nach Hause kam und an der Schüssel schnupperte, mein ältester Bruder zu mir, indem er die Hand Karten zusammenlegte

– Gib dem Tier zu fressen

ohne dass ich den Dunst irgendeiner Seele gesehen hätte, noch viel weniger meiner eigenen, wäre ich Weiße, würde ich ihn sehen

(würde meine fast weiße Tochter ihn sehen?)

denn für die Weißen gibt es die Liebe und die Güte, um mit Gott zu handeln, will heißen, sie malen Liebe und Güte an wie die Zigeuner die Maultiere mit Schuhwichse, um die Kunden auf dem Markt zu täuschen, und ich nehme an, Gott fällt darauf rein, am nächsten Tag traf ich meine Mutter weder auf dem Campingplatz an noch bei den wilden Feigenbäumen, bei denen der Krüppel mit der Krücke eine Taube wieder in die Gänge brachte, noch im gefältelten Märzhimmel, in dem kleine Kumuluszeichen und der Widerschein von Lotusbäumen, will heißen, Spuren von Zweigen, Blättern

(mein Sohn und die anderen kundschafteten Villen in einem Ort am Meer aus)

was mich annehmen lässt, dass meine Mutter immer inmitten der Liebe und der Güte der Weißen wandelt, eine Negerin mit einem Männerhut und dem Hemd meiner Tochter mit zu langen Ärmeln, ich denke

– Ich werde weinen

und da ich denke

– Ich werde weinen

höre ich auf zu denken oder denke eher überrascht

– Wie komme ich bloß darauf zu weinen?

ein Geschmack nicht im Mund, auf der Zunge, Feuchtigkeit, die man für Tränen hält, aber was heißt hier Tränen, ein

Unglück hinter den Augen, ganz hinten, das Regen sein könnte, meine Brüder überprüften die Bienenkörbe, und die Taube des Krüppels mit der Krücke probierte bei vorsichtigen kleinen Flugversuchen den geschienten Flügel aus, mein Sohn und die andern suchten eine Villa bei den Wellen aus und kletterten den kleinen Hang zum Eingangshof hinauf, während der Krüppel mit der Krücke die Taube heilmachte und die Krampen am Schwanz befestigte, und mein Mann

(schreiben wir einfach mein Mann)

der neben mir atmete, gab es auf, mich auf der Decke zu suchen, ich einig mit der Erde im Rhythmus der Wurzeln und des mageren Gemüses, das in der Sonne widerstand, ich mit offenen Augen im Dunkeln am Boden, zu dem ich gehöre, meine Mutter brachte den Mischling eines Sonntags mit

– Der da

und ich war nicht neugierig auf ihn und akzeptierte ihn

– Der da

mir sind Männer gleichgültig, was kümmern mich die Männer, solange die Raben oder die Buchen blöken, und meine Brüder schauen heimlich zu, ich bin dreizehn oder vierzehn Jahre alt und habe genau dasselbe Gewicht wie heute, nur damals hätte ich vielleicht, wenn der Priester mir von Gott und seiner göttlichen Liebe und seiner Güte erzählt hätte, noch geglaubt, eine Seele zu haben, aber jetzt weiß ich, dass ich keine habe, ich zu meiner Mutter

– Der da

ohne zu fragen

– Wieso der da?

ich einverstanden

– Der da

also seine Wäsche in der Schublade, auch nachdem sie unser Haus abgebrannt haben und mein Sohn und die anderen in der Villa, wo sie von Fenster zu Fenster gingen, denn ich sah sie hinter den Gardinen, so wie ich einen Lüster, Mobiliar, einen

Mann sah, der wer weiß was sagte, und einen zweiten Mann, der langsam die Hände hob, da summte ein Spielzeugflugzeug immer lauter, und falls es Schüsse und Gewehre gab, übertönte das Spielzeugflugzeug sie, beim Lüster war eine Birne durchgebrannt, die aber wichtiger als die brennenden Birnen war, die einzige, die meine Aufmerksamkeit weckte, weil ein Schattenwinkel auf den Schabracken lag, und in dem Schattenwinkel entfernte sich meine Mutter, ich wollte sie rufen

– Mutter

denn obwohl sie Negerin ist, gibt es Augenblicke, ich verstehe nicht wieso, in denen mir ein Mensch an meiner Seite fehlt, auch wenn ich weiß, dass sie mir, wenn ich

– Mutter

riefe, nicht antworten würde, der Mann mit den erhobenen Händen, der allerdings weinte, er war weiß, er zeigte Gefühle wie die Weißen, und daher wundert es mich nicht, dass mein Sohn das Messer hebt, und ein Geschmack, den ich nicht kannte, nicht im Mund, auf der Zunge, eine Feuchtigkeit, eine Erregung, ein Fieber und hinter den Augen Regen, so dass ich mich nicht sah, ich begriff, dass jemand mir das Bein mit dem Rock zudeckte, mein Haar zur Seite zog

– Mutter

sagte, und ich war es, die

– Mutter

sagte, ich glaube nicht, dass mein Sohn

– Mutter

denn er brauchte keinen Menschen an seiner Seite, es war das Blöken eines Raben, es war der Wind in den Buchen, es war ein Zicklein auf dem Weg, das aufhörte zu zögern und befreit in die Nacht hineintrabte.

Als er sagte, er wolle mit mir zusammenleben, glaubte ich es nicht, und als er sagte, er wolle mich heiraten, glaubte ich es noch viel weniger, denn die Weißen, die ich kennengelernt hatte, zerrten ihre Lust ruckweise aus mir heraus, sie gingen ohne weitere Worte, und tschüs, aber dieser hier blieb und schaute mich voller Worte an, was man daran merkte, wie er den Zipfel des Betttuchs zusammenfaltete, um zu verhindern, dass sie herauskamen, ich wunderte mich

– Was willst du?

und die Finger, die meine Frage mitbekommen hatten

– Ich habe nicht den Mut es dir zu sagen

kratzten die Schulter und kehrten zum Betttuch zurück, und im Fenster weder Tag noch Nacht, ein Raum, der sich nicht für uns interessierte, seine Augen die eines vor Befangenheit ängstlichen Tieres, und ich antwortete mit meinen

– Ich höre was deine Augen sagen

das sich auf seinen Pfoten streckte und mich beschnupperte, dies nicht im Bairro, in Chelas oder auf halbem Wege zwischen Chelas und Marvila, Schuster, Kolonialwarenläden, Schneider, einmal ganz abgesehen von Palmen, die knackten

(man glaubt, es sind die Knochen, aber es sind die Bäume)

das Zimmer, in dem der Weiße lebte, lag hundert Meter von dem Laden entfernt, in dem ich saubermachte, und das Knacken der Palmen begleitete mich immer, im Winter, wenn es friert, lässt es mich nicht los, im Sommer flirtet es mit mir, ruft mich leise, nur gut, dass wir im Bairro keine haben, die ständig meinen Namen und mein Alter wiederholen

– Du bist neunundzwanzig und bist alt

und sich in meinen Schlaf stehlen, ich dachte an den Weißen, während ich die Eimer auf dem Bürgersteig ausgoss, und da waren die Augen, die verschwanden und wiederkamen, und diese Läden ringsum, unvermittelt eine Gasse inmitten einer Fassade und am Ende der Gasse ein Schiff, kaum hatte ich

– Ein Schiff

da nahm ein Haus dessen Platz ein, und die Gasse schloss sich, neunundzwanzig Jahre, und ich bin alt, ein halbes Dutzend Hühner im Hintergarten eines Kellers, kein Bruder, der sich um mich kümmert, nicht einmal ein Cousin, wenn eines der Hühner in etwa meinem Alter krank wird, greifen es die anderen mit ihren Sporen an, ich packe einen Flügel, hebe Federlumpen auf, die schwerer sind, als ich gedacht habe, nehme das Huhn in beide Hände, lasse es fallen, gebe auf, und der Krüppel mit der Krücke untersucht seinen Mechanismus

– Ich habe nicht mehr genug Teile

so wie ich wahrscheinlich auch nicht genug Teile habe, mir fehlen Federn, Zahnräder, diese Komplikationen der Uhren, die die Zeit überrennen und gewaltsam die Stunden vorantreiben, noch ist kein Morgen, auf den Zeigern aber schon, sie schubsen uns zum nächsten Monat

– Nun mal los

und wir, was bleibt uns anderes übrig, beeilen uns, der Krüppel mit der Krücke zeigte mir das Huhn und wies auf die verbogenen Metallteile, Drähte

– Nichts zu machen ist verbraucht

so wie auch bei mir alles zu spät ist, ich bin verbraucht, so dass ich, kaum dass der Weiße gesagt hatte, er wolle mit mir zusammenleben, das nicht geglaubt habe, und als er sagte, er wolle mich heiraten, ohne dabei den Zipfel des Betttuches loszulassen, und dazu knackten die Palmen, habe ich es noch viel weniger geglaubt, ich bin in Afrika geboren und erinnere mich nicht an Afrika, ich erinnere mich an einen Mann, der mich auf dem Arm trug und rannte

(welcher Mann?)

ich in eine Decke gewickelt, um uns herum der Verdacht, dass Schreie, etwas, was es war, weiß ich nicht, brannte mitten auf der Straße, und ein Kind mit einer Gans, die am Hals mit einer Schnur festgebunden war, genauso wie ich mich, wenn sie mich von hier wegbringen würden, nicht an den Bairro erinnern würde, ich bin zu groß geworden, als dass man mich auf den Arm nehmen könnte, und da lag der Mann auf den Knien, ohne mich loszulassen, und Schreie, die näher kamen, und dann eine Pause, in der die Geräusche erloschen, kein einziger Schrei, und er hörte auf zu sein

(der Mann lag auf den Knien, glaube ich, jemand anders hob mich auf und rannte weiter, und dennoch frage ich mich besorgt, was mit der Gans passiert ist)

eine Frau gab mir in diesem Keller etwas zu essen, und die Verwunderung der Buchen

– Wer ist denn diese Mulattin?

ich verstehe mich vielleicht nicht mit den anderen, aber ich verstehe mich mit den Bäumen, ich habe keinen Grund, mich über sie zu beklagen, denn ich überrenne die Zeit nicht, indem ich die Stunden gewaltsam voranschiebe

– Nun mal los

wenn sie beispielsweise ein Problem hatten, bekam es der Krüppel mit der Krücke in null Komma nichts mit einer Ölkanne wieder hin, und die Knospen winkten besser, diejenige, die mir zu essen gab, zu einer weißen Frau, die von zwei ebenfalls weißen Frauen begleitet war

– Wir behalten das Waisenkind

und ich kaute und hörte sie, nur Löffel und nur Mund, über dem Mund die Frau, die mein Haar mit Fingern verstrubbelte, die nachdachten, und ich kämpfte mit der Suppe, so viel Flüssigkeit, so viel Fleisch, so viel Kichererbsen, die die Zunge zu zählen versuchte

– Ich bin ein Waisenkind

glücklich, ein Waisenkind zu sein, denn niemand rannte oder kniete auf der Erde nieder mit einem anderen Gesichtsausdruck als dem beim Laufen, und die Hälfte des Kinns fehlte ihm, also bedeutete Waisenkind Suppe und ein Löffel, der an meine Zähne stieß, es bedeutete stillzuhalten, alle hatten ein Kinn und wickelten mich nicht in eine Decke ein, mir war so, als ob das Kind, bevor ich Waise war, auch bäuchlings auf dem Boden

(was wohl mit der Gans passiert ist?)

und wenn ich versuchte zu begreifen, ob das Kind wirklich bäuchlings dalag, kam diese Pause, in der die Geräusche sich auflösten und von mir keine Spur mehr, der Löffel zwang mich, diese Monate herunterzuschlucken, eine Wange, die sich an einen Gewehrkolben schmiegte und ihre Form änderte, ein Lastwagen ohne Reifen kam schräg herunter, und immer wenn ein Weißer bei mir

– Hallo

kommt das Kind mit der Gans auf einem Weg mit Akazien wieder zurück, auf dem Bienen kreiseln, und wenn ich Eimer auf dem Bürgersteig ausgieße, weder Kind noch Gans, wir leben, ein Schiff in der Gasse und kaum, dass ich

– Ein Schiff

verdeckt es die Wand, würde ich an diesen Ort gehören, würde ich mich nicht darum kümmern, und ich glaube, ich gehöre an diesen Ort, denn in Afrika Tausende von vergrabenen Uhren, die die Zeit überrennen, indem sie die Stunden gewaltsam vorantreiben

(– Hast du nicht bemerkt dass wir schon im nächsten Monat sind?)

der Mann

(welcher Mann?)

rennt unter der Erde mit mir auf dem Arm, füllen Sie meinen Mund mit Suppe, Senhora, lassen Sie nicht zu, dass ich mich daran erinnere, derjenige, der mit mir zusammenleben wollte

– Was ist?

und reg dich nicht auf, vergiss es, die Gebäude von Chelas ändern ständig ihren Platz, schenken mir Schiffe und nehmen sie mir wieder weg, und die Palmen knacken, wir sind diese Leute dort unten, die von den Uhren gequält werden, indem sie uns an den Ort schieben, an dem ein Kind mit einer Gans, die mit einer Schnur um den Hals festgebunden ist, und ich werde schließlich erfahren, was mit der Gans passiert ist, wo sie ist, wie es ihr geht, und wenn ich vom Kind und von der Gans erfahren habe, werde ich, während mein Mund noch von der Suppe verwirrt ist, von mir erfahren, ich habe nicht geglaubt, dass der Weiße mit mir zusammenleben will, und er im Bairro, wo sich die Raben seinetwegen aufregten

– Und jetzt bringst du den hier mit?

mir kam es so vor, als wäre nachts hinter der Mauer ein Schiff, keines der Schiffe von Chelas unter den Palmen, die, wenn sie draußen knacken, im Inneren der Knochen knacken, ein echtes Schiff, in dem Resignation, Soldaten, Afrika, ein Schiff, das bei den wilden Feigenbäumen und beim Herrenhaus ankert, in dessen fußbodenlosen Zimmern ein Mann

(welcher Mann?)

immer weiterlief

(mein Vater?)

und ich ganz sicher, dass er trotz der Wangen an den Gewehrkolben und der auf uns gerichteten Läufe nicht aufhören würde zu laufen, damit wir es schafften, wenn ich zu dem, der mit mir zusammenleben wollte

– Hör nicht auf

versteht es der Weiße möglicherweise, obwohl er Weißer ist, möglicherweise stößt ein Löffel gegen meine Zähne

– Was für einen Hunger sie hat

hebt er mich an einem Flügel vom Boden auf, und im Gegensatz zu dem, was der Krüppel mit der Krücke versicherte, gab es noch genügend Ersatzteile, obwohl seine Eltern zu ihm (mein Vater eine Uhr

– Nun mal los)

– Wo hast du denn diese Negerin aufgetan?

das nicht im Bairro, an einem Ort ohne Mischlinge und Menschen, die schreiend dalagen, die Pause, in der die Geräusche sich auflösen, voller Autos auf der Flucht und Kanonen und Ruinen, die Frau, die mir zu essen gab und die ich nie zuvor gesehen hatte

– Schau mal das Mädchen da

nahm mich von der Straße, warum hat sie mich an dem Nachmittag nicht begleitet, an dem seine Eltern

– Wo hast du denn diese Negerin aufgetan?

ihnen nicht erklärt, dass sie mich bei einem Mann aufgetan hatte

(welchem Mann?)

der auf dem Boden lag und kein Kinn hatte, der nicht aufhörte, mich anzustarren, unfähig mich zu sehen, ein totes Huhn, dessen Flügel, sosehr ich mich auch bemühte, und ich bemühte mich wirklich, sich nicht vom Boden erhob, ich

– Vater

nicht damals, jetzt, damals fragte ich

– Welcher Mann?

und es kam mir einfach nach vielen Jahren so vor, und möglicherweise irre ich mich, ich hatte nicht erwartet, dass ich

– Vater

warum nicht

– Mutter

beispielsweise, aber wie

– Mutter

zu einem Wesen zu sagen, das an einem Baum hing und dem ein Stock im Rock steckte, eigenartig, wie Ereignisse, die wir glauben vergessen zu haben, sich an einen festklammern, als er sagte, er wolle mit mir zusammenleben, glaubte ich es nicht, und als er sagte, er wolle mich heiraten, glaubte ich es noch viel weniger, der Besitzer des Ladens, in dem ich saubermachte

– Wie alt bist du?

und das Alter, das ich ihm gestand, war geringer als meines, weil die Uhren mein Leben vorgestellt haben und daher neunundzwanzig Jahre, ich bin alt, ich im Zimmer in Marvila oder Chelas, willst du eine alte Frau heiraten, möchtest du mit einer Gans zusammenleben, die eine Schnur um den Hals hat, der Besitzer des Ladens zeigte auf meinen Mann

– Kennst du den da auf der Straße?

und ich schloss die Tür und presste mich an die Tür, hätte ich ein Gewehr, würde ich die Wange an den Gewehrkolben schmiegen und würde ihn töten, der Laden eine einzige Flamme, und eine vor Schrecken taube Kuh galoppierte auf uns zu, in Marvila gab es einen Fabrikschornstein, höher als die Palmen, ich würde gern schreiben, dass Störche auf dem Schornstein, aber das wäre unwahr, Möwen im Oktober, bevor der Regen begann, der Besitzer des Ladens

– Du bist nichts wert

verletzte meinen Bauch mit der Gürtelschnalle, hören Sie nicht mit der Brühe auf, zwingen Sie mich zu essen, wenn Sie das Waisenkind behalten und es zwingen zu essen, ein Schmerz, kümmern Sie sich trotz dieser Krampfader, dieser Falte um mich, fragen Sie

– Spricht die Kleine nicht?

wenn ein Neger starb, warteten sie, bis es dunkel war, packten ihn an Schultern und Füßen

(ein oder zwei bewegten sich noch)

und warfen ihn vom Schiff, der Ladenbesitzer wich vor mir zurück, während der Arm eines Verstorbenen oder das Wogen eines Hemdes im Meer verschwanden

– Geh zu deinem Mann dummes Stück

und es war sein Arm oder sein Hemd, die nach hinten verschwanden, untergingen, die Ehefrau in Trauer wegen eines

Sohnes, den sie vor Jahrtausenden beerdigt hatten, die Störche auf dem Schornstein würden mir sehr zupasskommen, auf dieser Seite bleiben und euch die Technik des Fliegens und des Nestbaus erklären, von belastenden Themen abschweifen, und die Ehefrau mit einem zerknüllten Taschentuch in der Hand, sie lebten im hinteren Teil des Ladens, wo das Foto des Sohnes mit jedem Tag ernster wurde, bevor er sich an den Tod gewöhnt hatte, lächelte er, und im Laufe der Monate verbarg eine Augenbraue den Schrecken

– Ihr habt mich dazu verurteilt im Rahmen zu stecken so ist es doch oder?

bis das Fotopapier mit den darauf verteilten Flecken vergilbte und zu einem einzigen Fleck gerann, der alles bedeckte und seine Stimme erstickte, seine Mutter stellte ihm Blumen in einer kleinen Vase oder einem Topf hin, nein, in einem Krug, auf dem ein kleines Nilpferd in der Hoffnung trank

(als würden die Blumen ihm helfen)

ihn mit sehnsüchtigen Erinnerungen aufzumuntern

(als würde das Nilpferd helfen)

und er enttäuscht von den Blumen und vom Nilpferd genervt

(ob er das Tier gemocht hat?)

– Lasst mich in Frieden

(wenn man mir wenigstens einen Storch gestatten würde, um mehr bitte ich gar nicht, der, den Wind ausnutzend, von Amora herkommt, dann würde sich wer weiß was in mir besänftigen, heute, wo ich alt bin, bringt mich die kleinste Aufregung durcheinander, eine Buche wird gefällt, und ich bemerke ihre Abwesenheit, wenn es nach mir ginge, und es ärgert mich, dass dem nicht so ist, würde sich die Welt nicht verändern, ich würde alle Uhren auf der Welt mit einer Handbewegung anhalten

– Schweigt

sie daran hindern, mit Gott zu reden, der auch unten herumtrabt, und der Krüppel mit der Krücke steckt einen Engländer weg

– Wahnsinnig viele Zahnräder die der Rost zerstört hat sind nicht mehr an ihrem Platz es lohnt nicht bei ihm anzufangen)

derjenige, der mich heiraten wollte, wartete auf der Straße auf mich, ähnelte dem Sohn auf dem Foto, und der Ladenbesitzer machte sich über ihn lustig, während die Ehefrau in ihren Trauerkleidern immer kleiner wurde, die wilden Feigenbäume, ja, die sollte ich erwähnen, denn sie sind echt, aber wir sind am Ende angelangt, ich muss im Bairro bleiben, ich hätte es lieber gehabt, man hätte mir einen Platz am Anfang des Buches gegeben

– Keine Angst wir stecken dich an den Anfang des Buches

um mir zu ersparen, was noch fehlt, und nicht ein Mann, der mit mir auf dem Arm zwischen einstürzenden Mauern rannte, ich in eine Decke eingewickelt, auch nicht die Frau, die mir zu essen gab

– Wir behalten das Waisenkind

fehlen

(nicht einmal eine kleine Anspielung auf die Störche, um mir Mut zu machen?)

was noch fehlt, werde ich nicht in aller Eile erzählen, tut mir leid, einstweilen werden die Tauben immer dicker und die Stummheit der Buchen, der Ladenbesitzer übergibt mich einem anderen Mann, hält mich am Nacken wie ein Spanferkel oder eine Katze

– Sie wird einen Weißen heiraten

oder anders gesagt, er hält mich nicht am Nacken gepackt wie ein Spanferkel oder eine Katze, ich ein belangloses Tier auf halbem Wege zwischen Mensch und einem Spanferkel oder einer Katze, man ruft uns, und wir gehorchen nicht, man schickt uns weg, und wir bleiben, ich mit einem Eimer in jeder Hand, ohne zu protestieren, so wie ich auch nicht protestiert habe, als sie mich auf den Arm nahmen oder die Frau mir zu essen gab

– Mach den Mund auf

und ich auch in all diesen Jahren im Bairro nicht protestiert habe, wo ich erlebt habe, wie immer mehr Hütten bis zur Straße nach Sintra hinzukamen, und die Enttäuschung der Raben, die der Krüppel mit der Krücke in der Luft verteilte, er kam auf den Bahnsteig der Station, streckte die Arme in die Luft, schleuderte sie empor, und sie blökten wütend, verstanden nicht, was los war, verstanden mich nicht, eines Tages fing ich an zu weinen, und die, die mir zu essen gab

– Wisch dich mit diesem Tuch ab und versteck dich

während ich zwischen den Kakteen hockte und dachte, was ich war, bin ich nicht, was ich war, wurde zu einer anderen, und ich verstehe nicht, was für eine andere, ich begriff die, die ich war, denn eine Gans, eine Decke, ein Löffel an meinen Zähnen

– Schluck runter

ein Mann, dem das Kinn fehlte, und ich

(nicht das Ich von heute, das, was ich gern weiter gewesen wäre und das ich, da man es mir nicht zugestand, verloren habe)

ich schüttelte ihn

– Senhor

denn die von vorher hatte einen Vater oder zumindest jemanden, der bis zur Erschöpfung rannte und den ich

– Vater

nannte, die, die ich bin, hilflos, würde ich

– Senhor

sagen, würden nicht einmal die Kakteen darauf eingehen, ich steige ins Innere der Erde hinab, wo die Uhren

– Nun mal los

und ich beeile mich, was bleibt mir anderes übrig, ich habe das Tuch angeschaut, und das Tuch nicht ich, zu verwirrt, um weiter zu weinen, berührte ich mein Gesicht, und das Gesicht verändert, wem gehört dieses Gesicht, die Brust verändert, die Hüften verändert, und wem gehören diese Brust und diese Hüften, der andere Mann zum Ladenbesitzer

– Sie wird einen Weißen heiraten?

und was in mir war, war zu Ende, also kann ich wieder weinen, aber ich finde keine Tränen, wo hat man sie hingetan, der andere Mann

– Komm her

und da ich keine Tränen hatte, war auch mein Körper nicht echt, es machte mir nichts aus, keine Weiße, eine Mulattin, wenig mehr als ein Spanferkel oder eine Katze, und es war die Mulattin, nicht ich, die mit dem Mann zusammen war, ich an einer Biegung des Flusses und Lastwagen mit Negersoldaten auf der Straße, die weißen Soldaten ebenfalls in Lastwagen, ein oder zwei Tage vorher, aber ohne Gesang oder Fahnen, und zwischen den Lastwagen der weißen Soldaten mit Mobiliar, Kälbern und Menschen beladene Lastwagen ohne Gewehre, der andere Mann weder zum Ladenbesitzer noch zu mir, zum Fenster vor ihm, ohne es zu sehen

– Sehr gut

seine Gesichtszüge explodierten und sammelten sich gleich wieder, der Fabrikschornstein höher als die Palmen, aber ich langweile Sie nicht mit Störchen, keine Angst, was für Störche übrigens, lackierte Spielzeugtäubchen

– Sehr gut

bewegten sich auf irgendeiner Veranda, die Ehefrau des Ladenbesitzers an der Tür mit ihren Trauerkleidern, und dann Lastwagen mit barfüßigen Negern ohne Uniform aus den benachbarten Sanzalas, eine anfangs graue, dann rote Flamme im Inneren der Kirche, und das Dach fiel in sich zusammen, der Ladenbesitzer zu mir

– Worauf wartest du noch zieh dich an dumme Gans

und wie kann ich Sie auf den Geruch nach Maniok auf den Bastmatten aufmerksam machen, Senhor, schauen Sie, unser Haus bricht ein, und der Koch verschwindet zwischen Gitterstäben, diejenige, die mir zu essen gab

– Wisch dich mit diesem Tuch ab und versteck dich

also ließ ich zwischen den Kakteen versteckt die Uhren verrosten, deren schiefe Mechanismen sich immer weiterdrehten

– Wann schweigt ihr endlich?

der Ladenbesitzer zu seiner Ehefrau

– Hast du nichts zu tun?

sie hatte das Grab zu fegen und die Begonien in der kleinen Glasvase zu wechseln, der Sohn wurde wegen ihrer überflüssigen Hantiererei auf dem Grab, bei der sie Husten in einem Taschentuch erstickte, ungeduldig

– Verschwinden Sie und zwar schnell

ein Schaf trieb im Fluss, blieb im Röhricht stecken, befreite sich mit einer langsamen Drehung, und ein Neger, das Wasser an der Taille, an den Schultern, am Hals, erreichte das Schaf beinahe, verlor es

(am Ufer die Hütte des Leprakranken, den wir morgens sahen, wie er im Schlamm nach Algen suchte)

und als er es verlor

(wenn der Leprakranke merkte, dass wir ihm folgten, versteckte er sich grunzend in der Hütte)

ging er mit ihm verloren, ich erwartete, ihn beim nächsten Büschel mit dem Tier kreiseln zu sehen, doch nur ein Strohhut näherte sich dem Ufer, und der Leprakranke hüpfte unter einem Unheilhimmel durch das hohe Gras zu ihm hin

(einstmals ein Dorf von Leprakranken und eine Glocke, mit der der Krankenpfleger sie rief, verrenkte Gestalten, die eine nach der anderen verblichen)

ich räumte den Eimer und die Wischmops in den Keller, und als ich die Treppe hinaufkam, die Ehefrau des Ladenbesitzers

(zum Ufer gebeugte Leprakranke auf der Suche nach Algen, und nachts bleiche kleine Feuerstellen, die die Bäume verzerrten)

mit einem entschuldigenden kleinen Lächeln, als wäre sie in ihren abgewetzten Trauerkleidern die Negerin, nicht ich

– Sie sollten nicht hier sein tut mir leid

sie hatte den Laden, das Haus und ein weiteres Gebäude von ihrem Vater geerbt, und dennoch benahm sie sich wie ein Eindringling, was wird sie damals, als ihr Körper sich veränderte, gedacht haben, wie sie im Keller hinter den Spiegeln, Truhen hockte, und in jedem Spiegel ein anderes Schweigen, damals keine Trauerkleider, Zöpfe und fröhliche Kleider, eine Miniaturküche, an deren Herd aus Blech sie Mittagessenkochen spielte, und winzige Tellerchen, sie hatte die Küche in einen Kopfkissenbezug gewickelt, und wenn niemand in der Nähe war, verteilte sie das Geschirr auf dem Tischchen mit der bodenlangen Decke und murmelte Einladungen, sie hätte mich mit einem der Bakelitlöffel füttern können

– Mach den Mund auf

das Waisenkind behalten können

– Wir behalten das Waisenkind

und ich wäre inmitten von Weißen vor den Palmen von Marvila aufgewachsen anstatt bei den Kakteen des Bairro und den Tauben, die, wenn der Mechanismus am Ende war, auf den verlassenen Bahnsteig stürzten, als mein Mann sagte, er wolle mit mir zusammenleben, glaubte ich es nicht, und als er sagte, er wolle mich heiraten, glaubte ich es noch viel weniger

– Wir behalten das Waisenkind

und ich würde Ihre Einladung annehmen, Senhora, ich helfe Ihnen bei den kleinen Servietten, die Ihre Mutter zu Weihnachten bestickt hat, wir verteilen alles auf der Tischplatte

(sogar Teekannen und Tassen, ehrlich)

und wir würden beide einen erfundenen Reis zu Mittag essen, eine kleine Serviette auch für Ihren Sohn, und Sie fragen sich besorgt, wieso er nicht da ist

– Ist es nicht gut?

Reis Fisch Kartoffeln

– Noch ein paar goldbraun gebratene Kartöffelchen?

jede Serviette eine gelbe Margerite mit blauen Blättern,

da das grüne Garn ausgegangen war, oder genauer gesagt, eine mit grünen Stängeln und die anderen Stängel blau, und wir mit zarten kleinen Gesten, kein Tropfen auf dem Tischtuch, das ein Stück am Knick abgeschnittenes Einwickelpapier war, was interessierten uns die Männer, der Ladenbesitzer, der andere

– Sehr gut

und nach den gebratenen Kartöffelchen ein Tee aus dem Wasserhahn

– Darf ich Ihnen etwas einschenken?

ein Schälchen mit Keksen, das nur wir sehen

– Ich habe sie gerade erst gebacken sind sie nicht zu dunkel geworden?

und sie sind nicht zu dunkel geworden, nehmen Sie diesen da, keine Hemmungen, Sie kreiselten mit Zöpfen und fröhlichem Kleidchen durch das Zimmer, und Ihr Vater kam hinter der Zeitung hervor, er, der niemals hinter der Zeitung hervorkam, nur übergeschlagene Knie und ein wippender Schuh mit einem Problem an der Spitze, alles, was kein Knie oder Schuh war, in Nachrichten ertrunken, das Rascheln der Seiten, wenn er sie umschlug und mit der Handfläche glattstrich, Ihr Vater, bevor er sich in der Zeitung versteckte

– Wie hübsch

und er schlug die Knie anders übereinander, und der andere Schuh wippte

(ein Finger kroch in den Strumpf, kratzte den Knöchel und verschwand wieder in den Nachrichten)

langsamer

(ist das Jucken nicht weg?)

und der Fetzen einer Bahnfahrkarte löste sich von der Sohle, Sie zogen die Schuhe an, wenn er schlief, und stapften über den Flur, lernten noch einmal zu gehen

– Ich bin mein Vater

und wie schwierig es war, seinen Katarrh nachzuahmen, der in mühsamer Beharrlichkeit vom Grund des Körpers hochkam, wie schwierig es war, die Welt mit einer alten Brille aus der Schublade zu betrachten, der ein Bügel fehlte und die die Dinge vernebelte, Abstände veränderte

(die Türen beispielsweise meilenweit entfernt, und Sie rannten gegen die Tür, jemand soll mir mal dieses Geheimnis erklären, Herrschaften)

wie schwierig es war, alt zu sein, der Leprakranke untersuchte den Hut, statt ihn aufzusetzen, tastete ihn ab, ich habe ja schon gesagt, dass wir Tiere sind, nicht wahr, wenig mehr als ein Spanferkel oder eine Katze, wäre der Krüppel mit der Krücke hier, würde er mich mit einem Engländer ausbessern, einen Knochen richten und das Gedächtnis entrosten, ich würde gern den Mann, der mich auf dem Arm hatte und rannte, genauer sehen, ein Haus mit Säulen in besagter Biegung des Flusses, Soldaten, die ausländisch redeten, tauchten unvermittelt auf, schossen von einer Ecke her, helfen Sie mir, die Frau zu finden, die an einem Balken hängt, sie ist keine Negerin, eine Mulattin, das Haar fast wie Ihres und im Bauch einen Stock, Vögel mit hochgezogenen Schultern, so groß wie Truthähne, die nicht fliegen können oder ewig lange wie mit vielen hüpfenden Ellenbogen herumtraben und dann einen kraftvollen Satz machen, und schauen Sie nur, wie sie ein Kalb oder eine Ziege entkleiden, ruckartig wie die Weißen

– Sehr gut

ihre Lust aus mir herauszerrten und mich zerfetzten, ich dachte, ich hätte große Hautstücke verloren, stellte fest, dass ich ganz war, sehen Sie mit der Brille, der ein Bügel fehlt, dass ich ganz bin, schauen Sie, wie die Gasse sich öffnet, sehen Sie das Schiff, und ich mit offenem Mund auf dem Schiff

– Iss die Suppe Mädchen

bevor ein Gebäude die Gasse verschließt, und am Abend das Knacken der Palmen, pfeifende Wäscheleinen, den Bügel macht man mit Pflaster heil, und dann sieht der Flur wieder gerade aus, die Vögel mit den hochgezogenen Schultern trugen Schuhe wie Ihr Vater, die auf der Veranda des Hauses echoten, die haarigen Hälse suchten Sie krächzend

– Wie hübsch

nicht krächzend, hustend

– Wie hübsch

in der Zeitung, als sie abgelegt wurde, eine ärgerliche Augenbraue

– Wann hört das Getanze endlich auf?

und Sie nicht auf Zehenspitzen, enttäuscht, irdisch, Sie fragten sich, während Sie eine Schere an den Teppichfransen ausprobierten

– Und was mache ich jetzt?

die Veranda mit umgefallenen Blumentöpfen, eine umgefallene Gießkanne und ein Neger auf den Stufen

(schärfen Sie mein Gedächtnis: welcher Neger?)

der mit dem Blut auf dem Hemd kämpft

(stellen Sie mein Gedächtnis wieder unscharf)

der flüstert

– Gnädiges Fräulein

ich kam immer um fünf Uhr an, holte die Eimer, die Bürsten, die Flasche mit Seife, die mir die Finger kaputtmachte, und der Neger

(schärfen Sie es mir wieder: welcher Neger?)

ließ nicht locker

– Gnädiges Fräulein

nicht das ganze Hemd, die Hälfte des Hemdes, der Bauchnabel, der sich weitete und zusammenzog, auf dem Boden ausgegossen, eine Teppichfranse, die die Schere, die wer weiß wem gehörte, zerschnitt, dieselbe Schere, die ihm die Stimme zerschnitt, und das

– Gnädiges Fräulein

ausgelöscht, meine Mutter Mulattin, mein Vater

(so helfe mir doch mal jemand: mein Vater genauso ein Mischling wie sie?)

mein Vater ein Mischling, und daher bin ich für Neger keine Negerin, bin ich weiß, ich ein gnädiges Fräulein, esse ein Nichts an Reis mit kleinen Blechgäbelchen, und hier sind sogar ein oder zwei Gläser und eine kleine Terrine ohne Henkel, so wie der Neger eine Teppichfranse, haben Sie nicht Lust, ihn zum Mittagessen mit uns einzuladen, wir setzen ihn neben Ihren Sohn, und wir bieten ihm Makkaroni, Fisch, Kartoffeln an

– Noch ein paar goldbraun gebratene Kartöffelchen?

der Bauchnabel weitet und zieht sich zusammen, auf dem Boden ausgegossen, vielleicht kann er ja schlucken, er wird schon schlucken, schluckt, der Neger, der meinen Vater auf der Farm begleitete und die aus der Sanzala mit einer Peitsche zusammentrieb, befahl

– Du du

einmal habe ich gesehen, wie er im Fluss badete und den Leprakranken, der am Ufer grunzte, mit Erdklumpen bewarf, ein Klumpen traf die Glocke, und ein langanhaltender leiser Klang, ich wollte nie Tänzerin werden, ich wollte nie etwas werden, ich schaute die Sonnenblumen an, und das war's, ich hörte, wie die Insekten die Matratze zernagten und mich zernagten, denn möglicherweise steckte in mir Mais wie in ihr, Maiskolben und Körner, die Baumwolle schimmerte in der Dunkelheit, als eine Hyäne das hohe Gras heftig hin- und herbewegte, während sie sich über die Reste eines Esels im Busch hermachte

(keine Makkaroni, keinen Fisch, keine Kartoffeln)

erst über die Mülltonnen und dann über die Reste eines Esels im Busch, danach über mich, der Ladenbesitzer zeigte auf den Boden, so wie der Neger mit der Peitsche

– Du du

gezeigt hatte, vielleicht die gebratenen Kartöffelchen, die vom Mittagessen übrig geblieben sind, oder die Scherben eines Tellers, den wir aus Versehen zerbrochen haben

– Nun guck dir das an alles dreckig Idiotin

und ich mehr Seife, mehr Bürste, mehr Wasser, die Hunde

flohen vor der Hyäne, bei der man nicht sah, wo der Schwanz saß, der Fluss leckte die Steine, füllte sich mit Schutt, und eines Morgens fanden wir weder die Hütte noch den Leprakranken, Wasser, so weit das Auge reichte, dann ein Dorf und in einer Ecke des Dorfes die Mission, will heißen, eine Kapelle ohne Fensterscheiben und Türen und das Strahlen Christi auf einem leeren Altar, die Gräber der Priester in dem, was einmal ein Klosterhof war, kleine Erdhügel, würden wir in den kleinen Erdhügeln graben, Knochen, um die sich Vögel mit hochgezogenen Schultern schreiend streiten würden, und über italienischen und polnischen Namen lateinisches Gebrabbel, Knochen oder Manioksamen, die niemand gepflanzt hatte, und an bestimmten Abenden eine unendliche Ruhe, der Ladenbesitzer, indem er auf Christus zeigte

– Mach das auch sauber

säubere Afrika, das nicht einen Pfifferling wert ist, was ist schon Afrika, und wo du schon dabei bist, säubere auch den Bairro, die Mulatten, die Raben, säubere auch deinen Mann, der auf dem Bürgersteig auf dich wartet und sich deinetwegen Sorgen macht, der Kretin, fast aufs Haar wie mein Sohn, dein Vater soll ihn in eine Decke wickeln, falls er Lust dazu hat, und mit ihm über die Avenida rennen, ich schenke ihn dir, vielleicht versteht er sich ja mit euch beim Puppenspielen, bei diesen erfundenen Mittagessen, oder nimm ihn mit in deinen Negerkeller, wo er sich mit den Buchen amüsieren kann, wo die Polizei euch einen nach dem anderen umlegt, die Frau des Ladenbesitzers, indem sie das Service wegstellte

– Das kleine Mittagessen war doch nicht schlecht oder?

und das kleine Mittagessen war nicht schlecht, Senhora, die Kekse, der Tee, ein Husten hinter der Zeitung, durch uns abgelenkt

– Wie hübsch

und das Lärmen der Seite, die gewendet wird, so wie ich mich zu den wilden Feigenbäumen wende, die keine Blüten haben

(nur eine kleine blaue Blüte, und wir glauben nicht an die Blüte)

wünschte uns den Tod, so wie ich mich zu den wilden Feigenbäumen wende, da ich die Vorstellung habe, dass ein Fuchs oder ein Dachs, aber weder Fuchs noch Dachs, auf der Straße Negersoldaten, die auf alten Lastwagen Gesänge brüllen, die rauchen und lärmen, und auch wieder keine Soldaten, Typen ohne Uniform, sieben oder acht, acht, wenn ich genauer zähle, acht, die über einer Karte diskutieren, sie mit dem Bairro vergleichen, um dann noch einmal zu diskutieren, dazu ein Typ im Büro der Bahnstation mit dreckigen Papieren und alten Fahrplänen, die die Uhren vergessen hatten

– Nun mal los

zu den Jahren hinzutreiben, die bislang noch nicht gekommen waren, niemals kommen würden, und ein letzter Typ, der mein Mann zu sein schien, es konnte unmöglich mein Mann sein, mein Mann wartet auf dem Bürgersteig vor dem Laden, ein letzter Typ, der nicht mein Mann ist

(ich habe nie geglaubt, dass er mein Mann sein wollte, denn die Weißen zerrten ihre Lust ruckartig aus meinem Körper

– Sehr gut

und gingen dann wortlos, und tschüs)

bei den Olivenbäumen auf dem Weg nach Sintra, wo die Müllkippe ist und in der Ferne die Berge, kein Fluss, kein Leprakranker, kein Haus mit Säulen, bei dem eine Gießkanne umgekippt ist, nur Hühner, die an einem Flügel schwierig zu transportieren sind, und der Ladenbesitzer ist sauer auf mich, packt fast die Eimer, fängt fast an sauberzumachen, der Ladenbesitzer, als wäre es meine Schuld, und es ist tatsächlich meine Schuld

– Alles fleckig Negerin

von Hühnern, Zicklein, Kindern und Schlamm fleckig, der nicht aufhört, Herrschaften, die Verstorbenen, die uns unter der Erde stören, wo ein Zickzack von Bitten und Blut, das niemand aufwischt

(weine nicht)

das zwischen den Kakteen anwächst, schau diesen Krüppel mit der Krücke an, der die Kunden verscheucht, hol ihn und sein Werkzeug zum Vögelheilmachen aus dem Schaufenster, bevor jemand über den Hammer stolpert und sich verletzt, oder ich schicke dich weg, und du kannst in dem Elend, in dem du mit deinem blöden weißen Ehemann wohnst, kleine Mittagessen mit gerösteten Kartoffeln einnehmen, wer weiß, vielleicht sitzt auch er mit übergeschlagenen Knien hinter der Zeitung und kümmert sich nicht um dich

– Wie hübsch

ein Schuh wippt und hat ein Problem an der Spitze, und ein Schlag mit der flachen Hand auf die Seiten mischt die Nachrichten neu, wenn die Knie die Stellung wechseln, der Mann bei den Olivenbäumen auf dem Weg nach Sintra, der mein Mann zu sein schien, aber unmöglich mein Mann sein konnte, weil mein Mann auf dem Bürgersteig beim Laden auf mich wartet, machte den wilden Feigenbäumen in dem Augenblick ein Zeichen, als die Raben die Buchen verließen und ein Neger

(welcher Neger?)

wo Blumentöpfe mit Pflanzen und Stängeln und Erde

– Gnädiges Fräulein

flüsterten, ich kam immer um halb sechs, Viertel vor sechs, wenn der Bus sich verspätete, und sagte mir immer, dass ich mir wegen der Seife, die meine Finger kaputtmachte, Handschuhe kaufen müsste, schauen Sie nur, die Warzen auf der Haut und die schuppigen Nägel, der Neger lässt nicht locker

– Gnädiges Fräulein

sein Bauchnabel weitet sich und zieht sich zusammen, auf dem Boden ausgegossen, von der Schere zerschnitten, derselben Schere, die ihm die Stimme zerschnitt, und das

– Gnädiges Fräulein

(dem Ladenbesitzer mitteilen, dass ich ein gnädiges Fräulein bin, während mein Mann, während der Mann, der mein Mann zu sein scheint, aber unmöglich mein Mann sein kann, bei den wilden Feigenbäumen ein Zeichen macht, dem Ladenbesitzer mitteilen, während ich die Eimer fülle

– Ist Ihnen schon mal aufgefallen dass ich ein gnädiges Fräulein bin?

und er reißt mir beinahe die Eimer aus der Hand, beinahe

– Du bist tatsächlich ein gnädiges Fräulein

beinahe schrumpft er in seinem Jackett und zählt Entschuldigungen auf

– Bei dem Leben das ich führe und den Gläubigern und den Wechseln achte ich nicht auf alles ich habe es einfach übersehen)

die Schere zerschnitt seine Stimme und das

– Gnädiges Fräulein

ausgelöscht, er nahm mich tatsächlich auf den Arm, ging mit mir auf der Farm spazieren, er lebte weder mit mir zusammen, noch zog er seine Lust aus meinem Körper, und als er ging, schaute er mich schweigend, voller Worte in sich an, die man an seinen Gesten erkannte, doch alle Worte

– Gnädiges Fräulein

daher ich zur Ehefrau des Ladenbesitzers

– Wir haben einen Gast zum Mittagessen

und es war weder mein Vater noch ihr Sohn, noch ein Schuh, der sich für uns interessierte

– Wie hübsch

es war ein Neger mit einer Peitsche, der die armseligen Leute aus der Sanzala zusammenrief

– Du du

zum Kaffee und zum Mais, und in dessen fingerhutgroßes Glas ich Wassertee gießen würde, den ich

– Hättest du gern ein paar goldbraun gebratene Kartöffelchen?

und er so glücklich, so dankbar trotz der erloschenen Stimme, er

– Gnädiges Fräulein

aber er berührte weder das Essen noch die bestickte Serviette, hoffte, dass er uns mit dem Blut am Bauchnabel nicht störte und dass ich nicht den Boden würde säubern müssen, wenig mehr als ein Spanferkel oder eine Katze, die über dem Tischtuch aus Papier einschlafen

(niemand wird mich davon überzeugen, dass sie nicht einschlafen)

während die Ehefrau des Ladenbesitzers einen kleinen Tanzschritt macht und die Hyäne auf dem Baumwollpfad verschwindet.

A) Da die Aufrechterhaltung der Ordnung mit den drei Teilbereichen, als da sind Prävention, Intervention und Reintegration, sozusagen der Kernbereich unserer Arbeit ist

(Dienstanweisung, Vorbemerkung, Absatz fünf)

eine Aufgabe, für deren umfassende und zufriedenstellende Erfüllung uns nicht nur die notwendigen Geld-, sondern auch Personalmittel fehlen, Mängel, die die Behördenleitung zur Kenntnis zu nehmen sich trotz der Memoranden beharrlich weigerte, von denen ich annehme, dass sie sich in den Archiven im Keller eines Ministeriums stapeln

(zweifelsohne ungelesen, das Eingangsdatum mit Bleistift oben in der rechten Ecke vermerkt, mit dem Stempel Ablage und dem Kürzel eines anonymen Abteilungsleiters versehen)

wo ein Tropfen vom Fußboden in das Rohr zurückkehrt, aus dem er gekommen ist, um erneut herunterzutropfen, Memoranden, die der Öffentlichkeit leider nicht bekannt sind und in denen unsererseits ein Dienst verlangt wird, der wegen des vorhandenen Mangels unmöglich zu erfüllen ist, was mich zur Überlegung bringt, dass man uns eines nicht allzu fernen Tages ebenfalls mit einem Ablage und einer zerstreuten Unterschrift in der Schublade einer Registratur begraben wird, wo das, was von uns übrig bleibt, dem Tropfen und dem Knacken der Möbel zuhört, das deren Am-Leben-Sein bestätigt, im Haus meiner Eltern erreichen mich, wenn es mal vorkommt, dass ich es besuche, jede Menge dieser Art von Zurufen, die davon ausgehen, dass ich mich an sie erinnere und ihnen helfe, ich, der ich niemals jemandem geholfen habe, vor allem nicht seit Ewigkeiten vergessenen Verstorbenen, ich streiche mit einem Finger über Nippes und Staub, ich streife eine Gardine und Staub, ich wische eine Sitzfläche ab und Staub, weder Abwesenheiten noch Sehnsucht, ein Westenknopf oder eine Häkelnadel, keine Ahnung, wem die gehört

(meiner Tante?)

dort an der Scheuerleiste, nichts, was ich wiedererkenne oder was mir helfen könnte, die Gleichgültigkeit der Dinge aufzuheben, und da begriff ich, dass außer euch Toten mit euch auch das gestorben ist, was ich heute angesichts der Möglichkeit bin, ohne Verbindung zur Vergangenheit zu leben, und dennoch, was ist dies hier für ein Haus, wenn nicht eine Wohnung von Fremden, die andere Fremde kaufen werden, und die beleidigten Zurufe verstummen, meine Eltern verstummen, meine Tante verstummt, mein Mund verstummt, ich werde nicht wieder mit dem reden, der ich nicht mehr bin

B) da die Aufrechterhaltung der Ordnung mit den drei Teilbereichen sozusagen der Kernbereich unserer Arbeit ist, haben wir den schriftlichen, mit dem Hinweis Vertraulich versehenen Hinweis erhalten, dass in einem Viertel mit illegalen Gebäuden in den Randgebieten von Lissabon, genauer gesagt, im Nordosten der Stadt, das von Mischlingen und Schwarzen bewohnt wird, die aus den sogenannten Exkolonien stammen, eine fragwürdige Bezeichnung, eine mit einer nicht festgestellten Anzahl von Stich-, Hieb und Schusswaffen bewaffnete Gruppe von Jugendlichen im Alter zwischen dreizehn und neunzehn Jahren, von denen einige bereits, als problematisch eingestuft, mehr oder weniger lange Zeiträume in angemessenen Institutionen verbracht haben, sich in städtischen Zentren und auf Straßen, die diese verbinden, antisozialen und gewalttätigen Handlungen widmete, wobei diese Handlungen, wie unschwer zu verstehen ist, allmählich begannen, die rechtmäßig eingesetzten Autoritäten und die Bevölkerung ganz allgemein zu beunruhigen

(welch ein Grabmal voller Stimmen die Wohnung meiner

Eltern doch ist, streicht man mit dem Finger über die Stimmen, Staub, Silben aus Staub, die meine Geste auslöschte

was für Worte es wohl waren?

in dem Zimmer, in dem ich geschlafen habe, war nicht einmal ein Bett geblieben, wo also würde ich mich hinlegen, falls ich müde war?)

eine oder zwei Wochen später erhielten wir einen zweiten schriftlichen mit dem Vermerk Sehr vertraulich oder Geheim versehenen Hinweis, genau weiß ich das nicht mehr, mit dem Auftrag, unmittelbar zur Erkundung der örtlichen Gegebenheiten und zur anschließenden Unschädlichmachung der besagten Gruppe durch die für notwendig erachteten Mittel zu schreiten, und durch die von der Umgebung des Bairro ausgehenden zentripetal verlaufenden Erkundungen des Bairro brachten wir in Erfahrung, dass die Ansammlung von aus Resten von zuvor existierenden Gebäuden wie Villen, Lagerhäusern und Schuppen gebauten Baracken, Hütten und Behausungen verschiedenster Art Hunderte von Personen beiderlei Geschlechts und nicht weißer Rasse beherbergten, die fast ausnahmslos ohne Beruf und daher nicht in die Zivilgesellschaft integriert waren und sich einer Art von undefinierbarer Landwirtschaft

(Landwirtschaft!)

in ungeordneten kleinen Gemüsegärten und der Aufzucht von Hühnern und Ziegen widmeten, Aktivitäten, um die sie sich nicht über die Maßen kümmerten, da sie hier und dort schlaff und gleichgültig herumhockten, einander trafen

C) die Ansammlung von Baracken und Hütten war aufs Geratewohl von Gassen durchzogen, die in einem Berg aus Steinen endeten oder kleine unerwartete Plätze bildeten, auf denen Hunde sabberten, im Norden wurde sie von einer Müllkippe mit vertrockneten Olivenbäumen und der Straße nach Sintra, im Süden von dem Campingplatz begrenzt, der das alte Gebiet und benachbarte, nur aus Gräben und Unkraut bestehende Grundstücke dessen umfasste, was einmal die Estrada Militar gewesen war, die von Benfica zu den Brachen der Reboleira führte, im Westen von einer nicht mehr benutzten Bahnstation, die allen nicht mehr benutzten Bahnstationen glich, will heißen, eine Waage und eine schiefe Konstruktion, in der, wie es hieß, Ginsterkatzen lebten, jenseits der Bahnstation

(vielleicht mit Ginsterkatzen, Käuzchennestern)

ein Hain mit wilden Feigenbäumen und im Osten ein Hügel, der als Friedhof diente und am hinteren Ende von einem Bach durchflossen wurde, der mehr Abwasserkanal als Bach war, sich im Winter mit Müll und Lumpen füllte, und nachdem wir eine notwendigerweise unvollständige erste Karte der Örtlichkeit angefertigt hatten

(Abbildung 1,2 und 3)

sowie den Versuch einer Vertiefung der biographischen, psychologischen und körperlichen Kenntnis der Mitglieder der fraglichen Gruppe oder Bande unternommen hatten, haben wir zu unserer Überraschung festgestellt, dass es sich bei ihnen, mit Ausnahme eines dicken Negers voller Armbänder und Ringe, in der Mehrzahl nicht etwa um gesunde Jugendliche, sondern um zehn- oder elfjährige Kinder handelte, die sich nicht wie unsere entwickelt hatten, ausgezehrt waren, zu große Jacken und lächerliche Hüte trugen und sich kurz vor Einbruch der Dunkelheit unter einer Reihe von Buchen versammelten, in denen Raben saßen, die ebenso ausgezehrt waren wie sie, Raben, die uns vorkamen, als wären sie von einem Krüppel mit Krücke aus Lumpen und Drähten gemacht, der sie in die Luft warf, und da blieben sie dann ängstlich blökend

– Ich falle gleich runter

und versuchten, die Geheimnisse des Windes zu entziffern und die Kinder auf unsere Gegenwart hinzuweisen, gaben dabei aber nur undeutliche leise Schreie von sich, der Chef zu uns

– Großer Mist

während er die Karte mit Strichen in verschiedenen Farben berichtigte und zu dem Schluss kam, dass wir einen Polizisten im Bairro brauchten, der uns eine effektivere Planung unserer Intervention mittels präziserer Informationen

(als würde man aus diesem Wirrwarr des Elends präzise Informationen erhalten können, es wäre besser gewesen, sie hätten uns in der oberen rechten Ecke mit dem Stempel Ablage versehen, uns im Keller begraben und vergessen)

über die Geographie der Örtlichkeit und über die Vorgehensweise der Gruppe oder Bande erlaubte, und ich dachte, während der Chef redete, an die Wohnung meiner Eltern

D) so wie ich sie vor dreißig Jahren in Erinnerung habe ohne Staub und die Zurufe verstorbener Traurigkeiten, meine Mutter erledigte die Buchführung ihrer Arbeitsstelle am Esstisch, und mein Vater trug eine neue Krawatte, und seine Schuhe und sein Haar glänzten, als er das Geld aus der Blechdose nahm, sie auf den Kopf stellte, damit die letzten Münzen in seine Hand fielen, und er sie eine nach der anderen mit langwieriger Enttäuschung zählte, die Laternen vergrößerten die Bäume auf der Straße, brachten sie dazu, sich in endlosen Verbeugungen zu ergehen, meine Mutter, ohne mit dem Schreiben aufzuhören

– Gehst du wieder aus?

die Nasenlöcher geweitet, um sein Parfüm zu begutachten, und mein Vater stieg die Treppe hinunter, kämmte dabei den Schnurrbart mit dem an der Zunge angefeuchteten Finger, nachdem er weggegangen war, starrte mich meine Mutter über den Papieren mit mahlenden Backenzähnen an, etwas im Blick, was mich ängstigte, obwohl ich keine Angst haben wollte, packt, so schnell ihr könnt, Staub darüber, macht alles dunkel und häuft noch mehr Staub über den Staub und noch mehr Dunkelheit, erinnert mich nicht an das Eckregal, erinnert mich nicht an das Bild

(ein Wehr in Farbe)

nur die Bäume sollen bleiben

(Maulbeerbäume, glaube ich, heute zumindest Maulbeerbäume, damals weiß ich nicht, und selbst wenn es Maulbeerbäume waren, einfach nur Bäume, weil ich ihren Namen nicht kannte, niemand hat mir beigebracht, wie ich sie nennen soll, niemals)

also Bäume mit ihrem gemächlichen Abschiedswinken, die uns nicht beachten, und die Backenzähne meiner Mutter mahlen über dem Geschriebenen, heute kein Geschriebenes, ein Westenknopf

(vom Geld aus der Blechdose?)

oder eine Häkelnadel dort an der Scheuerleiste, ihr seid tot, was ich war, ist mit euch gestorben, und was ich bin, falls ich lebe, hat keine Beziehung zur Vergangenheit, und daher kein Schritt auf der Treppe

– Ich komme gleich

(und er kam nicht, man merkte am

– Ich komme gleich

sofort, dass es bedeutete, er würde nicht kommen)

anstelle meines Vaters kamen die Bäume, und ich verstand ihre Sprache nicht, was wollen die Bäume, ich verstand, dass sie sich über uns lustig machten, wir brauchten jemanden im Bairro

(neulich habe ich ein Buch über Bäume gekauft und die Namen auf Portugiesisch und Latein gelernt, ich decke sie mit der Hand ab, vergleiche mit der Bildunterschrift, und es stimmt, Eiche, Lorbeerbaum, die Seite mit der Eiche lose und mit fehlerhaften Buchstaben)

der uns eine effektivere Planung der Intervention durch präzise Informationen

(mehr oder weniger präzise Informationen)

über die Geographie der Örtlichkeiten ermöglichte

(ehrlich gesagt, ziemlich wenig präzise)

als würde jemand präzise Informationen aus einem Wirrwarr von Müll und Elend

(genau das)

zu dem ständig neue Baracken, neue Hütten und neue Gassen hinzukamen, und über die Vorgehensweise der Gruppe oder Bande erhalten können, falls diese Karikaturen Erwachsener überhaupt eine Vorgehensweise hatten, und da

E) bemerkte ich, dass meine Kollegen im Büro des Chefs mich ansahen

(keine Bäume im Fenster, von denen ich sagen könnte, wie sie heißen, indem ich ihren Namen verdeckte, nur der Hof, in dem Autos parkten, und die Werkstatt, in der der Mechaniker saß, das Päckchen mit dem Mittagessen auf den Knien, den Griff der Gabel senkrecht im Henkelmann)

der mich seinerseits aus ihrer Mitte ansah

– Hast du nicht gehört was ich gesagt habe?

wobei er den Hemdkragen mit dem Finger lockerte wie der Bruder meiner Mutter mitten im Wohnzimmer ohne Schnurrbart und ohne Parfüm, während sein Hals rot anlief

– Dein Mann was?

daher glaubte ich anfangs nicht, dass der Chef zu mir

– Hast du nicht gehört was ich gesagt habe?

sondern zu meiner Mutter

– Dein Mann was?

nur nicht mit rotem Hals und auch nicht mitten im Raum stehend, die Wangen einsaugend, am Schreibtisch in der Haltung einer Kröte vorgebeugt, bevor sie in einen Tümpel springt

– Dein Mann was?

und meine Mutter, die es schaffte, ihre Backenzähne nicht auch nur ein bisschen zu zermahlen

– Mein Mann gar nichts

und bringt bitte den Staub wieder zurück und sie zum Schweigen, ich kann nicht sagen, ob ich in dieser Wohnung glücklich war, möglicherweise war ich es, jeder war früher glücklich oder glaubt, um sich nicht selber leidzutun, dass er an ein paar Weihnachten, ein paar Ostern, ein paar Morgen am Strand glücklich war, unbedeutende Ereignisse, die uns lächeln machen, wir reihen die Erinnerungen auf und zählen die verlorenen

Schätze einen nach dem anderen, was mich betrifft, der Duft in der Speisekammer, der Geschmack, den Himbeermarmelade in meinem Mund zurückließ und der zuweilen wiederkehrt, mit der Marmelade ein Arm, der meine Betttücher feststeckte und mir zart auf die Schulter klopfte

– Es war nur ein Traum kümmere dich nicht darum

mein Vater, der mich hochhob, höher als seinen Kopf und die ganze Erde, dazu ein wackelnder Zahn unten, der Schnurrbart, der geglättet werden musste und meine Stirn piekste, wenn er mich küsste

(die Lippen so nackt im Kontrast zu den Barthaaren)

er stellte mich wieder auf den Boden, und das Leben, der Sitz der Stühle, die Türknäufe aus Keramik waren unerreichbar

(die meisten zersprungen)

und die Streitereien der Erwachsenen, die Zeit stand still, denn ich konnte nur auf Zehenspitzen die Zifferblätter sehen und dabei nur die Zahlen ganz oben auf den Uhren, so dass ich wegen des Nichtvorhandenseins der Zeit immer vier Jahre alt blieb und zusah, wie die Familie alterte, ich erinnere mich an meinen Großvater im zusammenklappbaren Sessel, wir hievten ihn ruckelnd mit Hebeldrehungen hoch, den Nacken, den Rücken, die schmalen oder geschwollenen Fußknöchel in Socken, noch heute mache ich mir darüber Gedanken

(schmal oder geschwollen, Großvater?)

zwei Brillen im Schoß, und ich glaube damals begriffen zu haben, dass der Tod in den Wangen beginnt, dem einzig lebendigen Teil des Gesichts zwischen den zurücktretenden Augen und den durchscheinend papiernen Lippen, die Finger suchten die Brille auf der Decke, wenn sie sie ergriffen, gaben sie auf

– Es ist schwierig weißt du?

und das

– Es ist schwierig weißt du?

so erstickt wie die Stimme meiner Mutter, als das Parfüm noch bei uns war

– Mein Mann gar nichts

meine Mutter oder ein Frosch, der ein moosiges Bein vorstreckte, und die Kollegen sahen mich mitleidig von der Seite an

– Hast du nicht gehört was gesagt wurde?

wie damals, als ich in der Schule auf eine Frage von Dona Eulália keine Antwort gegeben habe

– Wer hat das Kap der Guten Hoffnung umsegelt du Schwachkopf?

und etwas, was es war, weiß ich nicht

(mahlende Backenzähne?)

hinderte mich daran, zu antworten, das Kinn oder die Angst, mein Vater würde die Treppe nicht wieder heraufkommen, Gott sei Dank fand ich ihn am nächsten Morgen vor, wie er sich vor dem Spiegel rasierte und mir zulächelte

– Würmchen

das

– Würmchen

brachte das Kap der Guten Hoffnung mit sich und die Empörung von Dona Eulália

– Schwachkopf

mein Vater, den das Kap der Guten Hoffnung nicht zu interessieren schien, tupfte mir Schaum auf die Wangen und tat so, als würde er sie schaben

– Pass auf ich schneide dir einen Schnurrbart

und ich voller Panik, dass ich die Uhren einholen und mich wie mein Großvater wiederfinden würde

(was für ein Geheimnis würden meine Fußknöchel eines Tages darstellen?)

die Brille wegen der Unsicherheit der Finger schwer zu ergreifen, und daher vor meinem Vater zurückweichen, ihn daran hindern, mein Gesicht festzuhalten

– Lass mich

der Chef zog die moosige Pfote zurück

– Fühlst du dich nicht wohl?

Staub unter dem Staub, sollte ich so dumm sein, ihn wegzuwischen, ist hoffentlich niemand darunter

es wird

(niemand darunter)

ein Polizist im Bairro gebraucht, der uns mittels präziser Informationen

(wie schwer es mir fällt, das zu wiederholen, Herrschaften)

eine bessere Planung unserer Interventionen

(oder besser unserer Interventionsmaßnahmen?)

ermöglicht, präziser Informationen

(als könnte man in einem Wirrwarr aus Elend, das ständig größer wurde und sich veränderte, präzise Informationen erhalten, dazu der Schatten der Buchen, den die Bewegung der Sonne auflöste, einmal ganz abgesehen von den mechanischen Raben)

zur Geographie der

F) Örtlichkeit und der Vorgehensweise der Gruppe oder Bande

(mir fällt es schwer, eine Handvoll rachitischer Kinder, die sich wie für ein Spiel feierlich als Männer verkleideten, als eine Gruppe oder Bande zu bezeichnen)

der Chef bewegte sich, anstatt zu fragen

– Wer hat das Kap der Guten Hoffnung umsegelt du Schwachkopf?

mit feuchter Langsamkeit seitlich am Schreibtisch entlang, zerknitterte dabei mit dem Bauch die Karte und ließ fallen, was für ein Verb

(schnell ein paar Staubkörnchen)

eine Mulattin aus dem Bairro arbeitete in der Nähe meiner Wohnung in zwanzig Metern Entfernung vom Platz, auf dem ein Schornstein und die Palmen, einmal abgesehen von den alten Gebäuden mit Fayencefiguren auf dem Dachrand

(Nymphen mit eitlen Girlanden)

und der Anwesenheit des Flusses, der die Mauer färbte, und

mir dämmerte, als ich den Sessel meines Großvaters zur Seite schob, den kein Lahmer kaufen wollte und der eine Woche lang

(neun Tage, ich habe sie gezählt)

am Eingang stand, bis der Lastwagen der Stadtverwaltung, der den Schlaf mit Gepolter füllt, beschloss, ihn abzuholen, die Decke gleich mit dazu

(wenn es mir doch gestattet wäre, den vorliegenden Text nicht zu schreiben, aber eine Stimme

– Weiter

verwehrt mir den Trost eines Staubkorns am kleinen Finger, und durch den Staub wäre meine Mutter bei mir)

mir dämmerte, dass der Chef aus der gleichen Laune heraus, die Dona Eulália dazu gebracht hatte, mich herauszupicken

– Wer hat das Kap der Guten Hoffnung umsegelt du Schwachkopf?

mich ausgewählt hatte, ihnen bei der Geographie usw. im Inneren des Bairro zu helfen, dazu habe ich

(ich habe keine Lust, die Dinge so zu erzählen, ich hätte gern meinen Onkel, der mit dem Finger den Kragen lockert, bereit, mit rot anlaufendem Hals die Schwester zu verteidigen

– Dein Mann was?

ich würde lieber aufschieben, was man von mir verlangt zu erzählen, und alte Ereignisse, die vor dem Knacken der Palmen liegen, einführen, von den Störchen berichten, die wir hier nicht haben, und den Möwen, die ich selten sehe, wie sie an kalten Morgen von der Kaimauer fliehen, alles, nur nicht die Mulattin, der Bairro, die Kin

G) der, wenn man mir erlauben würde, mich abzulenken, zu vergessen, doch die Chefs und meine Kollegen warten

– Was ist nun?

doch das Kommando aus dem oberen Stockwerk

– Was ist nun?

doch mein eigenes Pflichtgefühl

– Was ist nun?

also verlasse ich gezwungenermaßen meinen Onkel, der immer gut zu mir war, er hat mir ein Taschenmesser mit drei Klingen und ein Briefmarkenalbum geschenkt, ich schließe lustlos die Klammer, was mich wie ein Abschied schmerzt, und fahre fort)

also die Mulattin, die in dem Kleiderladen gleich beim Schornstein und den Palmen, bei den Störchen als Putzfrau arbeitete, von denen einige

(wie viele weiß ich nicht)

gern hätten, dass es sie gäbe, und bei den wenigen Möwen, die hier nur bei Regen genervt über den Regenrinnen kreisten, ein Kleiderladen mit einer Schaufensterpuppe ohne Haar im Schaufenster, das staubig war wie unsere leere Wohnung, und der Besitzer und seine Frau oder, anders gesagt, ein Mann mit erloschener Zigarettenspitze und die Ehefrau in Trauer, nicht nur was das Kleid betraf, vor allem das Gesicht, und die hin und wieder ein diskretes Unglücklichsein schnäuzte, während die Mulattin um halb sechs oder Viertel vor sechs kam und den öffentlichen Verkehrsmitteln die Schuld gab

(– Der Bus Senhor)

und begann den Fußboden zu wischen unter diesem Knacken der Palmen, das im Oktober Auswirkungen auf die Themen meiner Träume hatte, indem es mich zu meinem Vater brachte

– Ich schneide dir den Schnurrbart Würmchen

während mir das Gewicht der Nacht die Augenlider anschwellen ließ und die Hände sich daran gewöhnten, wieder Hände zu sein, meine Mutter war, bereits vollständig, dabei, die leere Gelddose zu untersuchen, in der Rechnungen protestierten

– Du hast uns nicht bezahlt wie peinlich

und die Ärmel des Pyjamas bevölkern sich mit Gesten, geben mir einen Vater ohne Parfüm zurück, der das Rasiermesser abtrocknete, meinen Schnurrbart respektierte, während ich die Mulattin überwachte

(der Schornstein weitete sich)

indem ich ihr bis in den Bairro folgte und bei den wilden Feigenbäumen innehielt, nicht den Mut hatte, zu sprechen, weil ich an Dona Eulália dachte, die vom Diktat aufblickte und einen Bleistift als Lesezeichen ins Buch legte

– Wer hat das Kap der Guten Hoffnung umsegelt du Schwachkopf?

und keine einzige Karavelle segelte mit ihrem Gefolge aus Heroismus und Unglücksfällen in meinem Kopf, nur die Erinnerung an meinen Großvater, der außerstande war, die Brille zu halten, und für mich antwortete

– Es ist schwierig weißt du?

mit Wangen, die mühsam in den toten Gesichtszügen lebten, die bereit waren, sich zu den Verwandten in den Bilderrahmen auf der Kommode zu gesellen

(meine Großmutter, meine Urgroßmutter, ein Cousin in Uniform, den unsere Überraschung ärgerte

– Muss ich ewig wiederholen dass die Waffe von selber losging?)

hin und wieder lächelte mein Großvater, als sei er bereits verstorben

H) (jetzt, wo alles vorbei ist, ist es sehr gut möglich, dass ein Storch, den ich nicht mehr brauche, sich auf den Palmen niederlässt)

I) und bevor das mit dem zusammenklappbaren Sessel war, ging ich im Garten spazieren und bedrohte die Katzen, die sich überhaupt nicht um mich kümmerten, sich etwas weiter längs zusammenrollten und die Augen schlossen, und wenn sie die Augen schlossen, verschloss sich das ganze Gesicht, und sie waren unendlich weit von uns weg

(darf ich nicht einmal ein bisschen bei den Katzen verweilen?)

und ich verletzte mich, als ich die Mulattin im Bairro sah, an den wilden Feigenbäumen, an der Unruhe der Zistrosen bemerkte man, dass es dort Dachse gab, und an die Stelle der Steine traten Eidechsen, die auf den Morgen warten, so wie die Möbel sich in Wesen verwandeln, wenn wir das Licht nicht anmachen und sie allein lassen

(falls Sie noch Staub übrig haben, wäre ich Ihnen für einen Rest dankbar, es ist eine weniger ernste Angelegenheit, ich brauche nicht viel)

also machte ich das Licht in der Hoffnung nicht an, dass der Stuhl oder der Schrank

(ein zerschlissener Vorhang ersetzte die Tür)

die Mulattin sein könnten, die mich auf dem Weg nicht bemerkte, eine Frau

(sofern man eine Negerin überhaupt eine Frau nennen kann, versteht sich, sofern man diese mageren Wesen in ihren Männeranzügen Kinder nennen kann)

in diesem fünften Stock auf der Höhe der Schornsteinspitze, die mir half zu vergessen

(als könnte eine Schornsteinspitze helfen, was auch immer zu vergessen, und als würde ich daran glauben, und dennoch klammert man sich an das Erstbeste, mir gefällt der Ausdruck, sich an das Erstbeste klammern, es lässt mich, wer weiß warum, an meinen Großvater denken, von dem ich so etwas nie gehört habe, wenn ich ihn suche, dann kommt immer dieses

– Es ist schwierig Junge

und also klammert man sich an das Erstbeste, und ich tue so, als würde ich es glauben)

J) so wie die Mulattin mir dabei half

L) Dona Eulália, mit gezückter Frage auf der Suche nach mir von Pult zu Pult

– Wo steckt dieser Dummkopf?

meine Mutter, die mit ihrer Arbeit begann, und meinen Vater zu vergessen, der die Treppe hinunterging, die mir so vorkam, als würde sie nie enden, die Mulattin zeigte Interesse

– Ist der da dein Vater?

eine Gegenwart, die ich, obwohl sie mulattisch war, heimlich rufen könnte und die sich um mich kümmern könnte, wenn ich nach innen schaue und auf Worte verzichte, wie es immer wieder vorkommt

(sehen Sie, jetzt schreibe ich das, obwohl es nicht so aussieht)

denn ich fühle mehr, als Worte sagen könnten, etwas, das nicht mit dem Tod zu tun hat

(hat es nichts mit dem Tod zu tun?)

und dennoch ist der Tod der meines Großvaters, unvermittelt in der Leere des Gesichts, und die beiden Brillengläser, ich wollte gerade anrührend sagen, obwohl ich keine Rührung fühlte, ich fühlte überhaupt nichts, ich schaute die Strümpfe an, zögerte

– Ziehe ich sie ihm aus oder nicht?

um endlich die Fußknöchel zu untersuchen, der Tod meiner Mutter länger, ein Gurgeln

(war das Leben flüssig?)

und noch heute höre ich es, und es erschreckt mich, ginge es nach mir, würde ich alle Abflüsse dichtmachen, und meine Mutter würde nicht wieder

M) sterben

N) der meines Vaters, der die Treppe hinunterstieg, die hinter der Haustür weiterging, und es war weder ein Keller noch etwas Unterirdisches, noch eine Grotte, es waren Hunderttausende Stufen, die wir vom Geländer aus überwachten, wir sahen den Schnurrbart und die glänzenden Schuhe, meinen Vater, der, wer weiß wo, immer weiter hinuntersteigt

(mir fehlt kein Staub, behalten Sie ihn in der Tasche)

eilig, glücklich, aber ganz so ist es nicht, ich habe den Worten entsagt, und was ich sage, sind Echos aus Schweigen, aber ich hoffe, der Chef und meine Kollegen entschlüsseln sie ebenso wie die präzisen Informationen

(welche Polizei kann in diesem Wirrwarr aus Elend präzise

Informationen erhalten, mehr Baracken, mehr Hütten, mehr Gassen, mehr grimmige Hühner, mehr sterbende Hunde)

für ein effektives Ergebnis der Interventionsmaßnahmen mittels einer besseren Kenntnis der lokalen Geographie

(übrigens ganz ohne Geographie)

in ihren unterschiedlichen Einzelheiten und über die Vorgehensweise der Gruppe oder der Bande, die Mulattin erst mit mir zusammen in Marvila

– Ist Dona Eulália die da?

denn ein Lineal wurde zu uns hin größer, bereit, meine absolute Idiotie zu beweisen

– Fragen Sie ihn wer das Kap der Guten Hoffnung umsegelt hat und Sie werden schon sehen

und dann im Bairro unter den Vögeln des Krüppels, die sich ruckweise von den Buchen erhoben

(ich nickte ihr, kaum dass

– Fragen Sie ihn wer das Kap der Guten Hoffnung umsegelt hat und Sie werden schon sehen

zustimmend zu

– Die da ist Dona Eulália)

und ich notierte jede Hütte, jede Baracke, jede Gasse, um ein effektiveres Ergebnis der Interventionsmaßnahmen zu ermöglichen, die das Kommando mit eigenen Worten verlangte

(Fotokopie beigefügt)

und zwar endgültig, und trotz der Zweifel Dona Eulálias hinsichtlich meiner, ich würde sagen, intellektuellen Fähigkeiten, und ich habe nur um ein Haar nicht noch beispiellosen gesagt

– Fragen Sie ihn wer das Kap der Guten Hoffnung umsegelt hat und Sie werden schon sehen

ich nur dazu zu gebrauchen, die Tafel mit einem feuchten Tuch zu wischen, und ich habe feucht gesagt, nicht nass, und da tropfst du mir schon den Klassenraum voll, den Papierkorb am Eingang zum Schulhof auszuleeren

(irgendwann werde ich über den Schulhof sprechen)

die Fenster mit den klemmenden Griffen zu öffnen

(ich spreche nicht über den Schulhof, wozu auch, alle Schulhöfe ähneln sich, ein oder zwei Bänke ohne Farbe, zerstörte Pflanzen und ein Schuppen, in dem ein ausgestopftes Wildschwein modrig roch)

und zu anderen einfachen Aufgaben wie zum Beispiel der, am Eingang des Ladens auf die Mulattin zu warten

O) (dem auf einem Holzbrett mit einem Blech, das Wildschwein verkündete, befestigten Wildschwein, das seinen Schwanz mittels Drähten horizontal hielt, fehlte das linke, aus einem metallischen Kreis bestehende Auge)

P) ich wartete also an dem Punkt auf die Mulattin, an dem Marvila und Chelas in Form von Gebäuden aus Fliesen, Efeu, Schatten aufeinandertreffen, die das Licht an den Ecken der Wände meidet, auf dem Fußweg unter dem Knacken der Palmen ließ ich mich von der Zigarettenspitze des Ladenbesitzers führen, bis die Mulattin aus der Tür trat und mit mir schweigend wie ein Paar, das sich nicht kannte, über den verlassenen Campingplatz ging, in dem Büsche anstelle von Zelten zu wachsen begannen, wir hörten die ersten Hühner und die ersten Hunde, die uns unisono hassten, und das Rauschen der wilden Feigenbäume, bei denen sich meine Kollegen in Gruppen verteilt hatten, die Mulattin, deren Namen ich nie erfahren habe und der mich, ehrlich gesagt, auch nie interessiert hat

(es handelt sich nicht um eine Weiße, man beachte das, im Falle einer Weißen hätte ich gefra, im Falle einer Weißen wäre das etwas Ernstes)

Q) und dennoch, wie soll ich das ausdrücken, war sie der einzige Mensch

(ich habe gezögert, bis ich Mensch geschrieben habe, wie jeder Weiße zögern würde, wenn er sich auf einen Neger bezieht)

der einzige Mensch

(Mensch, auch wenn das Kommando nicht einverstanden ist)

in Bezug auf den, für den, mit dem

(suchen Sie sich was aus, wenn Sie das Memorandum zensieren, bevor Sie das Datum mit Bleistift schreiben, vor dem Stempel Ablage und der Unterschrift des Abteilungsleiters, vor den Karteikästen im Keller und dem Tropfen

R) der in das Rohr zurückkehrt, aus dem er gekommen ist, um noch einmal zu fallen, beharrlich, moosig)

die Mulattin war der einzige Mensch

(ob sie mir das Wort Mensch wegradieren?)

nicht mein Vater, nicht meine Mutter, nicht einmal mein Großvater, obwohl sie alle gestorben sind und uns besser kennen, denn ich habe gesehen, wie aufmerksam sie auf den Fotos gucken, auf denen nur die Augen existieren, uns verfolgen, obwohl sie über nebliger Kleidung stillstehen, in der sich Ketten, Schleifen und Röcke vor Hintergründen mit Zweigen und Säulen mit Vasen darauf vermischen, das bleiche Universum, aus dem heraus sie uns überwachen wie die Raben auf den Buchen

(ich frage mich, ob Elstern bei ihnen sind, denn nicht nur Meckern, auch Miauen)

die Mulattin war der einzige Mensch, der bei mir war, als der Chef und meine Kollegen, die ordnungsgemäß über die lokale Geographie aufgeklärt waren, damit eine blablabla effektivere Planung blablabla der Interventionsmaßnahmen bla, und in Kenntnis der Vorgehensweise der Gruppe oder Bande, mit der Belagerung begannen, die sich nach Norden bis hin zur Müllkippe und zu den Olivenbäumen am Weg nach Sintra erstreckte

S) von wo aus uns Meeresdunst erreichte, und obwohl man es bezweifeln kann, versichere ich, dass ein Leuchtturm auf den Dächern kreiste

und die Bahnstation und die ersten Baracken besetzten, aus denen Zicklein herausschauten, ich erinnere mich daran, wie das Buschwerk und die Buchsbäume anfingen zu brennen, an den Krüppel mit der Krücke, der versuchte seine Tauben zu retten, indem er sie aufzog, damit sie den Tejo erreichten, und daran, dass der Wind das alles durcheinanderwirbelte, alles durcheinanderbrachte, alles zerstörte, ein Kind zeigte

T) meinen Kollegen das Gewehr, ließ das Gewehr los, ich erinnere mich daran, dass Dona Eulália auf dem Nachhauseweg in die Straßenbahn stieg und plötzlich keine Autorität mehr besaß, schutzlos war, der Regenmantel speckig glänzte, Dona Eulália wie meine Mutter, wie ich, wahrscheinlich stellte auch sie ein Kästchen auf den Kopf, und die Rechnungen

– Du hast uns nicht bezahlt wie peinlich

das Kap der Guten Hoffnung bedeutungslos, und ein Mann stieg die Treppe hinunter, trug Schuhe, die auf den Stufen glänzten

– Komm her ich rasier dich Würmchen

Dona Eulália, die mit dem Salzfässchen spielte

(das Salzfässchen war eine kleine Ente, und das Pfefferfässchen, ebenfalls eine Ente, war vor Ewigkeiten in lauter Scherben zersprungen)

während sie die Tests korrigierte, und ich sah ihr vom Bürgersteig aus zu, sie schien mich zu rufen, ohne mich tatsächlich gerufen zu haben, sie schien etwas zu flüstern, ohne dass ich die Worte hörte

– Geh nicht weg

so wie meine Mutter mich auf dem Linoleum stehen sah und mir schweigend versprach

– Keine Angst ich gehe nicht weg

ich streifte fast ihren Sitz, berührte fast ihre Beine, und meine Kollegen, ein Pistolenlauf gegen das Türschloss, Stimmen auf dem Treppenabsatz

– Ist diese Negerin da drin?

die

U) Mulattin zeigte mir eine Spalte zwischen zwei Backsteinen, hinter der ein schmaler Weg begann, und rief mich

– Senhor

V) (der einzige Mensch, in Bezug auf den ich, für den ich, mit dem ich, hindern Sie mich mit Ihrem Staub daran, den Satz zu vervollständigen, nun machen Sie schon)

ich stand auf und bat sie dennoch

– Warte

wollte nicht, dass sie in einem Keller wartete, in dem wir beide, in dem wir, in dem ich

(eine Negerin, schreib das nicht)

in dem ich mich

(ich muss schreiben, kann nicht aufgeben, ich bin dankbar, auch wenn sie eine Mulattin ist, verstehen Sie, auch wenn sie arm ist, kümmern Sie sich nicht um das, was ich sage, Übertreibungen, Lügen)

fast gut, fast ohne Gewissensbisse gefühlt habe, fast

(der Staub soll meinetwegen die Seiten löschen, falls er dazu Lust hat)

mit ihr zusammen, ich auf dem Bürgersteig unter dem Knacken der Palmen

X) sehe zu, wie sie die Eimer und die Flasche mit der Seife in den Keller trägt, sehe, wie sie aus dem Keller zurückkommt, ich, der ich Angst hatte, sie zu verlieren

(Gott sei Dank habe ich sie nicht verloren)

sah sie lächeln

(Neger lächeln nicht)

sie winkte mir ein Hallo zu

(sie winken nicht)

war bereit, meinen Arm zu nehmen

(sie tun das nicht)

und ich wünschte mir, sie würde meinen Arm nehmen, würde mich in den Arm nehmen, ich sah sie

Z) wie sie mit mir, ohne zu lächeln, in den Bairro ging, ohne ein Hallo zu winken, ohne meinen Arm zu nehmen

(warum hast du meinen Arm nicht genommen?)

und dennoch waren wir beide ein Paar, und daher war ich es, als meine Kollegen

– Ist diese Negerin da drin?

will heißen, der Pistolenlauf am Türschloss und Stimmen auf dem Treppenabsatz, war ich es, bin ich es, werde ich es sein, der die Tür aufschließen wird, nicht sie, ich habe zu ihr gesagt

– Schließ die Tür nicht auf

habe zu ihr gesagt

– Ich schließe die Tür auf

in der Hoffnung, sie würde bis zu den Olivenbäumen von Sintra fliehen und mit gespreizten Händen die Lumpen der Tauben auseinandertreiben.

Wie kann ich mich an Dinge erinnern, die vor so langer Zeit geschehen sind, als ich bei der Polizei war und an die Ordnung glaubte, wenn ich nach Hause kam, umringten mich die Möbel vertraut und unterwürfig, wie ich mit der Unbesonnenheit von Toren glaubte, meine Frau empfing mich an der Haustür, wenn ich die Schlüssel in die Tasche steckte

(damals gab es Schlüssel)

wischte sich die Hände an einem Küchenhandtuch ab, denn der Geruch nach Geschmortem missfiel mir, aber das stimmt nicht, der Geruch nach Geschmortem hat mich immer fröhlich gestimmt, sie richtete eilig ihr Haar und ihr Kleid und entschuldigte sich für die Schürze

(– Das Fett verstehst du?)

meine Frau tat auch so, als sei sie vertraut und unterwürfig, eine Schwester der Möbel, und der Blödmann, der ich war, glaubte ihren Erklärungen, ihrer Wahrheit, welch Mangel an Intuition meinerseits, denn alles dort hasste mich und versuchte mich zu betrügen, der Hund schüttelte sich vor falscher Begeisterung, das Bild, das einen Wasserfall darstellte, hielt das Wasser im Inneren des Rahmens zurück, weil es mir unterstellte, dass ich annahm, die Atemnot und die mir nur mühsam gehorchenden Arme hätten nichts mit der Tatsache zu tun, dass ich ertrank, das Loch in der Auslegeware warnte

– Pass auf

und meine Frau, die das bemerkte, zerquetschte es mit dem Schuh, trat darauf, bevor es mich erneut warnen konnte

– Pass auf

obwohl mir so war, als könnte ich unter dem Kreiseln des

Tieres ein zartes Stimmchen vernehmen, das wegen meines Schicksals erschrak, doch der Körper meiner Frau

(wie viele Fallen für mich aufgestellt wurden)

erregte mich eigens, um meinen Verstand zu schwächen, damit ich blind für die Welt und diesem ersten Stockwerk zwischen zig anderen grausamen ersten Stockwerken ausgeliefert war, die unserem glichen und mich gefangen hielten und lähmten

(wäre ich gewitzter, würde ich deren Manöver durchschauen)

und da saß meine Schwiegermutter auf unserem besten Stuhl, immer stumm und daher die Frage stumm

– Du verstehst das nicht oder?

das Bein in Gips auf einem Kissen, nur ein Zeh guckte raus, und als ich die mit Weiß bespritzten Zehen vor mir hatte, das der Krankenpfleger mit diesen Produkten, die sie immer dabeihaben, nicht abgemacht hatte, kam mir das ganze Leben absurd vor, meine Schwiegermutter zog den Servierwagen, auf dem die Sirups standen, mit dem Spazierstock zu sich hin

– Du verstehst das nicht oder?

während sie eine Maßeinheit herunterschluckte, bewegte sich der Hals, bis eine Kontraktion der Zehen vom Gips her

(der gesunde Fuß davon unbeeindruckt ohne die geringste Kontraktion)

verkündete, dass die Medizin durch ein Gewirr von mit Drähten und Lumpen reparierten Rohren hinuntergelangt war und ganz allmählich in ein letztes Gefäß tropfte, da der Bauch jedes Mal schaukelte, wenn sein Grund erreicht wurde, und wohin muss ich gelangt sein, um das zu sagen, ich möchte wetten, die beiden sind da immer noch, meine Frau und meine Schwiegermutter, dazu das Rechteck mit dem Wasserfall und der überbordende, vor Liebe rasende Hund, während ich zufrieden im leeren Bairro der Mischlinge bin

(ein halbes Dutzend wilde Feigenbäume waren übrig geblieben, die sich von Verkohltem ernährten, und ein Rabe, dem der

Treibstoff ausgegangen war und der in ein paar Minuten, sobald die Handfläche des Windes genug davon hatte, ihn zu tragen, auf die Müllkippe am Weg nach Sintra herabstürzen wird)

manchmal kommt es mir so vor, als ob meine Frau mich zwischen den zerstörten Baracken sucht, denn da sind Schritte oder so, die schwierige Gewissheit zu erklären, dass ein Mensch in der Nähe ist, sich der Stelle nähert, an der ich mich befinde, etwas schüttelt und am Ende murmelnd weggeht, meine Frau oder ein alter Zigeuner, die mit der Schuhspitze in irgendwelchem Mist herumstöbern, es hat vor meiner Frau und diesem andere gegeben, im Mantel, barfuß, die ein Kästchen hochheben und es verachten oder einen Trichter prüfend anschauen

(das fiel mir einfach so ein, Trichter, ohne sicher zu sein, dass es ein Trichter war, und als ich Trichter schrieb, wollte ich damit niemanden ärgern, das verspreche ich)

einen Trichter prüfend anschauen und ihn fallen lassen, das Gefühl, jemand beobachtet mich durch einen Spalt im Putz, ich ging mit einem Bleirohr um die Hütte und nichts, kleine Haufen aus Kohle, Glut, die in meiner Hand erlosch, der Friedhof am Hang in Erwartung des nächsten Regens, um zu mir herunterzuschicken, was nicht in den Himmel gereist war, will heißen, Zähne außerhalb des Gesichts

(im Zeichenunterricht in der Schule malte ich immer die Zähne, die nicht in den Mund passten, außerhalb des Gesichts)

und vereinzelte Ellenbogen

(noch heute bin ich mir nicht sicher, ob die Zähne alle in meinen Mund passen, ich glaube, dass es ein paar zu viel gibt, die darum herumschweben)

ich allein, denn der Rabe schwankte einen Augenblick lang, versuchte den Schnabel für einen dieser Sätze zu öffnen, mit denen sich in den Geschichtsbüchern die Helden verabschieden, und da ihm die Worte fehlten, hat er zur Vergrößerung der Ruinen beigetragen, sein Schnabel nicht schwarz, blau, ich meine das ganz ernst, blau, die Bahnstation, an deren Anblick ich mich über die Wochen gewöhnt hatte, war nur die Illusion eines Bahnsteigs, und meine Kollegen von der Polizei taten im Geist des Evangeliums woanders Gutes, ich frage mich, ob einer von ihnen jetzt mit meiner Frau zusammen ist und inmitten der Möbel, die er wie ich für vertraut und unterwürfig hält, ohne es zu bemerken, Qualen litt, so wie ich in dieser Wohnung Qualen gelitten habe, wenn ich das Muhen im Schlachthof und, wie ich annehme, das Raspeln der Messer hörte, die sich im nächsten Häuserblock aneinanderwetzten, Signale, die meine

(riesige, quadratische Zähne)

Dummheit zu entschlüsseln mir versagte, so wie ich niemals die Ankunft der Viehlastwagen mit den Tieren in Panik bemerkte, deren Zähne sich ebenfalls außerhalb des Gesichts befanden, oder, besser gesagt, die Schneidezähne und die hinteren, die sich horizontal bewegen, mahlten ohne Unterlass, selbst heute würde ich, wenn man mich bitten würde, ein Gesicht zu zeichnen, da ich nicht weiß wie, erst einmal versuchen, die Zähne ins Zahnfleisch zu malen, doch dann würden mir Dutzende entwischen, ich war also allein, nimmt man einmal die Möglichkeit aus, dass Bettler, denn die Zigeuner hatten schon lange begriffen, dass hier nichts zu holen war, nur Gott und ich in diesem Limbus, und wer von uns war weniger zu Wundern imstande, seit Jahren schon kümmere ich mich nicht mehr um ihn, so wie er sich auch nie um mich gekümmert hat

– Ist mir doch egal was mit dir passiert

(ich schreibe das, und schon ist das verzweifelte, heisere Muhen wieder da, das den Hund verrückt machte, der an den Fenstern kratzte und den Urin nicht halten konnte, sie erahnen den Tod und verabschieden sich von mir, die verstohlenen Abschiedsblicke vergisst man nicht, selbst wenn sie diskret sind, begleiten sie uns immer)

und in diesem Augenblick sitzt meine Frau wahrscheinlich im Wohnzimmer und mustert die Auslegeware

– Woher kommt das Loch?

empört über die Schamlosigkeit von Öffnungen, ich erinnere mich daran, wie sie sich an die Wand lehnte, während ich den Koffer packte, und mich nicht daran gehindert hat, erst als ich das Knie darauf drückte

(was sage ich da, mehrere Knie, mit einem Knie gelang es mir nicht, und selbst mit mehreren lief ich erschöpft rot an)

um die Riemen festzuzurren, sie mit einem ungeheuer fernen Schrecken

– Warum?

anstatt

– Woher kommt dieses Loch?

ein sanftes Resignieren

– Warum?

in einem Tonfall, der mich beinahe zwang, aufzugeben, ich bin schwach, und da steht sie an die Wand gelehnt, die Hände ineinander verschränkt, und ich außerstande zu sagen, welches die Finger der rechten und welches die der linken waren

– Warum?

als würde sie mich mögen, man stelle sich das vor, sie, die mich gefangen hielt, lähmte, einmal davon abgesehen, dass sie es erahnen, akzeptieren sie das Muhen, während wir

– Warum?

dazu neigen, mit dem Tod zu verhandeln, noch ein Jährchen, bitte, zwei Jahre, was sind schon zwei Jahre, bis meine Tochter heiratet und meine Ehefrau, die Arme, ihr Leben auf die Reihe kriegt, wir betrachten den Spiegel, versuchen ein Lächeln

– Ich sehe besser aus nicht wahr?

und die Familie hält peinlich berührt inne, bevor sie sich beeilt zuzustimmen

– Nächste Woche kriegt dich keiner mehr zu fassen Spitzbube

und es kriegt mich keiner zu fassen, weil es schwierig ist, mit dem Ärmel unter den Grabstein zu greifen und den Sarg zu öffnen, meine Frau

– Warum?

und ich erspare Ihnen die beschreibende Erinnerung an die Tränen auf den verzerrten Gesichtszügen, eine Veränderung an der Wange, die wir zuvor nie gesehen hatten, irgendetwas Zerzaustes im gekämmten Haar

– Warum?

dies und der Wunsch, nicht zu zeigen, zu verbergen, sich an die Wand zu lehnen, ohne dass die Wand hilft, niemand hilft, Knochen, die sich aufeinanderhalten, und Beine, die nicht nachgeben, ich erspare Ihnen die beschreibende Erinnerung an die Tränen, die Stirn, die fest sein möchte und es nicht kann, nicht kann, die Hand vom Haar zum Kinn, in der irrigen Absicht, all das zu ordnen

– Warum?

die Vielzahl von Anlässen, bei denen ich seit der Kindheit

– Warum?

als sie das Kaninchen getötet haben, als ich das kleine Feuerwehrauto zertreten habe, als meine Cousine die Pfauenfeder abgelehnt hat, die ich ihr hinstreckte, und wie sie die von Carlos angenommen hat, die mit meiner nicht vergleichbar war, sie legte sie als Lesezeichen in ihr Lesebuch, und ich zerbrach meine, was mühevoll war

– Warum?

ich habe die Farben abgerupft, bis der Federkiel nackt war, die Haarschleife meiner Cousine rührt mich immer noch, sie war dick, sprach so, als würden Steinchen ihre Zunge behindern, und ich dennoch

– Warum?

bei der Polizei gab es so eine Telefonistin, die ebenfalls eine dicke Brille trug, und ich habe sie monatelang heimlich beobachtet, hingerissen ihren mühsamen Antworten gelauscht, das Fehlen einer Taille brachte mich zum Träumen, ich hielt mich immer etwas länger an dem Tresen auf, an dem sie Stecker einstöpselte und verkündete

– Ich stelle zur diensthabenden Schicht durch

ich begeisterte mich, verbrachte Wochen damit zu wiederholen

– Ich stelle zur diensthabenden Schicht durch

befand mich in einem der Levitation so nahen Zustand, wie ich ihn in meinem langen Leben nie wieder erreicht habe, der Bus um zwanzig nach sechs hat sie im Oktober überfahren, weil die Reifen nicht in Ordnung, weil Regen, weil Gott mich nicht liebt, ich bin auf der Beerdigung mit Blumen erschienen, die keine Blumen waren, es war die schönste Pfauenfeder, die es je gegeben hat, grau rot grün silbrig gelb, ich begrüßte ihre Mutter in der ersten Reihe, sie trug eine dicke Brille, war dick und von einigen Damen des gleichen Kalibers begleitet, die offensichtlich Schwestern waren, offensichtlich, was für ein Adverb, nun ja, nun ja

(ich habe bei der Totenwache nur dicke, kurzsichtige Leute gesehen, deren Gesten unsichtbare Stecker in Löcher steckten, über denen Schilder angebracht waren, Direktion, Personalabteilung, Kantine, Medizinische Dienste, Diensthabende Schicht selbstverständlich

– Ich stelle zur diensthabenden Schicht durch)

die mir so vorkam

(vielleicht eine Manie von mir)

als lehnte sie mich ob meiner Magerkeit und der fehlenden Brille ab und zöge sich in feindseligem Dank in sich zusammen, in dem man die gleichen Steinchen ausmachen konnte wie jene, die die Zunge ihrer Tochter behinderten, auf dem Kirchplatz rauchten korpulente Herren keine Zigaretten, sondern Stecker, die sie mit grimmiger Geschicklichkeit in den Mund stöpselten

– Einen Augenblick bitte

und in dem

– Einen Augenblick bitte

Steinchen, hätte es nicht den Bus um zwanzig nach sechs gegeben, ich ein einziges Lächeln, gefolgt vom Wunsch Kilos zuzunehmen gefolgt von zugenommenen Kilos gefolgt von einem Brief mit der Erklärung ernsthafter Absichten gefolgt von einem ersten Treffen zur Bestätigung ernsthafter Absichten gefolgt von einem Kinobesuch am Sonnabend gefolgt von zwei Kinobesuchen an zwei aufeinanderfolgenden Sonnabenden gefolgt von einem Abendessen zur Wiederbestätigung ernsthafter Absichten gefolgt von einem Ringlein, das die ernsthaften Absichten festigte, indem sie sie zu ewigen machte, gefolgt von zusätzlichen zugenommenen Kilos gefolgt von dem einen oder anderen Steinchen auf der Zunge

(es gibt Fähigkeiten, die langsam erobert werden)

gefolgt von einem Besuch bei der Familie mit einer Flasche Schaumwein und einem Kuchen gefolgt von einer Rede mit zig Steinchen der Mutter

– Geben Sie mir eine Woche Bedenkzeit

gefolgt von solange Sie sie nicht unglücklich machen gefolgt von schnellen Küssen auf der Fußmatte in der Hoffnung auf eine Übertragung von Steinchen und keiner Übertragung von Spucke, gefolgt von mehreren Bussen um zwanzig nach sechs, in denen ihre Hand und meine denen meiner Frau ähnelten, als ich ging, anfangs nur Handflächen und dann viele Finger, die einander trafen nicht trafen wieder trafen sich miteinander verglichen einander maßen und sich nicht trafen mit dem Unterschied, dass die Spitze eines Ringes mich, als ich sie drückte, verletzte, darauf wegen der Dioptrienstärke riesige Augen, die mit dem Wirbeln von Rollläden auf- und zugingen, gefolgt von der Telefonistin mit noch mehr Steinchen, die die Rollläden nie begleitet haben, mit sanftem Hauchen, weil ich den Optiker aufgesucht hatte, mit noch ein paar mehr Steinchen, und immer so weiter, hätte es da nicht die abgefahrenen Reifen, den Verrat des Regens und Gottes fehlende Liebe gegeben, Monate später meine Frau, auf die ich vorher nie geachtet hatte und die mir in der Buchhaltung ohne Sehfehler und mit Taille die Gehaltsquittung übergab

(interessantes Wort, Buchhaltung)

wobei sie ein zweifach mit einem Gummiband umschlungenes Bündel Quittungen mit einer derartigen Geschwindigkeit durchblätterte, dass mir ganz schwindlig wurde, daraus eine schnell wie ein Zauberkünstler herauszog und mit sauberer Zunge meine aufgedruckte Nummer verkündigte

– Siebenhundertzwölf

und ich überrascht, denn da gab es keine Delle in den Vokalen, meine Frau, bis dahin nur Zeigefinger, Nacken und Haar, das in eine feine Kette überging, an der, in Silber gefasst, die Kralle eines Tieres hing, und die Gleichgültigkeit eines Menschen, der achthundert Quittungen vergleichen musste, und in der nächsten Minute, das Leben ist schnell, zog das eingegipste Bein meiner Schwiegermutter den Servierwagen mit jenem Teil des Spazierstocks erst heran und schickte ihn dann wieder weg, auf den die Leute sich stützen und der ganz bestimmt einen Namen hat

(es gibt Namen für alles, außer für das, was ich fühle)

keine Ahnung, welchen, die Begeisterung des Hundes tropfte Urin, und in der nächsten Minute, das Leben ist schnell, meine Frau

– Warum?

an die Wand gelehnt, darum kämpfend, dass die Zähne

(ich werde nicht über Tränen sprechen, ich hasse Übertreibungen)

nicht aus ihrem Gesicht heraustraten

(mich wundert, wie wir es schaffen, sie zu halten, denn ich fühle genau, wie sie kämpfen, und in diesem Augenblick bekäme es mir wirklich gut, das Memorandum zur Seite zu legen und eine ordentliche kleine Siesta zu machen)

als ich die Quittung siebenhundertzwölf sah, erblickte ich auf dem Weg zur Straße durch die halb geöffnete Tür

(erblickte ich durch die halb geöffnete Tür, etwas zu dick aufgetragen)

des Wohnzimmers

(wechsel das Verb aus)

bemerkte ich

(wechsel das Verb aus)

sah ich als Erstes die Zehen meiner Schwiegermutter, die dort, wo der Gips aufhörte, weiß gefleckt waren, vom kleinsten bis zum größten, wenn wir mit dem Zählen von außen anfangen, aufgereiht ohne die vom Sirup hervorgerufenen Kontraktionen, dazu die Sammlung von Meeresschnecken, in denen Möwenwitwenschaften säuselten, einmal abgesehen von dem rechteckigen Rahmen des Wasserfalls, der das Wasser im Gleichgewicht hielt, das zu hören ich in meiner Wüste aus Unglück träume, und vielleicht ist es eine Frettcheneile, denn eine Eidechse lugte hinter einem Stein hervor, eine der Kakteen verwandelte sich in einen Igel, bekam graue Stacheln und fing an zu rennen, wie die Mischlinge zu rennen angefangen hatten, als wir die Bäume verließen und ohne die endgültige Karte in den Bairro eindrangen, die mein Kollege nicht gemacht hatte, und ohne die Unterstützung der Berichte, die er uns nicht geschickt hatte, ich erinnere mich an Buchen

(ich bin mir nicht sicher, dass es Buchen waren)

an ein paar alte Frauen, an ein paar Zicklein und an einen weißen Mann

(meinen Kollegen?)

in einem Keller, während eine Mulattin durch einen Spalt in den Backsteinen floh, ich habe die Vorstellung von Feuer und Dosen mit Petroleum, ich habe keine Vorstellung davon, was brannte, das Dach der Bahnstation, glaube ich, durchsichtig vor Flammen, lebende Wesen in einem Nebelfetzen, durch den ich mich blind bewegte

(ich schäme mich nicht für diesen Satz, hoffentlich kommen noch weitere dieser Art, beten wir darum)

ich würde sagen, da war ein humpelnder Krüppel, aber das ist nur so ein Gefühl, das ich ausspreche, ohne einen Beweis dafür zu haben

(würde der Körper meiner Frau, und ich unterstreiche Körper, spiele nicht auf die Bosheit an, mich noch heute erregen?)

der humpelnde Krüppel, glaube ich, ein Irrtum meinerseits, ich habe ihn teilweise aus meinem Hirn gefischt, Wissenschaftler behaupten, aus der Kindheit, und die Kindheit eine abgelehnte Pfauenfeder, Hühner, da bin ich mir nicht sicher, und Zicklein, von denen ich beinahe schwören möchte, dass es sie wirklich gab, denn gestern lag das Skelett von einem und verbranntes Fell dort, wo früher Buchen standen und jetzt Wurzeln dicht unter der Erde liegen, Augen, die mich ständig ausspähen, und ich würde einen Arm hergeben, um zu erfahren, wem sie gehören, nicht meinem Chef, nicht meinen Kollegen, nicht meiner Schwiegermutter wegen des Gipses, es sei denn, der Gips ist nur eine Verkleidung, einmal habe ich ihn morgens bei einem Dieb benutzt, der auf der Flucht war, der das Hasenpanier ergriffen hatte

(ein geradezu poetischer Ausdruck, welche Schönheit die Sätze erreichen, wenn wir sie einfach frei fließen lassen)

um die Pistole zu verstecken, und der Dieb im Café misstraute mir nicht, er begann mir zu misstrauen, als ich ihn an der Schläfe traf, und er hörte mit der zweiten Kugel auf, misstrauisch zu sein, er riss den Stuhl mit sich und umarmte ihn auf dem Fußboden, ich erinnere mich an die Hände

(das nenne ich eine deutliche Erinnerung, wer staunt nicht über die Hochempfindlichkeit des Gehirns?)

die die hölzernen Querverstrebungen losließen

(Gott wird sich gewaltig angestrengt haben, um die Hirnhäute richtig einzustellen, Herrschaften)

und sich dann in träger Mattheit schlossen, wäre ich gewitzt gewesen, hätte ich meine Schuhe mit seinen getauscht, die teurer waren, neuer, während der Besitzer des Cafés in einer Ecke hockte, aber mit dieser Schuhgeschichte bin ich vom Thema abgekommen, ich war beim Überfall auf den Bairro, als wäre das wichtig, wen kümmert das, und bei den Dosen mit Petroleum, die die Flammen anfachten, ich fragte mich misstrauisch, ob meine Frau zwischen den Resten nach mir fahndete, jemand hat ihr in der Buchhaltung zwischen der einen und der nächsten Quittung

(und ein Finger hielt inne

– Dreihundertneunundvierzig?)

etwas von den Mischlingskindern und über die Empörung der Zeitungen erzählt, meine Frau, mit der ich nach dem Standesamt ein paar Tage im Norden in einer eisigen Herberge verbracht, dem Regen zugeschaut und mit den Rollläden gekämpft habe, als hätte der Regen etwas damit zu tun, aber das hatte er nicht, zum Teufel mit dem Regen, die Enttäuschung meiner Frau

– Ist Glück nur das?

und selbstverständlich ist das Glück nur das, was hast du dir denn vorgestellt, Schimmel in der Wäsche finden und mit den Rollläden kämpfen, der Zug hat in Coimbra jemanden überfahren, und verzweifelte Taschenlampen an der Strecke entlang, meine Frau

– Nur das?

während sie den Typ auf eine Bahre häuften, Einzelteile zusammenfügten, kurz darauf immer häufiger Gebäude, denen Farbe fehlte, das Gekreisel des Hundes, der den Teppich nass machte, und meine Frau enttäuscht

– Das Glück ist nur das

voller Lust, dem Leben ein Schnippchen zu schlagen, letztlich ist, wenn man es genau betrachtet, das Glück nur das, während die Räder des Servierwagens im Wohnzimmer quietschten und mein Mann, sauer auf mich, auf die Straße hinausspähte, sie dachte

– Wie viele Winter noch?

spielte in einer fernen Zeit voller Vertraulichkeiten und Geheimnisse mit ihren Freundinnen Seilspringen, meine Schwiegermutter ohne Gips trat an der Nähmaschine aufs Pedal, und der Vater, den ich vom Foto her kannte, kam mit dem Bild mit der Karte, Blödsinn, kam mit dem Bild mit dem Wasserfall nach Hause, und in diesem Augenblick, in dem ich mit der Beschreibung des Bildes beginnen wollte und vielleicht auch mit dem Porträt meines Schwiegervaters, falls ich noch Geduld und Muße übrig habe, Leute zwischen den wilden Feigenbäumen und keine Dachse, keine Tiere, Menschen, Stimmen, Warnungen, das Raspeln von Gewehrverschlüssen, zwei Freundinnen, eine hieß Eunice und die andere Agripina, sie fragen sich wahrscheinlich ebenfalls wer weiß wo

– Ist das Glück nur das?

jede von ihnen hält ein Ende vom Seil, und meine Frau hüpft in der Mitte, Leute zwischen den wilden Feigenbäumen, die ebenso meine Kollegen wie auch irgendeiner von den Mischlingen sein konnten, die wir nicht getroffen hatten, große Hüpfer und kleine Hüpfer, die kleinen Hüpfer, um den Rhythmus zu halten, und die großen Hüpfer, wenn das Seil unter ihr hinwegglitt, wenn meine Schwiegermutter und ich das Seil im Wohnzimmer bewegen würden, würde sie nicht widerstehen können, nur zwei oder drei Hüpfer, beim ersten fröhlich, beim zweiten ernst, beim dritten, falls es einen dritten gibt, noch ernster, bevor sie in die Speisekammer flieht

– Hört auf

die Stirn an den Kühlschrank legt

– Redet nicht mit mir

die Hände vors Gesicht presst, Leute, die mich erwarteten, dabei die Umgebung ausspähten oder zwischen Schutt und Lumpen auf mich zukamen

(der heruntergestürzte Rabe Lumpen)

in einer Helligkeit, die dem Regen in der Herberge im Norden ähnelte, der Regen soll zum Teufel gehen, nach dem Kühlschrank

(hinter der Herberge, blind will ich sein, Orchideen, ich würde es nicht glauben, wenn man es mir sagte, aber Orchideen) schnäuzte sich meine Frau

– Verzeih mir

brachte ein

(Eunice und Agripina)

kompliziertes Hallo zustande, und an der Tür des Kühlschrankes Marienkäfer und Falter aus Plastik, die hin und wieder

(der Regen soll zum Teufel gehen)

mitten in der Nacht mit einem filzigen Geräusch herunterfielen und die Stille kräuselten, und einer auf dem Fußboden

(die Plastikmarienkäfer mit Fühlern und allem)

meine Frau rannte durch die Wohnung

(während des Rennens die Beine acht Jahre alt, Ehrenwort)

und klebte sie wieder an, damit der Hund sie nicht zernagte, die Falter, ich nenne die Falter nicht Falter, mir gefällt Schmetterling besser, mit durchsichtigen rosa und schwarzen Flügeln

(Orchideen, nicht zu glauben)

und ich überlegte, wie lange die Leute brauchen würden, um mich aus diesem Keller zu holen, in dem ein paar Handbreit Decken und eine fast vollständige Matratze, wenn meine Frau zum Kühlschrank ging, rannte sie, aber sie kam langsam wieder zurück, faltete das Kissen am Kopf des Bettes zusammen und blieb im Dunkeln, das wegen einer Lücke im Rollladen nicht vollkommen dunkel war, blieb vollkommen im Dunkeln, murmelte Enttäuschungen und mischte Daumen, während mir klar wurde, dass sie ein von mir unabhängiges Leben führte, von dem sie nicht sprach und zu dem ich keinen Zugang hatte

(leider hatte ich keinen Zugang, ich denke, das versteht man)

in dem es außer dem Wasserfall, dem Seil, den Freundinnen und anderem Krimskrams aus der Kindheit

(aus der Kindheit bewahren wir nur Krimskrams, oder?)

Wünsche, Begeisterung, Gewissensbisse gab

(aus meiner beispielsweise ist es ein Dreirad, und was ist ein Dreirad schon wert?)

wie oft, wie oft ist übertrieben, keine Übertreibung sind die Orchideen, jawohl, zermalmt, bleich, verstorben, wenn Sie wollen, aber Orchideen, ich habe sie mehrfach dabei erwischt, wie sie sich, die Ellenbogen auf den Tisch gestützt, ohne mich anzusehen

(ich verstehe was davon)

im Inneren jenes besagten Lebens befand, zu dem sie mir den Zugang verweigerte und über das

(über das, über das)

die Tür des Kühlschranks, die ich wie meine Westentasche kannte, mir nie einen Hinweis gegeben hat, meine Frau kurz davor, etwas zu sagen, weil der Hals länger wurde und der Mund sich, wie immer vor den Worten, verzog, die Augen schauten mich an, ohne mich anzuschauen, mitleidig, und sie verstummte oder, besser gesagt, sie verstummte nicht, denn sie schwieg ja bereits, man versteht aber, was gemeint ist, also wir beide schweigend Auge in Auge, ich hatte nicht den Mut, sie zu fragen, warum sie Mitleid mit mir hatte, und sie packte das Mitleid wieder in die Schatulle, die sie in sich hatte, und als wären wir das gleiche Kaliber, fragte ich sie auf ihre Art und Weise

– Warum?

und ich gebe zu, dass wir dies nicht sind, was mich rettet, ist mein Dreirad, dem zu allem Unglück noch ein Rad fehlt und dessen Sattel mich in den Hintern piekst, daneben stehen Agripina und Eunice und ihre Geheimnisse, ich erinnere mich an meine Cousine, und was macht man nun mit einer Erinnerung, sag mir das mal einer, sie hat eine Anstellung in einem Laden angenommen, hat geheiratet, sich wieder getrennt, ist dünn geworden, hat ihren Charme verloren, einmal im Monat rennen wir zufällig ineinander, denn große Städte gibt es nicht, und Lissabon besteht, geht man die Frage ohne Großmannssucht an, aus einem halben Dutzend Straßen, wenn wir ineinanderrennen, erwähnt keiner von uns die Pfauenfeder oder Carlos, wir haben ihn beide vergessen, sie fragt, ohne interessiert zu sein, ob meine Mutter noch lebt, und ich sage nein, ich frage, ohne interessiert zu sein, ob ihre Mutter noch lebt, und sie sagt ja, witzig, wie fern wir einander jetzt sind, derjenige, der wir einmal waren, den gibt es nicht mehr, und wer wir jetzt sind, ist tot, eines Nachmittags bin ich, nachdem wir uns verabschiedet hatten, ein paar Schritte gegangen, habe mich umgedreht und meine Cousine dabei erwischt, wie auch sie sich im Gehen umgedreht hatte, wir waren beide erschrocken und setzten uns wieder in Bewegung, wollten uns Hunderte von Kilometern weit entfernen, dorthin, wo es keine Pfauenfedern gab, die hingestreckt und abgelehnt werden, ich drehte mich, bevor ich um die Ecke bog, noch einmal um, und zu meiner Erleichterung war sie nicht da, ich wage nicht zu behaupten, dass wir einander verloren haben, ich habe sie verloren, ihr Rücken hat sich gekrümmt, sie hatte ungerechterweise Altersflecken und ein Drama in der Galle

(eine lange Geschichte, von der mir Mäander fehlen)

sie brauchte lange, bis sie die Daguerrotypie ihres Sohnes in den Sedimenten der Handtasche fand, in der eine Nahsichtbrille, Zahnseide, Laborberichte steckten, sie holte das Portemonnaie heraus, und ich dachte, während mir Angst den Magen zuschnürte

– Sie wird mich um Geld bitten

öffnete das Portemonnaie, zeigte die Daguerrotypie inmitten von Wechselgeld und Papieren

(nicht besonders sauberen, in den Kniffen braunen Papieren, und die Angst nahm zu)

der Sohn ein strammer Kerl mit Strohhut, und die Szenerie offensichtlich ein Strand, denn Wellen bewegen sich, auch wenn es uns nicht auffällt

(und sie nicht zu bemerken ist eine Art, sie zu bemerken)

in einem abgenutzten Rechteck, sie versenkte den Sohn in

den nicht besonders sauberen Papieren, und möglicherweise würde ihr das Geld, dem Zustand ihrer Kleider nach zu urteilen, zupasskommen, ich steckte die Hand in die Tasche und sie hatte die Geste verstanden, denn ein Tadel in ihr, kein Tadel, eine Bitte

– Beleidige mich nicht

nicht gekränkt, mich entschuldigend, ich bereute, keine Pfauenfedern in der Brieftasche mitgebracht zu haben, Herrschaften, so viel schüchterne Demut in den Sedimenten der Handtasche, es steht zu hoffen, dass Lissabon umgehend Millionen von Avenidas und Plätzen hervorbringt, damit jeder, sie und ich, in seiner entlegenen Ecke lebt und wir uns nie wieder begegnen, graue rote grüne silbrige gelbe Federn anstelle von ungerechten Altersflecken und den Wellen der Daguerrotypie, die sich an uns brechen, die Leute bei den wilden Feigenbäumen kamen näher, und später wird meine Frau nachts noch einmal wegen eines der Falter rennen

(kleine Libellen?)

wegen eines der Falter auf dem Fußboden, ich hebe ihn für dich auf, bücke dich nicht, und nebenbei versichere ich dir, dass das Glück nicht nur das ist, versprochen, es ist nicht Tage über Tage und am Ende ein Grab und alle Freundinnen verloren, alle Seile auf einem Schulhof liegen gelassen, die wilden Feigenbäume stumm und kein Aschehauch, Glück ist, in der Zeitung nach einem Film suchen, sonntags zusammen Karten spielen, im Auto deine Hand nehmen

(die Siebenhundertzwölf nimmt im Auto deine Hand)

Schmetterlinge besorgen

(ich habe mich nicht geirrt)

mit einem Magneten, der sogar Nägel vom Fußboden aufsaugen kann, damit sie nicht abrutschen, nicht herunterfallen

(wenn ich Schmetterling sage, missfällt mir keine Silbe)

sobald du dich aufs Bett setzt, raffe ich mich auf, umarme dich, und die Zähne passen alle in den Mund, schau nur, sie schweben da nicht herum und beißen uns, meinen Berechnungen zufolge müssten die Polizisten oder der Mischling

(einer, mehrere?)

müssten sie über die Bahnstation gehen, auf der alte Frauen mit Kopftuch umhertrabten, einige mit einem Bündel ihrer Habseligkeiten oder einer Heiligen Jungfrau aus Ton, die ihnen überhaupt nicht half, uns zu entkommen, sie begriffen nicht, dass sie auf uns trafen, anstatt uns zu entkommen, und als sie auf uns trafen

– Amigo

hielten sie uns Hühner hin

– Nimm dieses Huhn Amigo

oder diese Jungfrau oder dieses Bündel, schieß nicht schieß nicht, nimm das Zicklein, das sie an einem Strick hinter sich herzogen und das sich aus Angst in den verwirrten Beinen verhedderte, und apropos Angst, in diesem Fall meine Angst, wer kann in begründeter Weise erklären, dass die Schritte von den wilden Feigenbäumen hierher nicht die Schulfreundinnen meiner Frau sind und das, was ich für Blätter halte, vertrauliches Geflüster hinter dem Lesebuch, das ihren Mund verdeckte, während sie sich über das lustig machen, was ich bin, sich auf einem Fuß hüpfend singend entfernen, und ich endgültig allein auf dieser Brache, die bald wieder von Bettlern besiedelt werden wird, links die Lichter von Amadora und die Eukalyptusbäume des Campingplatzes, die mich nicht von Süden her rufen, nichts ruft mich übrigens, wer könnte mich rufen, meine Cousine, die gerade den Sohn ins Bett gebracht hat und wegen der überfälligen Miete verzweifelt, und die Marienkäfer und die Schme, die Schmetterlinge verblichen für immer, meine Frau, die sich vom Kühlschrank entfernt, während ihre Hände das Gesicht verlassen

– Warum?

einundvierzig oder zweiundvierzig Jahre, was Daten betrifft, war ich nie besonders gut, wenn man mich beispielsweise zwingen würde zu raten, würde ich einundvierzig im März vorschlagen, dort, wo wir wohnen, gibt es ein Rasendreieck fast ohne Rasen vor einem Herrenschneider mit von Fäden bedeckter Schürze und dem Metermaß um den Hals und auf dem Verkaufstisch mit Kreidestrichen versehenes Steifleinen, zur Mittagszeit

(sechsundzwanzigster März?)

beugte er sich kauend zu einer aufgeschlagenen Zeitschrift, wobei er den Worten mit dem Messer folgte, und außer dem Rasendreieck ohne Rasen identische Gebäude neben unserem zu beiden Seiten der Straße, in der Hunderte Schmetterlinge und Marienkäfer nachts mit einem leisen Filzgeräusch herunterfielen, während im Bairro eine Maus oder ein Maulwurf, die nicht verbrannt waren, als wir die Ziele angesteckt haben, eine, ich hätte fast mondene Stille geschrieben, aber was weiß ich schon vom Mond, wahrscheinlich Stürme und Sand, ein schreiendes Kind und außerdem, was für ein Adjektiv, monden, während im Bairro die Stille der Überreste, die sich ohne Wind bewegen, sogar der Bach oder, besser gesagt, das Rinnsal zwischen den Steinen stumm, man soll nicht annehmen, dass Frösche und Vögel, der letzte, den ich gesehen habe, ein Rabe

(ich glaube, ich habe ihn weiter oben bereits erwähnt)

er stürzte auf die Unordnung der Bretter, ein Häufchen, in dem das einzig Deutliche die Krallen aus Draht waren, genau das, was ich bald sein werde, in ein, zwei Stunden

(fünfundzwanzigster oder sechsundzwanzigster März, ich versuche mich zu erinnern, aber es gelingt mir nicht, mir fallen nur die Siebenhundertzwölf und der Zeigefinger meiner Frau ein, der sie findet

– An dieser Stelle unterzeichnen

wo gar kein Platz war)

wenn meine Kollegen oder der Mischling, der übrig war

(ruhig andere Möglichkeiten überlegend)

mich finden, mit einer Taschenlampe, einem Feuerzeug,

einem Streichholz, das sie blendet, anstatt mich zu beleuchten, nach vorn gebeugt und zu der Spalte im Backstein zeigend, die als Eingang dient, und es blendet sie nicht nur, sondern es macht ihre Gesichter rot

(grau rot grün silbrig gelb)

mit riesiger Stirn und ohne Mund und Kinn, ich in meiner roten Ecke mit der gleichen Stirn und auch ohne Mund und Kinn, eine Tatsache, die keine Tatsache mehr ist, und das Ende so einfach, eine Pfauenfeder, die davonschwebt und das Wasser des Wasserfalles, das der Rahmen nicht hält, als es herausfließt, mich in sich auflöst, das Glück ist nur das, Leute, ein Streichholz, das verlischt und mich zugrunde richtet, nicht

– Nimm dieses Huhn Amigo

denn Hühner gibt es nicht mehr und auch keine Bündel oder die an einem Strick festgebundenen Zicklein, die sich auf verwirrten Beinen im Gleichgewicht zu halten versuchten, nicht die Freundinnen hinter dem Lesebuch, das ihren Mund verdeckte

– Dieser Alte

fünfundvierzig oder sechsundvierzig Jahre, ich war, was Daten betrifft, nie gut, etwas Unsympathisches in den Zahlen, das mich abstößt und erschreckt, das Wirbeln der Zeit, das mich zwingt, mit ihr zu gehen, und mein Vater

(ich weiß nicht, wieso mein Vater)

streckte mir eine kleine Tüte mit Kirschen hin

– Willst du sie nicht mitnehmen Sohn du bist dünn

im April fünfundvierzig, am siebenhundertzwölften, es sei denn, siebenhundertzwölf ist eine Quittung, ist egal, ich unterschreibe, wie ich den Bericht des Chefs mit den Kollegen unterschrieben habe, indem ich meinen Namen auf jede Seite setzte

(– Hier abzeichnen)

in dem der Brand und die Schießerei beschrieben wurden, ein Mann, der kein Mischling war, ein Neger und daher kein Mann, mit einem Ferkel unter dem Arm starrte uns an, und nach ein paar Augenblicken prallte das Ferkel ohne Mann gegen eine Bretterwand, ließ nicht ab von der Bretterwand, und die Flammen eines Busches fraßen es auf, zwei Mädchen ließen ein Seil kreisen, jede an ihrem Ende, und niemand, nicht einmal ein Huhn

– Nimm dieses Huhn Amigo

sprang herum, hätte ich das Dreirad, aber ehrlich gesagt kann ich mit Dreirädern nicht so gut, müsste man mich schieben, die Pedale würden wegrutschen, und ich würde, um den Sattel gewickelt, auf der Bahnstation landen, steckt mich zu den anderen nutzlosen Dingen, Mutter, in das Kabuff, in dem es nicht einmal eine Lampe gab, in dem Liebesbriefe von wer weiß wem an wer weiß wen in einer zerbeulten Schachtel lagen, auf der um ein Mädchen mit Sevillanerkamm herum, das einen Keks zeigte, Galletillas Paquita stand, neben diesem Kabuff mit den ältesten nutzlosen Dingen möglicherweise eine Reihe von Kabuffs, in denen Generationen von Großeltern zu Großeltern zurückgingen bis zu dem letzten Kabuff, in dem ein Herr auf einem

(Onkel Filipe?)

kleinen Weidensofa saß, auf dem ein Kissen ihm die Wirbelsäule abfederte

– Da bin ich also nicht wahr?

(an der rechten Schläfe genauso eine Warze wie ich, ich frage mich, ob es nett wäre, ihm zu danken

– Vielen Dank für das Mal Onkel Filipe)

daher und weil ich Gott sei Dank am Ende bin, denn das Glück ist das hier, samt meinem Hausrat weggeräumt und schwer zu erkennen, da alles an mir ebenfalls grau oder schwarz ist, erinnere ich mich auf Knien in diesem Rest eines Kellers

(es überrascht mich, dass ich mich an das erinnern kann, was vor langer Zeit geschehen ist, damals, als ich an die Ordnung glaubte

– Glauben Sie auch an die Ordnung Onkel Filipe?)

an die Tür damals, als der Bairro noch Hütten und Gassen

und Hühner, die so schwer waren, dass es unmöglich war, sie am Flügel hochzuheben

– Nimm dieses Huhn Amigo

daran, wie ich die Waffe an das Schloss legte und nicht schoss, weil der Kollege, den der Chef in den Bairro geschickt hatte, und von ihm weder Informationen noch Karten, wie oft haben wir nachts bei den wilden Feigenbäumen, am Sitz der Polizei, bei den Palmen von Marvila oder von Chelas gewartet

(auf denen keine Störche)

oder in einem Bekleidungsladen mit einer Frau in Trauer, ich erinnere mich

(man kann es nicht oft genug sagen)

die Waffe an das Schloss gelegt und nicht geschossen zu haben, weil der Kollege und eine Mulattin, die ihn begleitete, der Kollege vor mir, während die Mulattin floh, will heißen, während die Mulattin auf ihn wartete, sie floh nicht, und die Raben blökten in den Buchen, die Tauben, die herunterstürzten, und der Krüppel mit der Krücke fabrizierte mehr Tauben, ich würde das gern richtig ordentlich schreiben, aber es ist schwierig, die Sätze sind so wenig geschmeidig, so steif, zwei Mädchen, die ein Seil kreisen ließen, jetzt nicht, die Mulattin zog ihn am Ellenbogen, und der Kollege stand da, würde man mich zwingen zu erzählen, wie es geschah, würde ich einen Falter erwähnen, oder, besser gesagt, ich würde einen Schmetterling oder einen Marienkäfer erwähnen, die sich vom Kühlschrank lösten, meine Frau, die aus dem Schlafzimmer gerannt war, schaute ihn an, schaute mich an, die Mulattin verschwand in der Spalte zwischen den Backsteinen, die als Eingang diente, und meine Taschenlampe, mein Feuerzeug, meine Streichhölzer, unsere Gesichter rot, mit riesiger Stirn und ohne Mund und Kinn, schreiben, dass der Kollege und die Mulattin riesige Stirnen und ohne Mund und Kinn, dass ihre Schatten an der Wand verzerrt, spitz, etwas, das mir so vorkam wie ein Bein, was mir wie Finger vorkam, mein Vater mit der kleinen Tüte Kirschen

– Möchtest du sie nicht mitnehmen Sohn du bist dünn
und keine Schatten, meine Frau
– Warum?
nein, meine Frau stumm, und jetzt, mit Verlaub, bin ich an der Reihe, die Tür zu öffnen, auch wenn es keine Tür gibt, es gibt Schutt, Mörtel, Flammen, die auf meiner Handfläche verlöschen, ohne mich zu verbrennen, reglos, vielleicht humpelt ein unglückliches Wesen auf mich zu
– Amigo
vielleicht zeigt meine Frau auf mein Jackett
– Woher kommt dieser Fleck?
nicht von Kohle oder Staub, grau rot grün silbrig gelb, auf den ich nicht geachtet hatte, weil es nicht wehtat, die Mädchen versuchten den Mund hinter dem Lesebuch zu verbergen
– Dieser Alte
und dieser Alte ging zur Tür, oder er dachte, er ginge zur Tür, verdeckte den Fleck, indem er die Weste zuknöpfte, da waren links die Lichter von Amadora und die Eukalyptusbäume des Campingplatzes, die mich nicht rufen, mich rufen
– Da sind wir also nicht wahr?
(Danke schön für die Warze, Onkel Filipe)
ich dachte, sie würden mich nicht rufen, aber ich habe mich geirrt, sie rufen, ich bin sicher, meine Cousine würde die Pfauenfeder annehmen, wenn ich sie ihr heute schenken würde, und sie würde bei ihr bleiben, am ausgestreckten Arm, senkrecht wie eine Kerze, während ich durch die Bohnensträucher im Gemüsegarten gehe und mein Blut abwische, und sie ist dick, trägt eine Brille, ist so hässlich, so hübsch, wartet beim Waschtrog auf mich
(sie hat nicht geheiratet, ist nicht geschieden, ist nicht arm, wartet am Waschtrog auf mich)
bereit, meine feste Freundin zu sein, wenn wir beide groß sind.

Der Wachmann klopfte an, und wir gingen rein. Der Mann saß am Tisch und schrieb. Er schaute nicht zu uns hin. Machte uns mit der Hand, die den Füllfederhalter hielt, ein Zeichen, dass wir warten sollten, und schrieb weiter. Die Hand, die nicht den Füllfederhalter hielt, hielt mit den Fingerspitzen das Papier fest. Die Haltung des Wachmanns befahl, nimm die Hände aus den Taschen. Ich tat es nicht. Apropos Hände, auf der Welt gibt es viele Hände. Die Hände des Mannes. Meine. Die Hand des Wachmanns an der Hosennaht. Würde ich sie alle zählen, wäre ich in einem Jahr noch dabei. Im Fenster Platanen. Ich kenne sie, weil sie am Straßenrand stehen. Mit einem gekalkten Streifen rund um den Stamm, der nachts die Autos warnt, und deshalb weichen ihnen die Leute aus und sterben nicht. Die Wachmänner haben Angst zu sterben und haben Angst vor mir. Die Platanen im Fenster drei Platanen. Die Platanen an den Straßen Dutzende. Ich weiß nicht, ob es mehr Platanen als Hände gibt. Da, wo der Mann schrieb, Regale. Ein Teppich. Die Fahne mit Schleifen an der Stange. Familienfotos von ihm. Eine Frau. Ein Junge in meinem Alter. Ein Mädchen, das dem Jungen ähnlich sieht und einen Apparat an den Zähnen hat. Einmal habe ich so einen gestohlen. Aus Metall mit kleinen blauen Plättchen. Genau so einen wollte ich. War am Nachmittag am Ausgang der Schule. Ich bin extra da hingegangen, um einen Zahnapparat zu finden. Die anderen, wozu willst du einen Zahnapparat. Die Schüler fingen an, aus der Schule herauszukommen, und ich am Tor guckte sie an. Die anderen waren wohl schon längst in Almada, bevor der Minimarkt schließt. Die Wagen, die wir aus Benfica mitgebracht hatten, standen mitten auf der Straße und hielten den Verkehr auf. Ich hab zum Dicken gesagt, wenn jemand hupt zeig dem das Gewehr. In der Schule keine Platanen. Beete. Wenn es nach mir ginge, würde ich sie alle zertrampeln. Der Dicke sagte, und die Polizei. Ich zeigte ihm das Gewehr. Sein Gesicht veränderte sich. Ich sagte, du musst es ja wissen. Die anderen hörten zu. Ich weiß es nämlich. Schließlich kam ein Schüler, einer von den großen, mit seiner Freundin. Sie hielten Händchen. Wie ich vor kurzem gesagt habe, viele Hände gibt es auf der Welt. Habe gesagt, wenn ich sie alle zählen würde, würde ich in einem Jahr noch dabei sein. Die Haltung des Wachmanns befahl, steh auch stramm. Ich habe nicht strammgestanden. Ein paar Typen waren dabei, den Bürgersteig zu reparieren, wegen eines kaputten Rohrs oder so. Zwei steckten bis zur Taille in einem Loch, und der dritte stand draußen. Hatte eine Mütze auf. Sagte mit einem Zahnstocher im Mund, wo es langgeht. Veränderte die Stellung des Zahnstochers mit der Zunge. Als er das Gewehr sah, sackte sein Mund ein paar Zentimeter ab, aber der Zahnstocher bewegte sich nicht. Die Münder der Arbeiter im Loch sackten auch ein paar Zentimeter ab. Wo ich gerade von Mündern rede, ich habe einen Stein vom Bürgersteig genommen und damit auf den Mund und die Nase des großen Schülers gehauen. Mit Kraft, aber nicht mit viel Kraft, um den Zahnapparat nicht kaputtzumachen. Die Bücher seiner Freundin verteilten sich auf dem Boden. Ich habe ihnen einen Fußtritt verpasst. Weil sie hübsch war? Auf sie habe ich nicht geachtet. Weiß nicht. Hab ich doch. Sie hatte ein grünes Kleid an. Ich hatte keine Lust, sie anzufassen. Ich mag nicht, wenn die Leute mich anfassen. Als ich klein war, hat mich eine Alte aus dem Bairro manchmal auf den Schoß genommen. Junge, sagte sie. Junge. Dann ist sie gestorben, und das geschah ihr recht. Ich kenne übrigens die Stelle, an der sie auf dem Hügel begraben wurde. Ich habe heimlich gegraben und einen Schuh und ein paar Knochen gefunden. Als ich kein Junge hörte, hab ich das alles wieder da reingepackt. Ich habe versucht, zu den Schuhen und den Knochen Junge zu sagen, aber das hat nichts gebracht. Würde man mir einen Schaufelbagger geben, würde ich Schluss machen mit dem Hügel. Wahrscheinlich genauso viele Knochen wie Hände, und von diesen Knochen, welche waren da ihre. Ich habe ein paar Hühner von ihr gegessen und mich besser gefühlt. Ich weine nicht. Ich habe dem großen Jungen den Apparat mit dem Taschenmesser rausgeholt. Er war mit kleinen Haken am Zahnfleisch fest, war schwierig, ihn zu lockern. Der Motor von einem unserer Wagen gab Gas, rief mich. Ein langes Gasgeben und ein kurzen Gasgeben. Zeichen für Polizei. Ich mag nicht unterbrochen werden, wenn ich arbeite, also habe ich trotz der Polizei nur um ein Haar nicht auf den großen Schüler geschossen. Als ich den Apparat herausriss, war ich sicher, gehört zu haben, wie die Alte Junge sagte. Ich begreife nicht, wie ein Schuh und Knochen Junge sagen können. Vielleicht waren es die Raben, denen der Krüppel mit der Krücke meinen Namen beigebracht hat, obwohl es nicht mein Name war, den der Schuh und die Knochen immer wieder sagten. Sie sagten immer wieder Junge. Einmal hat die Alte mit einem Nagel in ein Ei gestochen und mir das Ei zu trinken gegeben. Wenn ich in den Bairro zurückgehe, esse ich alle ihre Hühner auf. So würde ich, selbst wenn ich weinen würde, nicht weinen. Der große Schüler hörte auf, sich zu winden. Seine Freundin umarmte seinen Kopf, bat ihn, rede mit mir. Ich verpasste den Büchern einen Fußtritt, während ein Polizist, der von der Allee herkam, auf uns zurannte. Er schien nicht von der Stelle zu kommen. Hätte er mich zu fassen bekommen, hätte ich einen Nagel in ihn gestochen und ihn getrunken. Im Wagen habe ich dann den Zahnapparat an der Hose abgewischt und mit einer Zange gerade gebogen. Die Freundin stand mitten in den Büchern und schaute uns nach, bis wir um die Ecke gebogen waren. Ich habe den Apparat weggeworfen, weil er meine Zunge störte. Der Mann, der da saß und schrieb, schraubte, während er las, die Kappe auf den Füllfederhalter. Dann tat es ihm leid, die Kappe festgeschraubt zu haben, und er schraubte sie wieder ab, um einen Satz zu verbessern. Die Haltung des Wachmanns hörte nicht auf zu befehlen, nimm die Hände aus den Taschen. Wir hatten Glück und kamen in Almada an, als der Besitzer vom Minimarkt gerade die Läden vor die Schaufenster hängte. Wir sind mit ihm reingegangen, brauchten ihn nicht zu schubsen. Der Mann, der da saß und schrieb, schien mit dem Satz nicht zufrieden zu sein. Er stützte seinen Ellenbogen darauf und schaute uns an, während er lautlos Worte mit den Lippen übte und über eines stolperte. Er sagte, ich habe die Lösung gefunden, und nahm wieder den Füllfederhalter. Dann überlegte er es sich anders. Legte ihn beiseite. Als keine Hand ihn mehr hielt, wirkte der Füllfederhalter verwaist. Es fehlte nur, dass er gefragt hätte, magst du mich nicht mehr. Der Besitzer vom Minimarkt beugte sich über den Verkaufstresen, und sein linker Arm zitterte. Wir haben die Tür zugemacht, und beim Schließen eine kleine Glocke. Wir machten die Tür wieder auf, und wieder das Glöckchen. Beim Aufmachen und beim Zumachen tropfte das Glöckchen einen einzigen Ton. Während wir da waren, ist der mit dem Blechflugzeug wegen des Glöckchens die ganze Zeit raus- und reingegangen. Als wir fertig waren, hat er eine Leiter und einen Hammer geholt, es von da oben abgerissen und mitgenommen. Es war ein Problem, ihn davon zu überzeugen, es uns zu leihen. Der Mann, der da saß und schrieb, schaute den Wachmann lange an. Dann hatte er genug vom Wachmann und schaute mich lange an. Er befahl nicht mit der Haltung, nimm die Hände aus den Taschen. Mit der Stimme. Im Fenster jetzt vier Platanen. Nein. Fünf. Würde man ihnen mit Kalk einen Streifen um den Stamm malen, würde ich glauben, dass da eine Straße ist. Ich habe die Hände nicht aus der Tasche genommen. Der Wachmann fragte, hast du nicht gehört, was der Richter gesagt hat. Der Besitzer vom Minimarkt bat, eine Tablette nehmen zu dürfen. Das Herz, sagte er. Es war wegen des Glöckchens schwierig, ihn zu verstehen. Ich fragte, was haben Sie gesagt. Das Herz, hat er gesagt und ein Bein ausgestreckt, um den Alarmhebel zu erreichen. Man drückt mit der Schuhspitze drauf, und in der Polizeiwache geht eine Glühbirne an. Der Richter verlor das Interesse an mir und bewegte die Lippen, während er den Satz neu zusammensetzte. Der mit dem Blechflugzeug glücklich mit dem Glöckchen, er glücklich mit dem Wort. Jeder ging mir auf seine Weise auf die Nerven. Der Richter erinnerte sich an mich und verschloss das Wort im Inneren des Gesichts. Es ärgert mich, auf den Dingen zu beharren, sagte er. Ich wollte gerade fragen, welche Dinge, aber er meinte meine Hände in der Tasche, denn er fügte hinzu, die Händchen raus und den Körper aufrecht. Ohne Tablette verspannte sich der Besitzer vom Minimarkt. Der Richter auch. So wie das lief, waren da, wenn ich aus dem Fenster gucken würde, inzwischen zehn Platanen, wetten. Der Dicke steckte den Lauf der Pistole in den Bauch vom Besitzer vom Minimarkt und schubste ihn vom Hebel weg. Nichts da, Senhor, sagte er. Er redete alle mit Senhor an und lebte mit einer Weißen zusammen. Meine Schwester lebte auch mit einem Weißen zusammen. In einem richtigen Haus. Nicht im Bairro. Manchmal setzte ich mich auf ihren verglasten Balkon, der voller Pflanzen in Blumentöpfen stand, und meine Schwester leise, was schnüffelst du denn hier herum. In der Kasse vom Minimarkt war fast kein Geld, der Dicke also zum Besitzer, der Rest vom Geld, Senhor. Der Richter nahm das Telefon und sagte, wir haben hier einen ganz Schlauen. Sogar da, wo sie mich hingeschafft haben, höre ich, wenn ich mich anstrenge, noch immer das Glöckchen. Als noch drei weitere Wachleute kamen, kniff sich der Richter beim Nachdenken in die Wange. Die drei Wachleute stellten sich in einer Reihe auf und warteten darauf, dass das Nachdenken aufhörte, was nie der Fall zu sein schien, da die Finger immer weiter in die Wange kniffen. Ich weiß nicht, wie viele Platanen das ausgenutzt haben, um im Fenster mehr oder weniger zu werden. Ob jenseits der Platanen eine Mauer, weiß ich nicht. Oder aber Weizen und Wälder.

Dörfer. Bauern auf Fahrrädern, es hat immer Spaß gemacht, sie mit der Stoßstange des Wagens aus dem Gleichgewicht zu bringen. Hinter einigen trabte ein Hündchen her. Hin und wieder ein Kreuz aus Stein und welke Blümchen in einem Krug. Erinnert an einen Unfall. Oder eine Heilige Jungfrau und Lämpchen in einer Nische. Elsternschwärme über den Tomatenstauden. Sie würden nicht lauter schreien, wenn wir sie erstechen würden. Der Krüppel mit der Krücke hat mir nicht beigebracht, welche zu machen. Tauben ja. Das ist einfach. Man braucht nur Band und Zeitungsseiten, und dann laufen sie schon bald voller beleidigtem Zorn herum. Tage später verschwinden sie in Gruppen. Um eins. Ohne Ankündigung, und plötzlich sind sie wieder da. Rennen aufgeregt hin und her. Tauben. Elstern. Platanen. Hände. Wie kompliziert die Welt ist, und mittendrin sagt eine Alte, Junge. Ich weine nicht. Will heißen, passiert ist das schon mal. Nachts. Dann erinnere ich mich an das Glöckchen, und es geht wieder vorbei. Wenn man mich nicht anfasst, geht es wieder vorbei. Ich habe keine Angst zu sterben. Ich habe keine Angst vor euch. Ich werde ein Geheimnis verraten. Ich hab Angst vor der Dunkelheit. Das war nur ein Witz. Hab ich nicht. Hab ich. Hab ich nicht. Wenn wir sie aus dem Gleichgewicht gebracht hatten, sah ich im Spiegel, wie sie den Hinterreifen zwischen die Beine klemmten und den Lenker gerade rückten. Einige drohten uns mit der Krücke des aufgerollten Regenschirms. Die Hündchen warteten mit heraushängender Zunge auf das Ende der Reparatur. Der Richter veränderte die Stellung der Rahmen. Man merkte, dass er tagelang denken konnte, falls er Bock darauf hatte. Wenn ich Bock darauf hätte zu denken, würde ich so lange rennen, bis ich sehr weit vom Bairro weg bin, wo mich niemand bemerkt. Man findet immer einen Schlafplatz. Ein verlassenes Gebäude. Der Eingang zu einem Stall. Ein Kornspeicher. Ich brauche die anderen nicht. Es kann regnen, so viel es will. Kalt sein. Donnern. Ich spüre, wie die Tiere der Erde an mir schnuppern und mich lassen. Der Richter hatte seine

Gedanken aufgegeben. Helft ihm, die Hände aus den Taschen zu nehmen, sagte er, wobei er auf niemanden zeigte. Während die Wachleute sich um mich kümmerten, guckte ich kurz aus dem Fenster. Keine Mauer. Kein Weizen. Zwei Platanen. Die Wachleute benutzten Gummirohre. Eine Rippe von mir knackte. Die Niere knackte auch, denn ich roch den Urin. Der Richter fing an zu schreiben. Nicht den Satz von vorher. Viele Sätze. Hin und wieder unterbrach er sich, um sich in die Wange zu kneifen. Oder mit dem kleinen Finger eine Unebenheit darauf zu untersuchen. In den Pausen der Untersuchung der Unebenheit betrachtete er den kleinen Finger. Die Wachleute hatten Schwierigkeiten, mich auf den Beinen zu halten, denn meine Knie sackten weg, und ein Teil meiner Wirbelsäule fehlte. Die Raben des Krüppels mit der Krücke hörten nicht auf zu blöken. Ich brauchte lange, bis ich herausfand, dass es nicht die Raben waren. Es waren die Teile, aus denen ich gemacht bin und die versuchten, wieder an ihren Platz zurückzukehren. In einem davon die Stimme meiner Schwester, die, indem sie an meiner Schulter rüttelte, immer wieder sagte, was schnüffelst du hier herum. In einem anderen die Alte, möchtest du noch ein Ei trinken, Junge. Der Besitzer vom Minimarkt holte einen Sack vom Bord mit den ausländischen Flaschen. Ich versuchte, die Hände in die Taschen zu stecken, aber die Rippe oder die Niere hinderten mich daran. Der Richter sagte, bringt ihn wenigstens nicht um. Mit einer Glassplitterstimme, die an mir kratzte. Das Fenster war sehr hoch oben und hinderte mich daran, die Platanen zu sehen. Der Dicke zählte das Geld, indem er aus den Scheinen Häufchen machte, und fing wieder von vorn an. Seine Weiße ist zweimal abgehauen. Das erste Mal haben wir sie im Campingpark zu fassen gekriegt. Das zweite Mal haben wir sie vom Platz weggeholt, auf dem die Männer, die auf die Frauen aufpassten, uns gesagt haben, wir wollten sie euch gerade bringen, Leute. Einer wollte der Weißen eine Ohrfeige verpassen, und der Dicke zog die Pistole aus der Jacke. Dieser eine sagte, das ist, damit sie lernt, Respekt vor dir zu haben, Kumpel. Der Dicke sagte gar nichts, aber die Pistole brauchte lange, bis sie wieder zurück in der Jacke war. Einer der Männer, die auf die Frauen aufpassten, sagte zu dem einen, verpiss dich. Der andere verpisste sich. Da steckte der Dicke die Pistole in die Jacke, und wir sind gegangen. Der mit dem Blechflugzeug ist noch mit dem Gewehr mit den abgesägten Läufen von einem Mann zum anderen gegangen, aber ich hab zu ihm gesagt, wir kommen am Monatsanfang wieder und kassieren die Miete. Der Mann, der verpiss dich gesagt hatte, sagte, das bringt doch nichts, Amigo, es gibt keine echten Kerle mehr. Das Gewehr mit den abgesägten Läufen zielte auf ihn. Der erste Lauf über dem zweiten. Nicht zwei Läufe nebeneinander. Der Mann, der verpiss dich gesagt hatte, sagte, wir zahlen trotzdem, und streckte die Hand zu mir aus. Es gibt viele Hände auf der Welt. Ich habe sie nicht gedrückt. Würde ich sie zählen, wäre ich in einem Jahr noch dabei. In einer Ecke des Platzes eine Kirche, in die Leute zur Messe gingen. In der Almosenbüchse für die Seelen im Fegefeuer findet man sogar Schecks. Die Seelen im Fegefeuer passten in den Kofferraum, wenn man die Weiße zur Seite schob. Der Richter stand auf und ging um den Tisch herum. Meinem Körper geht es scheint's besser, denn jetzt sind es schon drei Platanen. Wenn ich eine Stunde warte, sind es mindestens ein Dutzend. Der kleine Finger, der weiter die Unebenheit untersuchte, sagte, du bist doch dreizehn, nicht wahr. Es fehlte wenig, und er hätte einen Nagel in ein Ei geschlagen und es mir zum Trinken gegeben. Mein Alter machte ihn nachdenklich. Nachdenken war seine Spezialität. Dreizehn Jahre, Herrschaften, sagte der kleine Finger, wo wird das enden. An der Form seines Mundes konnte man sehen, wie er dachte, dass das enden würde. Von der Frage des Richters aufgerüttelt, dachten auch die Wachleute darüber nach, wo das enden würde. Sie schauten zur Decke. Sie guckten sich gegenseitig an, überlegten, bis zu welchem Punkt die entsprechenden Gedanken gelangt waren, wobei sie in der Hoffnung auf eine Beförderung versuchten, schneller zu denken. Ohne es zu wollen, dachte ich auch darüber nach, wo das enden würde. Der Richter unterbrach seinen Gedankengang, um zu sagen, das ist das große Problem, wo wird das enden. Allesamt, mich eingeschlossen, dachten angestrengt nach. In meinem Fall so angestrengt, dass ich vergaß, weit wegzulaufen, dorthin, wo die Tiere der Erde mich beschnüffelt und gelassen hatten. Mir fehlte immer noch ein Stück Wirbelsäule, und die Rippe oder die Niere oder beide zusammen hatten ihre Position gewechselt, um noch mehr wehzutun. Der Richter ging bis zum Ende seines Gedankens, wo die Ideen in einem Gemenge aus alten Erinnerungen aufhören, die mit der Zeit ihren Nutzen verloren haben. Er kehrte zum Tisch zurück, um zu schreiben, nahm aber den Füllfederhalter nicht. Die Tatsache, dass er nicht wusste, wie das enden würde, brachte ihn durcheinander. Ein letzter Versuch versetzte ihn fünfzig Jahre zurück in die Schule, wo er die Aufgabe von den zwei Zügen nicht lösen kann, die von fünfzig Kilometer weit voneinander entfernten Bahnhöfen abfahren. Der erste dreimal so schnell wie der zweite, und bei welchem Kilometer treffen sie sich. Wobei Kilometer null der Abfahrtspunkt des ersten Zuges ist und Kilometer fünfzig der Abfahrtspunkt des zweiten. Der Lehrer, der Doktor Bentes hieß, wartete mit spöttischem Schweigen auf die Antwort. Von der Aufgabe besiegt, flüchtete sich der Richter schließlich zu seinem Füllfederhalter. Sagte, nehmt den Jungen mit zur Krankenstation, während Doktor Bentes vor versammelter Klasse erklärte, du wirst es im Leben zu nichts bringen. Eigenartig, dass fünfzig Kilometer voneinander entfernte Züge jemanden zerstören können. Nachdem er den Richter zu Staub gemacht hatte, triumphierte Doktor Bentes. Er würde bis zum Tod des Richters weiter triumphieren. Da stand er in seinem Kittel und löste die Aufgabe mit zwei Federstrichen an der Tafel. Als ich an der Tür ankam, schrieb der Richter wie verrückt, ließ die Unebenheit auf der Haut in Ruhe, hatte aber Doktor Bentes am Bein. Er spähte zum Foto seiner

Frau, ob womöglich ein winziger Teil von Doktor Bentes in ihr fortlebte. Wir haben nicht nur das Schlüsselbein vom Besitzer vom Minimarkt gebrochen, sondern auch die Korken aus den ausländischen Flaschen gezogen. Alle waagerecht. Likör floss raus. Der Wachmann machte in dem Augenblick die Tür des Richters zu, als Doktor Bentes die Einfachheit der Aufgabe demonstrierte und demzufolge die unermessliche Dummheit von ihm, dem Richter, indem er riesige Zahlen malte, um die Offensichtlichkeit von dessen Unfähigkeit zu unterstreichen. Langsam und endgültig quietschte jede Null auf dem Schiefer. Bringt den Jungen auf die Krankenstation, während ich mir in der Hoffnung die Ohren zuhalte, dass Doktor Bentes mich loslässt. Und wenn in euch auch nur ein Rest von Menschlichkeit übrig geblieben ist und ein winziger Lichtstrahl von Liebe, dann habt Mitleid mit mir.

Sieben Monate war ich im Institut. Nach einer Woche steckte ich die Hände in die Taschen. Die Rippe und die Niere verschwanden. Ich bin nur Körper, wenn ich krank bin. Der Besitzer vom Minimarkt hielt sein Schlüsselbein. Da sieht man, was ich gerade gesagt habe. Obwohl er alt war, hatte er zum ersten Mal ein Schlüsselbein. Hätten wir es ihm nicht gebrochen, hätte er kein Schlüsselbein. Ein Herz ja. Seit ein paar Wochen. Seit dem Nachmittag, an dem der Arzt gesagt hat, verabschieden Sie sich von Ihren Herzkranzgefäßen. Er bat uns, eine Tablette aus einem Döschen zu holen und sie ihm unter die Zunge zu legen. Das Döschen war aus Silber und hatte ein Relief mit Tausendschönchen. Auf dem Deckel. Einer der Zwillinge wollte sie ihm geben. Er fummelte am Döschen herum, bis er das Prägezeichen für Silber fand. Nicht eines, zwei. Echtes Silber. Gutes. Der uns abkauft, was wir mitnehmen, mag das. Besteck usw. Teekannen Zuckerdosen. Der Zwilling steckte es mit der Tablette drin in die Tasche. Der Besitzer vom Minimarkt schloss die Augen. Der linke Arm hörte nicht auf, mit einem Leben zu zittern, das aufgeregter war als der Rest, und wir schauten dem Arm zu.

Fast acht auf der Uhr und der Eindruck, dass rings um mich herum endlose Nacht war, in der ich mich verlief. Manchmal geht es mir so. Ich möchte rufen und kann nicht. Möchte weglaufen, und keiner hört mich. Manchmal fragt man sich, werde ich mich für immer verlaufen. Da werfen uns aus einem verlassenen weiten Raum nur noch Steine das Echo der Lunge zurück. Wenn wenigstens eine Alte Junge sagen würde. Ich wäre schon zufrieden, wenn ein Schuh und ein paar Knochen Junge sagen würden, während ich mit den Fingernägeln in der Erde grabe, um ihr näher zu sein. Zumindest hoffe ich, ihr näher zu kommen, und möglicherweise ist da ja noch der andere Schuh. Noch mehr Knochen. Ich würde es auch akzeptieren, wenn der andere Schuh und noch mehr Knochen mich in den Arm nehmen würden. Ein Atmen an meinem Ohr. Finger. Wechseln wir besser das Thema. Ich werde das Thema wechseln. Der Arm vom Besitzer vom Minimarkt bewegte sich nicht mehr. Er zitterte, allerdings nur leicht. Er seufzte irgendwas. Seufzte Mutter. So alt und seufzte Mutter. Ich verstehe die Leute nicht. Da hat einer seit Ewigkeiten keine Mutter mehr und verbraucht Spucke für sie. Ich sage nie Mutter. Ich brauche keine Mutter. Wenn ich gesagt habe, die Alte könnte mindestens Junge sagen, war das nur so dahingesagt. Würde man mich in den Arm nehmen wollen, würde ich mich weigern. Mich nicht weigern. Ich würde mich weigern, hab ich gesagt, ist doch klar. Dreht mir nicht das Wort im Mund um. Das Kinn vom Besitzer vom Minimarkt verbeulte sich auf dem Verkaufstresen. Er hatte wieder kein Schüsselbein. Auch keinen Körper. Oder, besser gesagt, er hatte einen Körper, der ihm nicht gehörte. Er hatte nur noch seinen Körper, der niemandem gehörte und zu Boden glitt. Der andere Zwilling brachte Zigaretten und Konserven. Als wir auf der Straße ankamen, vergrößerten erleuchtete Fenster die Nacht, in der, wenn ich rufen würde, niemand mich hören würde. Alle Steine haben aufgehört ein Echo zu haben. Hin und wieder gehe ich dahin, wo sie wohnt, und spähe zum verglasten Balkon meiner Schwester rauf. Gehe nicht rein. Die Welt dreht sich viele Male, sagte sie. Ich weiß nicht, was sie damit meint, aber ist auch gut. Die Welt dreht sich viele Male. Also kann sein, dass ich irgendwann anstatt Mutter Schwester sage.

Ich war sieben Monate im Institut. Sie steckten mich in die Tischlerwerkstatt und in die Schule. Der Lehrer in der Schule sagte, seid so gut und schreibt. Aufgabe. Doppelpunkt. Neue Zeile. Man stelle sich zwei Vögel vor, die fünfzig Kilometer voneinander entfernt sind. Egal was für Vögel. Nehmen wir also zwei Vögel an, egal welche, die fünfzig Kilometer voneinander entfernt sind. Der erste in der Stadt A. Der zweite in der Stadt B. Bitte schreibt in der Stadt B. Stadt A wie Adler. Stadt B wie Brust. Machen wir weiter. Machen wir weiter wird nicht geschrieben. Der Vogel in der Stadt A wie Adler fliegt dreimal so schnell wie der Vogel B wie Brust. An welchem Kilometer. Ich wiederhole. An welchem Kilometer, von der Stadt aus gesehen, treffen sie sich. Begründe die Antwort. Zehn Minuten auf der Uhr von diesem kleinen Strich an. Er zeigte seine Armbanduhr. Jeder Blödmann konnte sehen, dass die Uhr Mist war. Auch der Zwilling mit dem Silberdöschen, der immer gierig war. Ein Blick genügte. Wenn wir Lärm machten, lehnte sich der Lehrer, anstatt sich aufzuregen, an die Tafel, ich brauche den Job, ich habe Familie. Die Uhr Mist und der Anzug auch Mist. Ich weiß immer noch nicht, an welchem Kilometer, von der Stadt A wie Adler aus gesehen, die Vögel sich treffen. Wie Adler wird nicht mitgeschrieben. Das soll nur klarmachen, wie das A von Stadt A geschrieben wird. Statt Adler könnte es auch António heißen. Jeder kennt einen António. Die andere Stadt, B wie Brust, könnte auch H wie Herz in der Brust oder S wie Seele heißen. Schließlich weiß jeder, was die Seele ist. Kommt im Katechismus vor. Ist der Teil von uns, der nicht stirbt, und Gott wird sie eines schönen Tages richten. Wenn der Lehrer redete, verschwand die Uhr, seinen Gesten entsprechend, in der Manschette des Hemdes und kam daraus wieder hervor. Bei einer der Manschetten fehlte der Knopf. Würde ich ihn draußen zu fassen bekommen, würde ich ihn in Frieden lassen. Bei ihm würde ich nichts finden, was irgendwie interessant sein könnte. Ich könnte ihn allenfalls benutzen, um das Gewehr zu trainieren. Ich frage mich, ob ich ihm damit nicht einen Gefallen tun würde. In der Tischlerwerkstatt stellten sie mich an die Drehbank. Weit weg von den Hobeln und den Sägen. Der Meister sagte, um dich nicht in Versuchung zu führen, schließlich ist dein Register ellenlang. Wenn er sich mir näherte, trug er den Stechbeitel in Angriffshaltung. Vogelscheuche, drohte er langsam und ließ das Wort auf der Zunge zergehen. Vogelscheuche. Ich hielt den Motor der Drehbank an, und wir guckten uns an. Er gab vor mir auf und ging weg. Meine Schwester sagt, ich mache den Leuten Angst. Wenn der Lehrer hier wäre, würde er hinzufügen, dass Gott eines schönen Tages unsere sündigen Seelen richten wird. Eines schönen Tages. Wieso an einem schönen Tag. Soll er doch richten, wie er Lust hat. Ich habe vor Gott keine Angst. Bis heute hat er mich nicht weiter genervt. Wenn er das mal tun sollte, werden wir ja sehen, wer gewinnt. Ich habe das zum Kaplan des Instituts gesagt, und der hat mich sechs Vaterunser beten lassen. Ich habe auf der Bank in der Kapelle gesessen und mir ausgerechnet, wie lange sechs Vaterunser dauern würden, während er mich aus dem offenen Beichtstuhl beobachtete und nebenbei einen Kollegen von mir, der vor ihm kniete, fragte, und abends, wie oft berührst du dich? Als ich fand, dass die Zeit für ein Dutzend Vaterunser gereicht hätte, stand ich auf und ging weg. Als ich am Beichtstuhl vorbeikam, fragte der Kaplan nach Einzelheiten zu den Berührungen des Kollegen. Rede lauter, Junge, ich kann dich nicht hören. Das sieben Monate lang, Herrschaften. Der Direktor des Instituts hieß Major Paiva. Ich nehme an, der gehört zur selben Familie wie der Richter, denn wenn er mich zu sich bestellte, war sein erster Satz immer, nimm die Hände aus den Taschen. Nach dem nimm die Hände aus den

Taschen fügte er noch hinzu, wenn ich mit dir rede. Nimm die Hände aus den Taschen, wenn ich mit dir rede. Und alle zwei Wochen redete er mit mir. Er sagte, wenn du weiter rumstreunst, rasiere ich dir das Haar mit Fußtritten, und zeigte mir den Blechwinkel unter der militärischen Schuhspitze. B wie Blech. Fügte hinzu, glaub ja nicht, ich weiß nicht, dass du Mist baust. Wenn er in die Tischlerwerkstatt kam oder in die Schule, brüllten der Meister und der Lehrer, stillgestanden und zwar schnell. Der Lehrer brüllte, stillgestanden und zwar schnell, aber sein stillgestanden und zwar schnell bedeutete, ich brauche diesen Job, ich habe Familie. Major Paiva setzte sich an ein Pult ganz hinten. Bat um ein Stück Papier. Sagte, eine halbe Stunde lang werde ich auch Schüler sein. Er ragte überall aus dem Pult heraus. Hintern. Rücken. Schenkel. Sein Kopf drei Handbreit höher als unsere. Der Lehrer gab ihm ein Stück Papier. Major Paiva warnte mit einem von einem Lachen begleiteten Ellenbogenstoß, ich hoffe, ich muss Ihnen das Haar nicht mit Fußtritten schneiden, und die billige Uhr des Lehrers war plötzlich noch billiger. Der Anzug noch abgewetzter. Das Haar, das Gefahr lief, mit Fußtritten geschnitten zu werden, schütterer, als ich gedacht hatte. Ich schämte mich für den an der Manschette fehlenden Knopf. Wieso weiß ich nicht. Wenn die Alte Junge zu ihm sagen würde, könne ihm das helfen? Würde er neben mir kniend mit einer Hacke, mit den Händen, mit den Fingernägeln in der Erde nach einem Schuh und ein paar Knochen wühlen? Würde der Krüppel mit der Krücke ihm einen Raben schenken, der nur für ihn ständig blöken würde? Der Direktor, in dessen Hand der Bleistift verschwunden war, sagte, was ist nun mit der Aufgabe, kommt das Ergebnis nun mal oder nicht, der Lehrer ohne Knopf an der Manschette. Ich hatte keine Gelegenheit, die Hemdknöpfe zu überprüfen. An der Jacke fehlte, glaube ich, ein Knopf. Nun ja. Der Lehrer ohne Knopf an der Manschette ging zur Tafel wie zum Schafott. Hätte ich die Pillen aus dem Minimarkt bei mir, würde ich ihm eine geben. Es gab keine Platanen.

Es gab ein Stück Himmel, der zu weit weg war und in dem Gott, möchte ich wetten, sich nicht um die sündigen Seelen scherte. Nicht zu weit weg. Hohl. In dem sich die Wolken träge und waagerecht wie Schiffe bewegten. Ich habe nie ein genervtes Schiff gesehen. Mir kommen sie immer so vor, als wären sie müde. Gleichzeitig schwer und leicht. Für was halten sie sich? Der Lehrer auf dem Podium angstvoll gelähmt. Seine Nasenflügel bebten. Major Paiva bewegte sich am Pult unter einem Unwetter von Scharnieren, die kurz vor der Explosion standen. Der Lehrer schloss die Augen so fest, dass ich mir sicher war, er würde sie nie wieder aufmachen. Sagte mit dünner Stimme Aufgabe. Doppelpunkt. Nächste Zeile. Nehmen wir an, zwei Wagen sind fünfzig Kilometer voneinander entfernt. Der erste Wagen an einer Ecke, die wir mit A wie Adler bezeichnen, und ein zweiter Wagen an der anderen Ecke, die wir mit B wie Blech bezeichnen. Adler und Blech nicht schreiben. Die sollen nur sicherstellen, dass ihr A und B nicht mit anderen Buchstaben verwechselt. Die sind nicht einfach zu verwechseln, sagte er. Offener Vokal, sagte er. Vollkommen offen. A. A. Schaut genau hin, wie ich es mache. A. Versucht es auch. Das Fehlen des Knopfes kam mir plötzlich wie eine grausame Ungerechtigkeit vor. Die Manschette zeigte ein mageres Handgelenkchen, an dem die Uhr versuchte, was sie konnte, aber sie konnte nicht viel. Mich überraschte, dass sie überhaupt die Stunden zeigte. Trotz der Uhr sagte der Lehrer, aber einige von euch könnten B und P oder D und T verwechseln, obwohl B und P labiale Konsonanten und D und T dentale Konsonanten sind. B. P. D. T. Sagt B. Noch mal B. Ein typischer labialer Konsonant. Dann T, beispielsweise. Sagt T. T. Zunge und Zähne. Zähne und Zunge. Lingual-dental, obwohl ich die Formulierung dental-lingual vorziehe. Alle mit mir zusammen. Tutti. Tutti, zwar italienisch, aber ein großartiges Wort. T. Die Zunge gegen die oberen Schneidezähne. Die unteren sind für die Formung von Vokalen weniger wichtig. Sieben Monate ging das so, wenn ich nicht gerade an der Drehbank stand oder beim Kaplan war. Der mit meiner sündigen Seele nicht zurechtkam. Im Geiste der Hilfsbereitschaft, gewappnet mit rettenden Vaterunsern. Nach dem Abendessen ging ein Aufseher durch die Schlafsäle und tastete Kopfkissen und Matratzen nach Klingen ab. Kuhfüßen. Messerchen. Manchmal rief er einen der Kleineren in ein Kabuff nebenan. Komm her, Spätzchen. Er kam, seine Kleider richtend, mit einem Spätzchen unter dem Arm wieder zurück. Er schenkte ihnen Schlüsselanhänger aus Plastik. Ein Stück Wurst. Zigaretten. Sie mit blindem, schwimmendem Blick. Rote Augen. Verweint. Macht V. V. Sagt V. Verweint. Vorsicht. Labiodental. Nach dem Mittagessen Freizeit auf dem Schulhof. Klettert man auf das Dach der Wäscherei, ist die Mauer gleich nebenan. Man lugte durch eine kaputte Fensterscheibe und zylindrische, staubbedeckte Maschinen. Daneben Eimer. Aus Blech. B. Eine getigerte Katze leckte blinde Junge. Eine der Köchinnen, die rotblonde, stellte eine Dose mit Resten an die Tür und flüsterte bsch bsch bsch und rieb dabei den Zeigefinger am Daumen. Ich kann mir nicht erklären, warum die Katzen von einem Zeigefinger, der gegen den Daumen reibt, angelockt werden. An einem Sonnabend habe ich mich fast an sie gelehnt, damit sie Junge zu mir sagte, und die Köchin, in der Hocke, bsch bsch. Ohne mich zu sehen und ihre Finger in Aktion. Sie bemerkte erst, dass ich da war, als mein Schatten ihrem Kopf einen weiteren hinzufügte. Sie schaute sich die beiden Köpfe an. Verwirrt. Prüfte den, der ihr gehörte, mit beiden Händen nach. Die Hände kehrten zurück. Der Kopf der Köchin größer. Um ganz sicherzugehen, prüfte sie den daneben nach und fand ihn nicht auf ihren Schultern. Drehte sich vorsichtig um, zögerte, wie viele Köpfe habe ich. Ängstlich. Verwirrt. Traf auf meine Knie. Auf meinen Bauch. Auf mich. Sagte nicht Junge. Sagte, zieh Leine, Neger. Dann richtete sie sich auf und wurde so groß wie Major Paiva. Größer als Paiva. Für sie reichten nicht einmal mehrere Pulte für die Aufgabe mit den Vögeln, die sich in einem

Abstand von fünfzig Kilometern zueinander befanden. Vögel. V. Labio-dental, kein Zweifel. Die Pantoffeln, die gegen die Fersen schlugen, während sie sich entfernte, zieh Leine, Neger. Ich dachte, es ist der vergrabene Schuh. Das sind die Knochen. Dann vergaß ich den vergrabenen Schuh und die Knochen, denn ich stellte fest, dass ich mit einer Leiter im Nu auf dem Dach der Wäscherei war und vom Dach auf der Mauer. Ich dachte an den Bairro. An die Buchen. An die Grimmigkeit der Hühner, die Hass fermentieren, auch wenn man nicht glaubt, dass Hühner Hass fermentieren können. Ich weiß, dass sie das können. An die Autos auf der Autobahn, die uns an einer Tankstelle erwarteten. An die Leute, die Angst vor mir haben und vor denen ich keine Angst habe. Man soll die Dinge schnell erledigen, um sie gut zu erledigen. Um sie gut zu machen. M. Bilabial. Ich habe in der Abstellkammer der Werkstatt eine Leiter gefunden, der Sprossen fehlten. Habe sie heilgemacht, wo die Feuchtigkeit an den Verbindungsstellen das Holz hatte faulen lassen. Wie viele Tauben der Krüppel mit der Krücke in sieben Monaten wohl fabriziert hat. Ich stellte mir vor, wie sie gegen die Buchen flogen. Herunterfielen. Wie sie wieder dagegenflogen, nachdem der Krüppel sie neu eingestellt hatte. Schließlich erhoben sie sich bis zum Wipfel der Bäume und flogen gegen den Wind davon. Ich bin sicher, dass viele auf dem Weg verloren gingen, vor allem, wenn der Regen ihre Flügel auflöste. Der Krüppel mit der Krücke schlief auf der verlassenen Bahnstation. Ich glaube, er dachte, eines Tages nehme ich den Zug zurück nach Guinea. Ich riss die Spitze dessen, was von der Fensterscheibe der Wäscherei übrig war, ab und versteckte sie. Nicht in der Matratze. Nicht im Kopfkissen. In einer Spalte des Fußbodens. F. Labiodental. Ich erinnerte mich an die wilden Feigenbäume, wie sie im Winter die Kälte ertrugen. An das, was von einem Landhaus übrig war, wo ich schlief. An das summende Blechflugzeug. Ich erinnerte mich beinahe an meine Mutter. Das ist mir ganz ohne meine Genehmigung herausgerutscht und stimmt nicht. Ich erinnere mich nie an meine Mutter. Sie war Mulattin. Mager. Hatte ein Brandmal auf der rechten Wange. Ihr fehlte ein Vorderzahn. Meistens trug sie einen gelben Rock. Einmal habe ich sie dabei erwischt, wie sie sang. Kaum hatte sie mich gesehen, da verstummte sie. Ich erinnere mich auch nicht an meine Schwester. Auch nicht an den verglasten Balkon mit den Blumentöpfen. Nelken Tulpen Narzissen. Ich erinnere mich nicht an die Blumentöpfe. Einer der Blumentöpfe aus weißem Porzellan mit aufgemalten Pferden. Ein Gummibaum, von Bindfaden gestützt. Also erinnere ich mich an gar nichts. Es bringt nichts, weiter zu fragen. Vielleicht an die zwei Züge. Zwei Vögel. Zwei Autos. Fünfzig Kilometer voneinander entfernt. Die sich aufeinander zubewegen, bis sie sich treffen. Nachdem sie aufeinandergetroffen sind, entfernen sie sich und treffen sich nie wieder. Wie im Leben. Diese Zeile der Aufgabe erwähnte der Lehrer nie. Wer sagt mir, dass Major Paiva sich nicht darauf konzentriert. Meine Mutter ist gestorben. Wie der Lehrer sagte. Punkt. Absatz. Neue Zeile. Doppelpunkt. Neue Zeile und, zusammengefasst, am siebzehnten März rief der Aufseher einen der Kleinsten. Es ist klar, dass ich nie an meine Mutter denke. Kein Wort mehr. Am siebzehnten März, als wir ins Bett gingen, rief der Aufseher einen der Kleinsten in das Kabuff nebenan. Komm her, Spätzchen. Im Kabuff nebenan eine Dusche, die vertrocknet ist, und dennoch ein trüber Tropfen. Er brauchte Ewigkeiten, bis er fiel und sich in einem der kleinen Löcher unendlich träge ausbreitete. Wenn ich mir die Dummheit erlauben würde, zu weinen, wäre das so. Ein einziger Tropfen, der meist nicht fiel. Dort blieb. Ewig. Wer mir nahe kommt. Ich erlaube nicht, dass man mir nahe kommt. Wer mir nahe kommt, würde es bemerken. Bis heute hat niemand es bemerkt. Niemand wird es bemerken. Es lohnt sich nicht, es zu überspielen. Als er mit dem Spätzchen unter dem Arm zurückkam, hatte der Aufseher die Spitze der Fensterscheibe unter der Gurgel. Nicht fest eingedrückt. Genug, damit er wusste, wer das Sagen hatte. Da stand er mit aufgerissenen Augen. Steif. Begriff allmählich, während ihm die Hose vom Hintern rutschte, und das Spätzchen begriff ganz allmählich auch. Möglicherweise irre ich mich. Es fällt mir plötzlich ein. Vielleicht irre ich mich, aber der Lehrer sprach von palatalen Vokalen. Was hilft's, ich muss demnächst mal herausfinden, warum über palatale Vokale gesprochen wurde, und sonst diese Rede ändern. Wenn ich Zeit habe. Falls ich Zeit habe. Ich werde keine Zeit haben. Ändert ihr das, die ihr hierbleibt. Wenn ich nicht einmal mehr der Tropfen an einer Dusche bin. Während der Aufseher und das Spätzchen die Leiter aus der Abstellkammer holten und sie an die Wand der Wäscherei stellten, habe ich die Spitze der Fensterscheibe noch ein bisschen mehr in die. Palatale, so ein Mist. In die Gurgel gedrückt, um seine Bereitschaft, mir zu helfen, etwas zu erhöhen. Die Katze war nicht zu sehen. Auch nicht ihre Jungen. Wahrscheinlich schliefen sie hinter einem der Zylinder. Oder aber die Katze beobachtete mich. Bleiche Augen, die mir leidenschaftslos ohne Zorn folgen. Nur aufmerksam. Abwartend. Wie wir bei den Tankstellen in den Wagen. Ich konnte die Katze nicht erkennen. Ich erkannte ein leichtes Schimmern im Dunkeln. Von den Zylindern oder von einem Messinghahn. Oder von einem Spinnennetz, dessen Fäden glitzerten. In dem Landhaus, in dem ich schlief, glitzerten die Fäden die ganze Nacht. Zogen sich zusammen, wurden länger. Manchmal mit einer zweiten Spinne, die darin gefangen war. Mit eingezogenen Beinen. Ohne Kopf, und dennoch bewegte sie sich. Genau das, was ich mit der Weißen vom Dicken hätte machen sollen, die uns an die Polizei verraten hat. Oder mit meiner Schwester. Oder mit der ganzen Welt. Und dann allein bei den Buchen sitzen. Auf dem Boden. Mit meinem geheimen Tropfen, den niemand kennt und der auf der Wange stehen geblieben ist. Im Dunkeln wirkte der Schulhof groß. Wie der Bairro, der auch groß wirkte. Oder der Campingplatz. Oder Amadora. Und in Wirklichkeit eng. Voller leerer Schatten und Schreie, gegen die wir stießen und den Ausgang nicht fanden. Wenn ich könnte, würde ich ununterbrochen schreien und meine geheime Träne würde auf der Wange wachsen. Bis. Wie soll ich das sagen. Wenn die Polizei es erlauben würde und die wilden Feigen sich nicht in Menschen verwandeln würden, die schießen, bis ich meinen Namen vergesse. Der Aufseher hielt seine Gurgel, war zu seinen Knien gebeugt und hielt jedes mit einer Hand, hatte aber gleichzeitig beide Hände am Hals. Glauben Sie das, wenn Sie wollen. Er hat mich nicht die Stufen hinaufsteigen sehen. Aufgabe. Neue Zeile. Ein dreizehnjähriger Mischling steht am Fuß einer fünf Meter hohen Leiter. Der Einfachheit halber nennen wir den Fuß der Leiter A wie Adler und das Ende derselben B wie Blech. Adler und Blech nicht schreiben. Die sollen nur sicherstellen, dass ihr A und B nicht mit anderen Buchstaben verwechselt. Natürlich nicht das A. Voller Vokal. Einfach. Ganz offen, aber das B, verräterisch. Man könnte es als D oder P oder Q oder T verstehen. Vorsicht mit dem B. Weiter im Text. Und wir wissen, dass der dreizehnjährige Mischling für sein Alter unterentwickelt ist. Unterernährt. Spillerig. Alles Synonyme, aber das ist mir egal. Er ist imstande, sich, weil ihm die Mutter fehlt, an einen Schuh oder an anonyme Knochen zu wenden, und glaubt dabei, sich an die Alte zu wenden. Und wir wissen, dass der Mischling dreizehn ist und die Hände in den Taschen hat. Sich weigert, die Hände aus den Taschen zu nehmen, egal, wer ihm befiehlt, Händchen da raus. Raben. Buchen. Tauben. Könnte ich zurück, würde ich den Krüppel mit der Krücke bitten, mir beizubringen, wie man sie fabriziert. Fangen wir wieder von vorn an. Und wir wissen, dass der dreizehnjährige Mischling wie der Blitz, in weniger als einer Minute, die Leiter hinaufsteigt. Genau gesagt in einundzwanzig Sekunden. Die Manschette ohne Knopf und die Armeleuteuhr rezitieren das mit ihren schüchternen Gesten. Dabei stelle ich mir vor, wie Major Paiva sich strenge Notizen macht, die über das Pult quellen. Dabei stelle ich mir die Tischlerwerkstatt vor und wie ich glätte. Schmirgle. Und als ich mir sieben Monate dort vorstellte, bin ich die Leiter in höchstens zwölf Sekunden hinaufgeklettert. Auf der anderen Seite eine Brache. Verstreute Gebäude. Der Bairro ist wer weiß wo. Die anderen warten auf mich im Lager, während auf dieser Seite der Aufseher. Zunächst einen Schritt probieren. Dann auf dem Boden sitzen. Dann den Kopf an die Dose mit den Resten lehnen. Das Haar mit den Kartoffeln und dem Reis vermischen, wobei ein Bein. Das einzige Bein. Das Bein, das noch da war, normal. Während eines der Beine sich meilenweit langstreckte. Ehrenwort. Meilenweit und am Ende eine Socke, bis ein Busch mich daran hinderte, es zu sehen. Meine Mutter, an die ich nicht denke, ein gelber Rock. Ich weiß nicht, wieso dieser Rock jetzt auftaucht. Ich ging an der Mauer entlang, zertrat Unkraut. Gedulden Sie sich, es dauert nicht mehr lange. Ich gehe ganz ruhig vor. Nach der Reihe. Das hier anschauen, so wie es passiert ist. Die Zicklein, die durch die Gassen schlittern, in Frieden lassen. Die Raben, die sich in der Luft auflösen, in Frieden lassen. Allenfalls ein Durcheinander von Flügeln im Gedächtnis behalten. Oder einen blinden Sturz. Allenfalls ein Ödland behalten. Ich ging dicht an der Mauer entlang und hörte Hunde. Insekten. Autos auf einer Straße. Man erriet die Scheinwerfer daran, dass die Büsche unvermittelt phosphoreszierten und dann nach den Büschen keine Büsche mehr. Die Büsche bewegten sich im Licht und beruhigten sich, bevor sie aufhörten zu existieren. Wie in der Nähe von Bahnhöfen Gebäude uns sogar morgens schwarz gewordene Hinterteile hinstrecken. Wir glauben, dass Leute da drin sind, weil an ein oder zwei Fenstern Wäsche an der Leine hängt. Genau solche, wie ich sie kenne. Verschossen. Rechtecke aus Pappe oder Aluminium anstelle von Fenstern. Ein Fahrrad auf einer Treppe. Ein Lieferwagen ohne Räder. Wir glauben, da sind Leute, aber versteckt. Tot hinter Aluminium und Pappe. Starren sie einen an. Von dem Augenblick an, in dem sie einen anstarren, war mir klar, dass wir genauso tot waren wie sie. Die Häuser in einem Teil Lissabons weit weg vom Bairro. Marvila, glaube ich. Palmen, die die ganze Zeit lang knackten. Ein Schornstein. Schreibt bitte. Mit großem Anfangsbuchstaben. Diktat. Diktat mit D. Nicht T wie Teufel, nicht G wie Gott. Gott ist der allmächtige Schöpfer des Himmels und der Erde. Das sollt ihr nicht schreiben, sondern in euren Kopf bekommen. Schreibt nur Diktat. Mit großem Anfangsbuchstaben. Ich hoffe, ihr hattet Zeit. Neue Zeile. Auch mit großem Anfangsbuchstaben und einen Finger breit vom Rand. Finger. F. Wieder ein F. Labio-dental. Der dreizehnjährige Mischling Komma der für sein Alter zu mager ist. Unterernährt Komma. Spillerig Komma. Was für eine Prosa. Was für eine Prosa, das war ich, gehört nicht zum Diktat. Er wendet sich tatsächlich Komma weil ihm die Mutter fehlt Komma an einen Schuh und anonyme Knochen Komma. Schuhe und Knochen Komma von denen er annahm Komma dass sie. Pardon. Kein Komma. Streicht das Komma wieder aus, obwohl ich Ausgestrichenes im Heft nicht mag. Ach was, doch Komma. Ich fange noch einmal an. Achtung. Von denen er annahm Komma dass sie. Das hatten wir schon. Einer Alten gehört hatten Komma die Junge zu ihm gesagt hat. Komma. Für die, die nicht mitkommen, ich wiederhole das nicht wieder. Der Mischling und so bis der Junge suchte umsonst. Umsonst zusammen. Umsonst bedeutet erfolglos. Zwischen den Containern und auf dem Boden nach einem Rest Draht oder einem Stück Plastik Komma um die Tür eines der dort abgestellten Autos aufzubekommen Komma um dort die Kabel kurzzuschließen Punkt. Der Motor ging an Punkt. Kein Absatz. Nur ein Punkt. Er kannte diese Häuserblöcke weit weg vom Bairro Komma in dem er wohnte Komma nicht gut Punkt. Der lag am anderen Ende der Stadt Punkt. Immer, wenn ich Punkt ohne Absatz sage, schreibt ihr natürlich nicht auf einer neuen Zeile weiter. Also weiter. In den Häuserblöcken unsichtbare Palmen Komma die im Wind schlugen. Punkt. Links ein Brunnen an einer Art Platz Punkt. Der Mischling versetzte Komma die Hände in den Taschen Komma dem Kotflügel einen enttäuschen Fußtritt. Punkt. Er machte sich in Richtung Norden der Stadt auf Komma. Von diesem tierischen Instinkt geleitet Komma den Afrikaner meist haben Punkt. Auf dem Weg versuchte er das eine oder andere Fahrzeug aufzubrechen Komma die sich aber seinen Intentionen widersetzten Punkt. Intentionen. Wie soll ich das erklären. Seiner Absicht. Seinem Vorhaben. Seinem Wunsch. Oder, besser gesagt, er wollte die Wagentüren aufbrechen und schaffte es nicht, weil er das adäquate Material nicht hatte. Den besagten Draht. Das besagte Plastik. Adäquat werde ich nicht erklären. Wer es weiß, weiß es, und die anderen können am kleinen Finger lutschen. Weiter. Und bei diesem Satz angekommen, gestehe ich, dass er mir irgendwo leidtut, denn der Weg zu Fuß von Chelas oder Marvila nach Amadora ist ein ganz schönes Stück. Aber er ist dreizehn, verdammt. Und hat niegelnagelneue Muskeln. Ein gesundes Herz. Herrliches Alter. Die natürliche Widerstandskraft der Jugend. Und der Magen, den die haben, die schlucken sogar Schrauben. Die Galle, die die haben, die vertragen tonnenweise Eier. Mein Mitleid nimmt ab. Hätte er die Probleme durchgemacht, die ich hinter mir habe, ginge es noch. Die Geräusche der Mitralklappe. Die Schwindelanfälle. Diese Sache an der Lunge, die der Arzt nicht in den Griff bekommt. In Klammern, jeder Treppenabsatz ein Jahrtausend. Ich erlaube mir, ohne Übertreibung zu behaupten, dass er mit Bleischuhen erklommen wird. Langsam wie ein Taucher, wenn mir der Vergleich gestattet ist. Unter Mühen wie ein Genesender. Noch ein Vergleich. Oder ein Bild. Wen kümmert das schon. Ich kraftlos an die Wand gelehnt, zu schwach, um den Schlüssel im Schloss zu drehen, und wenn mir etwas Energie zurückgegeben oder ein wenig Energie gewährt wird, treffe ich den Türfalz, weil die Finger länger als der Rest des Körpers brauchen, um wieder mir zu gehören, sie lassen den Schlüssel fallen, das Licht geht aus, ich finde den Knopf zum Anschalten nicht, suche erfolglos den Schlüssel, indem ich mit der Schuhspitze auf der Fußmatte taste, der Knopf hat den Platz gewechselt, da ich ihn nicht finden kann, etwas höher, etwas weiter seitlich, wer weiß, wo die Stufen sich befinden, und da ich es nicht weiß, ist ein Sturz möglich, Schenkelhals, Sprunggelenk, Milzruptur, erwartet nicht, dass ich erkläre, was das alles ist, nehmt das hin, und was den Sturz betrifft, so wird der erste Nachbar mich morgens unten schon kalt, an den Briefkästen zerquetscht vorfinden, meine Frau hat etwas mitbekommen, denn sie schreit von drinnen

– Du hast wohl wieder mal den Schüssel fallen lassen so ein Mist

mit einer Stimme, die mich, fast seit ich sie getroffen habe, fast von Anfang an verrückt macht, die Art, bestimmte Diphthonge auszusprechen, ständig ein bestätigender Ton bei Fragen, kein Zweifel

– Hast du etwa den Schlüssel runterfallen lassen?

die Gewissheit

– Du hast wohl wieder mal den Schüssel fallen lassen so ein Mist

(alles an ihr macht mich verrückt, heilige Muttergottes)

und nun dreht sich ihr Schlüssel im Schloss, nicht meiner, und da steht meine Konsole mit den Intarsien und dem Deckel aus falschem Marmor mit der vergoldeten Uhr darauf

(an der zwei pummelige Engelchen, eingefallene Engelchen habe ich noch nie gesehen, so tun, als würden sie das Zifferblatt halten)

und der Page aus Porzellan, den ich von meiner armen Mutter geerbt habe, ich sehe sie noch, wie gerührt sie von dem Pagen war

– Ich hoffe du behandelst ihn einmal gut

der Lichtknopf am Ende an seinem angestammten Platz, wo ich schwören möchte, ihn gesucht zu haben, und der mich wieder mal genarrt hatte, meine Frau fand meinen Schlüssel, man könnte sagen, ohne hinzuschauen

– Meine Geduld soll mal einer haben

oder, besser gesagt, fast ohne hinzuschauen, mit diesem Einverständnis mit den Gegenständen, das ich an ihr immer beneidet habe, schiefe Schubladen, für sie entklemmen sie sich, unerschütterliche Verschlüsse von Einmachgläsern, für sie gehen sie auf, von ganz allein, wenn man mir diese Übertreibung gestattet, die Pilotflamme vom Wasserboiler geht sofort an, bereit, sich in eine Flammenplantage zu verwandeln, die Rückkehr an die Arbeitsplatte in der Küche mit dem üblichen, verächtlich über die Schulter dahingeworfenen Satz

– Wenn man mir das erzählt hätte ich hätte es nicht geglaubt

und ich vier Meilen gefliesten Boden, bis ich das Sofa erreiche, und ich schaffe es nicht, habe Lust mich hinzulegen, mich auf allen vieren fortzubewegen, quäle mich, der dreizehnjährige magere, unterernährte, spillerige Mischling, der sich mit einem Schuh und ein paar anonymen Knochen in der Hoffnung unterhielt, dass eine Alte

– Junge

zu ihm sagen würde, er kam am frühen Morgen im Bairro an, als das Strahlen der funkelnden Sterne langsam erlosch, denn so was dauert, nichts im Leben ist so, wie wir es gern hätten, und ich kann davon ein Lied singen, er kam im Bairro an, als das Strahlen und so mit der entsetzlichen Langsamkeit der Elemente erlosch, und das Firmament nicht schwarz, orange, indigo, was auch immer Sie wollen, mir ist es egal, mich interessiert nur, diesen Mist so schnell, wie der Füller kann, zu Ende zu bringen, über die Farben mache ich mir keine Gedanken, und ebenso wenig habe ich vor, mich mit dem Campingplatz, den wilden Feigenbäumen, den Hütten aufzuhalten, ich übergebe die ganze Angelegenheit demjenigen, der vor mir gesprochen hat, oder jenen, die möglicherweise anschließend kommen, da es immer jemanden gibt, der später verbessert, was wir gesagt haben, und aufzeigt, dass unsere Gedankengänge schematisch und unsere Gefühle absurd sind, jedenfalls sind die Hütten noch intakt, auch die Kakteen, die Hühner und das bunte Lumpenzeug der Neger, ach du meine Güte, Komma, ich habe das Diktat vergessen und meine Verpflichtungen meinem Arbeitgeber gegenüber. meine Frau späht aus der Entfernung herüber, denn berührt haben wir uns schon seit Jahren nicht mehr, der fleischliche Appetit verliert allmählich mit dem Zusammenleben, denke ich, seine Ecken und Kanten, jedenfalls was mich betrifft, verhält es sich so, ich bin ihr dankbar, dass sie mich nicht berührt, wozu einen Körper berühren, der ruht und es hassen würde, aufgeweckt zu werden, sie, deren fleischlicher Appetit mit dem Zusammenleben auch Ecken und Kanten verloren hat

(bei der Korrektur Ecken und Kanten verlieren ersetzen, gegen irgendeine andere Phrase austauschen)

meine Frau ist kitzlig

– Hör auf

meine Frau schielt zu dem herüber, was ich schreibe

– Was sind das für Papiere?

und ich verberge sie mit dem Ärmel

– Nichts Besonderes

krümme mich über die Tischplatte, obwohl der Arzt

– Die Wirbelsäule mein Freund

und jetzt konzentrieren Sie sich, Herrschaften, denn genauso behandle ich die Insassen trotz ihres zarten Alters und des unzusammenhängenden Aufwallens ihres beschränkten Geistes, konzentrieren Sie sich Komma Herrschaften Komma denn wir nähern uns mit großen Schritten

(die Erfahrung hat mir geholfen festzustellen Komma dass Gemeinplätze leichter zum Erfolg führen Komma oder zumindest beinhalten sie die Möglichkeit Komma von der angeborenen Trübung dieser Hirne besser verdaut zu werden)

konzentrieren Sie sich, Herrschaften, habe ich angekündigt, denn wir nähern uns mit großen Schritten, mit sehr großen

Schritten, mit Riesenschritten dem Ende des Diktats, mit großem Anfangsbuchstaben, Diktat, noch eine Minute, höchstens zwei Minuten, und die Qual

(lat. Supplicium, Subst. n., ursprünglich die Knie beugen: öffentliches Gebet, dargebrachte Gaben (den Göttern), siehe auch Martyrium, Qual 1: intensiver, lang anhaltender körperlicher Schmerz 2: einem Menschen oder einem Tier aus Grausamkeit absichtlich zugefügtes körperliches Leid 3: Tortur, durch Urteil verhängte schwere körperliche Strafe (z. B. durch das Rad), siehe auch 4: Folter, an einem Menschen durch besondere Techniken, die eigens dazu entwickelte Apparate beinhalten können, hervorgerufenes intensives Leiden mit dem Ziel, Informationen zu Verbrechen oder deren Geständnisse hervorzurufen, unabhängig davon, ob sie von dieser Person durchgeführt wurden oder nicht 5: Marter (im Mittelalter zur Erwirkung von Geständnissen) 6: Todesstrafe 7: die Durchführung dieser Strafe)

konzentrieren Sie sich, Herrschaften, wiederhole ich, denn wir nähern uns mit großen, schnellen Schritten dem Ende des Diktats, eine Minute, höchstens zwei Minuten, und zu Ihrer Befriedigung und Erleichterung wird die Qual zu Ende sein, also schreiben Sie einstweilen noch nicht, wir haben hier den Mischling mit allen zuvor von mir angegebenen Eigenschaften, unterentwickelt und die folgenden Adjektive, im Bairro, dessen Besonderheiten ich ebenfalls bereits angegeben habe und deren dabei aufgetretenen Redundanzen ich, um Sie und mich keine Zeit verlieren zu lassen, hier nicht wieder aufzähle, der Mischling war nicht bereits auf dem Weg

(die Stille, aus der um diese Zeit die Welt gemacht ist, mein Gott, mein Gott in Kommata, ich sollte ihn für immer in Klammern setzen, aber ich wage es nicht, zwischen Kommata aus der unsinnigen Illusion heraus, die Kommata könnten mehr als Krallen wachsen und ihn peinigen, ihn quälen, ihn dazu zwingen, sich von mir zurückzuziehen und mich in Frieden zu lassen, die Stille, aus der die Welt um diese Zeit gemacht ist, wobei ich nicht weiß, wie viel Uhr es ist, zweiundzwanzig, vierundzwanzig, null drei, scheiß drauf, nicht einmal ein leises Summen auf der Straße, kein Blättchen, das sich in unendlich sanftem Knistern löst, das unhörbare Raunen der Verstorbenen, das sich von uns entfernt)

der Mischling war nicht auf dem Weg zum Schuppen, wo der Dummkopf die anderen vermutete, oder zur Bahnstation oder zu den Buchen

(und dieses innere Kreiseln, das die Stille der Welt mit sich bringt, die ewige Frage, wer bin ich, die mich zu einem Samen macht, der langsam zu uns ins Fenster hereinschwebt, Sie, die Sie nichts verstehen, verlassen Sie mich jetzt nicht)

oder zu den nirgendwo hinführenden Gassen, und eine nicht zu ortende Stimme, nicht die eines Afrikaners, die eines Weißen

(bei den wilden Feigenbäumen?)

die Stimmen der Afrikaner haben eine andere Dichte, eine andere Festigkeit, die Stimme eines Weißen befahl wer weiß was, er spähte nicht in die Hälfte der Villa oder Behausung des Hausmeisters, wo der Mischling mit seinen Eltern gewohnt hat, will heißen, Reste von Mörtel, Moos, Brettern, die davon überzeugt waren, Fußboden zu sein, ein überraschender Lüster zwischen Stuckfüllhörnern, ein fast ganzer Sessel, dessen Lack abgefallen war, der Mischling nahm ein Zittern bei den Kakteen wahr, und ein Frettchen, so ein Mist, seine Pupillen, der Kopf, der Schwanz aufgerichtet

(ein ch vor dem t, frikativ, würde ich sagen, bin aber nicht sicher, mehr Lufthauch als sonst was, und als ich hauche, entfaltet meine Frau empört ihr Taschentuch

– So viel Spucketröpfchen eklig)

der Mischling

(fahren wir mit dem Diktat fort, es ist der letzte Absatz)

der Mischling hob eine Diele an Komma öffnete einen Sack aus Segeltuch

(ich ein kleiner Samen, der aus dem Fenster hinausfliegt und den ich endgültig verliere)

öffnete einen Sack aus Segeltuch, ich weiß nicht, ob da ein Komma kommt, und holte ein Gewehr aber jetzt Komma Patronen heraus

(ich kann das nicht langsam sagen, tut mir leid, Sie müssen neben mir herrennen)

Patronen Komma eine kleine Pistole Komma und ein in einem Minimarkt in Almada gestohlenes Glöckchen Komma das über der Tür seine leisen Töne tropfte Komma der Mischling schüttelte das Glöckchen und freute sich über das Schlagen des kleinen Schwengels gegen die kupferne Glocke Komma dann steckte er das Gewehr und die Pistole wieder in den Sack Komma band ihn mit einem Knoten zu und legte die Diele wieder an ihren Platz zurück, verließ die Villa

(die Kommata sind alle, nun heißt es rennen, Herrschaften)

wie der Samen mich verlassen hat oder, besser gesagt, wie ich mich selber verlassen habe, Sie verlassen hat und in der Stille verschwunden ist, aus der die Welt gemacht ist, mit meiner Frau ist Schluss, mit dem Institut ist Schluss, mit dem Unterricht ist Schluss

(schneller)

mit der Tischlerwerkstatt, dem Meister, dem Direktor, den Aufsehern

(– Komm her Spätzchen)

den Wachleuten

– Nimm die Hände aus den Taschen

und daher kann ich diese Seiten zusammenfalten, bevor meine Frau

– Was ist das?

diesen Bericht vergessen, und ich habe keine Angst vor ihr, ich habe keine Angst vor Ihnen, ich habe vor gar nichts Angst, die Platanen im Hof tausend Platanen vom Straßenrand, an denen ich, eine nach der anderen, mit diesem gestohlenen Wagen vorbeifahren werde, auf dem Sitz neben mir die Alte, die

– Junge

zu mir sagt und behutsam die Finger auf mein Haar legt.

(Geschrieben von António Lobo Antunes im Jahr 2005 und 2006)

Das Werk von António Lobo Antunes beim Luchterhand Literaturverlag und beim btb-Verlag:

Das Handbuch der Inquisitoren (Roman, 1997 und 2009)
Portugals strahlende Größe (Roman, 1998)
Anweisungen an die Krokodile (Roman, 1999)
Der Tod des Carlos Gardel (Roman, 2000)
Die Rückkehr der Karavellen (Roman, 2000)
Geh nicht so schnell in diese dunkle Nacht (Roman, 2001 und 2004)
Fado Alexandrino (Roman, 2002)
Einblick in die Hölle (Roman, 2003 und 2011)
Was werd ich tun, wenn alles brennt? (Roman, 2003 und 2004)
Elefantengedächtnis (Roman, 2004 und 2006)
Guten Abend ihr Dinge hier unten (Roman, 2005 und 2007)
Der Judaskuß (Roman, 2006)
Die Vögel kommen zurück (Roman, 2006)
Reigen der Verdammten (Roman, 2006)
Die Leidenschaften der Seele (Roman, 2006)
Die natürliche Ordnung der Dinge (Roman, 2006)
Buch der Chroniken (2006)
Einen Stein werd ich lieben (Roman, 2006 und 2008)
Leben, auf Papier beschrieben (Briefe aus dem Krieg, 2007)
Zweites Buch der Chroniken (2007)
Gestern in Babylon hab ich dich nicht gesehen (Roman, 2008)
Drittes Buch der Chroniken (2010)
Mein Name ist Legion (Roman, 2010)